En ze was

Alison Gaylin bij Boekerij:

In het donker

www.boekerij.nl

Alison Gaylin

En ze was

Eerste druk 2014
Tweede druk 2015

ISBN 978-90-225-7190-3
ISBN 978-94-6023-900-7 (e-boek)
NUR 305

Oorspronkelijke titel: *And She Was*
Vertaling: Martin Jansen in de Wal
Omslagontwerp: b'IJ Barbara
Omslagbeeld: Lee Avison / Trevillion Images
Zetwerk: Mat-Zet bv, Soest

Voor mijn dierbare vader Bob Sloane
en mijn lievelingstante Myrna Lebov,
die voor altijd voortleven in mijn hart
en in mijn herinneringen.

Proloog

20 september 2009

Het leven van Carol Wentz had nu een 'ervoor' en een 'erna'. Ze had er nooit op die manier aan gedacht, maar de tijd schrijdt voort, zet alles in perspectief, en tien jaar later zag Carol het opeens: de periode van vóórdat ze Iris Neff had laten verdwijnen, en die van erna.

Een duidelijk keerpunt.

Eenenveertig jaar lang was Carols leven zonder noemenswaardige hoogtepunten van de ene dag op de andere overgegaan... geen kinderen, en een huwelijk dat ze niet anders dan gezapig kon noemen, nadat Nelson en zij op een woensdag tijdens lunchtijd op het stadhuis waren getrouwd, om financiële redenen, want ze woonden al bijna tien jaar samen. Ze zou haar leven eventueel kunnen opsplitsen in twee periodes, die van zonder en die van met Nelson – de vrijgezelle jaren en die met een vaste relatie – maar ze moest toegeven dat die niet zo veel van elkaar verschilden, en dat zij in feite nog steeds de Carol was die ze op de basisschool was geweest... mager, met knokige knieën en vaak alleen.

Maar toen, in september 1998, werd het Labor Day en veranderde alles. Carol was anders. Alhoewel, eigenlijk was ze altijd al anders geweest, alleen had ze het nooit geweten. Hoe zou ze zichzelf hebben beschreven voor de leden van haar leesclubje? *Geen beminnelijk mens. Te zwak en te afzijdig. Je vertrouwt haar motieven niet. Het meisje was tenslotte pas zes...*

Carol dacht er liever niet over na, dacht niet graag aan de dag dat het was gebeurd. Maar er waren zo veel dingen die Carol niet graag deed, zoals de kalkoen braden voor het Thanksgiving-diner van de kerk, de katten van de buren eten geven als die de stad uit waren, helpen hun auto's te starten met haar startkabels, hun kinderen op de meest ongelegen momenten van school halen... maar ze deed al die dingen wel, en zonder te klagen. Carol was niet altijd zo geweest. Voordat ze Iris Neff had laten verdwijnen had ze de mensen in haar omgeving vooral gediend door uit hun buurt te blijven. Maar nu was ze het behulpzame type, iemand bij wie je altijd terecht kon, en de hele straat – zelfs Nelson – deed alsof dit niets nieuws was. Alsof het altijd een karaktereigenschap van haar was geweest, terwijl het in werkelijkheid een deel van haar straf was. Een symptoom van het 'erna'.

De dag zelf, het belangrijkste moment ervan, begon toen dat kind van Neff op de barbecue van Theresa en Mark Koppelson naar Carol toe kwam. Carol was op dat moment alleen geweest. De laatste keer dat ze Nelson had gezien, was hij in gesprek met de moeder van het meisje, Lydia, die hielp met het grillen van het vlees. 'Je ziet er ongelofelijk uit,' had Nelson tegen haar gezegd. Ongelofelijk, alsof hij Lydia Neff in geen jaren had gezien en alsof ze gekleed ging in iets anders dan een spijkerbroek en een schort vol vegen barbecuesaus.

Nelson en Lydia hadden Carol niet opgemerkt, dus had ze zich stilletjes uit de voeten gemaakt en gedaan alsof ze op zoek was naar het toilet, terwijl ze zich, zoals zo vaak, vreselijk opgelaten voelde, alsof iemand een reusachtig vergrootglas boven haar hield en al haar bewegingen voor iedereen zichtbaar waren.

Bij de keukendeur had ze een duwtje tegen haar been gevoeld. Ze keek om en zag Lydia Neffs dochtertje, Iris, die haar aankeek met die ogen... de mooie, donkere, intelligente ogen van haar moeder. Carols kaakspieren verstrakten. De huid van haar schedel begon te jeuken. Ze dacht weer aan dat woord. Ongelofelijk.

'Wat is er, Iris?'

'Pakje sap.' Geen 'alsjeblieft', maar ze had het niet onvriendelijk gevraagd. Het klonk zelfs, als Carol het zich goed herinnerde, een beetje verlegen. En dus liep Carol naar de rode koelbox die Theresa Koppelson naast de koelkast had neergezet. Theresa had er een briefje met de woorden VOOR DE KINDEREN op geplakt. Toen Carol het deksel van de box opende, zag ze, naast enkele blikjes Sprite, een hele verzameling bontgekleurde pakjes met afbeeldingen van vrolijk lachende fruitmannetjes erop. Carol was niet bekend met het merk. Natuurlijk, ze had zelf geen kinderen en van haar eigen jeugd herinnerde ze zich heel weinig, dus wat wist zij van deze op kinderen gerichte producten? Waarom moesten kinderen trouwens sap uit een pakje drinken? En wat was de aantrekkingskracht van fruit met ogen?

Ze pakte een van de pakjes uit de koelbox... een groen doosje met een breed grijnzende appel erop.

'Alsjeblieft,' zei ze, en ze gaf het doosje aan Iris.

Het meisje trok een vies gezicht.

'Wat is er?'

'Dit is appelsap,' zei Iris. 'Ik wil sinaasappel-ananas.'

Carols blik ging van het gezicht van het meisje naar de keukendeur met het raam dat uitzicht bood op het glanzende zwarte haar van Lydia Neff, en op Nelson, die dicht bij haar stond, alsof hij haar dan beter kon verstaan...

'Sinaasappel-ananas,' zei Iris weer.

'Ik ben je moeder niet. Pak het zelf maar.'

De donkere ogen werden groot.

Carols gezicht begon te gloeien. Haar woorden bleven als een geur in de lucht hangen. Ze dacht: wat doe je nou? Wat ben jij voor iemand? Het maakte haar boos op Iris, hoewel ze niet wist waarom, waardoor ze zich nog meer schaamde. 'Ik... wacht, ik pak het wel voor je.'

Maar tegen de tijd dat ze naar de koelbox was gelopen en er een nieuw pakje vruchtensap uit had gehaald – een knipogende ananas met een honkbalpet en een vrouwelijke sinaasappel met lange wimpers – was het meisje nergens meer te bekennen.

Carol staarde naar de papieren in haar hand, ook een symptoom van het 'erna', maar een pijnlijker symptoom. Carol had de open haard aangestoken, voor het eerst deze herfst, en bijna had ze de papieren erin gegooid, al was het alleen maar om ze tot as te zien vergaan. Beter dat dan ze te lezen, dat was duidelijk. *Waarom lezen?* Na vijf jaar zoeken naar een meisje dat niet gevonden wilde worden, was ze dat in elk geval te weten gekomen.

Maar ze zou de papieren nooit kunnen verbranden. Dus liep ze naar de kast bij de boekenplanken – haar hobbykast, zoals Nelson hem noemde – en trok de zwarte koffer onder haar tassen met breispullen vandaan. Ze opende het deksel en haalde de opgevouwen, aan elkaar gestikte lapjes, de klosjes garen, het patronenboek en de houten naaldendoos eruit... de restanten van haar poging van vijftien jaar geleden om een wandkleed te maken. Daarna tilde ze het op maat gesneden stuk karton op en legde het stapeltje papieren eronder, ongelezen, boven op de andere papieren die ze nooit had moeten lezen. Ze legde de dubbele bodem erbovenop en deed alle spullen terug in de koffer.

Deze nieuwe papieren waren afkomstig van meneer Klavel, een man met een spits rattengezicht, een voorhoofd dat altijd bezweet was en een adem die zo stonk dat je bijna zou denken dat hij het erom deed. Meneer Klavel, die een kantoor had in een souterrain in Mount Temple, was de laatste van de reeks goedkope privédetectives die Carol in het geheim in de arm had genomen, en waarschijnlijk de meest harteloze man die ze ooit had ontmoet. 'De vruchten van mijn onderzoek,' had hij tegen Carol gezegd toen hij haar de tien jaar oude politierapporten, een kopie van Iris' schoolfoto van de eerste klas, de transcripties van telefoongesprekken en de adressen van bekende pedofielen binnen een actieradius van dertig kilometer van Carols huis in Tarry Ridge, New York, had gegeven, 'zijn allemaal zo rot als wat.' Carol kon nog steeds niet geloven dat hij het zo had geformuleerd.

Toen Carol de koffer had gesloten, weer in de kast had opgeborgen en zich omdraaide naar de deur, echoden meneer Klavels woorden nog na in haar hoofd.

'Heb je de haard aangestoken?' vroeg Nelson.

Carol schrok. Nelson had de gewoonte er opeens te zijn. Het was niet zo dat hij haar besloop of bespioneerde. Nelson vroeg haar zelden iets, en wanneer hij dat deed, was het meer uit gewoonte dan uit echte nieuwsgierigheid. Het was gewoon de manier waarop hij zich door het huis bewoog... alsof hij de vloerbedekking niet onnodig wilde verslijten door zijn voeten er te hard op te zetten.

Toch zat het Carol niet lekker. Hoe lang ben je hier al? Ze had het hem bijna gevraagd. Wat heb je gezien? Maar toen zag ze de uitdrukking op zijn gezicht, dezelfde afstandelijke berusting die er altijd op te zien was, en dat was voldoende om haar gerust te stellen. 'Ik had het koud.' Carol keerde haar man de rug toe en liep naar het raam.

Na de barbecue van de Koppelsons had de ondergaande zon door dit raam naar binnen geschenen en had de kamer, als in een droom, in een gouden licht gezet. Als Carol zich concentreerde, voelde ze de warme gloed van elf jaar geleden weer op haar huid en hoorde ze Nelsons voetstappen op de trap terwijl hij zich naar boven haastte om achter zijn computer te gaan zitten, zoals hij altijd deed, en wat hij tot op de dag van vandaag nog steeds deed zodra hij thuiskwam.

Ongelofelijk. Had Nelson dat woord wel eens tegen haar gebruikt, ooit, al was het maar één keer? In het ervoor of het erna?

Als Carol haar ogen sloot, kon ze in gedachten terug naar het ervoor... naar de allerlaatste momenten ervan: de ondergaande zon, het briesje dat door het open raam naar binnen kwam, en zijzelf, die bij het raam stond. Als ze naar buiten keek, zag ze twee meisjes hand in hand de straat oversteken. Twee kinderen in het licht van de ondergaande zon, het donkere haar van het ene meisje glanzend, net als dat van haar moeder...

Carol kneep haar ogen dicht. 'Ga weg,' zei ze tegen de herinnering.

'Wat?' vroeg Nelson.

Ze slikte met moeite. Haar mond was kurkdroog. 'Niks.'

Dagen, weken, maanden nadat Iris was verdwenen had Carol gewacht, en was haar hart elke keer als de telefoon ging in haar keel gesprongen.

Maar het telefoontje kwam niet, en het lukte Carol haar geheim te bewaren, maanden-, jarenlang, terwijl de zoekacties minder werden en Lydia Neff steeds stiller en dikker werd, het vuur in haar donkere ogen doofde en haar zwarte haar grijs werd, totdat ze een verschoten kopie van zichzelf was geworden, ze alleen nog medelijden wekte en zelfs Nelson geen oog meer voor haar had. Twee jaar geleden – drie jaar nadat de politie de zaak officieel had gesloten – was Lydia uit de stad vertrokken. Niemand wist waarnaartoe.

Je hebt je zin gekregen, zei het valse stemmetje in Carols hoofd. *Iris weg. Lydia weg. Dat heb jij laten gebeuren, en je kunt het nooit meer rechtzetten.*

'Ik ga naar boven, naar bed,' zei Nelson.

Carol sloot haar ogen. 'Oké. Ik denk dat ik nog even blijf lezen.'

Geen antwoord. Nelson was de trap al op gelopen. Carol pakte het boek dat ze met haar leesclubje aan het lezen was... een autobiografie met de titel *Safekeeping*. Ze sloeg het open op de bladzijde met de boekenlegger en liet haar blik over de woorden dwalen terwijl ze luisterde naar de geluiden in de badkamer op de bovenverdieping: het ruisen van de leidingen, het zoemen van Nelsons elektrische tandenborstel... Hoewel Carol eraan gewend was geraakt haar geheim te bewaren, was ze nog steeds slecht in liegen, maar denken aan wat ze voor zichzelf moest doen, gaf haar op de een of andere manier het idee dat ze in de buurt van de waarheid bleef.

Uiteindelijk verstomden de geluiden in de badkamer. Carol hoorde het zachte kraken van de vloer van de overloop, de deur van de slaapkamer die over de vloerbedekking streek en ten slotte het gekraak van het bed toen Nelson ging liggen. Carol deed haar boek dicht. Ze sloop de trap op, bleef bovenaan staan en wachtte tot Nelsons ademhaling het kalme slaapritme had aangenomen. Toen pas ging ze naar Nelsons werkkamer en startte ze zijn computer, waarvan hij dacht dat ze niet wist hoe die werkte. Ze ging online, opende haar chatroom en meldde zich aan. Families van de Vermisten – regio New York, heette de chatroom, en nu, amper twee maanden nadat ze die had ontdekt, had Carol het gevoel dat dít haar familie was, haar enige familie. Er waren vanavond acht andere leden online en toen Carol haar begroeting typte, leek het wel alsof ze op haar hadden gewacht. *Welkom*, typten ze, en Carol stelde zich voor dat ze het in koor naar haar riepen. *Welkom, Lydia!*

Carol viel in slaap achter de computer. Het was maar een minuut of tien, maar toch schrok ze ervan. Want stel je voor dat het langer dan tien minuten was geweest. Dat ze tot zonsopgang was blijven slapen, dat Nelsons wekker was afgegaan, hij de lege plek naast zich in bed zag en zijn vrouw aantrof in zijn werkkamer, achter zíjn computer, ingedut achter het toetsenbord waarvan hij altijd had gedacht dat zij er geen raad mee wist, met de teksten van de afgelopen avond nog op het scherm...?

Geef de strijd niet op, Lydia. Wij zijn er voor je.
Lydia, jij bent een van de sterkste vrouwen die ik ken.

Ik heb mijn dochter na twaalf jaar teruggevonden, Lydia.
Ik weet zeker dat jij de jouwe ook zult terugvinden.

Hoe zou ze dat aan hem moeten uitleggen?

Carol rilde. Ze nam snel afscheid van haar vriendinnen, logde uit en stond op voordat ze weer kon indutten.

AlbanyMarie had iets gezegd over een privédetective die was gespecialiseerd in vermiste personen, ene Brenna Spector, die haar kantoor in New York had. Maries man was vijf jaar vermist geweest, was zogenaamd omgekomen bij een crash met een klein vliegtuig, en Brenna Spector had hem onlangs teruggevonden. *In Las Vegas, nota bene,* had Marie getypt. *Als alles volgens plan verloopt, zie ik hem binnen een paar dagen.*

Zonder na te denken had Carol getypt: *En daar ben je blij om?*

LIMatt61 had getypt: *Zou jij niet blij zijn, Lydia, als je dood gewaande man nog in leven bleek te zijn?* Carol had een volle minuut lang, met haar vingers boven het toetsenbord, naar het scherm zitten staren. Uiteindelijk had ze gereageerd met:

Brenna Spector. Die naam klinkt bekend.

Carol was er zelf van geschrokken. Was dat geen vreemde, harteloze reactie? Nou ja, het was nu te laat. Ze sloot Nelsons computer af en deed het licht uit.

In de badkamer, naar zichzelf kijkend in de spiegel boven de wastafel terwijl ze nachtcrème op haar gezicht aanbracht, besefte Carol dat ze de naam Brenna Spector inderdaad kende. Ze wist niet precies waarvan, maar ze had hem eerder gehoord.

Midden in de nacht wist Carol het opeens, toen ze wakker schrok uit een droom waarin ze achter een doodsbang jong hondje aan rende op een computerscherm, tussen regels getypte woorden door...

Brenna Spector. Ze was die naam tegengekomen in een van de boeken van haar leesclubje, een non-fictieboek geschreven door een psychiater – Lieberman? Leopold? – over kinderen met bijzondere psychische gaven. De studies dateerden uit de jaren zeventig en tachtig en een ervan handelde over een tienermeisje dat Brenna Spector heette. Het was mogelijk dat het over dezelfde Brenna Spector ging.

Carol hoorde een elektronisch gezoem en besefte dat het niet de naam was die haar uit haar droom had gewekt, maar de telefoon op het nachtkastje. Ze keek op het klokje: 3.00 uur.

Carol hapte naar adem. Nelson lag heerlijk te slapen terwijl zij de telefoon moest opnemen, en ze was zich bewust van het contrast. Hij in diepe slaap, regelmatig ademend, en zij met het hart in haar keel. 'Hallo?'

Ze hoorde niets, alleen geruis. Een mobiele telefoon? 'Hallo? Is daar iemand?'

Het antwoord was nauwelijks te verstaan... meer een zucht dan een stem. Ze kon de woorden niet onderscheiden, maar een ervan had een EL-klank. 'Bel' of 'hel'... of misschien was het 'help'.

De druk op Carols borstkas nam toe. 'Met wie spreek ik?'

Achter het geruis werd iets gefluisterd, weer als een zucht, maar nu beter verstaanbaar. Carol kon horen wat er werd gezegd.

Ze hoorde een klik aan de andere kant van de lijn en een tiental seconden nadat de verbinding was verbroken, zat ze daar onbeweeglijk, met de telefoon in haar hand, niet in staat die neer te leggen, of een eind te maken aan het tintelen van haar huid en het bonzen van haar hart in haar oren.

'Jij bent mijn moeder niet,' had de stem gezegd. 'Jij bent mijn moeder niet, Carol.'

1

'Ben je er klaar voor, Brenna?' vraagt dr. Lieberman.

'Ja.'

Dr. Lieberman drukt de opname- en startknop van de cassetterecorder op de uiterste linkerhoek van zijn bureau tegelijk in. Recorders genoeg in deze spreekkamer, bedenkt Brenna. Het is 29 juni 1985. Dit is haar zesenveertigste bezoek aan deze psychiater en elke keer als ze de spreekkamer binnenkomt, lijkt het wel of er weer een recorder bij is gekomen.

Hij heeft drie kleine, op batterijen, in de bovenste la van zijn bureau, en op de kast bij de muur achter zijn bureau staat een grote spoelenrecorder, naast een zwart-witfoto van Bob Dylan met cowboyhoed... een echte Elliott Landy, volgens Brenna's moeder, wie Elliott Landy ook mag zijn. En dan is er nog deze, op de hoek van zijn bureau, met de grote, zilverkleurige microfoon waarmee dr. Lieberman al zijn sessies met Brenna opneemt. De recorder geeft haar een raar gevoel. Alsof Lieberman van de politie is – Brenna houdt van oude politieseries op tv – en zij een of andere hippie die verhoord moet worden.

'Je naam, alsjeblieft,' zegt Lieberman.

Brenna schuift heen en weer in haar stoel. De airconditioning staat op volle kracht, maar het is bloedheet buiten en ze heeft haar zeegroene Dolphins-short aan. Als ze gaat verzitten, blijft het leer aan de onderkant van haar blote benen plakken en als het loslaat, maakt dat een gênant, vochtig geluid. Ze transpireert. Wie zou dat niet doen als hij op het punt staat om... Mama noemt het 'belangrijke research', maar Brenna geeft de voorkeur aan de term 'met mijn geest klooien'.

'Je naam?'

'Brenna Nicole Spector.'

'Leeftijd?'

'Veertien en zeven achtste jaar.'

Dr. Lieberman glimlacht. 'Dus we zijn in een precieze bui vandaag?' Hij draagt een rode das met hondjes en felrode brandkraantjes erop. Dr. Lieberman heeft talloze van dit soort dassen. 'Excentriek', noemt Brenna's moeder ze, maar Brenna vindt ze mallotig... de ene nog mallotiger dan de andere. Ze vraagt zich af of dr. Lieberman dit soort idiote dassen draagt omdat hij ze zelf mooi vindt, of omdat hij probeert zijn jonge patiënten ermee op hun gemak te stellen. Ze hoopt op het eerste, want op haar hebben ze het tegenovergestelde effect. Ze staat op het punt om dit tegen hem te zeggen als dr. Lieberman opeens zegt: '13 maart 1982', en Brenna's geest als vanzelf drie jaar en drie maanden terugvliegt in de tijd.

Ze was elf en een half en het was haar derde bezoek aan deze spreekkamer. In plaats van Bob Dylan hing er een foto van een gebrandschilderd raam aan de muur... een gestileerde bloesemtak boven een blauw meer met de tekst 'Metropolitan Museum: de nieuwe Amerikaanse vleugel' eronder.

Op 13 maart 1982 rook de spreekkamer naar de keuken bij Brenna thuis, wanneer haar moeder was vergeten de koffiepot van het vuur te halen. Dr. Lieberman droeg een bruine das met een grote rood-met-gele Superman-s erop, en toen hij naar haar glimlachte, zag ze een broodzaadje tussen zijn voortanden zitten. Brenna wist op dat moment nog niet zeker of ze hem wel aardig vond. Het was heel warm in de spreekkamer en ze had een lichte hoofdpijn. Ze had hem om een aspirientje willen vragen, maar had het gevoel dat ze hem daar nog niet goed genoeg voor kende, dus had ze haar mond gehouden en haar lijden aanvaard toen hij de knoppen van de grote spoelenrecorder indrukte.

'Goed, Brenna, ik ga een serie gekleurde blokken voor je neerleggen,' had dr. Lieberman tegen haar gezegd. Op dat moment ging zijn telefoon.

Nu zegt dr. Lieberman: 'Op 13 maart 1982 heb ik een stel blokken uit een doos gehaald en in een rij op mijn bureau neergelegd. Weet je nog in welke volgorde?'

'Hoe gaat het met uw hond?'

'Sorry?'

'Uw hond, Shelly? Ze had pythiosis. Uw vrouw, Gwen, zei dat de dierenarts haar natamycine had voorgeschreven.'

Dr. Lieberman staart haar aan. Zijn lippen vormen een rechte lijn en Brenna ziet iets bewegen in zijn hals, boven de boord van zijn blauw met geel gestreepte shirt. De adamsappel gaat langzaam omhoog en dan weer omlaag. Hij haalt een cassetterecorder uit de bovenste bureaula, en een cassettebandje waarop een etiket met de datum 13 maart 1982 is geplakt. Hij doet het bandje in de recorder, drukt op de afspeelknop en Brenna hoort zijn stem... exact dezelfde stem die ze in haar hoofd heeft gehoord, met dezelfde pauzes en dezelfde intonatie. 'Goed, Brenna, ik ga een serie gekleurde blokken voor je neerleggen...' De stem wordt onderbroken door een rinkelende telefoon. 'Sorry, Brenna. Eén momentje. Hallo? Gwen? Ik heb een patiënt... O, hoe gaat het met Shelly? Wat? Nee, je bedoelt pythiosis, Gwen, niet pathosis... Ja, ik weet wat het is. Nee, nee. Natamycine is een veilig medicijn voor een hond...'

Hij drukt op de stopknop van de cassetterecorder. 'Verbazingwekkend,' fluistert hij.

Brenna zegt: 'Mag ik eerlijk tegen u zijn? Het gaat over uw das.'

Brenna Spector voelde iets trillen tegen de bovenkant van haar dijbeen. Het duurde een paar seconden voordat ze begreep dat het haar telefoon was, dat het 29 september 2009 was en niet 29 juni 1985, dat ze zich niet bevond in de spreekkamer van dr. Lieberman in West Fifty-seventh Street 250 in New York, maar... God. Ze was aan het werk.

Brenna was in Las Vegas, in een tweederangs casino dat Nero's Playground heette, en dat door Ceasar's Palace voor de rechter zou moeten worden gedaagd wegens schending van copyright met betrekking tot zowel de naam als de vormgeving.

Het rook in Nero's Playground iets frisser dan in de openbare toiletten van Nassau Coliseum, maar dat was alleen omdat er minder mensen kwamen. Het was ook een hotel, wat Brenna een beetje beangstigde, net als de naam van de bar in de lobby, waar ze nu was, die de Orgi heette. Met alleen een 'i' aan het eind. Wat het op de een of andere manier nog erger maakte.

Mijn god, deze hele tent zou baat hebben bij een lang, sterk bleekwaterbad.

Brenna leunde tegen een Korinthische zuil van papier-maché, met goudverf beschilderd, wat goed combineerde met de korte gouden toga's en de gladiatorsandalen van de barmeisjes en serveersters. In haar hand had ze 's werelds grootste glas goedkope witte wijn – de Keizersbokaal, had het van kou rillende barmeisje het genoemd – en ze stond oog in oog met haar vermiste persoon, Larry Shelby, ook bekend als Rod Clement, John Thomson, Julio Vargas en ongetwijfeld nog een heel stel andere identiteiten, die ze nog moest achterhalen. Aangezien Larry vijf jaar geleden omgekomen zou moeten zijn bij een crash met een eenmotorig vliegtuigje in de Berkshires, hadden Brenna en haar assistent Trent hem de bijnaam 'de Dooie' gegeven, wat je ironisch kon noemen gezien alles wat de levende Larry sindsdien had uitgevreten.

'Sta je me te observeren, meisje?' vroeg de Dooie.

'Ik... wacht, mijn telefoon gaat.'

'Om half zes in de ochtend?'

Brenna haalde haar schouders op. 'Half negen in mijn zone.' Ze haalde de trillende telefoon uit haar zak en keek op het schermpje. Trent. Die kon wel even wachten. 'Een callcenter. Als ze je mobiele nummer eenmaal te pakken hebben, laten ze je nooit meer los.'

'Ze hebben mij nog niet gevonden.'

Waarom verbaast mij dat niet? 'Geluksvogel.'

'Je hebt een leuke, lieve glimlach, weet je dat?'

'Dank je.' Brenna praatte normaliter niet met degenen die ze moest opsporen – het was het beste als ze haar helemaal niet zagen – maar hier was ze, met zonsopgang in de Orgi, en dronk ze een wijntje met een van haar 'subjecten'. Alhoewel, haar werk was sowieso onvoorspelbaar, dus kon ze zich in een situatie als deze maar beter zo natuurlijk mogelijk gedragen, geen acht slaan op de prostituee in hotpants aan het eind van de bar, die naar haar zat te loeren alsof ze concurrentie was, en zich zeker niet, in geen geval, laten meesleuren door een van haar herinneringen.

Brenna wenkte een van de barmeisjes... een pluizig blondje met grote groene ogen met een dikke rand eyeliner eromheen, waarmee ze zo verveeld voor zich uit keek dat ze deed denken aan een chagrijnige cyperse kat.

'Mag ik een glas water, alsjeblieft?'

‘Wilt u er een schijfje citroen in?’

Brenna was er redelijk zeker van dat het sarcastisch was bedoeld, dus antwoordde ze: ‘Nee, dank je, maar als je zo’n leuk papieren parapluutje hebt…’

Het barmeisje hief haar kattenogen ten hemel en liep weg.

‘Iemand voelt zich afgezeken,’ zei de Dooie.

‘Je meent het.’ Brenna hoopte dat haar stem normaal klonk, want ze was nog steeds van slag door die scène met dr. Lieberman. Hoe was het mogelijk dat ze die in haar geest had toegelaten, en zo lang? Ze leed aan deze stoornis – of ‘bijzondere gave’, zoals haar moeder het altijd had genoemd – sinds ze elf jaar was. Wat ze had heette *hyperthymesia*, wat inhield dat ze zich elke dag van haar leven tot in de details herinnerde, tot en met de datum en met alle vijf de zintuigen… ook de emoties die ze erbij had gevoeld.

Hyperthymesia was een heel zeldzame stoornis, had een neuroloog haar ooit verteld. Er waren maar enkele tientallen mensen op de hele wereld die eraan leden. Hun hersenen waren anders van vorm en de stoornis kon optreden na een belangrijke verandering in hun leven… verhuizen naar een ander huis, de geboorte van een broertje of zusje… Het hoefde niet per se een traumatische gebeurtenis te zijn. Hoewel het dat in Brenna’s geval wel was geweest.

De stoornis was in elk geval heel ingrijpend… een groot cadeau waarom ze nooit had gevraagd, zoals een trampoline of een pony. Brenna had haar hele leven eraan moeten aanpassen, maar desondanks werd alles erdoor beïnvloed: haar werk, haar relaties, alles wat belangrijk voor haar was. Er is een reden waarom de meeste herinneringen na verloop van tijd vervagen, wist Brenna nu. Er is een reden waarom we het verleden zien in beelden die alsmaar onscherper worden, totdat ze uiteindelijk niet meer dan flarden en indrukken zijn. Weinig mensen begrepen wat een luxe dat was, het vermogen om dingen te vergeten. Maar Brenna deed dat wel. Ze begreep het heel goed.

In de loop der jaren had Brenna een aantal trucs ontwikkeld om haar herinneringen in toom te houden: het Verdrag van Gettysburg opdreunen, tandenstokers in haar handpalm prikken, op haar onderlip bijten, soms zo hard dat die begon te bloeden… Geen leuke dingen, maar ze hielden haar tenminste in het heden. Het was heel lang geleden dat ze tijdens haar werk zo lang door een herinnering was afgeleid als nu. Ze wilde daar echter niet te veel over nadenken, uit angst dat haar gedachten zouden teruggaan naar de dag dat het was gebeurd – 27 februari 2003 – en de Dooie zou denken dat ze echt niet goed snik was.

'Dus het was niet je man?' vroeg hij.

'Huh?'

'Het callcenter. Degene die je belde.' Hij zuchtte. 'Ah, laat maar zitten. Het was maar een grapje.' Brenna's blik ging van het gezicht van de Dooie naar het glas bier in zijn hand, en toen wist ze wat de herinnering had opgeroepen. Het was zijn das. Geen hondjes en brandkraantjes, maar katjes en vogeltjes, wat dicht genoeg in de buurt kwam. 'Vind je hem mooi, mijn das?' vroeg hij.

'Mag ik eerlijk zijn?'

'Eerst iets anders. Ben je gebonden?'

'Gebonden?'

'Heb je een man? Het maakt niet uit, meisje. Wat je in Vegas doet, hoeft niemand...'

'Ik ben gescheiden.' Het was het eerste wat Brenna de hele nacht had gezegd wat op waarheid berustte. Gelukkig was de Dooie flink beschonken, want ze had in zijn bijzijn al heel wat blunders begaan, vanaf het moment dat hij naar haar toe was gekomen om te vragen waarom ze een foto van hem nam.

Brenna had de nieuwe HRC-20HEX die ze van Trent had geleend in haar tas gestopt en glimlachend naar hem opgekeken. Hij was groot... groter en breder dan hij had geleken op de foto die ze had gezien, maar met zijn dikke, krullende haar – nu zwart geverfd – dat als een helm om zijn hoofd zat, de half geloken ogen en die onderkaak zo vierkant dat je er een winkelhaak tegenaan kon leggen, bestond er geen twijfel over dat hij het was. 'Wou je zeggen,' had ze gezegd, 'dat je níét George Clooney bent?'

De Dooie had haar verteld dat hij Paul heette en advocaat was, en Brenna had hem verteld dat ze Sandy heette, dat ze websites ontwierp en dat ze in Las Vegas was voor een IT-conferentie. 'Je bent een koele kikker, Sandy,' had hij gezegd, 'en toevallig ben ik dol op koele kikkers.' Vervolgens had hij de Keizersbokaal witte wijn voor haar besteld waarvan ze af en toe een slokje nam terwijl hij twee Jamesons met ijs en een pure Jack Daniel's achteroversloeg en meteen daarna een flesje Heineken bestelde.

Dit is iemand, had ze gedacht, die echt aan het leven wil ontsnappen. Waarna haar blik op zijn das was gevallen en ze in gedachten was teruggevoerd naar de spreekkamer van dr. Lieberman.

'Ik ben ook niet getrouwd,' zei hij nu. Dat loog hij. Zijn vrouw, Annette Shelby, was op 23 april naar Brenna toe gekomen. 'Ik weet dat hij nog in leven is,' had Annette tegen haar gezegd in Brenna's kantoor in haar huis in New York, starend naar de foto's die ze had meegebracht, knipperend met vochtige ogen. 'Ik voel het gewoon.'

Brenna vroeg hem: 'Had je dat graag gewild?'

'Wat?'

'Getrouwd zijn.'

'Nee. Jij?'

'Ja, ik wel.' Wat ook de waarheid was. 'Maar weet je, Paul, er zijn zo veel dingen die ik graag zou willen.'

'Zoals?'

Ze pakte haar glas en nam een slokje wijn. 'Nou, dat er iemand was die van me hield. Iemand die me echt zou missen als ik er niet meer was.' Zou hij de hint begrijpen? Brenna zag zijn blik afzakken, van haar gezicht naar haar borsten, en daarna ging de blik van de borsten van het dichtstbijzijnde barmeisje naar het kontje van de prostituee aan het eind van de bar.

'Weet je,' zei Brenna, 'soms heb ik het gevoel dat als ik op een dag uit de stad zou verdwijnen, het niemand iets zou kunnen schelen, dat niemand...'

'Shit.'

'Wat?'

'Mijn vrouw.'

Hij keek langs haar heen, over haar schouder. Brenna draaide langzaam haar hoofd om en zag een vrouw – met rood haar, een grote boezem en absoluut niet Annette – hun kant op komen. 'Gregory! Wat krijgen we verdomme...'

'Vivica, ik kan het uitleggen,' zei hij, wat Brenna zag als een regieaanwijzing om zich zo snel mogelijk uit de voeten te maken. Op weg naar de uitgang haalde ze Trents spionnencamera uit haar tas en maakte nog gauw twee foto's van Vivica. Arme Annette. Het kwam maar al te vaak voor dat je de vermiste beter niet kon terugvinden... zeker als het ging om een jongen als deze, die het als herinnering een stuk beter deed dan als levend, ademend mens.

'Sorry, de parapluutjes zijn op.'

Brenna keek opzij en zag het barmeisje met de kattenogen. Hier, dichter bij de uitgang, waar het minder benauwd was, kon Brenna haar parfum ruiken.

'Shalimar?' vroeg ze op fluistertoon.

Het barmeisje keek haar wezenloos aan.

'Mijn zus... zij gebruikte altijd Shalimar.'

Brenna perste de nagels van haar vingers in haar handpalm, maar dat kon niet voorkomen dat ze in gedachten terugging naar haar kamer toen ze elf was, naar de koelte van haar Marimekko-lakens en de gewatteerde deken die haar grootmoeder had gemaakt, die zwaar aanvoelde op haar lichaam. Naar het T-shirt van haar zus. Clea's T-shirt. Extra large, lichtgrijs, en het merkje dat uit de kraag was geknipt. Het Led Zeppelin-zoso-logo in kleine, zwarte letters op de voorkant, en op de rug, in grote, rode gotische letters: THE SONG REMAINS THE SAME. Clea had het van een van haar vriendjes gepikt en ze sliep er altijd in.

Nu slaapt Brenna erin. Het is zo vaak gewassen dat het katoen papierdun is geworden, maar elke keer als Brenna het over haar hoofd trekt en ze door haar neus inademt, ruikt ze nog steeds Shalimar. Shalimar en sigaretten en...

Het was 30 september 1981. Eén maand nadat bekend was geworden dat ze de stoornis had. Eén maand en negen dagen nadat Clea, haar oudere zus, in de lichtblauwe auto was gestapt, die vervolgens was weggereden.

'Kom alsjeblieft terug,' fluistert Brenna naar het donkere, met sterren versierde plafond van haar slaapkamer. 'Alstublieft, God, laat Clea alstublieft terugkomen...' Ze knijpt haar ogen dicht. Er lekken tranen uit haar ooghoeken. Ze trekken sporen over haar wangen, zo warm dat er rode striemen moeten achterblijven.

Brenna's telefoon trilde weer.

'Alles oké met u?' vroeg het barmeisje.

'Ja, ik...'

'U ziet eruit alsof u...'

'Echt. Niks aan de hand.' Brenna haalde de trillende telefoon uit haar zak en keek op het schermpje. Ze had verwacht dat het Trent weer zou zijn, maar ze zag een nummer in plaats van een naam. De regiocode was 914. Westchester County.

Brenna nam het gesprek aan en noemde haar naam. En toen een stem met een Brooklyn-accent vroeg of hij met Brenna Spector sprak, wist ze wie het was, herkende ze de stem zoals ze altijd stemmen herkende, aan de cadans en de pauzes. Ze herinnerde zich waar ze was geweest toen ze de stem voor het eerst had gehoord, begon zich ook weer te voelen zoals ze zich toen had gevoeld... op 16 oktober 1998. Brenna beet op haar lip en bleef in het heden. Toch, toen de beller vertelde wie hij was, kon ze het niet laten om tegelijk met hem te zeggen: 'Inspecteur Nick Morasco van de politie van Tarry Ridge.'

Morasco ademde hoorbaar in. 'Sorry,' zei hij. 'Kennen wij elkaar?'

Brenna wilde het uitleggen, maar door haar vermoeidheid in combinatie met dat aandringende geheugen werkten haar filters niet en had ze haar gedachten al uitgesproken voordat ze het in de gaten had. 'Gaat het over Iris Neff?'

Morasco zei lange tijd niets.

2

Brenna was bekaf, wat haar goed uitkwam, want dan hoefde ze niet na te denken. Nadat ze haar gesprek met Morasco had beëindigd, was ze meteen teruggegaan naar het Mirage, waar ze in het restaurant van de lobby een grote pannenkoek had gegeten, de lift naar boven had genomen en in haar kamer tot middernacht had geslapen. Ze had gedoucht, zich aangekleed, haar koffer gepakt, uitgecheckt en een taxi naar het vliegveld genomen voor de rode-ogenvlucht naar LaGuardia. En dat allemaal zonder één noemenswaardige gedachte.

Ze bleef dit volhouden toen ze incheckte op Las Vegas Airport en langs de rijen gokautomaten naar haar gate liep. Ze passeerde een verdrietig ogende oudere vrouw die een biljet van twintig dollar in een van de automaten schoof, had haar door elkaar willen schudden en willen roepen: Denk aan je kansen. Wil je alsjeblieft aan je kansen denken? Ze hield het nog steeds vol toen ze wachtte tot ze aan boord mocht en luisterde naar Iggy Pops *Lust for Life* op haar mp3-speler om zichzelf af te leiden van het CNN-nieuwsbericht – iets over een grote brand in een of ander opvanghuis in het noorden van de staat New York – dat alsmaar werd herhaald, zodat de twee grote monitors aan het plafond aan weerskanten van de gate als vurige duivelsogen op de wachtende passagiers neerkeken. Wat hadden de nieuwszenders toch met branden?

Pas toen Brenna in haar stoel zat, het vliegtuig was opgestegen en de gezagvoerder had gemeld dat ze op kruissnelheid en de gewenste hoogte vlogen, had ze zichzelf toegestaan het rommelige telefoongesprek met Morasco, van vierentwintig uur daarvoor, nog eens af te spelen.

'Waarom vraagt u naar Iris Neff?'

'Sorry. Ik zeg maar wat.'

'Mevrouw Spector...'

'Brenna. Mevrouw Spector is mijn moeder.'

'Oké, Brenna. Je assistent hier vertelt me...'

'Mijn assistent daar?'

'Hij zegt...'

'Is Trent daar nu bij je?'

'Ja. Hij zegt dat je de stad uit bent.'

'Dat klopt.'

'Ik zou je graag willen spreken zodra je terug bent.'

'Kun je me vertellen waar het over gaat?'

'Ik denk dat we dat beter kunnen bespreken als je terug bent.'

'Wat bespreken?' zei Brenna hardop.

De vrouw die naast haar zat – een angstige passagier die een rozenkrans door haar vingers had laten glijden totdat de gezagvoerder het verlossende woord had gesproken – keek haar aan alsof Brenna opeens twee neuzen had, waarvan er een elk moment kon exploderen.

'Sorry,' zei Brenna. 'Ik... moest opeens aan iets denken.'

'O,' zei de vrouw, die Brenna nooit voor het rozenkranstype zou hebben gehouden. Ze had roze en wit piekend haar, een met diamantjes ingelegde bibliothecaressebril, was gekleed in een vliesdunne zwarte jurk van een ouderwets model en had een lange getatoeëerde roos op haar magere, bleke onderarm. Ze was van Brenna's leeftijd en in New York, waar ze ongetwijfeld woonde, was ze hoogstwaarschijnlijk een van de coolste docenten op de kunstacademie. Maar hier, in de lucht, had ze geen status en was ze alleen maar bang. Ze vroeg Brenna: 'Heb je kinderen?'

'Rare vraag,' zei Brenna. 'Maar inderdaad, ik heb een dochter van dertien, Maya. En jij?'

'Wat?'

'Heb jij kinderen?'

Gisteren, om 15.28 uur, had Brenna een sms van Maya ontvangen, iets wat zelden gebeurde. *Papa zegt dat je me een dag later komt halen.*

Brenna, die sms'en als een straf zag, want ze had geen smartphone maar een heel simpel, ouderwets ding, had Maya in een paar zinnen uitgelegd dat ze van haar contact in het hotel te horen had gekregen dat Larry Shelby een dag later dan gepland vanuit Los Angeles zou overkomen, dat het haar heel erg speet maar dat ze er niets aan kon doen, dat ze Maya miste en heel veel van haar hield, en dat ze het allemaal goed zou maken.

Ze had geen antwoord gekregen. Natuurlijk niet. Sinds Maya op de middelbare school zat, had ze ervoor gekozen haar boosheid tot uiting te brengen door helemaal niets te zeggen.

'Ik vroeg of je iets te drinken bij je had,' zei de hippe academiedocent.

'Huh?'

'Iets te drinken, niet of je kinderen had. Ik probeer de stewardess te wenken, maar ze ziet me niet. Maar leuk om te horen dat je een dochter hebt. Ik ga nu pitten.'

Ze boog zich weg van Brenna, perste zichzelf zo veel mogelijk in de ruimte tussen haar stoel en het raampje en sloot haar ogen. En weg was ze. Best. Brenna sloot eveneens haar ogen en verdween op haar eigen manier.

Het was 16 oktober 1998. De eerste en de laatste keer dat Brenna inspecteur Nick Morasco van de politie van Tarry Ridge had gesproken, maar dat was nadat Jim achter haar was komen staan toen ze in de keuken, met alleen een kort topje en een pyjamabroek aan, de restanten van de zalm van de vorige avond uit de pan stond te boenen. Pas nadat ze Jims hand zacht op haar blote buik had gevoeld, de knoopjes van zijn overhemd op haar blote rug, en zijn lippen bij haar oor.

'Ik ben om een uur of zes thuis.'

Zijn kus, zacht en vluchtig, beroert haar jukbeen. Brenna draait zich om, legt haar handen op zijn gladgeschoren wangen en kust hem op de mond.

Zijn lippen, zacht op de hare, zijn handen in haar haar...

De tv schalt: 'Elmo houdt van treinen!'

Maya roept vanuit de woonkamer: 'Papa! Breng je een cadeautje voor me mee?' Jim maakt zich van haar los en glimlacht. Brenna kijkt hem in de ogen. Het is alsof er achter beide ogen een vuurtje brandt.

Ze fluistert: 'Breng voor mij ook een cadeautje mee.'

Het vliegtuig schokte. 'O god,' zei de academiedocent. 'God o god o god.'

Brenna keek opzij. 'Het is oké, gewoon wat ruw weer,' wilde ze zeggen.

Maar de vrouw keek haar met een bevreemde blik aan en Brenna besefte dat haar ogen licht traanden. Ze forceerde een glimlach. 'Een van mijn allergieën.'

Het vliegtuig dook weer een stuk omlaag en de melding van de veiligheidsriemen begon te knipperen. 'Je moet je riem omdoen,' zei Brenna's buurvrouw op een rare, dwingende toon, alsof alleen vastgemaakte riemen het vliegtuig in de lucht konden houden.

Brenna deed wat ze vroeg.

'Dank je. Ik... ik vind vliegen gewoon doodeng.'

'Het is dat je het zegt.' Ze stak haar hand naar haar uit. 'Ik ben Brenna, trouwens.'

'Sylvia,' zei de vrouw, maar ze pakte Brenna's hand niet vast, had het te druk met haar rozenkrans. Brenna zuchtte. Trent hield ook niet van vliegen, sinds zijn vliegtuig door de bliksem was getroffen toen hij op weg was naar de MTV Beach Party in Fort Lauderdale, maar zijn angst was veel minder erg dan die van haar buurvrouw. Meestal, de enkele keren dat het nodig was dat ze samen met haar assistent ergens naartoe vloog, kon ze hem wel geruststellen met een gin-tonic of een leugen over een stewardess die haar ogen niet van hem af kon houden.

'Alsjeblieft, alsjeblieft, alsjeblieft...' prevelde Sylvia.

Brenna had het nooit begrepen, die vliegangst. Als je het vergeleek met wat er allemaal op de grond kon gebeuren, was in een vliegtuig zitten zo veilig als wat.

Het vliegtuig kwam in een luchtzak en schokte weer heftig. Sylvia produceerde een geluid dat heel erg leek op de kreetjes die Maya slaakte toen ze drie was en meteen gingen Brenna's gedachten terug naar 16 oktober 1998, waar het pas een half uur later was geworden...

'Mama! Mag ik appelsap?'

'Natuurlijk, schat.' Brenna opent de koelkast, haalt de fles eruit en schenkt de paarse, plastic drinkbeker met de afbeelding van een tekenfilmhond halfvol.

'Mama! De radio!'

Brenna slaakt een zucht. Ze geeft de drinkbeker aan Maya en haast zich naar de slaapkamer. Jim heeft vijf weken daarvoor een nieuwe klokradio gekocht en ze hebben allebei de handleiding gelezen, maar zijn er nog steeds niet achter hoe ze moeten voorkomen dat het ding 's morgens diverse keren uit zichzelf begint te spelen.

Het enige wat helpt is de stekker uit het stopcontact trekken, die er later weer in doen en de klok opnieuw gelijkzetten. Het is 9.23 uur als Brenna de stekker eruit wil trekken en ze de nieuwslezer hoort zeggen: 'Een mogelijke doorbraak in de Iris Neff-zaak.'

Ze verstrakt.

Brenna weet wat de Iris Neff-zaak inhoudt... iedereen weet dat. Een zesjarig meisje is op Labor Day op een barbecue, in het vredige Tarry Ridge, ongeveer veertig minuten rijden van New York. Het feest loopt ten einde, haar moeder gaat naar huis en Iris mag blijven om te spelen met de kinderen van het echtpaar dat de barbecue gaf... allemaal heel normaal, totdat Iris, als er niemand kijkt, wegloopt van het gezelschap.

En niemand haar ooit nog ziet.

De nieuwslezer zegt: 'Een anonieme getuige heeft het meisje op straat, voor haar eigen huis, in een blauwe auto met een deuk aan de rechterkant van de achterbumper zien stappen.'

Brenna's ogen worden groot. Het kan onmogelijk dezelfde auto geweest zijn. Dat was zeventien jaar geleden.

Maar toch. Toch...

Maya roept: 'Mama! Mag ik nog een beetje appelsap?'

'Ik kom zo, schat!' Brenna pakt de telefoon in de slaapkamer en belt Inlichtingen. Ze vraagt of ze doorverbonden kan worden met de politie van Tarry Ridge en vraagt naar de rechercheur die de leiding in de Iris Neff-zaak heeft.

'Dat is inspecteur Nick Morasco,' zegt de agent die ze aan de lijn krijgt.

Brenna wordt in de wacht gezet en probeert het beeld op te roepen van de blauwe auto die haar zus heeft meegenomen... het merk en het model, het geluid van de stationair draaiende motor, het onheilspellende gevoel dat ze voelt opkomen als ze 's morgens heel vroeg haar neus tegen het slaapkamerraam drukt en Clea naast de auto ziet staan. 'Ik ben zover,' zegt Clea, en daarna stapt ze in. En dan hoort Brenna die stem – zíjn stem – de stem van die donkere gedaante achter het stuur. Het lukt haar niet. Het beeld dat de oorsprong van haar perfecte geheugen was, dat het in gang heeft gezet, blijft vaag, net zo vaag als de kindertijd die eraan voorafging.

'Met inspecteur Morasco. Wat kan ik voor u doen?'

'Ik... ik hoorde in het nieuws iets over een blauwe auto.'

'Met wie spreek ik?'

'Mijn naam is Brenna Spector. Ik heb vroeger als privédetective aan de zaak gewerkt.'

'Oké. Maar weet u, die informatie had nooit bij de pers terecht mogen komen.'

'Ik ben juist blij dat het is gebeurd, want...'

'Het was onjuiste informatie.'

'Onjuist?'

'Ja, een valse tip.'

'Dus... u beweert dat ze niet in een blauwe auto is gestapt?'

'We zijn niet op zoek naar een blauwe auto. Maar bedankt voor het bellen.' Klik.

Dat is onbeleefd, denkt Brenna.

'Sorry,' zei Sylvia. 'Heb je het tegen mij?'

Brenna knipperde met haar ogen. 'Huh?'

'Laat maar.'

De vliegtuigmotoren gierden toen ze op een andere hoogte gingen vliegen, en algauw hield het schokken op, doofde de knipperende melding van de veiligheidsriemen, zette Sylvia haar glitterbril af en zonk ze weg in een diepe, posttraumatische slaap. Brenna haalde haar iPod uit haar tas, propte de dopjes in haar oren en zette haar *Lust for Life*-album weer aan. Ze luisterde naar Iggy's donkere stem, in het nummer waarin hij een of andere maffe zonde propageerde... niet zomaar een zonde, maar een maffe. Brenna had dat altijd prachtig gevonden, al vanaf de eerste keer dat ze het nummer hoorde, op 21 februari 1988, in haar tweede en laatste jaar op Columbia University, toen ze in kleermakerszit op het onopgemaakte bed van Dan Price zat... Dan, met zijn groene ogen, mager, en zo mooi dat het pijn aan haar ogen deed.

Maar Brenna's gedachten gingen niet terug naar die nacht. Ze gingen evenmin terug naar de ochtend van 16 oktober 1998. Ze dacht niet aan de week die volgde op haar telefoongesprek met Morasco, of aan de tijd die ze in Tarry Ridge had doorgebracht toen ze naar Iris Neff op zoek was... Ze weigerde te denken aan alle mensen die ze had ontmoet, alle vragen die ze had gesteld, aan die nare, knagende argwaan die ze had gevoeld. Ze wilde ook niet terugdenken aan het moment dat ze met het hart in de keel bij de telefoon in de keuken had gestaan en het nummer had ingetoetst dat ze plechtig had beloofd nooit meer te bellen...

Brenna wilde zich die week niet herinneren. Maar ze wist dat als ze Morasco eenmaal had gesproken, als ze zijn gezicht had gezien en die stem weer had gehoord, als hij haar had gevraagd wat hij haar moest vragen, wat het ook was, Tarry Ridge terug zou zijn in haar herinnering. Dat Iris Neff terug zou zijn in haar herinnering. Dat ze zich die week – de week dat er een eind aan haar huwelijk kwam – weer zou herinneren, of ze het wilde of niet.

3

Vijf uur later was Brenna terug in de stad, liep ze de trap naar haar appartement op de hoek van Twelfth en Sixth op en riep Trent haar iets toe zodra ze de deur opende. 'Goed dat je terug bent. Ik moet je iets laten zien, en niet zomaar iets. Puur goud, of zilver, kan ik beter zeggen.'

'Waar heb je het in godsnaam over?'

Trent LaSalle werkte nu bijna zes jaar voor Brenna, maar het feit dat hij in haar appartement rondliep maakte haar nog steeds onrustig. Eigenlijk deed hij dat alleen in het voorste deel van het appartement, dat opvallend groot was voor een driekamerwoning met huursubsidie, die ze acht jaar geleden, kort na haar scheiding, had gevonden. De slaapkamers – een voor Brenna en een voor Maya, voor de drie dagen per week dat ze er was – waren verboden terrein voor haar assistent, en hij had zijn bureau helemaal aan de andere kant van het ruime en verder smaakvolle woongedeelte annex kantoor neergezet.

Esthetisch gezien was Trents bureau een soort provocatie. Niet vanwege de rommel, want Trent was heel netjes. Het waren de 'Megan Fox in bikini'-screensaver, zijn 'Strakste kontje ter wereld'-trofee die hij van een ex-vriendin had gekregen, de Mardi Gras-kralenkettingen en jarretelgordels die aan de rugleuning van zijn stoel hingen. Maar het ergste van alles was het prikbord achter zijn bureau, met Trents fotoverzameling... Trent die zijn borstspieren showde op het strand, Trent die een fles Grey Goose als microfoon gebruikte, Trent in diverse clubs, met dikke zoenlippen of gangstarapgebaren makend met zijn handen, omringd door mooie jonge meiden die hij zo gek had gekregen om samen met hem op de foto te gaan, hoewel je aan hun verontruste gezichten kon zien dat Trent het leuker vond dan zij.

Trent was twaalf jaar jonger dan Brenna en voor zover ze wist was hij de ergste zevenentwintigjarige man die ze ooit was tegengekomen. Het zou mooi zijn geweest als zijn vader hem wat bescheidenheid had bijgebracht, want zelfingenomen als hij was zag hij zichzelf als een soort superster met een vlijmscherpe geest, iemand van wie elke vierkante centimeter even spectaculair was. Hij had dat rare macho-vrouwonvriendelijke dat veel van die jonge gasten tegenwoordig hebben. Hij floot naar vrouwen en schepte tegen zijn vrienden op over 'lekkere dingen' die hij had 'gerampetampt'. Ook waxte hij zijn borst, epileerde hij zijn wenkbrauwen en gebruikte hij een tanningspray die zijn huid eerder een oranje dan een bruine tint gaf. Kortom, Trent was een idioot. Maar hij was ook verbazingwekkend scherpzinnig, een georganiseerd denker en een genie met computers. In de afgelopen paar jaar had hij een computerprogramma ontwikkeld en geperfectioneerd waarmee hij foto's van vermiste kinderen kon verouderen, software die kon wedijveren met die van de FBI. En afgezien van de ene keer dat hij met iemand zat te bellen en Brenna had gehoord dat hij haar omschreef als een 'eersteklas MILF', had hij zich altijd respectvol tegen haar gedragen.

Toch was hij niet iemand bij wie ze zich op haar gemak voelde wanneer hij in haar huis rondliep. En als Trent zei dat hij haar iets moest laten zien, was dat niet altijd iets wat ze ook graag wílde zien.

'Ik hoop dat het met een van onze zaken te maken heeft,' zei Brenna toen ze de deur achter zich had gesloten, haar koffer op de bank had gegooid en probeerde te wennen aan de aftershave van haar assistent.

Trent grijnsde. 'In de verste verte niet.' Voordat Brenna haar blik kon afwenden trok hij zijn strakke, lichtgroene AX-T-shirt omhoog en stond ze oog in oog met twee zilveren tepelringen. 'Ik heb me gisteren tijdens de lunch laten piercen. Cool, hè?'

Brenna huiverde. 'Je weet hoe ik in elkaar zit, toch?'

Hij knikte.

'Dus je weet ook dat elke keer als ik iets hoor, voel of zie, het voor altijd in mijn geheugen gegrift staat.'

'Ja, natuurlijk weet ik dat.'

‘Met andere woorden, als je me ooit nog iets laat zien wat maar een beetje lijkt op wat je me net hebt laten zien…’

‘Ah, jezus, jij hebt ook geen greintje gevoel voor humor. Ik probeer je alleen een beetje op te vrolijken voordat…’

Brenna stak haar vinger op. ‘Wacht even.’ Ze haalde haar telefoon uit haar zak en toetste Maya’s nummer in.

‘Mama?’

‘Hoi, schat. Mijn vlucht had deze ene keer eens géén vertraging, dus ik kan je nu komen ophalen. Tenminste, als je…’

Vanuit haar ooghoek zag ze Trent druk gebaren, zwaaien met zijn handen alsof hij probeerde een klein vliegtuig veilig aan de grond te krijgen. Ze keerde hem haar rug toe. ‘Je bent thuis van school, nietwaar? Ben je al klaar, of moet je eerst nog iets doen?’

Een paar seconden bleef het doodstil. Aan Maya’s telefoontechniek was nog veel te verbeteren. Ze zei al niet veel, maar als je telefoneerde viel het des te meer op als je niets zei. Toch had Brenna het gevoel dat er deze keer iets anders achter zat. ‘Maya…’ begon ze. Het spijt me dat ik een dag te laat ben. Maar voordat ze dat kon zeggen zei Maya: ‘Ik blijf vanavond bij Larissa slapen. Ik heb het tegen Trent gezegd.’

‘O…’

‘We gaan samen leren voor ons natuurkundeproefwerk. Papa en Faith zeiden dat het oké was.’

‘Wacht even… Larissa?’ zei Brenna, en er schoot een herinnering door haar hoofd. ‘Larissa’s moeder heeft jullie tweeën alleen thuisgelaten. Toen jullie pas acht waren.’

‘Ik weet niet waar je het over hebt.’

‘Kom op, Maya. Weet je dat niet meer? Op 4 mei 2001. Je kwam de volgende dag helemaal trots thuis en vertelde dat Larissa en jij op elkaar hadden gepast.’

Maya slaakte een diepe zucht. ‘Mam, ze was even naar beneden gegaan om de post te halen. Een minuut of drie.’

‘Een kind kan verdwijnen in minder dan drie minuten, Maya. Larissa’s moeder had dat moeten weten. Ze had…’

‘Je valt weg, mam,’ zei Maya, hoewel Brenna ervan overtuigd was dat de verbinding oké was. ‘Ik zie je morgen. Probeer op tijd te komen.’

Brenna legde haar telefoon neer.

Trent haalde zijn schouders op. 'Kinderen.'

Brenna zei niets. Ze staarde naar de telefoon op het werkblad van haar bureau, alsof die haar uitdaagde met zijn stilzwijgen. Ze had het ding tegen de muur willen smijten.

'Je had Maya trouwens nu niet kunnen gaan halen,' zei Trent. 'De cavalerie kan elk moment arriveren.'

'Huh?'

'Inspecteur Nick Morasco,' zei hij met lage, onheilspellende stem. 'Van de politie van Tarry Ridge.'

Brenna zuchtte. 'Wat wil die man in godsnaam van me?'

'Geen idee, maar volgens mij is het een aparte kerel. Hij klonk nogal... intens.'

'Wat zei hij?'

'Hij wilde weten wanneer je terug zou zijn. Om een uur of vier, heb ik tegen hem gezegd, en aangezien het nu kwart over vier is...'

Hij werd onderbroken door het harde geluid van de zoemer, en toen hij op de knop van de intercom drukte, hoorde Brenna weer die diepe stem met dat Brooklyn-accent. 'Inspecteur Morasco hier. Is mevrouw Spector al terug?'

Trent keek Brenna aan. 'Zei ik het niet?' zei hij terwijl hij op de knop van de deuropener drukte. 'Intens.'

Morasco zag er zeker niet uit als een cavalerist, en ook niet intens, maar er waren wel een paar andere dingen die Brenna opvielen.

Wat haar het meest dwarszat was zijn leeftijd. Zo te zien was hij hooguit veertig, als hij geen plastische chirurgie had ondergaan. Wat hem elf jaar geleden nog geen dertig maakte, ongeveer even oud als Brenna. Maar dat gaf hem, naar haar mening, nog niet het recht om over de telefoon zo kortaf en laatdunkend tegen haar te doen. *We zijn niet op zoek naar een blauwe auto.* Alsof hij een kind de les las. *Bedankt voor het bellen.* Kom op, zeg, dacht Brenna.

Wat Brenna's irritatiemeter ook deed uitslaan was zijn boekenwurmuiterlijk. Morasco zat aan Brenna's bureau, iets voorovergebogen, met zijn stalen brilletje, zijn – geloof het of niet – tweedjasje, en zijn Orlando

Bloom-piratenhaar. Brenna had in haar leven al heel wat politie-inspecteurs gezien, maar geen ervan zag eruit zoals hij. 'Aangenaam kennis met u te maken, mevrouw...'

'Brenna.'

'Goed, Brenna.' Morasco rommelde in een versleten canvas tas die blijkbaar als zijn attachékoffertje dienstdeed – zo'n milieuvriendelijk ding van een grote, zich schuldig voelende supermarktketen, met de woorden GA VOOR GROEN in grote 'kijk mij eens'-letters op de zijkanten – en keek niet op toen hij haar naam zei. Hij had haar nog helemaal niet aangekeken sinds hij was binnengekomen en was meteen naar haar bureau gelopen nadat hij tegen Trent had gezegd dat hij wel een kop koffie lustte: zwart met suiker, graag... een verzoek dat hij niet tot Trent zelf maar tot een plek op de muur achter diens hoofd richtte. Je mocht Brenna veeleisend noemen, maar als je iemand van het gezag over de vloer had die je niet kwam arresteren, was een beetje oogcontact toch wel het minste wat je mocht verwachten.

Brenna dacht aan haar ex-man, met zijn stekeltjeshaar, zijn tweedvrije garderobe en de soepelheid waarmee hij met mensen omging. Ze bedacht dat Jim Rappaport, een krantenreporter die zich tot redacteur had opgewerkt, meer op een politieman leek dan deze veronderstelde inspecteur... toen Morasco eindelijk had gevonden wat hij in zijn tas zocht en het op haar bureau legde.

Het was een bibliotheekboek. Het boek van dr. Lieberman.

'Dit ben jij, hè?' zei Morasco terwijl hij het boek opensloeg. 'Hoofdstuk vijf?'

Trent kwam aanlopen met Morasco's koffie en las de titel hardop voor. 'Het meisje met de taperecordergeest.'

'Ja,' antwoordde Brenna. 'Dat ben ik... tenminste, toen ik jong was.' In het boek, *Buitengewone kinderen*, dat in 1990 was verschenen, was Brenna's naam afgekort tot 'B'. Later, nadat er op 14 april 1995 in het wetenschapskatern van *The New York Times* een artikel aan haar was gewijd, had de uitgever haar gebeld en gevraagd of hij voor de volgende drukken haar volledige naam mocht gebruiken.

'Ik heb nooit geweten dat er een boek over jou is geschreven,' zei Trent.

'Het is al zo lang geleden.' Brenna liet haar blik over de pagina gaan.

Ze zag dat ze in dit exemplaar alleen ‘B’ werd genoemd – een eerste druk dus – en dacht aan haar eigen eerste druk, haar gesigneerde exemplaar dat dr. Lieberman haar had gestuurd kort nadat het boek was verschenen. Ze had het niet kunnen opbrengen om het te lezen, maar het had destijds op haar nachtkastje gelegen omdat ze dat wel van plan was, ooit.

Ze zag het boek voor zich, op het groen geverfde nachtkastje in haar allereerste appartement in New York, op de hoek van 112th Street en Amsterdam Avenue, met haar witte metalen leeslamp ernaast.

‘Cool!’ riep Trent.

Brenna schraapte haar keel en richtte haar aandacht op Morasco, die haar door de glazen van zijn stalen brilletje recht aankeek, waarschijnlijk om het gebrek aan oogcontact van zo-even goed te maken. Zijn ogen, zag ze nu, waren heel donker en hadden een zachte, ontwapenende glans. Brenna ging ervan uit dat dit kwam door zijn bijziendheid, niet door een grote mate van compassie, want de glazen waren erg dik. Maar het zou Morasco ongetwijfeld goede diensten bewijzen wanneer hij getuigen ondervroeg.

Hij zei: ‘Je herinnerde je iets, hè?’

‘Huh?’

‘Het boek... toen je het zag kwam er een herinnering tot leven.’

Brenna knikte. ‘Ja. Zo werkt het bij mij... de stoornis...’

‘Ik moet je iets laten zien.’

Helaas, door de manier waarop hij het zei, moest ze meteen denken aan Trent en zijn tepelringen – ze kon hem er wel om vermoorden – maar ze knipperde een paar keer met haar ogen en duwde de gedachte weg.

Morasco boog zich opzij en rommelde weer in zijn tas. ‘Je vroeg me naar Iris Neff toen ik je belde. Heb je Iris Neff gekend?’

‘Wat? O... nee, ik...

‘En mij?’

‘Jou?’

‘Hoe wist je wie ik was voordat ik dat had gezegd?’

‘Ik heb je ooit eens aan de telefoon gehad.’

‘Ooit?’

‘Op 16 oktober 1998,’ zei ze. ‘Om 9.23 uur.’

Hij stopte met zoeken en keek naar haar op. ‘Dat moet dan een heel belangrijk gesprek geweest zijn.’

'Ik keek toevallig op de klok.'
Morasco boog zich weer over zijn tas. 'Waar ging dat gesprek over?'
'Ik had het bureau gebeld om iets te vragen. Jij poeierde me af. Het hele gesprek duurde niet langer dan dertig seconden.'
Trent zei: 'Luister, man, ze kan zich herinneren wanneer de onthoudingsaflevering van *Seinfeld* werd uitgezonden. Je weet wel, die waarin ze met elkaar wedden wie het langst zonder...'
'Dus ons gesprek was van hetzelfde kaliber.'
Trent knikte. 'Ze kan je ook vertellen wanneer David Letterman door Shirley MacLaine voor hufter werd uitgemaakt, wanneer de première van *Star Wars: The Phantom Menace* in het Ziegfeld was en... o, de exacte datum van de dag, vorig jaar, dat de Hostess Cupcakes bij Gristedes in de aanbieding waren.'
'Trent,' zei Brenna, 'kun je Annette Shelby bellen en vragen hoe laat ze me kan ontvangen om over haar man te praten?'
'Heb ik al gedaan. Vanavond om half acht, dat heb ik je verteld.'
'Nou, kun je haar dan bellen om de afspraak te bevestigen?' Ze wierp hem een veelzeggende blik toe. 'En kun je daarna op onze website kijken of er nog iets is binnengekomen? Of je moeder bellen, misschien?'
'Ah! Ik begrijp de hint.'
Terwijl Trent naar zijn werkplek liep, haalde Morasco een dossiermap uit zijn boodschappentas en legde die op het bureau. 'Cupcakes, hè?' zei hij. 'Ik ben zelf meer een Twinkie-man.' Hij keek naar haar op en Brenna geloofde er niets van. Hij had waarschijnlijk geen Twinkie meer gegeten sinds hij een jaar of acht was. Maar er ging niets boven voorgelogen worden door een man met een tweedjasje.
Morasco sloeg de dossiermap open. Er zaten foto's in, allemaal van dezelfde vrouw, gekleed in een crèmekleurig mantelpakje en een stijve witte blouse, met een boeketje bloemen in haar hand; de vrouw met een rood schort voor terwijl ze een kalkoen aansnijdt in de soepkeuken van de kerk, de vrouw op het strand, in een onopvallend zwart badpak. 'Weet je nog wie dit is?' vroeg Morasco.
Brenna concentreerde zich op de foto met de bloemen, zo te zien genomen tijdens een heel simpel trouwfeestje. 'Nee,' zei ze. Op de foto leek de vrouw, die bij een werkplek in een kantoor stond, letterlijk op te gaan in

de achtergrond, met haar crèmekleurige pakje, haar sluike, zandkleurige haar en haar bleke lippen en huid. Alles aan haar leek op de een of andere manier crèmekleurig te zijn, met uitzondering van haar ogen, die groot en zilvergrijs waren... niet de ogen van een jager maar die van de prooi. Brenna kon haar blik er niet van losmaken. 'Wie is dit?'

Ze voelde Morasco's blik op zich rusten en toen ze opkeek, had hij zijn ogen tot spleetjes geknepen en was de blik erin vlijmscherp. Ze begreep nu wat Trent met 'intens' bedoelde. 'Dus je kent deze vrouw niet?'

'Ik heb haar nooit eerder gezien.'

'Dat weet je zeker.'

'Ja.'

De irissen hadden nu een staalharde glans, met pupillen zo scherp als titaniumboortjes. Opmerkelijke ondervragingsinstrumenten, die ogen van hem. *Good cop* en *bad cop* in een en dezelfde persoon. 'Je hebt haar nooit aan de telefoon gehad? Of e-mails van haar ontvangen?'

'Ik weet niet eens hoe ze heet.'

'Carol Wentz.' Hij legde de nadruk op de naam, vuurde die op haar af.

'Ik ken geen Carol Wentz.'

'Ze is eenenvijftig jaar oud,' zei Morasco. 'Getrouwd, geen kinderen. Gelukkig, min of meer. In goede gezondheid. Ze wordt sinds vijf dagen vermist. Haar man heeft ons verteld dat ze Tarry Ridge zelden verliet. Gisteravond hebben we haar portefeuille gevonden.'

'Inspecteur,' zei Brenna, 'waarom vertel je dit aan mij?'

'In de portefeuille zat een opgevouwen blaadje papier met een naam en een telefoonnummer erop.'

'Er wat heb ik hiermee te maken?'

Morasco bleef haar enige tijd aanstaren, alsof hij probeerde door haar ogen in haar geest te kijken. 'De naam en het telefoonnummer op dat blaadje,' zei hij, 'waren die van jou.'

Brenna's ogen werden groot. 'Misschien had ze die opgezocht,' zei ze. 'Misschien was ze van plan contact met me op te nemen.'

'De portefeuille is gevonden door iemand van de makelaardij. Weet je waar?'

Ze keek hem aan. 'Ik heb je al gezegd dat ik Carol Wentz niet ken. Hoe moet ik weten waar...'

'Op Muriel Court nummer 2921.'

Brenna slikte. Ze voelde de kleur uit haar gezicht wegtrekken.

Morasco zuchtte, ging rechtop zitten, en Brenna wist dat ze hem de reactie had gegeven die hij van haar had verlangd. 'Je kent het adres,' zei hij. 'Je herinnert het je.'

Ze knikte.

'Hoe komt dat?'

Brenna wilde die vraag niet beantwoorden, niet nu er zo veel andere vragen door haar hoofd gingen. Dus wendde ze zich af en keek naar Trent, die aan de andere kant van de kamer, met zijn rug naar haar toe, nietsvermoedend zat te telefoneren. En toen zei ze hard wat Morasco en zij allebei wisten. 'Dat huis,' zei ze. 'Het huis waar die portefeuille is gevonden. Iris Neff en haar moeder woonden daar.'

4

1. Ik herinner me de naam van de hond die ik had toen ik op de kleuterschool zat.
2. Ik herinner me wat ik in de middagpauze heb gegeten op mijn eerste dag op de basisschool.
3. Ik herinner me het favoriete merk whisky van mijn vader.

Nelson Wentz stopte met typen en keek naar zijn beeldscherm. De opdracht van zijn internetcursus Autobiografisch Schrijven was: schrijf vier dingen op die je je herinnert, en vier dingen die je je niet herinnert. Maar was het wel genoeg wat hij had opgeschreven? Had hij bijvoorbeeld niet moeten schrijven dat zijn vader van Glenfiddich hield? Of dat zijn hond Coco heette, maar dat hij hem niet had mogen houden omdat zijn moeder allergisch bleek te zijn, of dat hij zich herinnerde dat hij die eerste schooldag een broodje eiersalade had gegeten en dat de kinderen van zijn nieuwe school hem hadden gepest door te zeggen dat zijn kastje naar zweetvoeten stonk? Hij kon zich niet voorstellen dat een of andere literatuurdocent die vijfduizend kilometer verderop woonde hierin geïnteresseerd zou zijn, want dat was Nelson zelf niet eens. Aan de andere kant wist hij dat details belangrijk waren wanneer je je memoires schreef, net zoals ze dat waren voor een politieonderzoek.

4. Ik herinner me wat Carol aanhad op de dag dat ik haar leerde kennen.

Nelson wist niet precies waarom hij zich voor de cursus had ingeschreven. Of beter gezegd, hij wist van een heleboel dingen niet waarom hij ze had gedaan... Tot vijf dagen geleden, toen hij wakker was geworden en zag dat Carol niet naast hem in bed lag. In de keuken was ze ook niet, of in de badkamer, de woonkamer, of ergens anders in huis. Toen hij in de garage keek en zag dat haar auto er stond, had Nelson gedacht: misschien is ze bij de buren. Een beetje raar om half acht 's morgens, hoewel misschien niet voor Carol, die de deur al uit vloog als een van de buren het deksel niet van de jampot kon krijgen. Jij bent de Wonder Woman van de straat, had Nelson ooit bij wijze van grap tegen haar gezegd. Carol had er niet om kunnen lachen.

Dus had Nelson die vrijdagochtend gedoucht en zich aangekleed, net zoals hij dat elke ochtend deed. Hij had de trein naar de stad genomen en zijn acht uur op de redactie van Research & Verificatie gewerkt, wat hij al tweeëndertig jaar deed. Toen hij om half zes thuiskwam en haar auto in de garage zag staan, had hij erop gerekend dat Carol in de keuken met het eten bezig zou zijn. Maar ze was er niet geweest.

Op de dag dat ik Carol leerde kennen, had ze een lichte jurk met rode en blauwe zeilbootjes aan en droeg ze een platte strooien hoed zoals je die op schilderijen van impressionisten ziet. Ik ben nu hoofd van de afdeling Research & Verificatie, maar toentertijd was ik net als junior bureauredacteur bij de krant begonnen. Het was de dag van de jaarlijkse picknick en ik zag Carol van een afstand, in gesprek met een groepje mensen die ik nog niet kende. Iemand vertelde me dat ze het nichtje van een van de vrouwen van de boekhouding was. Maar ze zag er niet uit als het nichtje van iemand, niet met die hoed. Ze zag eruit alsof ze met een tijdmachine uit een andere eeuw was overgevlogen. Ik had de aandrang om bloemen voor haar te gaan plukken.

Nelson begon terug te lezen wat hij had getypt, maar hij kon zijn gedachten er niet bij houden. Hij stelde zich voor dat die politieman, Nick Morasco, achter hem stond en over zijn schouder meelas. Waarom, vroeg de politieman in Nelsons geest, bent u bezig met een schrijfopdracht als uw vrouw wordt vermist?

Inspecteur Nick Morasco, verder een vriendelijke kerel, had Carol vanmiddag steeds 'uw vrouw' genoemd… dat bezitterige, als om Nelson in te peperen dat ze officieel van hem was, en dat hij haar nu kwijt was. Heeft uw vrouw zich de laatste tijd anders gedragen? Had uw vrouw een reden om bij dat huis op Muriel Court 2921 te zijn? Zou u zeggen dat uw vrouw, voordat ze vermist raakte, gelukkig was?

'Definieer "gelukkig".' Nelson had het hardop gezegd, hoewel hij het niet van plan was geweest. Hij hield niet van het geluid van zijn eigen stem, die in het lege huis hol en onvast klonk. Doorgedraaid. Was dit het begin van de waanzin? Was Carols jarenlange aanwezigheid in het huis de enige reden dat hij niet gek was geworden? Ik probeer u alleen maar te helpen, meneer Wentz. U was degene die met mij over uw vrouw wilde praten.

'Ze heet Carol!' Nelson had het bijna uitgeschreeuwd. Niet meer aan denken, aan die man.

Hij begon de tekst op zijn scherm weer te lezen, al was het alleen maar om iets gewoons te doen. Om dezelfde reden was hij vandaag gaan werken. Waarom zou hij nog een dag vrij nemen? Hij kon beter op kantoor zijn dan in dit lege huis, waar hij voortdurend aan Carol moest denken. Hij kon zich beter bezighouden met het persklaar maken van de krantenpagina's dan elke keer als hij de politie belde van die snibbige balieagente te vernemen dat er nog geen nieuws was.

Hij had niet meer achter zijn computer gezeten sinds Carol verdwenen was, maar op de een of andere manier voelde het beter om in deze kamer te zijn – waar Carol nooit kwam, achter de computer waarmee ze nooit had leren omgaan – dan in een van de andere kamers van het huis.

Een hoed zoals je op schilderijen van impressionisten ziet. Ik vraag me af of Carol die hoed nog heeft. Zo ja, dan moeten we misschien eens samen naar Frankrijk gaan, naar de Provence, dan kan ik haar fotograferen met die hoed op, met van die opgerolde strobalen op de achtergrond. Vreemd eigenlijk dat we nooit in de Provence zijn geweest. Carol is dol op de Franse keuken. Sterker nog, de Provence is de perfecte plek om te gaan wonen als we met pensioen zijn. Waarom heb ik daar nooit eerder aan gedacht? Waarom heb ik nooit tegen Carol gezegd: 'Zullen we na ons pensioen in de Provence gaan wonen?' Als ik dat idee had gelanceerd, hadden we allebei iets gehad om naar uit te kijken. Dan hadden we alvast een cursus Frans kunnen gaan volgen.

Om daarna een glaasje wijn te drinken in een of andere kleine bistro in de Upper East Side, en in het Frans met elkaar te converseren, te lachen om alle fouten die we zouden maken, maar te weten dat we er na een tijdje beter in zouden worden.

Toen Nelson de eerste keer naar het politiebureau was gegaan, had de balieagente gevraagd: 'Wat voor kleren had mevrouw Wentz aan toen u haar de laatste keer zag?'

'Sorry?'

'Gisteravond.'

'Ja?'

'Toen u naar bed ging, had uw vrouw toen nog de kleding van die dag aan?'

'Ja. Ja, dat had ze.'

'Kunt u die voor me beschrijven?'

'Nou, ik... ik heb er niet echt...'

'Eén kledingstuk misschien, dat u zich herinnert? Een trui? Of sieraden?'

'Sieraden?'

'Meneer Wentz...'

Nelson had het idee gehad dat hij een proefwerk maakte en hopeloos faalde. Hij kneep zijn ogen dicht, opende ze weer en na wat een eeuwigheid leek, lukte het hem Carol voor zich te zien, op donderdagavond, op de bank, waar ze een boek zat te lezen. Maar de titel van het boek kon hij zich niet herinneren, noch wat ze aanhad toen ze op de bank zat. 'Haar trouwring,' zei hij uiteindelijk tegen de balieagente.

'Hoe ziet die ring eruit?'

Nelson wees naar zijn eigen trouwring. 'Net als deze.'

'Een gladde gouden ring?'

'Ja.'

'Wat staat erin gegrafeerd?'

'Niks.'

'Geen inscriptie?'

'We wilden het... Nee, geen inscriptie.'

Als Nelson en Carol in de Provence gingen wonen, zou dat niet in een chic chateau zijn. Ze waren tenslotte maar met z'n tweeën en ze hielden van eenvoud. Gewoon, een huisje met één slaapkamer, een leuke tuin en een grote, beeldschone keuken voor Carol.

Ze konden nog altijd luxer gaan wonen.

Carols portefeuille was gevonden in het huis waar Lydia en Iris Neff hadden gewoond. 'Het rijbewijs van uw vrouw zat erin, plus honderd dollar aan contant geld,' had inspecteur Morasco gezegd toen hij vandaag belde. 'Geen creditcards.'

'Ze heeft maar één creditcard, en die ligt altijd in de keukenla,' had Nelson gezegd. 'Ze is altijd erg… oppassend.'

Oppassend. Nelsons stem was gebroken toen hij het zei, hoewel de positieve kant van zijn geest hem had opgedragen het woord 'is' te gebruiken als hij het over Carol had, en niet 'was'. Voor hem maakte ze nog steeds deel uit van de tegenwoordige tijd. Dat was tenminste iets, nietwaar?

Eerst had Nelson geloofd dat Carol hem uit vrije wil had verlaten. Dat ze een van de buren had gebeld… misschien Gayle Chandler van haar leesclubje. Hij stelde zich voor dat ze Gayle die zondag had gebeld, 's avonds laat, en haar op fluistertoon had gevraagd of ze haar naar het busstation in White Plains wilde brengen. Hij stelde zich voor dat de vrouw met wie hij veertien jaar getrouwd was een kaartje had gekocht, enkele reis, naar een verafgelegen stad, Phoenix of Cleveland of Memphis of Des Moines… zijn praktisch denkende vrouw, die in verwarring was door een joekel van een midlifecrisis, vertrokken met alleen haar portefeuille, de kleren die ze aanhad en een of andere droom over een nieuw leven, en het had hem heel boos gemaakt. Bozer dan hij ooit was geweest, bozer dan hij ooit aan zichzelf zou willen toegeven.

Toen hij die eerste avond naar het politiebureau was gereden, was dat meer uit rancune geweest dan uit bezorgdheid. Ik zal haar een lesje leren, had hij gedacht. Ze zal zich kapotschamen als de politie haar thuisbrengt na een grootscheeps onderzoek. Om alles nog erger te maken scheen de politie het met hem eens te zijn dat ze uit vrije wil was vertrokken, en het grootscheepse onderzoek kwam erop neer dat de balieagente bijna verveeld een rapport van zijn aangifte had gemaakt.

Nelson had de pest aan de hele wereld gehad toen hij weer naar huis reed. Hij had zijn auto op de oprit gezet en naar de garage met Carols auto gekeken. Er paste maar één auto in de garage en dat was al die jaren die van Carol geweest; haar Volvo die tegen de elementen werd beschermd, terwijl zijn Volkswagen Golf 's nachts op de oprit stond, en elke doordeweekse dag op het parkeerterrein van het station, als een soort werkpaard, een tweederangs burger.

Hij had door het smalle raam aan de zijkant van de garage gekeken, Carols garage, en haar Volvo zien staan. En toen hij naar de gesloten voordeur was gelopen, die hem als een reusachtige grijnzende mond leek uit te lachen, had hij er zo hard tegenaan geschopt dat zijn voet ervan bloedde.

Maar nadat Nelson de volgende ochtend en de ochtenden daarna alleen wakker was geworden, was zijn woede verstild tot eenzaamheid, die vervolgens was overgegaan in een knagende bezorgdheid. Carol was niet uit vrije wil bij hem weggegaan. Dat zou ze nooit doen, en Nelson kende haar beter dan wie ook. Hij kende haar al vijfentwintig jaar.

Carols portefeuille. Gevonden in het huis van Lydia en Iris Neff. Dat had de doorslag gegeven.

Het huis stond al twee jaar leeg. De makelaardij had het netjes onderhouden en Nelson had gehoord dat het perceel was aangekocht door een projectontwikkelaar; dezelfde die het peperdure Waterside-complex aan de oostkant van de stad had gebouwd, dus dat was goed nieuws, nam hij aan, voor Lydia Neff, waar ze ook was... Maar voorlopig stond het huis nog steeds leeg. En Carols portefeuille was gevonden in een leegstaand huis, in het huis van iemand die ze nooit erg had gemogen. Carol had haar portefeuille verloren in een huis waar ze nooit vrijwillig naartoe zou gaan. Dat kon nooit iets goeds te betekenen hebben.

Ik kan me niet herinneren wanneer ik Carol voor het laatst heb gekust.

Nelson voelde een traan op zijn wang. Hij sloot zijn schrijfopdracht af, klikte op het bestand en sleepte het naar de prullenbak. Meteen daarna besefte hij dat de beelden die hij had beschreven – Carol in gesprek met zijn collega's op de picknick van de krant, Carols strooien hoed met het roze satijnen lint eromheen – op dit moment het enige waren wat hij nog van haar had.

Hij klikte op de prullenbak en opende die. Hij had het tekstbestand snel gevonden, want hij leegde de prullenbak regelmatig, dus er zat niet veel in. Hij zette het bestand terug en het verbaasde hem dat die simpele daad hem zo'n gevoel van opluchting gaf. Daarna sloot hij de computer af.

Hij wilde opstaan uit zijn bureaustoel toen tot hem doordrong dat er nog een bestand in de prullenbak had gezeten. Een bestand dat hem niet bekend voorkwam...

Nelson startte de computer weer op. Dat duurde langer dan hij had gewild – hij moest toch echt eens iets doen aan al die spyware op zijn pc – maar uiteindelijk verscheen zijn bureaublad op het beeldscherm. Hij opende de prullenbak weer, er voor driekwart van overtuigd dat hij zich het andere bestand had verbeeld.

Maar dat was niet zo. Het was een gedownload bestand, van donderdag 22.30 uur. Nelson wist dat hij toen in bed had gelegen – hij ging altijd om tien uur naar bed als hij de volgende dag moest werken – en toen hij erop klikte, begon het holle, verkrampte gevoel in zijn borstkas af te nemen. Carol had dit bestand gedownload. Opeens was Nelsons vrouw weer helemaal terug in de tegenwoordige tijd. Carol weet hoe ze met de computer moet omgaan. Ze kan ermee overweg, dacht hij.

Het bestand was afkomstig van de website van de Dienst Motorrijtuigen en het had als titel: 'Hoe vervangt u een zoekgeraakt rijbewijs?'

Nelson had hardop willen lachen, maar hardop lachen als je alleen bent was iets voor gekken, en Nelson Wentz was niet gek aan het worden. Niet meer. Carol had dit bestand gedownload en dat had ze hier gedaan, thuis, nadát ze haar portefeuille had verloren. Hij opende het bestand en keek er een paar minuten naar, alsof het hem iets duidelijk zou kunnen maken. Daarna opende hij zijn browser, klikte op 'geschiedenis' in de werkbalk, en kwam te weten hoe zijn vrouw, terwijl hij sliep, haar computerkennis in praktijk had gebracht.

Toen Larry Shelby 'omkwam', had hij zijn vrouw Annette meer dan twintig miljoen dollar nagelaten, wat Brenna sterkte in het idee dat hij het als herinnering een stuk beter deed dan als levend mens.

Annette Shelby dacht daar echter anders over. Zodra ze van Brenna had gehoord dat hij nog leefde, was ze vanuit haar woonplaats in Great Barrington naar New York komen vliegen en had ze een deel van die erfenis besteed aan een luxe suite in het St. Regis. 'De perfecte plek voor onze hereniging,' had ze over de telefoon tegen Brenna gezegd.

Brenna had geprobeerd het haar uit het hoofd te praten. Het was namelijk goed mogelijk dat een man die al zes nieuwe identiteiten had gehad, nog niet rijp was voor een hereniging, ongeacht de klasse van het hotel. Maar Annette had voet bij stuk gehouden. En Brenna, voor wie het al moeilijk genoeg was geweest om een lastminutevlucht te boeken, bij een ronduit onvriendelijke telefoniste van de luchtvaartmaatschappij, had niet meer de energie gehad om ertegenin te gaan.

Dus waren ze nu hier, de privédetective en haar cliënt, in deze goddelijke kamer met uitzicht op Central Park, met een gebeeldhouwd plafond, kroonluchters en een reusachtig hemelbed met zijden draperieën, een overdaad die je alleen in films zag, allemaal zo romantisch dat het onecht aandeed, om nog maar te zwijgen van de cd die Annette had meegebracht – 'Larry's Favoriete Songs' – die nu, bijna sadistisch, uit de stereo van de hotelkamer klonk. En dat terwijl ze hier waren om zaken te doen.

De positieve kant was dat het Brenna afleidde van wat ze drie uur daarvoor van Nick Morasco te horen had gekregen, over de portefeuille van een vermiste vrouw, het briefje met haar naam en telefoonnummer, gevonden in het huis waar Iris Neff had gewoond. Én het leidde haar af van de vragen die Morasco haar had gesteld.

Het bleef echter een feit dat de zaken die ze hier moesten bespreken, voor iedereen die ook maar een greintje empathie in zijn lijf had, pijnlijk onaangenaam waren. Brenna had Annette al kopieën laten zien van de diverse identiteiten die haar man erop na had gehouden en ze waren nu toe aan de foto's die Brenna in Nero's Playground had genomen, van Larry annex Gregory, die werd uitgekafferd door zijn laatste vrouw Vivica. 'Je hoeft deze niet te bekijken, Annette, als je het liever niet wilt,' had Brenna geprobeerd.

'Ja, dat hoef ik wel.' Annette had net haar vierde miniflesje Johnny Walker Black Label achterovergeslagen en er een handje cashewnoten met een chocoladejasje achteraan gegooid. Je kon van de kamer zeggen wat je wilde, maar de minibar was uitstekend.

Brenna schoof de dossiermap over de schrijftafel naar haar toe terwijl Larry's volgende favoriete song inzette: 'Are You Lonesome Tonight' van

Elvis, tot haar grote verbazing. Ze nam een slokje uit het flesje bronwater dat Annette haar had opgedrongen en keek toe terwijl Annette de map opensloeg en even ineenkromp toen ze zag wat erin zat. Brenna had zich zelden zo opgelaten gevoeld. 'Zal ik... wil je dat ik de muziek afzet?'

Annette schudde haar hoofd. 'Larry is dikker geworden.'

De trieste waarheid was dat Vivica, lichamelijk gezien, beter bij Larry paste dan zij. Annette was slank, rijzig en elegant, met goudkleurig haar, uitstekende jukbeenderen en een mooie huid. Hoewel ze op dit moment duidelijk van streek was, zag ze er niet uit alsof ze ook maar een druppeltje zweet zou produceren, ook niet wanneer ze er haar best voor deed, terwijl Larry en Vivica uit hetzelfde aardse hout gesneden leken te zijn. Maar dat had verder niets te betekenen, of wel soms? Eruitzien alsof je bij elkaar zou passen? Als je alleen op uiterlijk afging – het echte uiterlijk – zag Annette er nu uit alsof iemand met een lange, scherpe naald in haar had geprikt en alle hoop langzaam uit haar vloeide. 'Mag ik je iets vragen, Brenna?'

'Natuurlijk.'

'Hoe heb je hem gevonden?'

Brenna schraapte haar keel. 'Nou, de eerste creditcard die hij had aangevraagd...'

'Dat weet ik... dat heb je me al verteld. Maar Larry heeft die creditcard maar heel kort gebruikt. Hoe heb je hem daarna weer gevonden? Hij was van New York naar Wyoming gegaan en daarna naar...'

'Montana, niet Wyoming.'

'Maar hoe ben je hem op het spoor gebleven, Brenna? Als het zo duidelijk is dat hij niet gevonden wilde worden.'

Brenna keek haar recht in de ogen: puur lichtblauw met een lichte waas van de alcohol. Ze voelde een herinnering opkomen – Larry die haar een koele kikker had genoemd – en ze besefte dat ze beide Shelby's binnen twee dagen tijd beschonken had gezien. 'We hebben Larry gevonden zoals we de meeste volwassenen terugvinden. Door zijn liefhebberijen.'

'Liefhebberijen?'

Ze knikte. 'Je kunt je naam veranderen, je haar verven en je zelfs een nieuw gezicht laten aanmeten. Maar het is een stuk moeilijker om te veranderen waar je van houdt, en niemand denkt dat dat echt nodig is.

Iemand die van wapens houdt, bijvoorbeeld, zal ergens een vergunning aanvragen, of misschien wel lid worden van de plaatselijke schietclub. Iemand die van golfen houdt wordt lid van de plaatselijke countryclub.'

'En wat was het met Larry?'

'Sorry?'

'Wat was de liefhebberij die hij niet kon opgeven?'

Annette stelde de vraag op een toon die duidelijk maakte dat ze het antwoord al wist, maar desondanks nam Brenna de tijd om haar antwoord met zorg te formuleren. 'Reserveringen in dure restaurants,' zei ze. 'Lidmaatschappen van privéclubs, aankopen in eersteklas juwelierszaken...'

'Kortom, vrouwen.'

Brenna opende haar mond om antwoord te geven, maar er kwam geen geluid uit. Wat kon ze zeggen? 'Zou het helpen als ik zou zeggen dat je beter af bent zonder hem?'

'Nee, niet echt.'

Elvis' liedje was ten einde en Brenna herkende de intro van 'Wishing on a Star' van Rose Royce. Die verdomde Larry had een voorkeur voor smartlappen, dat was duidelijk. Annette sloot haar benevelde ogen, de stem van de zangeres klonk glashelder en vertelde hun over wensen en over de vraag wat dromen te betekenen hebben... Brenna deed haar uiterste best om niet te denken aan het feit dat 'Wishing on a Star' Clea's lievelingsliedje was geweest, waarvan ze had gezegd dat het de waarheid over echte liefde vertelde. Brenna probeerde niet te denken aan het gevoel van de roze vloerbedekking onder haar blote benen toen ze op 2 juni 1983 om elf uur 's avonds in Clea's verlaten kamer had gezeten. Toen ze met haar ogen dicht naar 'Wishing on a Star' had geluisterd terwijl ze Clea's sprei tegen haar wang drukte en probeerde te ontdekken of er in de tekst van het liedje aanwijzingen zaten die verklaarden waarom Clea uit haar leven was verdwenen. Ze probeerde niet te denken aan het moment dat ze haar ogen stijf dichtkneep en de warme tranen over haar wangen rolden. Het liedje is leeg. Net zo leeg als deze kamer.

'Je lijkt mijlenver weg met je gedachten,' zei Annette. 'Waar dacht je aan?'

Brenna slikte. 'Nergens aan. Larry is niet de juiste man voor je.'

'Dat weet ik,' zei Annette. 'Maar wie wil er nou de juiste man?' Ze haalde een envelop uit haar Prada-tas en gaf die aan Brenna. 'Je cheque,' zei ze. 'Zoals je zult zien heb ik er een extraatje bij gedaan voor die heerlijke assistent van je.'

'Trent? Heerlijk?'

'Kom op. Hou je niet van de domme. Heb je die borstspieren niet gezien?' Annette draaide nog een flesje Black Label open en sloeg het in één keer achterover. 'God, wat een snoepje is die man.'

Hoe en wanneer had deze intelligente vrouw zo'n ronduit beroerde smaak voor mannen ontwikkeld? Brenna stond op en trok haar jasje aan terwijl het liedje van Rose Royce langzaam wegstierf en Annette de afstandsbediening pakte om de speler uit te zetten. 'Het was het laatste liedje,' zei ze.

'Nou, dan ga ik maar.'

'Bedankt, Brenna. Voor alles. Ik meen het.'

Brenna omhelsde haar kort maar krachtig. 'Je redt je wel.'

Annette knikte. 'Hoe lullig het ook voelt, het is altijd nog beter dan in onwetendheid verkeren.'

Toen Brenna naar de deur liep, vroeg Annette: 'O, heb je ooit nog iets van Lydia gehoord?'

Brenna bleef staan en draaide zich om. 'Van wie?'

'Lydia. Een vriendin van me van de Families van de Vermisten, een chatroom. Haar dochter wordt ook al jaren vermist. Ze had geen al te goede ervaringen met een paar privédetectives, dus heb ik jou aanbevolen.'

Brenna schudde haar hoofd, voelde dat haar mond droog werd. Lydia Neff, de moeder van Iris...

'Er hebben zich al een paar weken geen nieuwe cliënten gemeld.'

'Vreemd. Ze stuurde me een privébericht, ongeveer een week geleden, en vroeg of je ook goed was in het opsporen van volwassenen. Het klonk alsof ze van plan was je meteen te bellen.'

'Is haar dochter dan volwassen?'

Annette haalde haar schouders op. 'Dat weet ik niet.'

Brenna's telefoon trilde tegen haar dijbeen. Ze stak haar vinger op, haalde het toestel uit haar zak en antwoordde zonder op het schermpje te kijken. 'Hallo, met wie...' begon ze, maar een mannenstem onderbrak haar. Een onbekende stem, die trilde van woede. 'Brenna Spector?'

'Ja. Daar spreekt u…'

'Met Nelson Wentz,' zei de stem. Brenna's ogen werden groot toen ze de achternaam hoorde. 'Wat hebt u met mijn vrouw gedaan?'

5

‘Ik wil niet vervelend doen, Brenna, maar je stoort ontzettend.’

‘Nou en? Je hebt het wel vaker voor me gedaan.’

‘Niet als ik uit ben.’

Trents stem, quasicool en slepend, was, hoewel het volume van haar Bluetooth-dashboardspeaker vol openstond, bijna niet te verstaan door de stampende muziek en het rumoer in Roseland of de Lotus, of welke andere club hij vanavond ook met een bezoek vereerde, ongetwijfeld op zoek naar vrouwenvlees. Maar Brenna was voor het eerst in elf jaar op weg naar Tarry Ridge – de bron van een paar duizend potentiële herinneringen – en ze kende zichzelf goed genoeg om te weten dat ze die niet op een afstand kon houden door op haar lip te bijten of Psalm 23 op te zeggen. Ze had behoefte aan interactie met een levend wezen, hoe bizar of onbenullig ook, om haar geest in het heden te houden. Bizar of onbenullig was in dit geval zelfs beter, want het was moeilijker om je aan je herinneringen over te geven als je je verbijsterde of je kapotergerde. ‘Zie het als een deel van je werk,’ zei ze. ‘Om je baas bij zinnen te houden.’

‘Kun je me niet gewoon seksueel misbruiken?’

‘Trent...’

‘Oké, goed dan.’ Hij zuchtte. ‘Wat wil je weten?’

Brenna reed op de 287 en passeerde een bord: TARRY RIDGE – 6KM. Ze slikte. Ze zat in haar grijze Sienna-busje uit 2002, drie jaar geleden tweedehands gekocht, maar als ze op dit deel van de snelweg de lucht opsnoof, rook ze de nieuwe geur van de donkerrode Camry die ze op 16 oktober 1998 bij Avis op University Avenue bij Twelfth Street had gehuurd.

Het stuur is van gladde kunststof. Het voelt vreemd aan in haar handen in vergelijking met het met leer beklede stuur van Brenna en Jims Volvo… en dat andere gevoel brengt haar van de wijs.

'Brenna? Ben je er nog?'

Het is maar één ochtend uit je leven. Geef toe aan je nieuwsgierigheid, dan is het voorbij…

'Yo, Brenna!' riep Trent, en ze was terug in de Sienna, 's avonds laat op 30 september 2009, met een doffe hoofdpijn achter haar ogen en de afslag van Tarry Ridge, die vijf auto's voor haar opdoemde.

'Zeg eens,' zei Brenna. 'Waar ben je en wat drink je?

'Ik ben in Bedd en ik drink Bacardi-cola.'

'Lig je in bed?'

'Nee, zo heet die club,' riep Trent. 'Bedd. Met twee d's. In Brooklyn.'

Brenna's handpalmen waren vochtig. 'Heb je al wat gescoord?'

'Nog niet,' antwoordde Trent, alsof het om kaartjes voor de wedstrijd van de Rangers van de volgende avond ging. 'Maar dat duurt niet lang meer.'

'Wie is de gelukkige?'

'Een blondje met een roze topje. Man, wat hou ik van topjes. Die… doen wat ze moeten doen, begrijp je wat ik bedoel?'

Ze hief haar ogen ten hemel. 'Ja nou, ik begrijp je helemaal.'

'Dit blondje… ze heeft iets van Jessica Alba.'

'Jessica Alba is niet blond.'

'Vanaf het hoofd omlaag, bedoel ik,' zei hij. 'En ze ziet me helemaal zitten. Hé, schoonheid, zal ik nog zo'n Cosmo voor je bestellen… met de complimenten van Trent?'

Brenna huiverde. 'Het lijkt me sterk dat ze daarin trapt.'

'Hoe zei je dat je heet? Diandra? Echt een naam om kreunend van opwinding uit te spreken. Begrijp je wat ik bedoel, schoonheid?'

De daaropvolgende seconden hoorde Brenna alleen achtergrondgeluid: een pompende bas die uit manshoge speakers dreunde en het opgewekte gekwetter van minstens honderd clubbezoekers. 'Laat me raden,' zei ze. 'Diandra heeft over je heen gekotst.'

'Fout, mevrouw de wijsneus. Ze geeft me haar nummer.'

'Goh.'

'Wat? Nee, schat, ik noem jou geen wijsneus, ik... Ja, ik zit even aan de telefoon met mijn... Nee, niet met... Ik heb mijn baas aan de telefoon, ik zweer het je, ik... Wacht nou, doe niet zo flauw... Verdomme.' Trent kreunde. 'Je helpt mijn hele avond om zeep.'

'Sorry.'

Trent zuchtte. 'Nou, vertel me dan maar over die nieuwe cliënt in Tarry Ridge.'

'Zijn naam is Nelson Wentz,' zei Brenna. 'Hij is de man van Carol Wentz. Je weet wel, de vrouw naar wie Morasco kwam informeren.'

'Ja, dat weet ik. Ik mag misschien jouw geheugen niet hebben, maar dat betekent niet dat ik hersendood ben.'

'Ja, nou...'

'Waarom belde hij je? Heeft Morasco hem naar je toe gestuurd?'

'Dat lijkt me sterk.'

Toen Brenna op het punt stond uit Annette Shelby's hotelkamer weg te gaan, had Nelson Wentz haar gebeld en haar ervan beschuldigd dat zij zijn vrouw had ontvoerd. Binnen twintig seconden had ze hem echter duidelijk kunnen maken dat het niet reëel was wat hij zei. 'Carol heeft vijf zoekopdrachten naar uw naam gedaan voordat ze vermist raakte, zei hij tegen haar. 'Naar uw website, uw adres en telefoonnummer, uw werkverleden, uw tarieven, en een zoekopdracht met de toevoeging "vermiste persoon".' Maar toen Brenna hem had gevraagd of het misschien mogelijk was dat Carol haar had willen inhuren – 'Kent u iemand naar wie ze op zoek kan zijn?' – had Wentz ingebonden en was hij door de telefoon in tranen uitgebarsten.

Brenna was er niet trots op, maar het geluid van huilende volwassen mannen had haar altijd de kriebels gegeven, en dit telefoontje had daarop geen uitzondering gevormd. Ze had wel zes keer 'het spijt me' gezegd, volstrekt betekenisloze woorden, alsof het Brenna's schuld was dat hij huilde en dat hij, als ze zich verontschuldigde, daar meteen mee zou ophouden. Maar toen had hij haar verteld dat niemand van de politie van Tarry Ridge hem had willen helpen met het opsporen van zijn vrouw, dat hij een minuut of vijf de aandacht van één enkele rechercheur had gehad en daarna niets meer van de politie had vernomen. Je vrouw is gewoon bij je weggegaan. Probeer er maar aan te wennen. Ze hadden dat natuurlijk niet letterlijk tegen hem gezegd, maar dat maakte geen verschil. Het was het gevoel dat hij aan zijn bezoek aan de plaatselijke politie had overgehouden, hetzelfde gevoel dat Brenna en haar moeder aan hun gesprek met rechercheur Grady Carlson van bureau Pelham op 8 september 1981 hadden overgehouden... Carlson met zijn mosterdkleurige jasje, de broodkruimels in zijn snor en zijn statistische gezever over ongelukkige tienermeisjes die van huis weglopen. 'Wilt u dat ik u help Carol terug te vinden?' had Brenna zichzelf horen zeggen. En dus hadden ze een afspraak gemaakt.

'Huilde hij? Echt?' vroeg Trent.

'Hij mist zijn vrouw.'

'Maar zelfs dan. Huilen als je een onbekende aan de lijn hebt. Een beetje kinderachtig, vind je niet? Heb je zijn sofinummer? Dan kan ik hem checken.'

'Heb ik al gedaan,' zei Brenna. 'Zo clean als wat. Zelfs geen te late betaling van zijn creditcardafrekening. Nelson Wentz mist zijn vrouw, Trent. Hij houdt van haar. Hij is ten einde raad.'

'Hallo. Bloedhete brunette schuin achter me.'

'God, je bent een echt gevoelsmens.'

'Ja, dat klopt. Want zie je, de meeste gasten hier kijken alleen naar de dubbel D's. Ik kijk ook naar de benen, en het gezicht.'

Brenna zuchtte. Ze reed Main Street in en bevond zich volgens Lee, de beleefde Australische stem van haar gps en al bijna een jaar de enige man in haar leven, precies vijf kilometer van Nelson Wentz' huis. Terwijl Trent tegen zijn brunette zei dat hij dacht dat hij droomde en een engel zag – zeiden mannen die onzin nog steeds? – verzocht Lee haar vriendelijk bij de volgende kruising rechts af te slaan. Ze minderde vaart en bekeek de winkels in de straat: Gap, Barnes & Noble, een Starbucks, een filmhuis, drie galeries, een heel exclusieve boetiek en een winkelpand waar je je eigen keramiek kon beschilderen; ze waren allemaal nieuw voor haar.

Main Street werkte niet als een tijdmachine naar vroeger, dat was duidelijk. De aanblik had eerder iets weg van de groeiende dinosaurusjes waar Maya mee speelde toen ze vijf was. Kleine stukjes spons, maar als je ze op een bord legde en er wat water op goot, had je de volgende ochtend een T-Rex van tien centimeter, vijfhonderd keer de oorspronkelijke grootte. In Tarry Ridge was ook zoiets gebeurd, met het buitengewoon exclusieve Waterside-complex, fonkelnieuw elf jaar geleden, toen Brenna hier voor het laatst was geweest, en het inmiddels vijf jaar oude Riverview Shopping Center, dat deed denken aan Fifth Avenue met roltrappen. Daar had je een Barneys, een Nobu, een Tiffany's met marmeren vloeren en kroonluchters... *The New Yorker* had er ooit een stuk aan gewijd in de serie *Talk of the Town*, en had het Riverview Shopping Center in de kop KLASSE ONDER GLAS genoemd.

Beide waren het geesteskind van projectontwikkelaar Roger Wright, een soort Donald Trump zonder echtscheidingen, faillissementen, artikelen op pagina zes en grappen over zijn haar. Wright had, blijkbaar om sentimentele redenen, gevonden dat zijn geboorteplaats een goede plek was om nieuwe dingen te bouwen, en zoals altijd had hij het bij het rechte eind gehad. In tien jaar tijd had hij met zijn ingreep een ingedut slaapstadje opgewaardeerd tot een exclusieve woongemeenschap met huizen waarvan de waarde verdrie- of verviervoudigd was, zelfs van de kleinste huizen, en dat was zo gebleven, ook toen de onroerendgoedmarkt in zwaar weer kwam. Ja, Nelson Wentz had Brenna een heel genereus aanbod gedaan en tenzij hij een geheim dubbelleven leidde als zware gokker, was hij hoogstwaarschijnlijk goed voor zijn geld.

'Dus, eh... Brenna?' zei Trent. 'Moet ik nog steeds tegen je aan blijven kletsen?'

'Nee, het is al goed. Ik zie je morgen. Veel plezier in Bedd.'

'Dat is de bedoeling.'

'Trent?'

'Ja?'

'Dank je.'

Brenna beëindigde het gesprek. Ze zag één winkel die ze zich herinnerde, Wax Attax!, waar ze kaarsen en kandelaars verkochten, en ze stopte langs de stoeprand om er naar binnen te kijken. Ze was hier voor het laatst op een ochtend geweest, en het was nu meer dan drie uur na de sluitingstijd van zes uur 's middags. Bovendien was de hele etalage gevuld met Webkinz, knuffelbeesten die bekend waren geworden van het internet, die elf jaar geleden niet eens bestonden. Maar de naam – Wax Attax! – in wilde, zilverkleurige letters, stond nog steeds op de ruit.

Toen Brenna de naam zag, gingen haar gedachten terug naar de ochtend van 20 oktober 1998, toen ze op het belletje op de toonbank had gedrukt en was begroet door een verkoopster met wit pluishaar, dat als een wolk om haar hoofd zat, een zwarte satijnen blouse en een naamkaartje waarop stond dat ze Kaye heette.

Het had naar geurkaarsen geroken in de winkel, vanille vooral, vermengd met enkele andere geuren waarvan je algauw hoofdpijn kreeg. Maar Kaye was heel aardig geweest. Zoals ze daar stond, voor een zwarte kat van crêpepapier en een kartonnen halloweenlantaarn met een breed grijnzende pompoen erop, had ze iets van een vriendelijke heks gehad. En dat scheen ze zelf ook te weten.

'Welke griezelwens kan ik voor u vervullen?'

'Eigenlijk,' zegt Brenna, 'ben ik hier vanwege het speelgoed in de etalage.'

'Hebt u kinderen?'

'Een dochter van drie.'

'O, misschien mag ik u dan wijzen op ons kinderleesuurtje op zondagmiddag? Woont u hier in de buurt?'

'Nee, in de stad.' Brenna haalt diep adem. 'Ik vroeg me alleen af... kwam Iris Neff hier wel eens binnen? Misschien op zondagmiddag?'

'Bent u van de krant?'

'Wat? Nee, ik...'

'Want ik kan er niet veel over zeggen, ook al weet ik dat jullie alleen je werk doen.'

'Ik ben niet van de krant.'

'Iris is een heel intelligent meisje. Met veel fantasie. Ik bid voor haar en haar moeder.'

'Ik ben niet van de krant,' zegt Brenna voor de derde keer. Ze haalt een van haar oude visitekaartjes uit haar tas: 'Brenna Spector & Errol Ludlow – Privédetectives'. Ze heeft deze kaartjes niet meer gebruikt sinds ze met Jim is getrouwd en dat ze het nu wel doet, geeft haar gek genoeg een schuldgevoel.

Ze pakt de pen die op de toonbank ligt, streept Errols nummer door en schrijft haar mobiele nummer eronder. 'Sorry... we hebben nog geen nieuwe kaartjes,' zegt ze tegen Kaye. 'Ik ben privédetective. En in dit geval lever ik alleen een kleine bijdrage aan het onderzoek.'

Kaye knippert met haar ogen. 'Juist...'

'Hebt u Iris wel eens iets horen zeggen over een blauwe auto met een deuk in de achterbumper?'

Kaye schudt haar hoofd. 'Nee,' zegt ze. 'Daar herinner ik me niets van.'

'Hebt u misschien zelf een auto gezien die aan die beschrijving voldoet en waarover u...' Brenna wordt onderbroken door de beltoon van haar telefoon.

'Het spijt me,' zegt Kaye, 'maar mobiele telefoons zijn hier niet toegestaan. Mensen praten er altijd zo hard in.'

'Ik begrijp het.' Brenna loopt snel de winkel uit om het gesprek aan te nemen, maar tegen de tijd dat ze buiten staat, is de telefoon al doorgeschakeld naar de voicemail.

Brenna weet al wie het is voordat ze het bericht afluistert... ze weet het altijd als het Jim is die haar belt, en ook deze keer heeft haar zesde zintuig het bij het rechte eind.

'Ik sta te popelen om je je cadeautje te geven,' zegt hij. Brenna voelt haar maag samenknijpen. Wat zou Jim zeggen als hij haar hier zag staan? Wat zou hij zeggen als hij wist dat ze de vrouw van de winkel een kaartje met Errol Ludlows naam erop heeft gegeven? Ga naar huis, zegt ze tegen zichzelf. Onmiddellijk.

Ze stopt de telefoon in haar zak en loopt naar haar huurauto.

Dan hoort ze voetstappen achter zich. 'Mevrouw Spector?'

Brenna draait zich om. Het is Kaye. Ze heeft blozende wangen. 'Hoor eens,' zegt Kaye, 'waarschijnlijk heeft het niks te betekenen, maar ik moest opeens denken aan die ene keer, tijdens ons leesuurtje, dat Iris aan het ruziën was met een ander meisje.'

'O...'

'Dat meisje beweerde dat de Kerstman niet bestond en Iris... weigerde dat aan te nemen.'

'Dus Iris gelooft in de Kerstman?'

'Het was meer dan alleen geloven. Iris was overtuigd van zijn bestaan. Ze ging er recht tegenin, als een klein advocaatje. Ze beweerde dat als de Kerstman niet op de Noordpool was, hij naar Tarry Ridge kwam. Ze zei tegen dat meisje dat hij in ons stadje zijn vakantie vierde.'

Brenna glimlachte. 'U zei al dat ze een levendige fantasie had.'

'Ja, inderdaad. Iris had... heeft...' Haar stem breekt.

'Ik weet dat het moeilijk is. Een vermist kind...'

'Nee, wacht. Waar het om gaat is...'

Kaye sluit haar ogen, wacht een paar seconden en masseert haar slapen met haar vingertoppen.

'Voelt u zich wel goed?'

Ze opent haar ogen weer. 'Ja,' zegt ze. 'Het is alleen... het is nogal raar...'

Brenna knikt en wacht af.

'Iris zei dat als de Kerstman in Tarry Ridge is, hij in een blauwe auto rijdt.'

Er reed een vrachtwagen langs Brenna's geparkeerde Sienna en die bracht haar terug in het heden. Tandenknarsend bleef ze nog enkele seconden naar de letters van Wax Attax! op de etalageruit kijken.

Genoeg nagedacht. Ze zou bij Nelson Wentz langsgaan, een blik op zijn computer werpen, haar voorschot incasseren en er voor vanavond een punt achter zetten. Maar toen ze was doorgereden en Lee haar vertelde dat ze rechts moest afslaan om bij Wentz' huis te komen, merkte ze dat ze in plaats daarvan links afsloeg. En toen Lee zei 'Route wordt herzien', zette Brenna haar gps uit en bleef ze doorrijden. Ze weigerde om te keren.

6

Het was iets wat Brenna altijd deed aan het begin van een onderzoek: gaan kijken op de plek waar haar vermiste persoon het laatst was gezien. Ze vond het zinnig om in de schoenen van die persoon te gaan staan en dan te proberen de weg in omgekeerde richting af te leggen. Maar in dit geval was het anders, want Carol Wentz was zelf niet gezien op Muriel Court 2921. Alleen haar portefeuille was daar gevonden; een mager aanknopingspunt, aangezien portefeuilles vaker zoekraken dan degenen van wie ze zijn. Het was heel goed mogelijk dat iemand de portefeuille van Carol had gestolen, of ergens had gevonden, en die vervolgens in de woonkamer van het huis had neergelegd.

Toch voelde Brenna zich gedwongen ernaartoe te rijden, ze werd ernaartoe getrokken, alsof het huis een grote magneet was. Met in haar hoofd de vraag: wie is eigenlijk mijn vermiste persoon? Een vraag die Brenna nu niet wenste te beantwoorden, dus keek ze alleen naar de huizen.

Main Street mocht dan slechts een groeiende dinosaurus zijn geweest, Muriel Court – of in elk geval het rechterdeel ervan – werkte als een echte tijdmachine. Alles in dat deel van de straat zag er nog precies zo uit als het er in 1998 had uitgezien: de vierkante, keurig onderhouden gazons en de statige huizen die er als strenge tantes op neerkeken. Nergens een zwembad, een serre of een uitbouw. Andere buurten van Tarry Ridge bestonden nu uit minilandhuizen en bungalows met omheinde tuinen, allemaal zo nieuw dat alleen het cadeaupapier ontbrak, maar dit deel niet. Voor zover Brenna in het donker kon zien, was zelfs de verf nog dezelfde als toen.

Ze reed langs het massieve witte huis waar Theresa en Mark Koppelson hadden gewoond met hun vijf kinderen en twee honden, en waar Iris Neff op die hectische Labor Day een paar uur op bezoek was geweest.

De Koppelsons woonden er nog steeds, zag Brenna, want ze herkende de auto op de oprit: een grijze Subaru Forester met kenteken NYX319. Die was gloednieuw geweest toen Brenna elf jaar geleden haar auto erachter had geparkeerd. Nu stonden er een grote witte Lexus MDX en een glimmende zwarte Mini Cooper achter de Subaru, die zo te zien niet meer werd gebruikt. Er was een goede kans dat de Mini van Claire was, de jongste dochter van de Koppelsons, Iris' speelkameraadje op die Labor Day, want Claire was tenslotte nu al zestien.

Moeilijker te verklaren was echter de schommel in de voortuin. De kinderen van de Koppelsons waren inmiddels veel te oud voor schommels of glijbanen, of hadden Theresa en Mark daarna nog meer kinderen gekregen? Brenna probeerde het te negeren, maar de aanblik van de Subaru en de schommel zorgde ervoor dat de tijd even werd stilgezet, zodat alles weer was zoals het was geweest op de dag dat er een kind uit dit huis was verdwenen, alsof Iris elk moment onveranderd, niet ouder geworden en ongedeerd naar buiten kon komen lopen. Dat ze weer met de zesjarige Claire zou kibbelen over wie het laatste biscuitje met witte chocola mocht hebben, met de felle verontwaardiging die kenmerkend is voor kinderen van die leeftijd. Het is niet eerlijk! Ik ben hier op bezoek! Net als toen zou ze door de voordeur naar buiten komen stormen. Alleen zou Iris deze keer bij de schommel blijven staan, of bij de aluminium glijbaan, en erop klimmen. Op dat moment zou Theresa Koppelson met haar wijsvinger op de pauzeknop drukken en zou alles in en rondom haar huis tot stilstand komen, van de gazonsproeier en de tv-beelden tot en met de bijen boven de struiken; er zou niets meer bewegen en er zou geen geluid meer te horen zijn. Dan, als het water voor de macaroni met kaas die ze ging maken bijna kookte, zou Theresa doodkalm de keuken uit komen. Ze zou langs haar onbeweeglijke gezinsleden, gasten en huisdieren naar de voordeur lopen en de tuin in gaan, met de stilstaande lucht en de roerloze insecten en vogels. Ze zou naar de glijbaan lopen en Iris Neff als een levensgrote, op karton geplakte afbeelding in haar armen nemen. Ze zou het meisje naar binnen brengen, de deur op slot doen, Iris' moeder bellen en

Iris niet meer uit het oog verliezen totdat Lydia Neff haar kwam halen. Pas dan zou ze de film versneld vooruitspoelen, tot aan deze avond, tot de Subaru naar de sloop kon worden gebracht, de schommel kon worden gedemonteerd, de andere huizen in de straat waren gerenoveerd of opnieuw geschilderd, en die ene afschuwelijke fout voor altijd was rechtgezet.

Of misschien waren de Koppelsons gewoon onoplettend geweest. Ze moest ophouden met projecteren.

Brenna had Theresa Koppelson gesproken op de ochtend van 20 oktober 1998, hoewel niet erg lang. Theresa had niets over een blauwe auto geweten. Al het andere wat Brenna over de zaak wist, over de middag van Labor Day – de macaroni met kaas, de kibbelende meisjes, Theresa die het zo druk had dat ze pas twee uur later had ontdekt dat Iris er niet meer was, waarna ze Lydia Neff had gebeld en een bericht op haar antwoordapparaat had ingesproken – al die informatie had Brenna uit het politierapport.

Het enige wat haar vijf minuten durende gesprek met Theresa Koppelson op de oprit van het huis had opgeleverd was: 'Een blauwe auto? Nee, sorry, daar weet ik niks van.' Dat, en de vlaag van schaamte toen Iris' naam werd genoemd. 'Weet je, ze was al twee keer eerder op eigen houtje naar huis gelopen. Daar hebben ze in de nieuwsberichten nooit iets over gezegd. Ze was nogal eigenzinnig, en toen Lydia niet terugbelde, ging ik ervan uit dat alles...'

Ik weet hoe het voelt, had Brenna tegen haar willen zeggen. Ik ben ook iemand verloren.

Brenna draaide aan de knop van de autoradio totdat ze een muziekzender had gevonden. Een of andere jongensband van een jaar of vijf geleden zong meerstemmig iets over lege harten die werden gevuld met nog meer leegte. Ze zette haar voet op het gaspedaal, concentreerde zich op de weg en bleef dat doen totdat ze bij Muriel Court 2921 was, denkend aan leegte en jongens met piekhaar vol gel, die langzame pirouetjes draaiden.

Muriel Court liep dood aan het eind. Het vroegere huis van Lydia en Iris Neff was het laatste aan de linkerkant en het werd omringd door olmen en pijnbomen. Voor een huis in de stad, zelfs in een buitenwijk, stond het erg afgelegen, bood het veel privacy, en door de hoge heggen aan de voorkant zag het eruit alsof er een rijke, excentrieke filmster woonde. Tien jaar geleden had Brenna de oprit vanaf de straat kunnen zien, evenals een groot deel van de bovenverdieping, de dakkapellen met hun witte houten luiken en de uitgezaagde hartjes die haar aan een Zweeds smörgåsbord-restaurant deden denken; akelig misplaatst voor een huis dat opeens zo leeg en mistroostig was. Maar nu kon ze alleen een stukje van het dak zien en was de oprit een tunnel van boombladeren.

Brenna parkeerde langs de stoeprand, naast de hoge heggen, en stapte uit de auto. Het laatste huis aan de rechterkant van de doodlopende straat, dat van de overburen, was zo'n split level waarvan je wist dat het tot een zeker moment in zijn bestaan met schrootjes betimmerde wanden en macramé plantenhangers moest hebben gehad, en dat er bruine vloerbedekking had gelegen, stug van structuur en ietwat vettig als je er met je vingers over streek. Zelfs nu kon je niet naar het huis kijken zonder in je achterhoofd de openingstune van *The Brady Bunch* te horen. Brenna had gedacht dat ze de meeste van deze huizen al tijdens de Reagan-regering tegen de grond hadden gegooid, maar het huis stond er nog steeds, misplaatst in deze door tudorstijl overheerste straat, als een Brooks Brothers-oxfordshirt in Trents kledingkast. Ze had er eigenlijk niet meer aan gedacht sinds de laatste keer dat ze hier was geweest, maar ze begreep nu de noodzaak van de olmen en de hoge heggen. Het was Lydia Neffs manier geweest om haar schuldgevoel te verhullen.

Brenna liep door de opening tussen de heggen langs het bord met TE KOOP het tuinpad op. Ze was nog nooit zo dicht bij het huis geweest. Ze had het alleen geobserveerd, vanuit haar auto aan de overkant van de straat, dus dit was een nieuwe ervaring, die geen herinneringen opriep. Een ervaring die enkele verrassingen inhield.

Toen ze zich dit bezoek voor de geest had gehaald, bijvoorbeeld, had ze nooit verwacht dat ze de geur van nat gras zou ruiken. Ze had ook niet verwacht dat het huis zo strak in de verf zou staan. En al helemaal niet dat de buitenverlichting zou werken en zelfs aan zou gaan, of dat er bloembedden met bloeiende chrysanten onder de ramen op de begane grond zouden zijn. Bij het woord 'leegstaand' denk je aan verval, in elk geval in zekere mate, maar dit huis zag er allesbehalve vervallen uit. Het was keurig onderhouden. Er was voor gezorgd.

Net als aan de andere huizen in de straat was er niets aan veranderd. De bakstenen muren en de dakpannen hadden dezelfde vaalgele en roodbruine tint en de dakkapellen met hun houten luiken en hun bloembakken met rode en witte viooltjes zagen er nog net zo uit als tien jaar geleden.

Ze wilde om het huis naar de achterkant lopen toen haar iets opviel tussen het groen onder de bomen langs de oprit.

Brenna liep ernaartoe en toen ze zag wat het was, begon haar hart sneller te kloppen. Diverse verklaringen flitsten door haar hoofd. Misschien had iemand het hier onlangs achtergelaten; kinderen uit de buurt speelden soms stiekem in de tuinen van leegstaande huizen, of het was van het kind van de makelaar, of dat van een geïnteresseerde koper...

Al deze verklaringen leken plausibel, ook al voelden ze als een pervers soort toeval. Maar toen ze ernaast stond en het aanraakte, voelde ze een rilling tussen haar schouderbladen.

Het was een kinderfietsje, met een kartonnen Strawberry Shortcake-reclame tussen de spaken, en steunwieltjes aan weerszijden van het achterwiel. Dit fietsje was hier niet onlangs achtergelaten, bedacht Brenna, want dat was duidelijk te zien. Het hele fietsje was bedekt met een laag roest en tussen het stuur en de voorvork zat een spinnenweb.

En toen zag ze het zadel. De naam IRIS was in de kunststof gekrast, heel zorgvuldig, in een handschrift dat bij een jong kind past.

Brenna liep door naar de achtertuin, waar ze werd ontvangen door een nevel van water: een gazonsproeier die op een timer was aangesloten. Ze haastte zich naar de achterdeur en schudde de waterdruppels uit haar haar, maar haar gedachten waren nog steeds bij het fietsje. Een afgedankt ding in de schaduw van een verder keurig verzorgd huis. Toen ze Nelson Wentz aan de telefoon had, had hij Brenna verteld dat Lydia, toen ze had besloten de stad te verlaten, het huis volledig gemeubileerd aan de makelaar had overgedragen. Ze wilde alles achterlaten, had Brenna gedacht. Al het meubilair, alle herinneringen...

Maar Iris' fietsje, dat al die jaren op die plek had gestaan, dat was een ander verhaal. Of was het een voorwaarde van Lydia geweest? Verkoop het huis, doe met het meubilair wat je wilt, maar dat fietsje blijft daar staan.

Misschien zag Lydia het als iets wat Iris kon beetpakken, mocht ze ooit nog levend terugkeren. Iets wat Iris zou kunnen zeggen dat haar moeder dan vertrokken mocht zijn, maar kijk eens, Iris, kijk daar eens? Geef maar een schop tegen de steunwieltjes, laat je hand over het zadel gaan en voel de naam die je erin hebt gekrast toen je zes was. Dit hier is jouw licht in het duister, Iris. Het bewijs dat ik je nog steeds mis, dat ik nog steeds van je hou, dat je mijn kind bent en dat altijd zult blijven...

Of misschien was ze weer aan het projecteren. Brenna had de neiging levenloze dingen een diepere betekenis toe te dichten dan ze hadden, want soms, om met René Magritte te spreken, was een pijp gewoon een pijp, en hetzelfde kon worden gezegd van tuinschommels en kinderfietsjes. Dingen die jarenlang buiten lagen omdat ze waren vergeten, omdat iemand er niet meer aan had gedacht.

Brenna voelde het koele water van de gazonsproeier op haar kuiten. Ze ging dichter bij het raam staan en keek naar binnen. Het was donker in huis, maar als ze haar neus tegen de ruit drukte, kon ze een houten keukentafel onderscheiden, met twee rechte stoelen aan de beide hoofdeinden, een staande kapstok en een aanrecht met stapels borden. Volledig gemeubileerd en van alle gemakken voorzien, dus.

Brenna deed een stapje achteruit. Rechts van de deur zat het alarm, met een toetsenpaneeltje dat rood opgloeide. Ze haalde een penlight uit haar tas en scheen op de cijfers. Er bestond een kans dat de code, net als de rest van het huis, na Lydia's vertrek ongewijzigd was gebleven. En als dat zo was... nou, mensen gebruikten vaak belangrijke datums als code, dus het was het proberen waard.

Ze koos voor de dag dat ze Lydia Neff voor het eerst had ontmoet.

Brenna sloot haar ogen en haalde een paar keer diep adem. Ze sloot zich af voor het tjirpen van de krekels en de fluisterende wind in de bomen achter haar. Ze richtte al haar aandacht op het zachte geruis van de gazonsproeier, want water was van belang voor deze herinnering, het constante gespetter van een fontein.

Het eerste wat in Brenna's geest opkwam was de datum: 23 oktober 1998. Meteen daarna begon de buitenlucht frisser te worden, want op 22 oktober was er een eind gekomen aan een hittegolf die twee weken had geduurd. In plaats van de katoenen rok die ze nu aanhad, voelde ze de stof van haar oude zwarte spijkerbroek om haar benen, en het rulle katoen van Jims Knicks-sweatshirt met capuchon, die ze die ochtend had opgezet omdat ze dat prettig vond en om de blauwe plekken in haar hals en nek te bedekken.

Vervolgens proefde Brenna weer het bittere restantje koffie uit de pot, dat ze toch maar had opgedronken voordat ze de deur uit ging. Haar geest somde de gebeurtenissen van die ochtend op: Jim gedag kussen toen hij naar zijn werk ging, Maya naar de dagopvang brengen, met de metro naar het nieuwe autoverhuurbedrijf – een Budget op Lexington ter hoogte van Forty-third – tekenen voor een donkerblauwe Chrysler LeBaron bij een medewerkster die Cindy heette en die een neus had die zo glom dat Brenna er steeds naar moest kijken, en Cindy's waarschuwing dat de vorige gebruiker van de auto een 'roker' was geweest, waarbij ze had gegiecheld, alsof 'roker' zijn iets heel smerigs was.

Daarna had ze achter het stuur plaatsgenomen en was ze op weg gegaan, via Fourteenth Street naar de West Side Highway en over de Major Deegan-brug naar de Cross County Expressway, terwijl ze vanaf de eerste minuut haar best deed de viezeasbakkenstank te negeren, totdat ze er hoofdpijn van kreeg, de stank in haar huid kroop en die de verwondingen van de afgelopen nacht... de pijn in haar gezicht en maagstreek, de sneetjes in haar handknokkels, de blauwe plekken op haar onderkaak, haar schouders en in haar hals... hoe de stank er op de een of andere manier voor zorgde dat al die pijn opnieuw tot leven werd gewekt.

Het voelen van de pijn maakt haar nerveus, alsof ze erin geslaagd was die te bezweren, totdat ze hem niet meer voelde, en dat die bezwering nu is uitgewerkt. Brenna bekijkt haar gezicht in de achteruitkijkspiegel. De onderkaak is een beetje dik, maar de blauwe plek is onzichtbaar dankzij de dikke laag make-up die ze er vanochtend om vijf uur, voordat ze naar bed ging, op heeft gesmeerd.

Goddank.

Jim heeft de blauwe plekken vanochtend niet gezien, maar hoe lang zal dat zo blijven? Jim is journalist, en een goede. Hoe lang zal het duren voordat hij heeft uitgedokterd dat Brenna de afgelopen nacht tien huizenblokken lang achterna is gezeten door een overspelige echtgenoot die haar had betrapt toen ze een foto van hem nam, dat de man haar een steegje in had ge-

sleurd, haar tegen de muur had gegooid, had geprobeerd haar te wurgen en haar een stomp in haar maag had gegeven? Hoe lang zal het duren voordat hij de sneetjes en schaafwonden op de knokkels van haar hand ziet en daaruit opmaakt dat Brenna, in plaats van de man haar camera te geven of te proberen hard weg te rennen, heeft teruggeslagen, en hard ook? Hoeveel tijd rest er nog voordat hij een en een bij elkaar heeft opgeteld en het hem duidelijk wordt waarom ze de afgelopen nacht de enige belofte die hij ooit van haar heeft gevraagd, heeft gebroken?

'Hou op!' Brenna zei het hardop en ze zei de eerste drie regels van het Verdrag van Gettysburg er meteen achteraan. Ze moest zich dat ene moment herinneren, niet de hele dag. Waarom werkte haar geheugen zo? Waarom had ze zo weinig vat op haar eigen geest?

Ze kneep haar ogen dicht. De fontein. Die verdomde fontein in dat verdomde Waterside-complex. Het eind van de ochtend, op 23 oktober 1998. Dát moest ze zich herinneren. Alleen dat.

Het Waterside-complex is minder groot dan ze had gedacht. Rechts van het parkeerterrein voor bezoekers is het clubgedeelte: de tennisbanen met hekken van draadgaas eromheen, de kantine, het zwembad en de sportschool, en daarnaast, aan beide kanten van een brede weg die doorloopt in westelijke richting, tot aan de Hudson, een stuk of tien bungalows, op ruime afstand van elkaar, allemaal zo nieuw dat je de verf bijna nog kunt ruiken.

Brenna stapt uit de auto. Haar spieren trekken als ze rechtop gaat staan en door de kou voelt ze de sneetjes in de knokkels van haar handen.

Maar de omgeving bevalt haar. Vooral de stilte, de rust. Geen wonder dat Lydia Neff elke ochtend hiernaartoe komt om te 'mediteren'. Brenna had het vreemd gevonden toen Lydia's buurvrouw het haar vertelde. Mediteren tussen de chique nieuwbouw. Maar nu begrijpt ze het.

Ze zou het zelf ook wel willen.

Brenna hoort eerst een grasmaaier, in de verte, en dan een ruisend geluid. Stromend water. De fontein. Ze loopt op het geluid af, langs het clubgedeelte naar een marmeren zuil waarop in gouden letters het woord TUIN *staat. Hier begint een voetpad met rijen esdoorns aan weerskanten en kleine, kortgeleden geplante struiken.*

Brenna loopt het pad op. Ze volgt het totdat ze uitkomt bij een rond plein dat wordt begrensd door gesnoeide rozenstruiken, ficussen in aardewerken potten en kleine, Aziatische esdoorns.

In het midden van het plein staat de fontein, gemaakt van gladde, witte steen die Brenna doet denken aan standbeelden en – heel even – aan haar moeder die aan het beeldhouwen is.

Vier banken met een smeedijzeren onderstel staan op gelijke afstanden van elkaar rondom de fontein. Alles precies op de juiste plek. Alles zo in balans, alleen...

Op de verst verwijderde bank zit een tengere vrouw met donker haar en gebogen hoofd. Ze heeft een lange, zwarte jas aan. Haar handen liggen gevouwen in haar schoot.

Brenna loopt naar haar toe.

De vrouw heeft een tatoeage op de rug van haar rechterhand: een libel met een rood lijf en blauw-met-groene vleugels.

Als de vrouw opkijkt, herkent Brenna de hoge jukbeenderen, de donkere ogen, de omlaag wijzende mondhoeken, de twee lijnen die er vanaf de neusvleugels naartoe lopen... Ze herkent Lydia Neffs gezicht van het interview in Good Morning New York, drie dagen nadat Iris vermist was geraakt. Even is Brenna compleet van de wijs gebracht, voelt ze zich heel vreemd, en de vraag die ze deze vrouw had willen stellen, die ze voor zichzelf had gerepeteerd en die ze al aan een zestal andere mensen had voorgelegd – over Iris die in een blauwe auto gestapt zou zijn, gevolgd door de uitleg dat Brenna privédetective was en dat ze haar maar met een beperkt deel van de zaak kon helpen – beide zorgvuldig geformuleerde zinnen spatten in haar hoofd uiteen en in plaats daarvan hoort ze zichzelf zeggen: 'Ik weet hoe je je voelt.'

Lydia kijkt op en staart haar aan.

Brenna schraapt haar keel. Ze kijkt in de donkere ogen. 'Mijn zus is ooit in een auto gestapt. Die auto is weggereden. Ik weet niet wie er achter het stuur zat of waarom ze is ingestapt, maar de auto reed weg en ik heb haar nooit meer gezien. Mijn zus, met wie ik elke ochtend wakker werd, degene die al mijn geheimen kende, die me zo vertrouwd was en die zo'n groot deel van mijn leven uitmaakte dat haar aanwezigheid net zoiets was als...' Brenna's blik gaat naar de fontein, naar het water dat in een constante stroom over het gladde, witte steen gutst. Dan gaat haar blik weer naar Lydia's bleke gezicht. '... als ademhalen.'

Er komt een vochtig waas voor Lydia's ogen en er kruipt een traantje over haar wang. 'Aanstaande woensdag is het Iris' verjaardag. En ik weet niet wat ik moet doen... ik weet het echt niet.'

'Wat doe jij hier?'

Een mannenstem wekte Brenna ruw uit haar herinnering, terwijl de datum na-echode in haar hoofd. Aanstaande woensdag. 28 oktober. 28 10. Maar het was te laat om de datum van Iris' verjaardag op het paneeltje van het alarm in te toetsen... sterker nog, ze durfde zich helemaal niet te bewegen.

Brenna had de stem herkend. Het was Morasco's stem, en toen ze zich omdraaide stond hij daar, haar boos aankijkend door die dikke brillenglazen, met zijn hand plat op de borstzak van een ander jasje – ook van tweed – en de toppen van zijn vingers onder de linkerrevers, een centimeter of tien van de plek waarvan Brenna wist dat daar zijn schouderholster zat.

7

Zwijgend bracht Morasco haar terug naar haar auto. Hij was hier, zei hij, omdat een van de buren de politie had gebeld om te melden dat er een verdacht voertuig voor het voormalige huis van Lydia Neff stond. Maar hoewel hij redelijk tevreden leek met Brenna's uitleg – Nelson Wentz heeft me ingehuurd om Carol op te sporen en omdat ik in de buurt was, dacht ik: ik ga kijken waar ze haar portefeuille hebben gevonden en daarna kan ik misschien met de betrokken politiemensen gaan praten – bleef hij haar met een vreemde, zijdelingse blik aankijken. Ze had verwacht dat hij haar meer vragen zou stellen, en toen ze bij haar auto stonden, kreeg ze haar zin. Hoewel het natuurlijk niet de vraag was die ze had verwacht. 'Weet Nelson Wentz dat je vroeger een van Errols Angels bent geweest?'

Brenna keek hem verbaasd aan.

'Kom op,' zei hij. 'Je weet heus wel dat jullie zo werden genoemd. Volgens mij was het Ludlow zelf die de naam heeft verzonnen.'

'Ken je Errol Ludlow?'

Morasco haalde zijn schouders op. 'Niet persoonlijk, maar als privédetective geniet hij een zekere faam.'

'De faam van doortrapte schoft, bedoel je.'

Morasco veroorloofde zich een half glimlachje.

'Nou, het is wel zo. Ik heb drie jaar met die man gewerkt. Ik weet wat voor reputatie hij heeft en geloof me, die is dik verdiend.'

'Hm, als jij het zegt...'

'Maar ik vraag me twee dingen af.'

'Ja?'

'Ten eerste, waarom zou het Nelson Wentz iets kunnen schelen dat ik vroeger voor Ludlow heb gewerkt?'

Morasco haalde zijn schouders op. 'Hij zou een mening kunnen hebben over een privédetective die een stel mooie meiden in dienst heeft om het vuile werk voor hem op te knappen.' Hij boog zijn hoofd en keek naar de grond. 'Zeker als negentig procent van zijn zaken uit het betrappen van overspelige echtgenoten bestaat.'

'Ik had werk nodig,' zei Brenna. 'Ik was met mijn studie gestopt omdat ik... ik wilde leren hoe je... mensen moest opsporen. Er waren weinig andere mogelijkheden.'

Hij bleef haar enige tijd aankijken. 'Vanwege je zus.'

'Wat?'

'Je wilde leren hoe je mensen moest opsporen vanwege je zus, toch? Ze hebben haar nooit gevonden.'

Brenna staarde hem aan. Haar gezicht gloeide alsof Morasco's ogen twee spotlights waren die warmte uitstraalden. 'Oké,' kon ze met moeite uitbrengen. 'Dat brengt me bij mijn tweede vraag.'

'Ja?'

'Hoe ben je te weten gekomen dat ik voor Errol Ludlow heb gewerkt?'

'Dat is niet zo moeilijk. Gegevens over het werkverleden zitten in elke database van privédetectives.'

'Ik had de vraag anders moeten stellen,' zei Brenna. 'Ik had moeten vragen: waarom heb je uitgezocht dat ik voor Errol Ludlow heb gewerkt?'

'Nou, ik...'

'Waarom weet je die dingen over mijn zus? Waarom weet je zo veel over mij en vanwaar je interesse?'

Morasco zette zijn bril recht, in zijn ogen weerkaatste het licht van de straatlantaarn verderop en op zijn magere gezicht werd een emotie zichtbaar die Brenna niet goed kon plaatsen. 'Interessant, vind je niet,' zei hij uiteindelijk, 'hoe een paar woorden de strekking van een vraag compleet kunnen veranderen?'

Brenna blies haar adem uit. Ze stak de sleutel in het portierslot. 'Ik heb Carol Wentz nooit ontmoet. Trent heeft je onze telefoongegevens laten zien. Je hebt zelf kunnen zien dat we al tweeënhalve week niet door nieuwe cliënten zijn benaderd.'

'Dat weet ik.'

'Ik heb niks te maken gehad met de verdwijning van mevrouw Wentz.'

'Dat weet ik ook.'

'Waarom dan, inspecteur Morasco...

'Nick.'

'Waarom dan, Nick, heb je me doorgelicht?'

'Nou...' Hij schraapte zijn keel. 'Je zult zelf moeten toegeven dat je... hoe zeg ik dat?'

'Dat ik wat?'

'Dat je een fascinerende vrouw bent.'

Brenna's wenkbrauwen gingen omhoog.

'Ik bedoel... door je stoornis. Ik heb nooit geweten dat er mensen met een perfect geheugen bestonden. Totdat ik dr. Liebermans boek las.'

Brenna deed een stap naar hem toe. Wat zou ze graag in zijn hoofd kunnen kijken, om te zien wat hij dacht. Ze had een behoorlijke dosis mensenkennis, maar ze kon op dit moment met geen mogelijkheid zeggen of Morasco oprecht was of dat hij een spelletje met haar speelde. En als het laatste waar was, waarom deed hij dat dan? Brenna voelde haar wangen gloeien en ze was blij dat het bijna donker was. 'Als jullie net zo veel tijd hadden besteed aan de opsporing van Carol Wentz als aan het doorlichten van mijn... stoornis,' zei ze, 'had haar man geen geld hoeven uit te geven aan privédetectives.' Ze opende het portier en liet zich achter het stuur glijden. 'Tot ziens, Nick.'

Brenna wilde haar raampje sluiten maar Morasco legde even zijn hand op de hare, dus haalde ze haar vinger van de knop. Hij hurkte neer totdat hij haar recht kon aankijken. 'Carol Wentz heeft nooit meer dan vijftig dollar per week van haar bankrekening gehaald, maar de dag voordat ze verdween heeft ze vijfhonderd dollar gepind.'

'Wat?'

'Dat heeft Nelson Wentz je zeker niet verteld?'

'Nee...'

'Interessant, want wij hebben het hem wel verteld,' zei hij. 'O, en nog iets... drie dagen daarvoor is Carol gezien in een cafetaria in Mount Temple, waar ze heel dicht bij een andere man zat.'

'Dat meen je niet.'

Hij trok zijn ene wenkbrauw op. 'Jij bent niet de enige over wie ik iets weet.'

Ze schudde haar hoofd. 'Maar Nelson Wentz heeft me verteld...'

'Laat me raden. Dat hij een gelukkig huwelijk had en dat zijn vrouw nooit bij hem zou weggaan, maar dat hij dat de smerissen om de een of andere reden niet aan hun verstand kon brengen?'

'Ja,' zei ze. 'Sterker nog, zo zei hij het vrijwel letterlijk.'

'Nelson Wentz is een aardige man, maar een geloofwaardige getuige zou ik hem niet willen noemen,' zei Morasco. 'Ze hadden een belabberd huwelijk, Brenna. Dat kunnen alle buren je vertellen. En minstens een van die buren kan je ook vertellen dat Carol Wentz, op de laatste bijeenkomst van haar leesclubje, heeft bekend – zonder in details te treden – dat ze zich schuldig en "onvolledig" voelde.'

Door het open raampje staarde ze hem aan.

Er verscheen een bedroefd glimlachje om zijn mond. 'Ik vertel je dit,' zei hij, 'omdat het altijd goed is om te weten met wie je te maken hebt.'

Tegen de tijd dat ze haar gedachten voldoende op orde had om hierop te reageren, was Morasco er niet meer. Toen ze naar buiten keek, zag ze hem rustig joggend naar zijn auto verderop in de straat lopen en bleef ze nog even roerloos in haar auto zitten.

Nelson Wentz was een jongensachtige man, in de meest letterlijke zin van het woord. Hij was achtenvijftig jaar oud, wist Brenna van de gegevens die ze over hem had ingewonnen, maar zoals hij in de fauteuil in de woonkamer zat, had hij net zo goed vijfentwintig of zelfs vijftien kunnen zijn, zo tenger en broos was hij voor een man van middelbare leeftijd. Iemand die nauwelijks een schaduw op de grond wierp, alsof hij meer dan een halve eeuw op aarde had doorgebracht zonder ooit door de pubertijd heen te komen.

Nelson was gekleed in een kakibroek en een lichte polo, en de fauteuil waar hij in zat had een grijze bekleding, alsof hij vooral niet wilde opvallen. Net als zijn vrouw was hij compleet kleurloos: zijn gezicht, zijn haar, zijn lippen... Ze hadden broer en zus kunnen zijn, of zelfs een tweeling, als Carol niet die constant verschrikte blik in haar ogen had gehad. Nelsons ogen waren klein en licht, en zijn blik was irritant rusteloos. Dat maakte het lastig om een normaal gesprek met hem te voeren, want hij keek Brenna nooit recht aan. Zijn blik schoot alle kanten op: naar het schilderij met het zeegezicht boven de tv, naar het houten beeldje van Don Quichot op de schoorsteenmantel, naar de rode, cyperse kat in de hoek van de bank, om daar dan eindelijk tot rust te komen, alsof hij zijn vertrouwde omgeving smeekte hem alsjeblieft te helpen.

En Brenna had hem nog nauwelijks iets gevraagd. 'Hoe lang zijn Carol en jij getrouwd?' was het laatste geweest.

Een redelijk normale vraag in deze omstandigheden. Desondanks reageerde hij, met zijn blik op een boek op de salontafel, alsof ze hem de meeste impertinente vraag aller tijden had gesteld. 'Veertien jaar?'

Oké, best. Als je het me per se lastig wilt maken. 'Nelson?'

'Ja?'

'Waarom heb je me ingehuurd?'

Voor het eerst sinds ze was binnengekomen keek Nelson haar recht aan. 'Om mijn vrouw op te sporen.'

Brenna keek hem in de ogen. Even dwaalden haar gedachten af naar Nero's Playground, naar de geur van zweet en sigarettenrook, het *bliep-bliep* van de gokautomaten, de hoofdpijnsmaak van de witte wijn die ze dronk en de vrijgezellenblik in Larry Shelby's ogen toen hij zich naar haar toe boog. 'Ben je gebonden?' had hij gevraagd, terwijl Brenna alleen had kunnen denken aan Annette, die diep in haar hart had geweten dat haar man nog in leven was, die daar absoluut zeker van was, maar die tegelijkertijd zo weinig van hem wist. Brenna kneep haar ogen dicht. Toen ze ze weer opende, zat Nelson nog steeds naar haar te kijken en zag zijn gezicht eruit als één groot vraagteken. 'Wat ga je doen,' vroeg Brenna, 'als Carol niet gevonden wil worden?'

'Ik begrijp niet wat je bedoelt.'

'Ik denk dat je dat heel goed begrijpt, Nelson,' zei Brenna. 'Ik denk namelijk dat je niet helemaal eerlijk tegen me bent geweest over hoe goed of hoe slecht jullie huwelijk was.'

Nelsons blik ging naar Brenna's schoenen. 'Ik ben altijd eerlijk.'

'Ik heb inspecteur Morasco gesproken,' zei ze. En dat was voldoende. Nelson leek voor haar ogen leeg te lopen, alle energie leek uit hem te vloeien en plaats te maken voor een definitieve droefenis, totdat hij er, tenger als hij was, eindelijk uitzag als een man van achtenvijftig.

'Inspecteur Morasco kent niet het hele verhaal.'

Brenna bleef hem aankijken. 'Maar ík moet dat wel kennen. Als Carol een flink geldbedrag heeft gepind voordat ze verdween, moet ik dat weten. Als ze in gesprek met een onbekende man is gezien, moet ik dat weten. Als jullie huwelijk maar zozo was...'

'Ons huwelijk was goed. We hadden het goed samen. Misschien waren we niet... zoals andere stellen. Die zo overdreven doen en ermee pronken. Maar ik hield van haar en zij hield van mij. We wilden met elkaar door. We wilden na ons pensioen in de Provence gaan wonen. Ze zou nooit bij me weggaan.'

Hij zei het allemaal met zachte, kalme stem, maar terwijl hij het zei, werd zijn gezicht alsmaar roder.

Brenna knikte.

'We hadden het goed samen.'

'Ik begrijp het.' Brenna schoof haar stoel, een harde, houten bureaustoel die meer als kamervulsel bedoeld leek dan om op te zitten, dichter naar hem toe. 'Maar laat me je iets anders vragen,' zei ze. 'Wil je dat ik het begrijp, of wil je dat ik je vrouw terugvind?'

'Allebei.'

Brenna zuchtte. 'Luister, Nelson. Ik moet je een hele reeks vragen stellen, ook vragen die je misschien liever niet wilt beantwoorden, omdat alleen al nadenken erover pijnlijk kan zijn. En misschien zijn er dingen in je geheugen die je hebt weggestopt, ook omdat ze pijnlijk zijn. Ik zou graag willen dat je die gevoelens opzijzet en op al mijn vragen antwoord geeft. Ook als je daarmee herinneringen blootlegt die je liever bedekt wilt houden.' Ze schoof de stoel nog een stukje dichterbij. 'Nelson,' zei ze vriendelijk, 'begrijp je wat ik zeg?'

Hij bleef haar lange tijd aankijken terwijl de rode kleur wegtrok uit zijn gezicht en zijn gelaatstrekken weer dat jongensachtige kregen. 'Ik zal je alles vertellen,' zei hij. 'Ik beloof het je.'

'Oké, geweldig.' Brenna glimlachte naar hem. 'Nu we dit onaangename deel achter de rug hebben, zou je zo vriendelijk willen zijn me haar creditcardnummer te geven, zodat we kunnen checken of er betalingen zijn gedaan? Een oude maandafrekening is ook goed.'

'Ik heb iets beters voor je,' zei Nelson. 'Carols creditcard zelf.'

'Heb je die hier?'

Nelson stond op. 'Ze heeft één creditcard, alleen voor noodgevallen. Alle grote uitgaven doen we met mijn creditcards.'

'Jouw creditcards.'

'Ja. Die van mijn bank en een paar andere.'

'Míjn bank?' vroeg Brenna. 'Hebben jullie geen gezamenlijke rekening?'

Nelson keek haar aan alsof ze hem een klap in zijn gezicht had gegeven. 'Nee,' zei hij.

'Waarom niet?'

'Sorry, ik moet even wennen aan dit soort... persoonlijke vragen.'

Brenna had de vraag niet bijzonder persoonlijk gevonden en ze dacht: als hij dit al persoonlijk vindt, hoe zal hij dan niet reageren als ik over hun seksleven begin? Maar omdat ze de stress bijna van hem af zag spatten, hield ze zich in. Ze knikte en zei: 'Het is moeilijk, ik weet het,' in de hoop dat ze Nelson wat meer op zijn gemak zou stellen.

'Het was gemakkelijker om de financiën gescheiden te houden.'

'Ik begrijp het,' zei Brenna. 'Maar hoe weet je dat ze haar creditcard niet heeft meegenomen?'

'Ze heeft hem nooit bij zich. Ze is op dat punt heel voorzichtig.'

Brenna volgde Nelson naar de keuken, en terwijl hij doorliep naar de la van het aanrecht, bleef zij als versteend in de deuropening staan, happend naar adem. Want in tegenstelling tot de andere vertrekken van het huis, die je hooguit 'netjes' en 'praktisch' kon noemen, stond ze hier in de droom van elke kok: roestvrijstalen werkbladen, kastjes van gelakt kersenhout, koperen pannen aan een rek boven een achtpitsgascomfort, een behoorlijk werkeiland in het midden, compleet met een messenblok een Michelin-chef waardig en een mandje met vers fruit, om nog maar te zwijgen van een koelkast groot genoeg om een hele kibboets van voedsel te voorzien. Brenna vond het prachtig, ze hield van de sfeer die er hing en voelde dat hier een gelukkig mens het eten had bereid. Dit vertrek was de kerstboom van het verder zo prozaïsche huis, en meer nog dan dat gaf het Brenna een positievere kijk op hoe hun huwelijk was geweest. 'Wie van jullie kookt er?' vroeg ze.

Nelson gaf geen antwoord.

'Nelson?' Ze maakte zich los uit de deuropening en zag hem bij het aanrecht staan, starend in de open la alsof er iets vreselijks in lag.

Brenna liep naar hem toe en toen ze naast hem stond zag ze zijn handen om het voorpaneel van de la geklemd, zo strak dat zijn vingertoppen wit waren. 'Wat is er?'

Hij deed een stapje achteruit. 'Carols creditcard,' zei hij, 'is weg.'

'Ik ben altijd goed voor haar geweest,' zei Nelson. Hij zat op de ranke stoel opzij van de trap en tuurde in de la van het naaitafeltje, waar Carol en hij hun rekeningen bewaarden. Hij zei het zo zacht dat Brenna hem maar net kon verstaan. Maar het was de eerste mededeling die hij deed sinds hij had ontdekt dat de creditcard van zijn vrouw weg was, dus reageerde Brenna er meteen op.

'Je onderhield haar.'

'Sorry?'

'Dat bedoel je met goed voor haar zijn, toch? Jij bracht het geld binnen.'

'Ja.'

'Betekent dat ook dat jij de rekeningen betaalde?'

'Nee,' zei hij. 'Carol deed de financiën. Ze was... ze ís daar beter in dan ik.'

Brenna ging naast hem staan en legde haar arm op de trapleuning. 'Dus als Carol een aankoop voor je verborgen wilde houden, kon ze dat.'

'Mevrouw Spector, dat zou Carol nooit doen!'

'Nelson,' zei ze geduldig, 'hou in gedachten dat ik aan jouw kant sta.' Ze stak haar hand uit, pakte een van Carols maandafrekeningen en sms'te het creditcardnummer naar Trent. 'Binnen een dag of twee weten we of ze er de afgelopen dagen betalingen mee heeft gedaan. Mijn assistent heeft heel goede contacten met dit specifieke bedrijf. Weet je trouwens zeker dat ze geen andere creditcards heeft? Misschien een oude, die ze van plan was op te zeggen?'

Nelson gaf geen antwoord. Vanaf het moment dat hij aan het tafeltje was gaan zitten had hij zich geconcentreerd op een klosje lichtblauw naaigaren, dat hij tussen de duimen van zijn beide handen had geklemd, zo hard dat zijn duimen ervan trilden, en waar hij nu naar zat te staren alsof het klosje het enige op de hele wereld was, in elk geval op dit moment, wat hij nog onder controle had.

Brenna zuchtte. Met cliënten als Nelson Wentz was ze blij dat ze twee jaar psychologie aan Columbia University had gestudeerd. 'Kun je iets voor me doen?' vroeg ze. 'Wil je iets voor me doen, Nelson?'

Hij keek op. 'Ja.'

'Ik wil dat je terugdenkt aan je laatste avond met Carol. Dat je in gedachten teruggaat naar die avond.'

'Waarom?'

'Om vast te stellen of er toen iets is gebeurd wat opviel... afwijkend gedrag, of iets wat een aanleiding zou kunnen zijn om bij je weg te gaan. Tenminste, als dat zo is. We weten immers nog niet of ze vrijwillig is vertrokken of dat ze is ontvoerd.'

'Oké,' zei hij. 'Waar moet ik beginnen?'

'Bij het ontbijt, misschien?'

Hij keek haar met een wezenloze blik aan. 'Wil je weten wat ik die ochtend heb gegeten?'

'Ja, graag.'

'Dat kan ik me niet herinneren.' Hij zei het alsof hij in het beklaagdenbankje van een rechtszaal stond.

'Goed dan.' Brenna zuchtte. 'Nou... het was een donderdag, klopt dat?'

'Ja.'

'Ben je na je werk nog ergens naartoe geweest?'

'Dat weet ik niet meer.'

'Probeer terug te denken.'

'Ik heb geen idee...'

'Soms helpt het als je denkt aan wat je aanhad.'

Nelson sloot zijn ogen. 'Een paar heel ongemakkelijke schoenen,' zei hij uiteindelijk. 'Ik had ze voor twintig dollar bij Target gekocht, maar ze waren een halve maat te klein.'

'Ai,' zei Brenna. 'Maar voor twintig dollar zou ik de gok ook wagen.' Ze glimlachte naar Nelson en hij glimlachte terug, en daarna leek zijn geheugen tot rust te komen en beter te functioneren. Hij beschreef zijn hele werkdag op kantoor, de treinrit naar huis, zijn tussenstop bij de apotheek voor een doosje likdoornpleisters, en net toen Brenna's aandacht langzaam maar zeker in slaap werd gesust, zei Nelson: 'En toen ik thuiskwam, was Carol in de woonkamer.'

'Hoe kwam ze over?'

'Gewoon... goed.'

'Goed?'

'Ja.'

'Weet je nog wat ze aan het doen was?'

Nelson bracht zijn handen naar zijn gezicht en wreef zich in de ogen.

'Neem de tijd,' zei Brenna.

En dat deed hij. Hij bleef zich een volle minuut lang in de ogen wrijven. 'Ik geloof dat ze zei: "Je laat me schrikken."'

Brenna keek hem aan. 'Waar was ze toen ze dat zei?'

Nelson stond op en nam haar weer mee naar de woonkamer. 'Hier.' Hij stond minstens zes meter van de bank, dus ze was niet net opgestaan. De schoorsteenmantel was aan de andere kant van de kamer, maar hij stond nu bij een deur, nog geen meter ervandaan, die Brenna niet eerder was opgevallen.

'Wat is die deur achter je?' vroeg ze.

'Carols handwerkkast,' zei hij. 'Ze... eh... het zou kunnen dat ze net de deur dichtdeed toen ik binnenkwam. Dat durf ik niet met zekerheid te zeggen.'

Brenna liep naar de kast en opende de deur. Inderdaad niets dan handwerkspullen, zo te zien, maar desondanks haalden Nelson en zij de planken leeg.

Opgevouwen lappen stof, breitassen volgepropt met bollen wol, gebreide sjaals, naalden, diverse haakwerkjes en drie kleine wandkleden die Carol, vertelde Nelson haar, op de academie had gemaakt. Onder al dat materiaal vonden ze een kleine, zwarte koffer. 'Wat zit hierin?'

'De spullen voor haar wandkleden, geloof ik.' Nelson opende de klep van de koffer. Hij had gelijk, want Brenna zag gekleurde lapjes stof, speldenkussens, dikke naalden en klosjes draad, een schaartje met openingen voor je vingers in de vorm van aardbeien, en diverse vierkante kussentjes, al omgezoomd. Ze sloot de koffer weer. 'Dat zou te gemakkelijk geweest zijn, denk ik.'

'Wat?'

'Niks. Het is alleen zo dat als mensen iets willen verstoppen, ze dat meestal doen op een plek die alleen van hen is. Een echte privéplek. Met andere woorden: de keukenla, de la van de salontafel of die van het naaitafeltje in de gang, aangezien jij weet wat erin ligt... komen geen van die plekken in aanmerking. Als ze echt iets voor je verborgen wilde houden, zou ze dat doen op een plek die lijkt op haar handwerkkast. Een plek die alleen van haar is.'

'Die heeft ze niet,' zei Nelson.

Brenna draaide zich naar hem om. 'Wat?'

Nelson keek haar recht in de ogen en zijn gezicht stond strak. 'Carol heeft niks voor me te verbergen.'

Zijn vrouw hield niet van hem. Zijn vrouw had wel degelijk geheimen voor hem.

Nadat Brenna Spector was vertrokken, had Nelson lange tijd op de bank gezeten, recht voor zich uit starend en zonder zich te verroeren, totdat hij zichzelf begon te zien als Anthony Perkins aan het eind van *Psycho*, roerloos zittend in die kamer op het politiebureau terwijl de stem van zijn moeder door zijn hoofd echoot en hij de vlieg die over zijn hand loopt weigert weg te jagen.

Eén brok woede, gevangen in een mensenlichaam. Dat was Norman Bates toen, toch? En dat was Nelson nu aan het worden. Dat moest hij zien te voorkomen. Hij moest die woede temperen voordat die het commando overnam, zich een weg naar buiten baande en alles om hem heen platbrandde.

De verdwenen creditcard, de handwerkkast en uiteindelijk Nelsons eigen computer. Niet Carols privéplek, zoals mevrouw Spector het had genoemd. Nee, de computer van haar man. Mevrouw Spector had de internetgeschiedenis gecheckt en vastgesteld dat Carol stiekem zijn computer had gebruikt wanneer hij er niet was. Ze had herhaaldelijk gebruikgemaakt van een zoekmachine die Chrysalis.org heette, maar zo te zien had ze er nooit echt iets mee opgezocht. Een zoveelste geheim.

Nelson stond op en liep naar het olieverfschilderij van Sarasota Beach boven de tv. Het was van Carols grootmoeder geweest en het was meer dan eens voorgekomen – herinnerde hij zich nu – dat Carol ernaar stond te staren als hij de kamer binnenkwam, met haar handen in haar zij en een vage, dromerige glimlach op haar gezicht. 'Waar denk je aan?' had hij haar een keer gevraagd.

En dan had Carol – zoals altijd haar gedachten afschermend met die betonnen muur waar je niet doorheen kwam – geantwoord: 'Aan het schilderij.'

'Denk je aan het schilderij?'

'Ik vind het gewoon mooi. Dat is alles.'

Wat had Nelson misdaan? Waar had hij dit aan verdiend? Meer dan twintig jaar lang was hij goed voor Carol geweest. Hij had haar alles gegeven wat ze wilde. Ze had nooit hoeven werken. Zij had het avondeten gekookt, ja, maar alleen omdat ze dol was op koken. Hij had nooit zijn stem tegen haar verheven, had nooit gevloekt, hij had Carol nooit geslagen of zelfs maar gedreigd... Nelson was een en al vriendelijkheid geweest. Heel anders dan Nelsons eigen vader – die had Carol eens moeten meemaken – met zijn paarse kop van de Glenfiddich, zijn enorme vuisten en een stem als een onweersstorm...

Nelson keek op de klok boven de schoorsteenmantel. Middernacht. Het was de afgelopen twintig jaar niet voorgekomen dat hij nog zo laat op was. Maar er was een nieuwe dag aangebroken, dat was tenminste iets. Langzaam liep hij naar de handwerkkast, met de halfopen deur en de zwarte koffer. Als mensen iets willen verstoppen, kiezen ze een plek die alleen van hen is. Maar was alles met betrekking tot Carol niet alleen van haar? Was haar geest niet als die zwarte koffer, verstopt onder andere dingen en met de klep gesloten?

Nelson pakte de koffer en opende die.

Hij keek naar de lapjes stof, de klosjes garen en het schaartje. De spullen voor haar wandkleden. Hij begon alles eruit te halen, legde het op de vloer en dacht: dat zal je leren. Ik dring jouw ruimte binnen, Carol, jouw privéplek. En je kunt er niks aan doen... Zijn gedachten werden onderbroken door de telefoon. Wiens telefoon gaat nu om middernacht? De mijne.

Nelson dacht: Carol, en hij sprong op, haastte zich in de richting van het geluid. De dichtstbijzijnde telefoon was in de keuken. Hij stormde op het geluid af en toen hij bij de telefoon kwam, was hij buiten adem, zat zijn hart in zijn keel en voelde het alsof het elk moment uiteen kon spatten, maar dat kon hem niet schelen, het enige wat ertoe deed was dat hij haar aan de lijn kreeg.

Nelson keek naar het venstertje, zag ONBEKEND NUMMER, rukte het toestel uit de houder en drukte het tegen zijn oor. 'Carol?' vroeg hij, happend naar adem.

Geen antwoord, alleen geruis, en Nelson dacht: mobiele telefoon. Buiten bereik. Toch bleef hij praten, alsof zijn stem het andere toestel bínnen bereik kon trekken. 'Carol? Ben jij het? Waar ben je?'

Het geruis werd minder en Nelson kon haar nu horen ademen. Hij zei Carols naam nog een keer, maar toen hij uiteindelijk antwoord kreeg, was het Carols stem helemaal niet. 'Het is mijn schuld,' zei de stem, en toen werd er opgehangen. En het enige wat Nelson kon doen was daar blijven staan, roerloos, totdat zijn hoop vervloog en de tranen over zijn wangen rolden. Het was de stem van een tienermeisje geweest.

8

Clea stond over Brenna's bed gebogen, een schaduw met het lichaam van een meisje van zeventien en een halo van geelblond haar. Ze zei niets, maar Brenna wist dat Clea wegging. Alweer.

Brenna droomde. Ze wist dat ze droomde. In haar herinneringen, die onduidelijke van voor de stoornis, had Clea allerlei leeftijden, deed ze allerlei dingen en toonde ze verschillende emoties, maar in Brenna's dromen was ze altijd zeventien en ging ze altijd van huis weg. 'Niks tegen mama zeggen, oké?' zei Clea. 'Ik bel je over een paar dagen, echt.'

'Nee, dat doe je niet,' zei Brenna. 'Je stapt straks in de auto van een man die ik niet kan zien. Eerst zeg je door het open raampje aan de passagierskant dat je er klaar voor bent en hij zegt tegen jou dat je er mooi uitziet, gevolgd door een grappige bijnaam. Dan stap je in, jullie rijden weg, en ik hoor nooit meer iets van je.'

Clea steunde met haar knie op het bed en boog zich zo dicht naar haar toe dat Brenna alleen nog haar gezicht kon zien.

'O mijn god.'

Clea's hele hoofd zat dik in het verband. Alles werd erdoor bedekt, ook haar ogen, mond en neus. Brenna dacht: hoe kan ze zo ademen? Ze stak haar hand uit om het verband los te trekken, maar Clea sloeg die weg. 'Clea, alsjeblieft,' zei Brenna, 'laat me je helpen.'

Brenna hoorde de stem van haar zus, onvast en gedempt door het verband. 'Ik hoef niet meer te ademen.'

'Wat is er met je gebeurd?'

'Weet je dat nog steeds niet, Brenna? Shit, joh, het is achtentwintig jaar geleden.'

Het verband dat Clea's mond bedekte begon te trillen. Brenna vreesde dat Clea voor haar ogen in stukjes uiteen zou vallen. Was het verband het enige wat haar bijeenhield? Was Clea een soort Onzichtbare Man geworden?

'Het is jouw schuld,' zei Clea sissend. 'Je had me nooit met hem moeten laten meegaan. Je hebt zijn stem gehoord. Die zware, duivelse stem.'

'Wat zie je er mooi uit, Clee-bee...'

'Hou op,' fluisterde Brenna.

'Jij hebt die stem gehoord.'

'Nee.'

'Jij hebt hem gehoord en je hebt niks gedaan!'

'Nee, alsjeblieft!'

Dwars door het verband om Clea's mond kwam een grote vlindervleugel tevoorschijn, en daarna nog een, uit haar voorhoofd, en Brenna werd gillend wakker.

'Jezus,' zei ze toen de echo's van haar gil waren verstomd, ze op adem was gekomen en wist dat ze als enige, trillend en drijfnat van het zweet, in haar appartement was.

Brenna kwam uit bed. Ze liep naar de keuken, vulde een glas met water, sloeg het in één keer achterover en luisterde naar het verkeer in Thirteenth Street terwijl de droom nog nadreunde in haar hoofd. Ze vond het vreselijk om op dit uur wakker te zijn, vond het vreselijk om na een droom als deze alleen te zijn. Ze vond het sowieso vreselijk om alleen te zijn.

Ze overwoog wat muziek op te zetten, maar dat zou het misschien alleen maar erger maken, het eenzame gevoel om één uur 's nachts in het grote appartement, met Brenna als enige levende wezen, dat zachtjes, op blote voeten, over de parketvloer van het ene eind naar het andere liep.

De drie dagen per week dat Maya er was en Brenna 's nachts wakker werd, kon ze in de deuropening van Maya's kamer gaan staan om naar haar te kijken. Dan zou ze de diepe ademhaling en het zachte, fluitende gesnurk van haar dochter horen en was ze algauw weer ontspannen genoeg om terug naar bed te gaan.

Ze liep naar Maya's kamer. Geen goed idee, wist Brenna. Ze zou nu geen zacht gesnurk horen, zou zich alleen inbeelden dat ze het hoorde.

Maya sliep tenslotte bij haar vriendin Larissa. Larissa, met die moeder die de twee meisjes op 4 mei 2001 alleen had gelaten, en het kon Brenna geen barst schelen dat ze het alleen had gedaan om de post te halen, of dat ze drie of vijf minuten, of achtentwintig jaar weg was geweest. Je liet kinderen niet alleen.

Het was donker in Maya's kamer. Er was niemand die wakker kon worden, dus deed Brenna het licht aan. Ze keek naar de mangaposters aan de wanden, naar de boekenplanken met oude schoolboeken, avonturenromans en strips, naar de stapel schetsboeken op de bovenste plank. Maya de kunstenares, net als haar grootmoeder, maar met Clea's grote, blauwe ogen, die dwars door je heen keken, onderzoekend. Brenna keek naar de witte sprei op het bed, het onbeslapen bed, alles precies zoals haar dochter het had achtergelaten, en ook naar de ingelijste foto op het nachtkastje, die waar Brenna liever niet naar keek, van Jim en zijn tweede vrouw, Faith.

De stilte begon drukkend te worden in Brenna's oren, dus deed ze het licht uit. Ze ging terug naar de grote woonkamer en liep door naar Trents bureau. Zelfs als haar assistent er niet was leek hij op de een of andere manier toch aanwezig te zijn. Dat kwam door zijn aftershave. Zijn leren bureaustoel, met al die kralenkettingen en jarretelgordels die aan de rugleuning hingen, leek die geur vast te houden, zodat Brenna, zelfs in het zeldzame geval dat hij een paar vrije dagen achter elkaar had, niet langs zijn bureau kon lopen zonder een migraine te voelen opkomen. Nu vond ze het echter niet erg. Hoe pathetisch het misschien ook klonk, door de geur van zijn aftershave voelde ze zich minder alleen.

Haar blik viel op Trents nieuwste vlam, op een foto in het midden van zijn prikbord: een platinablonde babe met dikke lippen en het soort lichaam dat overal zou opvallen, behalve in een fabriek van opblaaspoppen. Ze moest wel een pornoster zijn, of zo'n exclusieve stripper die optrad op vrijgezellenparty's, of in elk geval een of ander soort prof, want op de foto hield Trent – zonder shirt en met duidelijk zichtbare tepelringen – haar kin vast en likte hij haar gezicht af alsof het een heel groot ijsje was. Desondanks glimlachte het blondje en had ze haar ogen half gesloten, bijna alsof ze ervan genoot. Brenna schudde haar hoofd. Die vrouw verdiende een Oscar.

Oké, ze had nu wel genoeg aftershavedampen ingeademd. Ze liep naar de grote linnenkast in de gang, opende de deur en pakte de twintigstuks-verpakking Ivory Soap van de plank. Ze haalde er één stuk uit en trok de papieren wikkel eraf. Ze hield het bij haar neus en waande zich onmiddellijk op een onbekende planeet waar de atmosfeer uit Trents aftershave bestond en de geur van Ivory haar enige kans op overleven was.

Ah, dat was al veel beter. Brenna sloot haar ogen, snoof de geur op en automatisch zat ze weer in haar auto bij het huis van Lydia Neff, en boog Nick Morasco zich naar het open raampje… *'Ik vertel je dit omdat het altijd goed is om te weten met wie je te maken hebt.'*

Als hij zich naar haar toe buigt en zijn hand heel even de hare raakt, stelt ze vast dat Nick Morasco naar Ivory Soap ruikt en vindt ze dat iedere man naar Ivory Soap zou moeten ruiken. Brenna voelt dat haar hals en nek warm worden, en daarna ook haar rug. Haar blik zakt naar de open boord van zijn witte shirt, ze ziet een stuk van zijn blote schouder en denkt: over met wie we te maken hebben gesproken…

'Hou daarmee op!' snauwde Brenna tegen zichzelf, waarmee ze de herinnering verjoeg, hoewel ze de warmte bleef voelen. Ongelofelijk. Had ze daar vanavond echt aan gedacht? Brenna's geheugen was tot veel in staat, maar spelletjes spelen hoorde daar niet bij, dus het antwoord was duidelijk.

Een smeris die tweedjasjes draagt en die denkt dat ik iets uit een boek van Oliver Sacks ben. Hoe naïef kun je zijn?

Brenna liep naar haar eigen bureau en zette haar computer aan. Ze pakte de briefopener met het parelmoeren heft – het enige tastbare wat ze nog van haar vader had – en speelde ermee terwijl de computer opstartte.

Ze probeerde zichzelf wijs te maken dat ze haar computer zomaar had aangezet. Dat ze geen idee had waarom ze achter haar bureau was gaan zitten, maar nu ze toch niet kon slapen, kon ze net zo goed nog wat werk doen. Ze kon Carol Wentz doorlichten, kijken of ze meer over haar te weten kon komen, die zoekmachine die ze had bezocht, of haar googelen. Maar Brenna wist heel goed waarom ze achter haar computer zat. Ze had al geweten dat ze dit zou doen zodra ze was wakker geschrokken uit haar nare droom. Brenna kende de reden net zo goed als ze zichzelf kende, en Carol Wentz had daar niets mee te maken.

Ze hoorde buiten een stel dronken meisjes langslopen, hun gelach kwam door het open raam naar binnen en een van de meisjes riep: 'Hou op, ik krijg geen adem meer!' Wat Brenna weer herinnerde aan de droom die ze had gehad, aan Clea's hoofd met al dat verband eromheen...

Brenna ergerde zich aan de computer, die zo veel tijd nodig had om op te starten, en aan zichzelf, omdat ze zo ongeduldig was. Ze pakte opnieuw de briefopener. Legde hem weer neer. Pakte hem weer op. Toen, eindelijk, kon ze online gaan, kijken of er e-mail was en doen wat ze vanaf het moment dat ze wakker was geschrokken zo graag wilde.

Volgens Windows Messenger was Jim online. Natuurlijk was hij online. Jim was altijd een nachtdier geweest. Hij bleef altijd tot twee, drie uur 's nachts op om zijn artikelen voor de *Trumpet* te schrijven, om vervolgens om zeven uur 's morgens op te staan en naar zijn werk te gaan. Brenna had verwacht dat hij tegenwoordig vroeger naar bed zou gaan, nu hij redacteur was en de druk van de deadlines er niet meer was, vooral omdat Faith een ontbijtshow op tv presenteerde en altijd om zes uur 's morgens de deur uit ging. Maar zoals was gebleken gaf Jim nog steeds de voorkeur aan de nacht. Tenminste, dat was Brenna in de afgelopen tijd duidelijk geworden.

Ze had de afgelopen tien maanden bijna elke avond, als zijn nieuwe vrouw naar bed was, met haar ex-man gechat. Brenna wist niet of dit gezond was, maar dat kon haar eerlijk gezegd ook niet schelen. Jim Rappaport in levenden lijve bracht zo veel glasheldere herinneringen teweeg dat ze zich snel uit de voeten moest maken, dat ze hem niet in de ogen kon kijken of het timbre van zijn stem kon horen zonder herinnerd te worden aan een van hun ruzies, of – wat nog veel erger was – aan de tedere, heerlijke momenten die ze samen hadden gehad en die ze nog steeds met zich meedroeg. Daarom was het altijd Faith die Maya kwam brengen, of Faith die ze aan de telefoon kreeg, allemaal op Brenna's verzoek, maar met als gevolg dat ze Jim vreselijk was gaan missen.

Maar in de vorm van tekstregels op een computerscherm voldeed Jim goed. Op deze manier konden ze vrienden blijven. Ze konden met elkaar praten, en praten met Jim stelde Brenna gerust, net zoals Maya's zachte gesnurk haar geruststelde. Het was het bewijs dat hij nog leefde, en misschien was het wel meer dan dat.

Slaap jij nooit??? typte ze.

Zijn antwoord kwam onmiddellijk. *Dat moet jij nodig zeggen.*

Ja, nou, ik heb een nachtmerrie gehad.

Dan ben je aan het juiste adres.

Hoezo? Heb jij er ook een gehad?

Nee. De beperking van chatten... geen intonatie. Ik bedoel: vertel me over je nachtmerrie.

Brenna glimlachte. Voor de zoveelste keer bedacht ze dat als Jim en zij met elkaar hadden gechat in plaats van in relatietherapie te gaan, ze nu misschien nog bij elkaar zouden zijn geweest. Wat natuurlijk een waanidee was. Jim was beter af met Faith, en Brenna was beter af met Lee van de gps.

Hij schreef: *Ben je er nog? Messenger zegt dat je bent opgehouden met typen.*

Ja, wacht even.

Ze typte wat ze had gedroomd en verstuurde het. Na een halve minuut begon Jim weer te typen.

De woorden verschenen op haar scherm. *Het kan duiden op een nieuw begin.*

Huh?

De vlinder. Die uit een cocon komt. Begrijp je? Nieuw leven, voor zover het Clea aangaat.

Zou kunnen, typte ze. *Maar zo voelde het niet.*

Hoe voelde je je?

Daar moest Brenna enige tijd over nadenken. Uiteindelijk probeerde ze: *Verstikt. Bang. Verward.* Net als de meeste mensen die veel met psychoanalyse te maken hadden gehad, wist Brenna alles van dromen. Het onderbewustzijn, had ze ontdekt, was een meedogenloze pestkop. Toen Brenna bijvoorbeeld haar eerste grote cliënt had geworven – een Wall Street-beurshandelaar die zijn aan lagerwal geraakte jongere broer wilde opsporen – had ze die nacht gedroomd van Dagobert Duck die haar door zijn geldpakhuis achternazat. Toen ze dat aan haar toenmalige psychiater Sheila Shiner had verteld, had Sheila op nuchtere toon gereageerd: 'Hm. Opgejaagd door oom Dagobert. Je bent bang voor rijkdom.'

Hetzelfde gold voor deze droom over Clea. Ergens in dat surrealistische gebeuren zat een aanwijzing verstopt, iets wat gevonden wilde worden. Een vermiste vrouw, dik in het verband...

Brenna herinnert zich Nelson Wentz, de avond ervoor, in zijn werkkamer met zijn handen voor zijn gezicht. *'Ik had het zo druk met mijn eigen leven,' zegt hij, en zijn stem wordt gedempt door zijn handen, 'ik had het zo druk met mezelf dat ik er niet genoeg aandacht aan heb geschonken.' De kamer ruikt naar handenreiniger en Brenna denkt: aandacht geschonken aan wat? Hieraan? Ze kijkt niet naar Nelson maar naar het beeldscherm van zijn computer, naar de zoekgeschiedenis van Carol Wentz. Ze staart naar de naam van de zoekmachine die Carol de afgelopen week twaalf keer heeft geopend maar waarmee ze geen enkele keer een zoekopdracht heeft gedaan. De naam van de zoekmachine is Chrysalis.org.*

Het logo... de vleugels van een vlinder. Het was de zoekmachine waarover ze vannacht had gedroomd.

Jims woorden verschenen op het scherm. *Heb je een nieuwe cliënt? Kan je verwarring iets met je werk te maken hebben?*

Brenna glimlachte. *Hoe bevalt het in mijn hoofd? Zit je lekker? Kan ik iets voor je inschenken?*

Grote geesten...

Brenna typte: *Enig idee waarom iemand een zoekmachine zou openen als hij of zij niet van plan is iets op te zoeken?*

Heeft je vermiste persoon Chrysalis bezocht?

Yep. Hoe weet jij dat?

Als het Yahoo was geweest, had je van cowboys gedroomd.

Brenna had Chrysalis.org op Nelsons computer bekeken, daarna nog eens op haar eigen computer thuis, en ze had er zelf wel eens gebruik van gemaakt. Op 7 juni 2002, de dag dat Google een paar uur offline was geweest.

Ze had er niets bijzonders aan kunnen ontdekken; gewoon een homepage die bestond uit een vakje waarin je je zoekopdracht kon typen en een wat zweverig logo, een beetje te hip naar Brenna's smaak, maar niet iets om langer dan twee seconden over na te denken. En aan de linkerkant van de pagina een lijstje met andere diensten, die allemaal met 'Chrys' begonnen: ChrysNews, ChrysWeather, ChrysMovies.

Brenna opende Chrysalis opnieuw en tuurde naar het scherm. Het zag er nog net zo uit als de vorige keer, natuurlijk. Ze schreef aan Jim:

Ik kijk er nu naar. Ik begrijp het nog steeds niet.

Jim antwoordde: *Ga naar de andere diensten en klik op het icoontje eronder.*

Het was een plustekentje, dat haar niet eerder was opgevallen, en toen ze erop klikte, zag ze: ChrysBlogs, ChrysForSingles en ChrysChats. Aan Jim schreef ze: *Interessant.*

Is je vermiste persoon single?

Nee, maar die chats zien er veelbelovend uit. Carol Wentz was iemand met veel hobby's, dat was duidelijk. Vermoedelijk chatte ze ook nog, naast al dat gekook in die mooie keuken, haar burenhulp, haar leesclubje en die verdomde kast vol handwerkspullen. Geen wonder dat ze nooit tijd voor haar man had. Natuurlijk had Chrysalis chatrooms voor alle denkbare hobby's: voor vrouwen in de overgang, voor alleenstaande ouders, voor onvruchtbare stellen en zelfs voor slachtoffers van geweldsmisdrijven, allemaal samengevat onder de weinig zeggende noemer 'Leven'.

Jim typte: *Graag gedaan.*

Sorry! Bedankt! Ik waad ineens tot mijn knieën door de chatrooms. Ze wachtte even en typte toen: *Ik ben blij dat je er bent, echt.* Of was dat te veel van het goede?

Dat ik híér ben, bedoel je.

Brenna grinnikte. Typisch Jim. *Waar zal ik beginnen? Met de Franse Keuken?*

Twee woorden: boudin noir.

Onmiddellijk was Brenna terug in 1994, op 30 mei, in een Parijse bistro die La Muguet heette en waar een gruwelijke Franse versie van de Greatest Hits van The Beatles uit de speakers knalde. *Het is de vierde dag van Brenna en Jims huwelijksreis en het is kwart over negen 's avonds. Een of andere Franse zanger met een stem die klinkt alsof hij elk moment in tranen kan uitbarsten, zingt 'Yellow Submarine', veel te hard, maar het maakt niet uit want ze zitten aan hun tweede fles châteauneuf-du-pape en Brenna geniet van haar kip, die zo heerlijk krokant is dat het misschien wel het lekkerste is wat ze ooit heeft geproefd. Ondertussen neemt Jim, die het spannend vindt om iets te bestellen waarvan hij niet weet wat het is, een hapje van een lang, cilindervormig ding met de kleur van een aubergine. Hij roept de ober en vraagt:* 'Qu'est-ce que c'est?'

'Boudin noir, monsieur,' zegt de ober. 'Dat is worst, gemaakt van varkensbloed.' Jims gezicht betrekt, totdat hij lijkt op Charlton Heston aan het eind van Soylent Green. *Brenna barst in lachen uit.*

Jim vroeg: *Weet je nog?*

Brenna lachte nu weer, net zo hard als toen, met haar hoofd achterover en totdat de tranen haar in de ogen schoten. Ze riep zichzelf tot de orde en schreef: *Wat denk jij dan? Natuurlijk!*

Jims reactie kwam meteen: *Ik zou je zo'n smileyding kunnen sturen, maar ik weet dat je daar een hekel aan hebt.*

Brenna dubbelklikte op de chatroom van de Franse keuken, maar toen haar om een loginnaam en een wachtwoord werd gevraagd, wist ze niet hoe ze zichzelf moest noemen. BoudinBetty? CrepeSuzette? Ze schreef naar Jim: *Ben jij wel eens in een hobbychatroom geweest?*

Eh, nee. Wacht... geldt bondage als hobby?

Ha, ha, ha. Heb je zin om mee te doen?

Wat? Chatten over de Franse keuken? Dat meen je toch niet, hè?

Brenna zuchtte. Ze kon zichzelf een simpele naam geven... NYFoodie, of zoiets, dat klonk best goed. Maar wat moest ze doen als ze binnen was? Zeggen: Hallo, mag ik jullie even storen? Komt hier wel eens een Carol? Een jaar of vijftig, vuilblond haar, een mooie keuken?

Jim typte: *Maar goed, het spijt me.*

Wat?

Waarom zouden die mensen bereid zijn haar iets over Carol te vertellen als ze haar niet eens kenden? Brenna begon de namen van de andere chatrooms te lezen toen Jim antwoord gaf.

Van Maya.

Brenna zuchtte weer. De logeerpartij.

Jim schreef: *Ze had mij niks gevraagd. Ze had het aan Faith gevraagd. Tegen de tijd dat ik ervan hoorde, had ze haar spullen al gepakt en stond Larissa's moeder voor de deur om haar op te halen.*

Brenna wilde een reactie typen, maar op dat moment viel haar blik op een serie chatrooms onder de naam 'Families van de Vermisten'. Ze waren regionaal gerangschikt en de zesde van boven was die van de staat New York. Brenna staarde naar de naam terwijl haar gedachten zes uur teruggingen, naar de hotelkamer van Annette Shelby.

'O, heb je ooit nog iets van Lydia gehoord?'

'Van wie?'

'Lydia. Een vriendin van me van de Families van de Vermisten, een chatroom...'

'Lydia,' fluisterde Brenna.

Jim typte: *Ben je er nog?*

Momentje.

OK.

Ze pakte haar mobiele telefoon en sms'te Annette: *Niet dringend, heeft niks met Larry te maken, maar als je wakker bent, bel me, alsjeblieft.*

Een paar seconden later ging Brenna's vaste telefoon over. 'Waddizzer?' vroeg Annette, en Brenna vroeg zich af hoe vaak roomservice van het St. Regis vanavond de minibar had bijgevuld.

'Je vriendin van die chatroom, de Families van de Vermisten... Lydia, weet je nog?'

'Ja?'

'Heeft ze ooit gezegd waar ze woonde?'

'Eh... ergens in Westchester County, geloof ik. Of het was Bronxville, of... nee, wacht, Tarry Ridge, dat was het.'

'Weet je dat zeker?'

'Ja. Haar chatnaam is LydiaTR, dat staat voor Lydia Tarry Ridge.'

Brenna slikte, had opeens een droge mond, en dacht aan Carols portefeuille, met Brenna's telefoonnummer, in de woonkamer van Lydia Neffs vroegere huis. 'Heeft ze je toch nog gebeld?' vroeg Annette. 'Want ze klonk echt... hoe zal ik het zeggen... ik was heel verbaasd toen je zei dat ze niet had gebeld.'

'Heeft ze verder nog iets gezegd?'

'Zoals?'

'Dat ze zich schuldig en onvolledig voelde, misschien?'

'Eh... nee.'

'Iets over een andere man?'

'Nee, maar als ze er een heeft, wens ik haar veel sterkte,' zei Annette. 'Eerlijk gezegd kan ik me geen fluit herinneren van wat LydiaTR heeft gezegd, alleen dat ze me vroeg of jij goed was.'

'Wanneer ben je voor het laatst in die chatroom geweest?'

'Meer dan een week geleden. Sinds ik heb ontdekt dat Larry met half Las Vegas in bed ligt... Laten we zeggen dat ik niet echt meer in een chatstemming ben geweest.'

'Begrijpelijk.'

'Wat ik trouwens best jammer vind,' zei Annette. 'Ik mocht ze wel, dat stel, en het was leuk om deel uit te maken van een groepje mensen die je kunt vertrouwen.'

'Mensen die je kunt vertrouwen...'

'Ja. Ik ben altijd volstrekt eerlijk tegen ze geweest, afgezien van mijn naam, en zij tegen mij.'

'Natuurlijk waren ze dat...'

'Hoor eens, Brenna, ik weet dat ik er zelf om heb gevraagd, maar ik ben teruggekomen op dat idee van "dat ik het per se wilde weten". Ik bedoel... shit, als ik had geweten dat je Larry echt zou terugvinden...'

Brenna zag dat Jim weer iets begon te typen. Snel, met één vinger, typte ze: *Ben er nog, zit aan de telefoon*, terwijl zich in haar hoofd een plan vormde.

'Brenna? Zit je te typen, terwijl je met mij aan het bellen bent?'

'Sorry, Annette, ik moest even iets afwerken.'

Aan de telefoon? Om 02.00 uur?

Een cliënt.

'Jij was toch gescheiden, Brenna?'

'Ja.'

Jim typte: *Trouwens, Maya houdt heel veel van je.*

Brenna sloot even haar ogen. Ademde diep in. Ze wilde weer iets typen, maar ze aarzelde. Ze had een brok in haar keel.

Ik weet wat je gaat antwoorden, B, en je hebt het mis. Je verdient het wel degelijk dat ze van je houdt. Meer dan je denkt.

'Heb je nog contact met je ex?' vroeg Annette.

'Ja,' zei Brenna zacht. 'We hebben nog contact.'

Dank je, J. Haar ogen werden vochtig.

Hou op met huilen, typte Jim.

Je kent me te goed.

'Maar ik durf te wedden dat jouw ex maar één identiteit heeft, waar of niet?' Annette slaakte een diepe zucht. 'Sommige vrouwen hebben meer geluk dan andere.'

Brenna ging met de rug van haar hand over haar ogen en veegde de tranen weg. 'Ja,' zei ze, 'ik heb geluk gehad.' En ze dacht: we houden afstand van onbekenden, vertrouwen op degenen die ons het best kennen, en alleen hun vertellen we de waarheid. 'Hoor eens, Annette. Mag ik je om een gunst vragen?

'Ja, hoor.'

'Kan ik, alleen voor vannacht, AlbanyMarie van je lenen?'

9

O Carol, Carol, Carol... Na vijf uur slaap werd Brenna om acht uur wakker en echode de naam door haar hoofd als het refrein van een of ander popdeuntje. Met behulp van Annettes wachtwoord – Larry4Ever, de arme schat – had ze ingelogd als AlbanyMarie, had ze meer dan een uur in de chatroom van de Families van de Vermisten doorgebracht en was ze heel wat te weten gekomen over LydiaTR, wier ware identiteit Carol Wentz was, daar bestond geen twijfel over. Carol, Carol... wat heb je gedaan?

Net als met vrijwel alle vermiste personen die Brenna had opgespoord, had Carol zichzelf verraden door wat ze van zichzelf had prijsgegeven. LI-Matt61 had AlbanyMarie gevraagd of ze het recept voor de stoofschotel, dat LydiaTR haar had gegeven, ooit had gemaakt, en BuffaloSue was op aanraden van LydiaTR begonnen in *Safekeeping*, het boek dat Brenna op de salontafel in Nelson Wentz' huis had zien liggen. WhitePlainsGreta22 had zelfs iets gezegd over Lydia's huwelijksprobleem met haar weinig communicatieve echtgenoot, en dat ML geen idee had dat Lydia wist hoe ze met een computer moest omgaan. ML stond voor 'manlief', net zoals VL stond voor 'vrouwlief'; zo werden de partners in chatrooms en op forums altijd genoemd, hoe 'onlief' ze in het werkelijke leven vaak ook waren. Brenna was dit te weten gekomen toen ze vier jaar daarvoor aan een zaak werkte en informatie had ingewonnen op een forum voor mishandelde vrouwen.

Hoewel ze allemaal blij waren – en een beetje verrast – dat AlbanyMarie in de chatroom langskwam nadat haar vermiste ML was teruggevonden, maakten ze zich ook zorgen over LydiaTR en waren ze maar al te graag bereid over haar te praten, hoewel dat praten hun bezorgdheid alleen maar deed toenemen. Lydia was tenslotte al een week offline, wat niets voor haar was, absoluut niet...

Uiteindelijk, toen het digitale klokje van de computer op 2:49 sprong, dacht Brenna: LydiaTR is Carol, dat is duidelijk, maar waar zijn ze allebei gebleven? Op dat moment logde er echter ene ClaudetteBrooklyn20 in, die een minuut of tien rondkeek om te zien wat de anderen hadden besproken en die daarna de bom liet vallen.

ClaudetteBrooklyn20: *LydiaTR heeft haar dochter gevonden.*

AlbanyMarie: *Wat zeg je, Claudette???*

ClaudetteBrooklyn20: *Jij was er toen niet, Marie. Ongeveer een week geleden. 's Avonds laat. Lydia zei dat ze door haar dochter was gebeld.*

LIMatt61: *Toen was ik hier. Volgens mij was het een neptelefoontje.*

ClaudetteBrooklyn20: *Ze zei dat ze voelde dat het haar dochter was. En dat ze klonk als een tienermeisje.*

SyracuseSue: *Ze zou nu een tiener moeten zijn, toch? Was ze niet zes toen ze vermist raakte?*

AlbanyMarie: *Denken jullie dat L er daarom niet is? Dat ze bij haar dochter is?*

ClaudetteBrooklyn20: *Laten we het hopen.*

SyracuseSue: *Het zou fantastisch zijn als het waar is. Ik bid elke avond voor Lydia's dochter. Mijn moeder heette ook Iris.*

En zo was het gesprek doorgegaan, met LIMatt61 en WappFallsGordon, die zich ook had aangemeld, en ze schreven dat ook zij hoopten dat het echt Lydia's dochter was geweest die haar had gebeld, maar dat ze er hun twijfels over hadden. *Tieners halen wel vaker dat soort rotgeintjes uit,* zei LIMatt61 nogmaals. *Of misschien was het iemand die haar geld wil afpersen,* schreef Gordon. Al die tijd zat Brenna tandenknarsend naar het scherm te staren en dacht ze: jullie hebben geen idee wat er nog meer speelt. Want waarom zou Carol zeggen dat Lydia door Iris was gebeld? Waarom zou ze überhaupt doen alsof ze Lydia was?

Om tien over drie had Brenna nog iets anders geprobeerd en geschreven: *Herinneren jullie je de dag dat Lydia's dochter verdween? Iris Neff?*

Het is toen in het nieuws geweest. Als reactie kreeg ze het equivalent van een kamer vol wezenloos starende blikken. Drie volle minuten lang gebeurde er niets, totdat SyracuseSue uiteindelijk schreef: *Marie, hoe is het eigenlijk met je ML? Is hij al een beetje bijgekomen?* Het verbaasde Brenna niet. Natuurlijk herinnerden ze zich de verdwijning van Lydia's dochter niet... de dochter van de echte Lydia. Iris was vermist geraakt in de tijd dat er nog maar net nieuwszenders waren die vierentwintig uur per dag uitzonden, de tijd van de O.J. Simpson-zaak en van Nancy Grace die er verslag van deed, de tijd dat foto's van vermiste kinderen op de zijkant van melkpakken stonden en het nieuws een natuurlijker cyclus kende: krantenkoppen die na twee weken of hooguit een maand voorgoed verdwenen, zeker als er geen lijk of geen oplossing werd gevonden. Na elf jaar wist niemand meer wie Iris Neff was. Alleen degenen die van haar hielden. En Brenna. En Carol, blijkbaar. Maar waarom Carol?

Na een snelle douche trok Brenna een spijkerbroek en een T-shirt met lange mouwen aan. Meestal föhnde ze haar haar voordat ze aan het werk ging, maar daar had ze vandaag geen tijd voor, dus kamde ze er alleen wat conditioner doorheen en liet ze de krullende lokken vallen zoals ze vielen. Alsof het zo was getimed hoorde ze voetstappen op de trap die naar de voordeur leidde. Ze wist dat het Trent was. Hij was die trap zes jaar lang vijf dagen per week op gelopen, dus ze herkende het ritme van zijn voetstappen, een feit dat haar ergerde, maar het was niet anders. Toen Trent zijn sleutel in het slot stak en 'Yo!' riep zodra hij de deur op een kier had geopend, zoals hij altijd deed, besefte Brenna dat Trents relatie met haar, als haar assistent, al twee keer zo lang bestond als haar huwelijk had geduurd. Over ergerlijke feiten gesproken...

Brenna nam de hoorn van haar vaste telefoon om Nelson Wentz te bellen. Maar ze bedacht zich, dacht weer aan de ochtend van 16 oktober 1998, en toetste het nummer van de politie van Tarry Ridge in. Een van de voordelen van Brenna's stoornis was dat ze nooit een adres of telefoonnummer hoefde op te zoeken. Ze hoefde een nummer maar één keer in te toetsen en het zat voor altijd in haar geheugen.

'Yo, yo, yo,' zei Trent toen hij de kamer binnenkwam.

'Drie yo's vandaag, huh?' zei Brenna.

'Om jou een plezier te doen.' Trent ging vandaag gekleed in een strakke spijkerbroek en een nethemdje in de kleur van perzikenyoghurt, waar zijn tepelringen doorheen staken. Volgens de thermometer aan de sponning van het keukenraam was het buiten maar zestien graden, aan de koude kant voor een dergelijke outfit, maar de temperatuur moest voor Trent onder de vijf graden zakken wilde hij zelfs maar overwegen om iets met mouwen aan te trekken. De telefoon op het politiebureau ging over en Brenna vroeg aan haar assistent: 'Hoe was het in Bedd?'

Trent trok zijn wenkbrauwen op.

'Ik ben erin gestonken, hè?'

'Het was bijna te simpel, of in elk geval voor mij.'

Brenna hoorde de stem van de wachtsergeant aan de andere kant van de lijn en stak haar vinger op. 'Inspecteur Morasco, alstublieft. Met Brenna Spector.'

Trents ogen werden groot. 'Bel je de cavalerie?'

Brenna knikte. 'Je hoort het zo wel.'

'Wat hoor ik zo wel?' vroeg de stem aan de telefoon, die van Morasco.

Brenna balde haar vuist om een herinnering terug te dringen. 'Hallo.'

'Hoe staat het leven in de wereld van Wentz?'

'Dat is best interessant,' zei Brenna.

'Hoezo?'

'Toen jij aan de zaak van Iris Neff werkte, heb je toen een reden gehad om Carol Wentz te verhoren?'

'Nee.' De lach was uit zijn stem verdwenen. 'Waarom vraag je dat?'

Brenna ademde in. 'Carol heeft zich in een chatroom voorgedaan als Lydia Neff.' Ze keek Trent aan terwijl ze het zei en zag zijn ogen nog een maatje groter worden. 'De chatroom van de Families van de Vermisten, regio New York, op Chrysalis.org.'

'Weet je ook hoe lang?'

Ze keek weer naar Trent. 'Nee, geen idee, en ik weet ook niet welk e-mailadres ze heeft gebruikt om zich te registreren. Tot een paar dagen geleden heeft haar eigen man gedacht dat ze een computeranalfabeet was.'

Trent mimede: ik ga ermee aan de slag, en hij liep naar zijn bureau.

'Wanneer is ze voor het laatst in die chatroom geweest?' vroeg Morasco.

'Vlak voordat ze verdween,' zei Brenna. 'De mensen van die chatroom zeggen dat ze al een week niet online is geweest. O, en nog iets wat je misschien interessant zult vinden… ze schijnt gezegd te hebben dat Iris haar heeft gebeld.'

Stilte.

Brenna vroeg: 'Ben je er nog?'

'Ja,' zei hij. 'Ja, ik…'

'Heb je enig idee waarom ze dat zou doen?'

Morasco zuchtte. 'Ik weet niet of ik je dit moet vertellen,' zei hij. 'Want ik weet eerlijk gezegd niet of het iets met de verdwijning van mevrouw Wentz te maken heeft, of met de vraag waarom ze zou zeggen dat Iris haar heeft gebeld.'

'Irrelevantie hindert me niet. Sterker nog, ik ben er dol op.'

'Goed dan,' zei Morasco. 'Tijdens de Iris Neff-zaak hebben we Carol Wentz nooit verhoord.'

'Oké, dat zei je al.'

'Maar we hebben Nelson Wentz wel verhoord.'

Brenna staarde naar de telefoon. 'Wat? Waarom?'

Ze hoorde een klik. Morasco zei: 'Wacht even. Ik heb een gesprek op de andere lijn.' En voordat Brenna een vraag kon bedenken die intelligenter klonk dan alleen 'waarom', of voordat ze zelfs maar helemaal kon uitademen, was Morasco weer aan de lijn en klonk zijn stem zo strak als een vioolsnaar. 'Brenna,' zei hij, 'Carol Wentz is gevonden.'

10

De klok sloeg acht uur. Nelson wist dat hij niet naar zijn werk zou gaan, dus belde hij Kyle, zijn supervisor, en sprak op Kyles voicemail in dat hij buikgriep had.

Hij kon een ontbijt voor zichzelf klaarmaken, maar hij had geen trek. Toch ging hij naar beneden en sleepte het holle omhulsel dat ooit zijn lichaam was geweest de woonkamer in, naar de telefoon op de salontafel, die hij daar had neergelegd na het vreemde telefoontje van het meisje. *Het is mijn schuld*, had ze gezegd. Iemand die een grap met hem uithaalde, waarschijnlijk. Maar wel een heel vreemde en veelzeggende grap als je in ogenschouw nam wat er in zijn leven gaande was. Een merkwaardige mededeling… bijna alsof het meisje Nelsons gedachten uitsprak. Het is mijn schuld. Mijn schuld dat Carol weg is. Mijn schuld dat ze zo ongelukkig was, dat ze nooit meer zal terugkomen, mijn schuld…

De koffer met naaispullen van de wandkleden lag waar hij die had achtergelaten, op de vloer bij de kast, met de halve inhoud eromheen. Wat helemaal niets voor Nelson was. Hij hield ervan wanneer alles op zijn plaats stond, of erger nog, hij werd rusteloos wanneer dat niet zo was. Hij begon Carols spullen terug te doen in de koffer: de lapjes stof en de klosjes met gekleurd garen, de vierkantjes die ze al had gemaakt – een met een narcis en een met een rood-met-groen kerstcadeautje – het schaartje en de kartonnen kaartjes met roze, paars, geel, rood en blauw lint.

Toen hij uiteindelijk het speldenkussen in de vorm van een tomaat teruglegde, voelden zijn vingertoppen iets onder in de koffer: karton. Een laag karton, een paar centimeter boven de bodem van de koffer. Nelson trok zijn hand terug alsof hij zijn vingers had gebrand. Een dubbele bodem!

Hij staarde naar de koffer, gejaagd in- en uitademend, en toen gingen zijn handen er weer in alsof ze een eigen leven leidden, ze rukten alle stofjes en klosjes en die leuke vierkantjes en kaartjes met satijnen lint en het schaartje met de aardbeienogen en het fluwelen speldenkussen eruit en gooiden ze ernaast op de vloer. Allemaal camouflagemateriaal: zachte, kleurrijke leugens die de dubbele bodem aan het oog moesten onttrekken. Die bodem trok hij er ook uit, het stuk karton dat zijn vrouw zo zorgvuldig op maat had geknipt. Het moest precies passen, hè, Carol? En daarna bleef hij op zijn knieën naast de koffer zitten, voorovergebogen en uitgeput als een marathonloper, met zijn hart bonzend in zijn borstkas.

Kijk erin. Nu! Kijk wat ze voor je wilde verbergen.

Nelson keek in de koffer en zag een stapeltje dossiermappen. Op de bovenste zat een Post-it-velletje waarop in Carols nette handschrift een naam en een telefoonnummer stond geschreven. Graeme Klavel. Nelsons hoop vervloog. Zijn handen trilden een beetje toen hij de map eruit haalde.

Maar op dat moment hoorde hij de deurbel, zijn schouders gingen met een ruk omhoog, hij liet de map vallen en er vlogen een paar papieren uit. Nelson keek ernaar en dacht: liefdesbrieven? Nee, zo te zien waren het officiële papieren, en toen er opnieuw werd gebeld, zag hij het embleem en daaronder de woorden ‘Politiedepartement Tarry Ridge’. Hij zag ook de datum, 15 september 1998, en de kop: TRANSCRIPTIE VERHOOR LYDIA NEFF. Zonder zich te verroeren keek hij ernaar.

Voor een derde keer werd er gebeld. ‘Momentje!’

Lydia Neff.

Toen hij opendeed, stond er een jongetje voor de deur. Het duurde even voordat Nelson besefte dat het Max was, elf jaar oud, de zoon van Gayle en Stephen Chandler, die een paar huizen verderop woonden. De zoon van Gayle, van Carols leesclubje. Gayle, die tegen inspecteur Morasco had gezegd dat ze Carol met een andere man in een cafetaria in Mount Temple had gezien.

‘Is Carol thuis?’ vroeg Max, een jongetje met vlasblond haar en een felle blik in zijn ogen, waardoor je altijd de indruk had dat hij je uitdaagde.

Max Chandler leek sprekend op zijn moeder, stelde Nelson vast. En zijn moeder had Nelson nooit erg gemogen. Stephen was oké; een financieel adviseur die thuis werkte, altijd goede tips voor beleggingen en een oprechte glimlach, maar Gayle... Gayle had het vast geweldig gevonden dat ze Carol met een andere man had gezien, hoewel Nelson het merkwaardig vond dat ze haar zoon niet had verteld dat Carol werd vermist. Of misschien had ze het hem wel verteld. Misschien had ze Max naar hem toe gestuurd om te kijken hoe hij zich eronder hield, of om hem boos te maken, zodat ze dat ook aan de politie kon rapporteren? Wie weet. Als Max hem op de kast wilde krijgen, was Carol bij haar voornaam noemen in elk geval een goed begin.

'Mevrouw Wentz is niet thuis,' zei Nelson. 'Kan ik misschien iets voor je doen?'

De jongen keek hem recht aan. Vreemd, het effect dat die blik op hem had. Kinderen van zijn leeftijd hoorden volwassenen niet met zo'n blik aan te kijken, en hém zeker niet. Zonder het te willen voelde Nelson zijn nekharen overeind komen en begon hij boos te worden op Max Chandler, ook al was hij maar een meter vijfendertig groot... Omdat Max hem zo zelfverzekerd aankeek, met de ogen van zijn moeder, Gayle Chandler, alsof hij Nelsons gedachten kon lezen en die hem allerminst bevielen...

Lydia, Carol? Heb je onderzoek gedaan naar Lydia? Mijn god, het was meer dan tien jaar geleden en zelfs toen al had het niks te betekenen. Dat heb ik je gezegd. Heb ik je niet gezegd dat het niks te betekenen had? Geloofde je me niet?

Max zei: 'Ik kom de spullen voor de recycling ophalen.'

'Ah, juist,' zei Nelson. 'Het is vrijdag.' Een van Carols vele buurtprojecten was de recycling van glas en plastic, door de leerlingen van groep zes van de plaatselijke basisschool, een project dat ze samen met Gayle had opgezet. Elke vrijdagochtend, voordat de school begon, gingen Max en zijn klasgenootjes de deelnemende huizen langs om plastic flessen en glazen potten op te halen en die in te leveren bij de Stop & Shop in Main Street. De hele opbrengst ging naar de speelplaatsprojecten van de Parent Teacher Association. Carol en Nelson hadden zelf geen kinderen en daarom geen directe reden om hieraan mee te werken, maar Gayle had Carol gevraagd of ze wilde helpen en zoals altijd wanneer haar vriendinnen haar iets vroegen, had Carol zich met tweehonderd procent inzet op het project gestort.

Het gaf aan hoeveel zorg Carol aan al haar hobby's besteedde, of dat nu het recyclingproject van de school was of haar leesclubje, of de wollen sjaals die ze breide voor de mensen in het bejaardentehuis... of wat ze met die Graeme Klavel ook had uitgespookt, of de research die ze naar Lydia Neff had gedaan.

Max Chandler stond Nelson nog steeds aan te kijken. 'Eh... de flessen en potten?'

Nelson wist dat hij de hele week nog niets naar de garage had gebracht. 'Ik haal ze even uit de keuken,' zei hij. De jongen wilde met hem meelopen, maar dat wilde Nelson niet, want hij kon die priemende blik geen minuut langer verdragen. 'In de garage staat een blauwe plastic krat met flessen. Ga die maar vast pakken... ik kom zo naar je toe.' De opener van de garagedeur hing aan een haakje naast de voordeur, bij de sleutels. Nelson haalde hem eraf en drukte hem met een snelle beweging in de hand van de jongen. 'Toe maar,' zei hij, en hij deed de deur dicht.

Nelson slaakte een diepe zucht. Hij wilde naar de keuken lopen, maar hij werd weer naar de papieren op de vloer in de woonkamer toe getrokken, en toen hij in de open koffer keek, zag hij meer dossiermappen, een hele stapel. Hij pakte de bovenste en sloeg hem open. In deze map zat een verzameling vergeelde krantenartikelen, allemaal over de verdwijning van Lydia's dochtertje. En de volgende map bevatte een reeks familiefoto's: Lydia, glimlachend naast een man die Nelson nooit eerder had gezien, met een baby met donker haar, die Iris zou moeten zijn. Wat heb je gedaan, Carol?

Nelson deed de papieren terug in de mappen en legde die in de koffer. Hij legde alle handwerkspullen erbovenop, deed de koffer dicht en schoof hem terug in de kast. De rest van Carols handwerkspullen legde hij ook in de kast en hij sloot de deur. Zo.

Nelson moest praktisch zijn. Hij kon hier nu niet over nadenken. Later zou hij mevrouw Spector bellen. De politie kon hij wel vergeten; die was niet geïnteresseerd. Hij zou mevrouw Spector bellen, haar vertellen over Carols meer dan gemiddelde interesse voor Lydia Neff – die term zou hij gebruiken, 'meer dan gemiddeld' – en haar vragen wat hij moest doen.

Hij zou haar vertellen over de papieren die hij had gevonden en als ze die wilde zien, dan mocht dat van hem. Als de papieren haar zouden helpen Carol terug te vinden, zou hij ze aan haar geven. Maar eerst moest hij kalmeren en de spullen voor Max Chandler bij elkaar zoeken, zodat Nelson van hem af was.

Nelson haastte zich naar de keuken en pakte de plastic tas met flessen en potten. Hier, Max, dacht hij, pak aan en smeer hem.

Op de drempel van de voordeur zag Nelson dat de garagedeur omhoog was. Hij ving een glimp op van de achterbumper van Carols auto en voelde een steek van pijn door zich heen gaan. 'Max?'

Geen antwoord. Toen hij naar de garage liep, voelde hij iets onder zijn voet, begon de deur ineens te zakken en stopte daarmee zodra hij zijn voet optilde. Nelson bukte en raapte de opener van de grond. Slordig. Hij begon weer boos te worden. Vanuit zijn ooghoek zag hij iemand wegrennen, een kleine gestalte, in het midden van de weg, alsof die rende voor zijn leven. 'Max?' Wat was er verdomme aan de hand? 'Max!'

Zodra Nelson de garage naderde, rook hij de stank. Een dooie muis, dacht hij. Nee, erger. Een dooie kat, misschien, per ongeluk opgesloten in de garage, die de hele week afgesloten was geweest. Zijn woede nam wat af. Geen wonder dat die jongen de opener had laten vallen en was weggerend.

Hij hield zijn arm voor zijn gezicht, ademde in de vouw van zijn elleboog en had de tas met de flessen in zijn andere hand. Hij zou de inhoud van de tas in het krat dumpen, het dode beest in de tas stoppen, het met tas en al in de vuilnisbak stoppen en weer gauw naar buiten gaan. Was hij vergeten het vuilnis buiten te zetten?

Nelson stond in de deuropening toen hij een bewegende donkere vlek op de achterkant van Carols witte Volvo zag. Het waren vliegen, zag hij toen hij dichterbij kwam. Misschien wel honderd, die over het slot en het Volvo-merk kropen en omlaag, over de nummerplaat en de achterbumper.

Misschien lag de dode kat onder de auto. Hij hield zijn adem in en hurkte neer om onder de carrosserie te kijken. Niets. Hij kwam overeind, liep om de voorkant heen en keek door de raampjes naar binnen… ook niets te zien. Hij keek naar de plaatstalen planken tegen de zijwand van de garage, maar de stank leek niet afkomstig uit een van de kartonnen dozen op de onderste plank, of die met Nelsons zware gereedschap erboven, zijn boormachine, de elektrische heggenschaar; het kleinere gereedschap – de hamers, kruiskopschroevendraaiers en tangen – hing allemaal netjes aan haken aan de wand, en het viel Nelson op dat alleen de grote schroevendraaier met platte kop ontbrak. Had hij die onlangs ergens voor gebruikt?

Het was duidelijk dat de stank uit de auto kwam. En de vliegen leken vooral belangstelling te hebben voor…

Nelson liep terug naar de auto, stak zijn hand naar binnen door het open raampje aan de bestuurderskant en drukte op de knop om de kofferbak te openen. Het gezoem van de vliegen klonk nu luider.

Met de plastic tas in zijn hand en zijn andere hand op zijn mond gedrukt liep hij op het geluid af. Hou je adem in, trek je niks aan van de vliegen, pak zo snel mogelijk dat dooie beest en stop het in de tas…

Maar hoe komt een beest in de afgesloten kofferbak van een auto?

Die gedachte hield hem bezig toen hij de klep optilde en in de kofferbak keek. Enkele seconden lang, die minuten leken te duren, keek hij omlaag zonder te begrijpen wat hij zag. Dat ontbonden ding vol vliegen… Wat was het? Het kon toch niet… het kon toch niet waar zijn?

En toen zag hij de kleine, bleke hand, met de vingers gebogen alsof die een wijnglas vasthield.

Nelson hoorde sirenes naderen en de straat in komen, en achter hem auto's die met piepende banden remden. Zijn gezicht was gevoelloos, zijn hart bonsde in zijn oren, hij staarde naar die bleke hand, en hij wist het. Hij wist waarom Max naar huis was gerend en waarom Max' moeder de politie had gebeld, net zoals hij vanaf het begin had geweten dat het geen dooie kat of een ander dood beest was, daarvoor was de stank veel te erg. De spanning die hij in zijn schouders had gevoeld, de kou op zijn huid… diep in zijn hart had hij het al geweten.

Hij ademde de stank in, hoorde het doodse gezoem van de vliegen, hoewel hij niet echt meer iets voelde of registreerde. Helemaal niets meer. Nelsons starende blik bleef op de hand gericht, op de gladde gouden trouwring, dezelfde als die van hem. En het weinige wat er nog van zijn hart over was, spatte als gruis uiteen.

11

Nelson Wentz lag in het ziekenhuisbed, staarde met een glazige blik voor zich uit, en er liep een infuusslangetje naar zijn arm, die zo mager en bleek was dat hij van iemand kon zijn die veel jonger of veel ouder was dan hij. Morasco wist nog niet welke van de twee het was.

Morasco vond het niet prettig dat hij Wentz in het ziekenhuis moest verhoren. Hij had het gevoel dat hij fysiek in het voordeel en emotioneel in het nadeel was, en bovendien was het niet nodig. Wentz had wat de artsen van Tarry Ridge General noemden een *vasovagale syncope* gehad toen hij zijn vrouw in de kofferbak van haar auto had aangetroffen. Wat inhield dat hij was flauwgevallen. Wat inhield dat hij ook later, op het bureau, kon worden verhoord. Hij had slecht gereageerd op het kalmerende middel dat de artsen hem hadden gegeven, vandaar het infuus en de observatie, maar verder was er weinig met hem aan de hand. Zijn toestand was zelfs goed te noemen. Voor het avondeten zou hij naar huis mogen.

Natuurlijk had Morasco geprobeerd dit uit te leggen aan zijn baas, maar die had er niets van willen weten. 'De vrouw van die gast heeft een week lang in de garage liggen rotten, en als die jongen van Chandler er niet was geweest, zou ze er nog steeds liggen,' had commissaris Hutchins tegen hem gezegd. 'Wat had je dan gewild, wachten tot je met Wentz kunt gaan lunchen? Hem verhoren bij een bord pannenkoeken?'

'Rotten,' had Morasco geantwoord. 'Toepasselijk woord.'

Dus hier was hij, in Wentz' ziekenhuiskamer, met Gil Pomroy, met zijn rode gezicht, een wandelende tijdbom die elk moment een hartaanval kon krijgen en die zijn rol van 'bad cop' zo serieus nam dat daar weinig goeds uit kon voortkomen. Vaste partners kende men niet bij de recherche van Tarry Ridge, daar hadden ze te weinig mensen voor. Desondanks werd Pomroy opvallend vaak aan Morasco gekoppeld. Hutchins' gevoel voor humor, blijkbaar.

Pomroy had nog geen woord gezegd sinds ze de ziekenhuiskamer waren binnengekomen, maar Morasco wist dat hij al een bloedhekel aan Wentz had zonder de man ooit gezien te hebben. Tijdens de rit naar het ziekenhuis had hij gezegd: 'Weet je hoe gemakkelijk het is om een flauwte te faken?' Dus wist Morasco hoe de zaak ervoor stond, alsof hij daar ooit aan had getwijfeld.

'Hoe voelt u zich, meneer Wentz?' vroeg Morasco.

'Beroerd.'

Pomroy snoof.

'Fijn dat u bereid bent ons te woord te staan,' zei Morasco. 'Ik weet dat dit een zware klap voor u is. Ik wil u graag voorstellen aan rechercheur Gil Pomroy. We werken samen aan de zaak van mevrouw Wentz.'

Morasco keek op en bleef Pomroy net zo lang aankijken totdat hij zijn nekspieren voldoende had ontspannen om naar Wentz te knikken.

'Als jullie erachter kunnen komen wie... wie dit mijn vrouw heeft aangedaan, zal ik hem...' Wentz slikte moeizaam. 'Ik zal alles doen wat ik kan... om te helpen.'

Morasco haalde diep adem. Het viel niet mee om Wentz in het ziekenhuisbed te zien liggen zonder aan zijn eigen vader te denken. Niet dat Nelson Wentz ook maar enige gelijkenis vertoonde met Morasco's zwaargebouwde, ruim een meter tachtig lange vader. Maar zijn vader was ongeveer van Wentz' leeftijd geweest toen hij was geveld door een hersenbloeding. Morasco was toen van de universiteit naar huis gekomen en had wekenlang in de ziekenhuiskamer van zijn vader gebivakkeerd. Zittend naast het bed, met zijn vaders grote hand, droog en koel als de poot van een reptiel, in de zijne, kijkend naar de brede borstkas die op en neer ging in het ritme van het beademingsapparaat, binnensmonds smekend: 'Ga niet dood, ga alsjeblieft niet dood.' Biddend en smekend. Zijn vader was nooit meer bij kennis gekomen. Het was de laatste keer dat Morasco om persoonlijke redenen in een ziekenhuiskamer was geweest, tenzij hij Holly's bevalling meetelde, maar dat deed hij niet. Nooit. Hij vroeg:

'Heeft uw vrouw zich in de weken voordat ze verdween anders dan anders gedragen?'

'Nee.'

'U hebt me al verteld dat ze uw computer had gebruikt. Hebt u vreemde e-mails gevonden die ze had ontvangen?'

'Nee. Voor zover ik weet heeft ze de computer alleen gebruikt om informatie in te winnen over de vrouw die ík nu als privédetective heb ingehuurd.'

'Brenna Spector?'

'Ja. Ik geloof niet dat mijn vrouw een eigen e-mailadres had.'

'Hebt u enig idee waarom uw vrouw een privédetective zou willen inhuren?'

'Nee.'

Pomroy vroeg: 'Weet je dat zeker?'

'Ja.'

Morasco ademde in en weer langzaam uit. 'Meneer Wentz,' zei hij, 'wist uw vrouw dat u bent verhoord in de Iris Neff-zaak?'

'Wat? Ik ben nooit verhoord.'

'Ja, hoor, dat bent u wel. Misschien weet u het niet meer, maar ik heb u destijds zelf gesproken.'

Wat Wentz' gezicht nog aan kleur had, verbleekte nu snel.

'Lydia Neff,' zei Pomroy. 'Aantrekkelijke vrouw. Tenminste... destijds.'

Morasco wierp hem een nijdige blik toe. 'Weet u dat nog, meneer Wentz?'

'U... u bent bij me langs geweest,' zei hij. 'Maar u bent niet binnen geweest. We hebben elkaar maar een paar minuten gesproken.'

'Precies. Over die keer heb ik het.'

'U had me discretie beloofd. U had me beloofd dat het onder ons zou blijven.'

Pomroy slaakte een diepe, bijna melodieuze zucht. Morasco voelde dat de grote schurk in zijn geest zocht naar de woorden waarmee hij Wentz het meest kon kwetsen. Niet voor het eerst wenste Morasco dat hij de wilskracht had om Pomroy voor altijd de mond te snoeren.

'Meneer Wentz?' vroeg Morasco.

'Carol heeft nooit geweten dat wij elkaar hebben gesproken.'

'En de rest,' vroeg Pomroy, 'wist ze daar wel van?'

Morasco's kaakspieren spanden zich.

Wentz ging rechtop in bed zitten en zijn ogen fonkelden. 'Wat bedoelt u?'

'Wist Carol van de affaire die je met Lydia Neff had?'

Wentz' mond ging open en dicht, wat een klikkend geluid maakte.

'Nou?'

'Alsjeblieft,' zei hij. 'Ik... ik voel me niet goed.'

'Of is "affaire" niet het juiste woord, Nelson? Moeten we het hebben over "jeugdige onbezonnenheid"? Kijk, ik weet dat het tien jaar geleden is gebeurd, maar vrouwen zijn anders dan mannen als het om dat soort dingen gaat. Komen ze erachter, ook al is het tien jaar later, dan doen ze alsof het gisteren is gebeurd.'

'Hier komen we niet verder mee,' zei Morasco tandenknarsend. Maar Pomroy ging door, alsof iemand zijn volumeknop langzaam verder opendraaide.

'Want we weten hoe vrouwen zijn, waar of niet, Nelson? Ze gaan op onderzoek uit, gaan met mensen praten. Wat ronduit gênant is, natuurlijk, zeker als je bedenkt dat jullie huwelijk sowieso al niet best was!'

'Ik... zuster!'

Vrijwel meteen ging de deur open en kwam er een kleine vrouw met zilverkleurig haar en een pastelkleurig uniform binnen. 'Gaat alles goed hier?' vroeg ze.

'We wilden net weggaan,' zei Morasco.

Hij deed twee stappen in de richting van de deur, maar Pomroy volgde hem niet. Hij stond naast het bed en keek Wentz recht aan. Pontificaal, als een menselijk uitroepteken. Welke informatie dacht hij op deze manier van Wentz los te krijgen? 'Je gaat ons zeker niet vertellen waar je het... Wat was het waarmee je vrouw is vermoord? Een ijspriem? Een harpoengeweer?'

O, jezus... dacht Morasco.

'Ga je wel eens op jacht, Nelson?'

Wentz' ogen werden groot en vochtig. Hij kermde als een dier in de val, ademde gejaagd in en uit en de lippen van zijn mond waren lijkbleek.

'U moet nu vertrekken, allebei,' zei de verpleegster. En toen, eindelijk, gehoorzaamde Pomroy, kwam hij in beweging, als één bonk gespannen spieren en frustratie die door zijn poriën en ogen uit zijn lichaam wasemde, en ging Morasco hem achterna. Hoe kon het, dacht hij, dat mensen als Pomroy, dat stel poseurs, deze nep-Dirty Harry's met hun keurige huisjes in een rustige buitenwijk en hun glimmende autootjes, geen idee hadden hoe je een ander mens moest verhoren? Neem ze hun speeltjes af en zet ze een week in de South Bronx, om te zien hoe ze zich daar redden... man, dat zou ik dolgraag willen zien...

Op dat moment mompelde Nelson Wentz een woord.

Morasco draaide zich om. 'Wat zei u?'

'Niks.'

Eenmaal op de gang dacht Morasco verder na over wat hij Wentz had horen zeggen, toen Wentz dacht dat er niemand naar hem luisterde. Hij overwoog het aan Pomroy te vertellen, en aan zijn baas. Maar hij wist niet zeker of hij het goed had verstaan. Hij wilde het alleen kwijt aan iemand die hij kon vertrouwen, maar binnen het politiekorps van Tarry Ridge was zo iemand er niet. Erbuiten trouwens ook niet. Morasco zocht in zijn geheugen naar de naam van iemand die hij veilig in vertrouwen kon nemen, maar hij vond er niet een. Dat deed hij pas toen hij bij de wachtkamer kwam en zag wie daar zat.

Brenna zat in de wachtkamer van Tarry Ridge General en bladerde in een oude *Vogue*, het lentemodenummer van een half jaar geleden, met Cate Blanchett op de cover. In haar hoofd borrelde een herinnering op: zij, in de rij bij de kassa van de Rite Aid op University Avenue, met een dubbelpak Yodels en een grote Red Bull, op 14 maart rond het middaguur, toen ze in ditzelfde nummer stond te bladeren en de vrouw vóór haar zich bij de kassière beklaagde over de vijftig dollarcent die haar te veel in rekening zou zijn gebracht, maar de herinnering bleef niet lang hangen.

'Over ongeveer een kwartier mag hij vertrekken,' zei een stem. Toen Brenna opkeek van het tijdschrift, zag ze een verpleegster, een mollig jong ding met een lief gezicht en roze appelwangen die goed bij de kleur van haar uniform pasten. 'Hij vroeg of u hem naar huis wilde rijden. Is dat goed?'

'Ja, natuurlijk.' Ze kon moeilijk nee zeggen tegen dit lieftallige meisje, hoewel het vooruitzicht om terug te gaan naar Nelsons huis, met alle politie en pers en opdringende moordfans, haar allerminst aantrok. Ze was er vijf uur geleden geweest, toen ze Carols auto de garage uit hadden gesleept om hem naar het forensisch lab te brengen, gevolgd door het busje van de technische recherche, alles veelvuldig gefotografeerd door de moordfans met hun mobiele telefoons, alsof Carols auto een of andere bezoekende hoogwaardigheidsbekleder was. Ze probeerden elkaar af te troeven met feiten over vezel- en weefselmateriaal, om te laten zien hoeveel forensische kennis ze hadden opgestoken van al hun *CSI*-dvd-boxen. Brenna hoopte van harte dat de rust er was teruggekeerd, want het was een ware beproeving geweest, zelfs voor haar.

Brenna legde het tijdschrift op het tafeltje. Toen ze naar het ziekenhuis was gekomen, was ze ervan uitgegaan dat Nelson haar niet zou willen ontvangen, want wat kon zíj nu nog voor hem doen? Maar toen hij weer bij kennis was gekomen, was zij de enige geweest naar wie hij had gevraagd, en nu wilde hij dat ze hem naar huis bracht. Hij heeft dus echt niemand, dacht Brenna.

De deur van de wachtkamer werd opengeduwd. Een man kwam voorbijlopen; rood gezicht, uitpuilende ogen, een buik die de stof van zijn goedkope bruine pak straktrok. Het was alsof alles bij hem er aan de voorkant uit wilde. Een duidelijker prototype van een smeris had Brenna nooit gezien, en ze wist dat hij hier was geweest om met Nelson te praten. Dus dit moet er gebeuren wil je hun aandacht krijgen, dacht Brenna, en als antwoord op die gedachte ging de deur weer open en kwam Morasco de wachtkamer in. Toen hij Brenna zag, hield hij even zijn pas in, keek hij haar recht aan en krompen zijn pupillen ineen tot zwarte puntjes. 'Bel me,' zei hij toen hij langs haar heen liep, zo zacht dat alleen zij het kon horen.

12

'Ik heb mijn vrouw niet vermoord,' zei Nelson.

Brenna, die de motor van de auto net had gestart, zette hem weer uit. 'Heeft de politie je daarvan beschuldigd?'

'Alsjeblieft, mevrouw Spector,' zei hij. 'Ik wil er niet over praten.'

Brenna startte de motor weer. Ze zag Morasco's gezicht voor zich, de manier waarop hij haar had aangekeken, de urgentie in zijn blik, maar ze schoof het beeld opzij. Wat hij haar te vertellen had kon blijkbaar wachten. Anders had hij haar wel meteen apart genomen en het tegen haar gezegd.

Ze zou Nelson thuisbrengen, Maya ophalen van de koorrepetitie en dan pas, in de vertrouwde omgeving van haar eigen huis, Morasco bellen. Maar nu moest ze zich focussen op Nelson Wentz, wiens huis geen vertrouwde omgeving meer was, en dat ook nooit meer zou zijn. 'Je zult zien dat je huis er een beetje anders uitziet,' zei ze tegen hem. 'De garage is verzegeld, want die wordt nog steeds als een plaats delict gezien, maar het huis is weer helemaal het jouwe.'

'Weer?

'Ja.'

'Hebben ze het huis doorzocht?' Nelsons ogen werden groot en zijn gezicht werd nog bleker dan het al was.

'Ze hebben naar braaksporen gezocht, en bloed, misschien,' zei Brenna. 'Ze wilden er niet veel over zeggen, maar zo te zien was het geen al te grondig onderzoek. Wat Carol is overkomen, zeiden ze, is tenslotte meer dan een week geleden gebeurd.'

'Hebben ze... hebben ze iets meegenomen?'

Voordat Brenna het parkeerterrein van het ziekenhuis af reed, keek ze Nelson enige tijd doordringend aan. Uiteindelijk keek ze door de voorruit naar buiten en reed de donkere, stille straat in. 'Wat hadden ze niet mogen vinden?'

Nelson gaf geen antwoord, maar dat was ook niet nodig. Eerder die dag, om half een 's middags, had Brenna in het groepje buren bij het huis Theresa Koppelson herkend. Theresa's haar was korter, met een coupe soleil, er zaten meer lijntjes rondom haar ogen en ze was wat aangekomen, gelijkmatig over haar hele lichaam verdeeld, alsof iemand haar met een fietspomp drie of vier stootjes lucht had ingeblazen. Onmiddellijk had Brenna teruggedacht aan de Theresa van tien jaar daarvoor, aan hoe ze vermoeid en aangeslagen op de oprit van haar huis had gestaan. Theresa had Brenna, zoals verwacht, niet herkend.

Ervan uitgaande dat Brenna een reporter was, had Theresa alle vragen beantwoord over Carols hulpvaardige karakter en haar betrokkenheid bij de vele liefdadige buurtprojecten, totdat Brenna haar had gevraagd of Carol een reden kon hebben gehad om in de zaak van Iris Neff geïnteresseerd te zijn. Theresa had haar enige tijd recht aangekeken en de schaamte van toen was teruggekeerd in haar blik.

'De Iris Neff-zaak?'

'Ja.'

'Dat is al zo lang geleden.'

'Iemand heeft me verteld dat Carols man is verhoord in verband met die zaak. Heb je enig idee waarom?'

'Nou...'

'Ja?'

'Weet je, hier in de buurt was het algemeen bekend, maar je kunt het toch beter buiten de krant houden.'

'Natuurlijk.'

'Ik heb eerlijk gezegd nooit begrepen waarom Carol bij hem is gebleven. Aangezien ze geen kinderen hadden, bedoel ik.'

'Sla links af naar Baa-naa-bee Lane,' zei Lee, de gps.

'Weet je wat zo grappig is?' zei Brenna tegen Nelson. 'Ik heb helemaal geen gps nodig. Met mijn geheugen hoef ik maar één keer ergens geweest te zijn om voor altijd te weten hoe ik er moet komen, tot en met de allerlaatste bocht. Ik onthoud zelfs welke straten eenrichtingsverkeer hebben.'

'Waarom heb je die gps dan?'

Brenna haalde haar schouders op. 'Geen idee. Gezelschap?' Ze glimlachte naar hem. 'Je begrijpt wat ik bedoel, toch?'

Hij keek uit het zijraampje. 'Ja.'

'Maar goed,' zei Brenna, 'ik heb dus gehoord dat Lydia Neff en jij een verhouding hadden.'

Met een ruk draaide Nelson zijn hoofd weer om. 'Van wie heb je dat?'

'Maakt dat iets uit? Trouwens, het was algemeen bekend.'

'Maar het is niet waar, echt niet, ik zweer het.'

'Nelson,' zei Brenna, 'we kennen elkaar pas sinds gisteren, en ik kan nu al een aantal belangrijke dingen opnoemen waarover je tegen me hebt gelogen, of die je voor me hebt verzwegen.'

'Dat is iets anders. Ik vergeet wel eens iets.'

'Dat kan wel zo zijn, maar als jij me niet de waarheid vertelt over Carol die een aanzienlijk bedrag heeft gepind bij een geldautomaat, waarom zou ik je dan geloven als je zegt dat Lydia en jij tien jaar geleden geen verhouding hebben gehad?'

'Route wordt herzien,' zei Lee.

'Ik heb mijn vrouw nooit bedrogen. Niet met Lydia Neff of met wie ook.'

Brenna maakte een U-bocht. Nelsons ogen waren vochtig, en ze dacht terug aan zijn telefoontje, aan hoe hij haar huilend had gesmeekt zijn vrouw voor hem terug te vinden. 'Ik vind het heel erg voor je van Carol, Nelson,' zei ze. 'Echt waar. Het is ongelofelijk wat je op dit moment moet doormaken.'

'Ik wil dat u voor me blijft werken.'

'Wat zou ik dan moeten doen? Je had me ingehuurd om Carol op te sporen.'

'Ik wil dat u uitzoekt wie haar heeft vermoord.'

Brenna sloeg links af naar Muriel Court. 'Ik hou me bezig met vermiste personen, niet met moordzaken,' zei ze. 'Dat doet de politie.'

'Nee, dat doen ze niet,' zei Nelson op strakke toon. 'De politie denkt dat ík haar heb vermoord.'

Ze naderden Nelsons huis. Tot haar opluchting zag Brenna dat de nieuwsbusjes en politiewagens waren verdwenen en dat er nog maar één auto langs de stoeprand stond geparkeerd, zo'n gestroomlijnd, zilverkleurig snelheidsmonster dat ze in de jaren tachtig voor het laatst had gezien. Een Pontiac Trans Am uit 1982 in een stille buitenwijk van de stad. Hoezo midlifecrisis? 'Toen ik op de middelbare school zat, ging ik met een jongen die een auto als deze had, maar die was vaalblauw,' vertelde Brenna. 'Op de kentekenplaat stond BLU ID SOUL en het hele interieur rook naar Polo-aftershave.' Ze keek opzij naar Nelson. 'Weinig gevoel van eigenwaarde, neem ik aan.'

'Denkt u dat?' vroeg Nelson.

'Nee, nu niet meer. Ik bedoel, ik ben niet iemand die zelfhulpboeken zal schrijven, maar ik weet inmiddels wat overcompensatie is.'

'Nee,' zei hij, 'dat bedoel ik niet.'

Brenna stopte voor Nelsons huis, recht tegenover de Pontiac, waarvan de lichten aangingen.

'Gelooft u dat ik Carol heb vermoord?'

Ze keek hem aan. 'Nelson, ik ken je pas twee dagen.'

'De politie denkt dat ik het heb gedaan.' Nelson staarde voor zich uit, in het niets.

De binnenverlichting van de Pontiac was ook aan, dus Brenna kon hem duidelijk zien: de smeris met de rooie kop die ze in de wachtkamer van het ziekenhuis had gezien. 'Snelle auto,' zei ze. 'Je had toen Trans Ams die in zesenhalve seconde van nul tot honderd accelereerden.'

'Huh?'

'Ik heb die man in het ziekenhuis gezien. Een rechercheur, zeker?'

Nelson knikte.

'Dat dacht ik al.'

Pomroy deed de binnenverlichting uit, startte de auto en reed weg. Nelson keek hem na.

'Nou, je bent thuis,' zei Brenna. 'Probeer maar wat uit te rusten.'

'Morgenochtend zal de wereld er niet beter uitzien.'

'Nee, maar na een paar uur slaap heb je er wel een andere kijk op.'

'Mevrouw Spector, alstublieft. Ik weet dat ik over sommige dingen niet helemaal openhartig ben geweest. Maar ik heb Carol nooit bedrogen. En ik heb haar zeker niet vermoord. Ik moet te weten zien te komen wie dat heeft gedaan en waarom, en u bent de enige die me daarbij kan helpen.'

'Inspecteur Morasco is een heel capabel politieman.'

'Inspecteur Morasco kon destijds niet eens een klein meisje terugvinden.'

Brenna's hand lag op de portierhendel en viel ervanaf. 'Wat?'

Nelson zuchtte. 'Niks. Laat maar.'

'Nee,' zei Brenna. 'Wat bedoel je daarmee?'

'Hij heeft toen aan de Iris Neff-zaak gewerkt. Hij was te onervaren voor zo'n grote zaak, als je het mij vraagt.'

'Dat kun je hem niet verwijten,' zei Brenna. 'Jonge meisjes...' De druk op haar keel nam toe. 'Er verdwijnen voortdurend kinderen die nooit worden teruggevonden.'

'Nou, ik was niet de enige die er zo over dacht.' Hij keek haar aan. 'Ze hebben hem van de zaak gehaald.'

'Hoe weet je dat?'

'Iedereen wist het, hoewel waarschijnlijk niemand het zich zal herinneren. Het schiet me net zelf pas weer te binnen.'

'Het zullen wel geruchten zijn geweest.'

Nelson ging verzitten in zijn stoel. 'Nee. Het was veel meer dan alleen geruchten.'

'Echt?'

'Carols beste vriendin, Gayle Chandler, was heel actief in de buurtwacht, en ze had regelmatig contact met de politie.'

'Dat was de buurvrouw van Lydia Neff.'

'Dat klopt.' Nelson keek haar met een scherpe blik aan. 'Hoe weet u dat?'

'Ik heb de naam onthouden, dat is alles.'

Hij haalde diep adem. 'Maar goed, Gayle Chandler had uit betrouwbare bron vernomen dat Morasco van de zaak was gehaald wegens insubordinatie. Ook ging het gerucht dat hij op onverantwoordelijke manier met politiegelden omsprong omdat hij... hoe zeiden ze dat? Hij volgde de verkeerde sporen. Zijn onderzoek was gebaseerd op...'

'Onjuiste informatie.'

'Precies! Dat was het.'

Brenna dacht aan haar telefoongesprek van elf jaar geleden met een jonge Morasco, te jong voor het werk dat hij deed. Arrogant en op zijn hoede, had ze toen gedacht. Maar dat was het niet geweest. Hij geneerde zich. Morasco was vriendelijk en beleefd tegen haar geweest, totdat ze die twee woorden had gezegd en zijn stem opeens kil had geklonken. 'Blauwe auto.' De twee woorden die zijn carrière hadden beschadigd.

'Die informatie had nooit bij de pers terecht mogen komen.'

'Ik ben juist blij dat het is gebeurd, want...'

'Het was onjuiste informatie.'

'Onjuist?'

'Ja, een valse tip.'

'Mensen veranderen,' zei Brenna. 'Inspecteur Morasco is nu niet jong meer.' Ze stapte uit de auto en liep eromheen om het portier aan Nelsons kant te openen.

'We zijn geen van allen jong meer.' Nelsons stem klonk iel en verslagen. Zonder haar aan te kijken hees hij zichzelf overeind en Brenna werd gegrepen door medelijden. Ze hoorde zichzelf zeggen: 'Wacht, ik zal je helpen...' nog voordat het plan zich volledig had gevormd in haar hoofd.

Nelsons garage, met de deur omhoog, was helemaal leeg en zag eruit als een grote, gapende mond.

Ze liepen erlangs en Brenna zei: 'Schrik niet als je huis er vanbinnen iets anders uitziet.'

'Hoezo "anders"?'

'Nou, politiemensen staan er niet om bekend dat ze alles netjes opruimen nadat ze een huis hebben doorzocht.' Maar toen Nelson de voordeur openwierp en het licht aandeed, bleek het interieur van het huis tot Brenna's verbazing in een opmerkelijk nette staat te verkeren. In de keuken waren een paar kastjes en laden geopend, maar verder zag alles er schoon uit, zonder een spoor van het vingerafdrukkenpoeder dat ze had verwacht... en zelfs alle messen zaten nog in het houten messenblok. Nelsons aandacht werd echter getrokken door het antwoordapparaat, met het knipperende lampje en het woord VOL op het schermpje. 'Ik geloof niet dat dit apparaat ooit vol is geweest sinds we het hebben gekocht.' Hij kneep zijn ogen dicht en Brenna wist wat hij dacht. *We*. Het had zo vanzelfsprekend geklonken zoals hij het zei, maar nu bleef het opeens in zijn keel steken.

'Kranten- en tv-reporters, denk ik,' zei Brenna. 'Die moeten maar even wachten, vind je niet?'

Nelson drukte op de afspeelknop. Het eerste bericht was inderdaad van een jonge reporter van *Daily News*, die haar condoleances aanbood op een toon die veel te monter klonk voor wat ze zei. Nelson wiste het bericht zonder het verder af te luisteren, en het werd onmiddellijk gevolgd door een tweede blijk van deelneming, een die meer gemeend klonk, van Steve Sorensen, de eerste misdaadverslaggever van Jims krant, de *Trumpet*. 'Ik ken hem,' zei Brenna. 'Goeie kerel.'

Nelson keek haar aan. 'Vind je dat ik met hem moet praten?'

'Nee, nog niet,' zei Brenna. 'Als je te snel interviews geeft, denken de mensen dat je je in de verdediging gedrukt voelt. Dat je iets te verbergen hebt.'

'Ik heb niks te verbergen,' zei Nelson op scherpe toon, op het moment dat Steves bericht afgelopen was en het volgende begon.

'Dat weet ik, Nelson, maar voorlopig lijkt het me verstandig dat je alleen met mij praat, en met een advocaat, als het nodig is.'

Nelsons gezicht was krijtwit geworden. Hij staarde naar het antwoordapparaat. Brenna stopte met praten en hoorde het schorre gefluister dat uit het antwoordapparaat kwam, en wat er werd gezegd. '... een beest, dat ben je. Smerige moordenaar. Jij gaat hiervoor boeten. Daar ga ik voor zorgen.'

Nelson drukte op de stopknop.

'Een gestoorde,' zei Brenna. 'Je kunt beter meteen een geheim nummer aanvragen.'

Als sarcastisch encore ging op dat moment de telefoon over. 'Kunt u opnemen, alstublieft?' vroeg Nelson zacht.

Brenna nam op, maar hoorde alleen geruis. 'Hallo?' zei ze. 'Is daar iemand?'

Geen reactie.

Ze keek naar het venstertje, dat meldde dat het om een onbekend nummer ging, en keek op naar Nelson. 'Ik geloof dat de verbinding niet goed is,' zei ze in het toestel. 'Ik ga nu ophangen...'

'Nee, alstublieft, niet doen.' Het was een vrouwenstem. of beter gezegd, de stem van een tienermeisje. 'Met wie spreek ik?' vroeg de stem.

'Zou ik dat niet aan jou moeten vragen?'

'Is het een meisje dat belt?' vroeg Nelson.

Brenna knikte. 'Je spreekt met Brenna Spector,' zei ze in het toestel. 'De privédetective van meneer Wentz.'

'Het spijt me,' zei de stem. 'Ik vind het zo erg.'

'Wat spijt je?'

'Van... van Carol.'

'Meneer Wentz bedankt je voor je condoleances.'

'Nee.' En daarna zei het meisje nog iets, maar het werd overstemd door geruis.

'Wat zei je?'

'... Carol. Het was mijn schuld.'

Brenna verstrakte. 'Jouw schuld?'

Nelson trok de telefoon uit haar hand. 'Wie ben je? Alsjeblieft. Je spreekt met meneer Wentz. Ik heb mijn vrouw verloren en ik weet niet waarom. Maar... maar misschien weet jij het wel? Als je iets weet, dan vraag ik je, alsjeblieft, jongedame...' Nelson stopte met praten. Heel zorgvuldig zette hij de telefoon terug in de houder. 'Ze heeft opgehangen.'

'Wie was dat?'

'Ze belde me gisteravond,' zei Nelson. '"Het is mijn schuld," zei ze.'

'Vreemd.'

'Ik dacht eerst dat het een neptelefoontje was, maar... misschien kwam het door mijn gemoedsstemming... de eenzaamheid. Het bleef in mijn hoofd zitten. Zelfs in het ziekenhuis, toen ik bij kennis kwam, hoorde ik die stem in mijn hoofd. Ze klonk zo bedroefd.'

'Kreeg je gisteravond ook de melding dat het om een onbekend nummer ging?'

'Ja.' Nelson slaakte een zucht. 'Ik denk dat ik me aan strohalmen vastklamp. Dat ik betekenis aan de verkeerde dingen hecht...'

Brenna had de telefoon gepakt en nam de lijst van binnengekomen gesprekken door, van vandaag en de vorige dag. 'Ze noemde Carols naam.'

Nelsons ogen werden groot. 'Echt?'

'Het hoeft niks te betekenen te hebben. Carols naam is immers in het nieuws geweest. Maar er is wel iets anders wat ik vreemd vind.' Brenna keek naar hem op. 'Je bent vandaag niet door andere onbekende nummers gebeld.'

'Nee. En?'

'Zelfs meneer Daar-zul-je-voor-boeten heeft vanaf een geregistreerd nummer gebeld, een mobiel nummer, zo te zien.'

'Oké... en?'

'Nou, we zijn amper twee minuten binnen of je wordt gebeld door een meisje dat zegt dat ze het heel erg vindt van Carol. Je eerste telefoontje van een onbekend nummer van de hele dag.' Voorzichtig legde Brenna het toestel terug. 'Begrijp je waar ik naartoe wil?'

Nelson keek haar aan. 'Ik geloof het wel.'

'Dus óf dit meisje heeft een geweldige timing,' zei Brenna, 'óf ze wist dat je net was thuisgekomen.' Ze bleef hem enige tijd aankijken. 'Kortom, ik denk dat ze je huis observeert.'

'Dat kan toch niet, dat ze het huis observeert?' had Nelson gezegd, niet één maar vijf keer, met een stem waarin steeds meer spanning doorklonk, zodat de ontkenning naar een bevestiging begon te neigen tegen de tijd dat hij het een keer of drie had gezegd. Het was volgens hem nu heel goed mogelijk dat ze het huis observeerde. Een idee dat hem in hoge mate dwarszat, wat je verrassend kon noemen na al het andere wat hij vandaag had moeten doormaken. Aan de andere kant was dit de man die had gezegd: 'De politie heeft mijn huis geruïneerd,' terwijl alleen de salontafel een halve meter meer naar links stond, de bank een centimeter of vijf naar achteren, en het vloerkleed bij het raam niet helemaal recht lag. Dingen die alleen zichtbaar waren voor iemand met een perfect geheugen, of voor een complete dwangneuroot.

'Waarom zou ze dat doen?' had hij van het meisje gezegd. 'Ik kan begrijpen dat ze me belt. Maar waarom zou ze het huis observeren?'

Toen Brenna naar haar auto liep, voelde ze dat er naar haar werd gekeken, niet vanuit de huizen van de buren of vanuit het bos dat de achtertuinen begrensde, maar vanuit Nelsons huis. Toen ze zich omdraaide, zag ze zijn silhouet achter het grote erkerraam van de woonkamer, een schaduw die naar buiten staarde, doodsbang voor de mogelijkheid dat er misschien iemand naar hem staarde, bang voor een of ander verdrietig klinkend tienermeisje.

Brenna kwam bij de garage. Ze bleef bij het gapende gat van de deur staan en keek naar binnen, naar de haken aan de wand, allemaal leeg nu ze Nelsons gereedschap in plastic bewijszakken hadden gedaan en naar het lab hadden gebracht. Haar blik ging van de zaagtafel in de hoek naar de olievlek op de betonnen vloer, die haar deed denken aan Carols auto, die in een grimmige optocht naar het plaatselijke lab was afgevoerd. Ze meende de geur van de dood te ruiken en kokhalsde, onzeker of ze de stank echt rook of dat ze er alleen maar aan dacht.

Snel draaide Brenna zich om en liep door naar haar auto. Ze moest Maya ophalen van haar koorrepetitie en dat was het enige waaraan ze tijdens het lopen wilde denken. Ze keek niet meer om naar Nelson achter het raam, die in het duister tuurde, zoekend naar het bedroefde meisje dat hem had gebeld, noch schonk ze veel aandacht aan het geluid dat ze hoorde, ergens op een pad in het bos achter het huis. Een ruisend geluid dat ritmisch werd onderbroken door zacht, roestig geknars. Pas toen ze wegreed in haar auto en aan het geluid dacht, meende ze het te herkennen als afkomstig van de wielen van een oud, verroest kinderfietsje.

13

Maya vond het vreselijk om op een podium te staan. In groep drie en vier van de basisschool speelde ze klarinet, en heel behoorlijk, maar als Brenna haar daaraan herinnerde, hief haar dochter haar ogen ten hemel en riep: 'Ah, kom nou, mam, je vond het afschuwelijk zoals ik speelde.'

'Dat is niet waar.'

'Hoe kun je dat nou zeggen? Het kan niet zo zijn dat jij het je niet herinnert, dus je zit gewoon te liegen.' Waarna Brenna had besloten niets meer over de klarinet te zeggen. Maya was tenslotte meer kunstenares dan artiest, gelukkiger achter een schildersezel dan op een podium, dus waarom zou Brenna haar dwingen, aangezien ze zelf ook nooit graag in de spotlights had gestaan?

Maar dit schooljaar had Maya zich opeens, totaal onverwacht, aangemeld bij het schoolkoor, dat vier avonden per week repeteerde en waarvoor ze zowel haar cursus cartoontekenen als de nieuwe *Dr. Who*-serie op BBC America had moeten opgeven. Brenna was nooit te weten gekomen wat de reden van deze plotselinge kentering was en Maya had er uit zichzelf nooit iets over gezegd, maar vanavond, toen Brenna achter in de helder verlichte aula stond en ze het grote koor 'We Are the World' hoorde brullen, begreep ze het. Maya's bladmuziek stond op een standaard vóór haar, maar die had er net zo goed niet kunnen staan, want ze besteedde er geen enkele aandacht aan. Nee, voor Brenna's dochter waren elk woord en elke zangnoot van het lied bedoeld voor een Justin Timberlake-lookalike op de achterste rij, ruim een meter tachtig lang en met een baardje – hoe oud was die knul? – die zich in het licht van de spotlight koesterde alsof hij de enige mens op het podium was.

Brenna's blik kruiste die van Maya, en ze glimlachte. Maya knikte, maar toen Brenna een snelle, vragende blik in de richting van Justin junior wierp en daarna Maya weer aankeek, kwam er een boze blik in de ogen van haar dochter en had ze alleen nog belangstelling voor haar bladmuziek. Brenna trok zich terug in de schaduw van de aula en dacht: oké, schat, ik zal me er niet mee bemoeien...

De jongen was toe aan zijn solo en kweelde uit volle borst in *American Idols*-stijl: 'Let's start giiiivvvvinnnng', met een vibrato waar Beyoncé stil van zou worden. Hij moest minstens zestien zijn, niet alleen veel te oud voor Maya, maar het deed Brenna ook weer denken aan Iris Neff. Iris, die nu zestien zou zijn als ze nog in leven was, en die Carol Wentz gebeld zou hebben, volgens Carols vrienden van haar chatroom. Ongeveer een week geleden. 's Avonds laat. *Lydia zei dat ze door haar dochter was gebeld,* had ClaudetteBrooklyn20 getypt. Toen Brenna het las, had ze gedacht dat Carol het had verzonnen, dat Iris' telefoontje was ontstaan in de diepten van dezelfde wanhopige, eenzame geest die het goed vond dat Carol zich online uitgaf voor Lydia Neff, de vermeende minnares van haar man. Maar nu was Brenna er niet meer zo zeker van dat Carol het telefoontje had verzonnen. Brenna dacht aan de stem van het tienermeisje toen ze in Nelsons huis de telefoon had opgenomen. *Het is mijn schuld.* En ze dacht aan het knarsende gepiep van oude fietswieltjes in het bos achter Nelsons huis... het bos dat doorliep tot aan het eind van Muriel Court en het vroegere huis van Lydia Neff, waar ze Iris' fietsje had zien staan.

Hou op! Als Iris was teruggekomen naar Tarry Ridge, waarom had ze dan Carol gebeld en niet de politie? Waarom zou een vermist meisje naar huis komen om zich vervolgens verborgen te houden? En terwijl ze dit dacht, kwamen er als vanzelf andere gedachten in haar op, gedachten aan Clea, die van de aardbodem was verdwenen. Clea die zich verborgen hield. Die zich al achtentwintig jaar verborgen hield terwijl Brenna nog steeds hoopte, nog steeds zeker wist...

Brenna sloot haar ogen en dwong haar gedachten terug naar de periode kort nadat Iris Neff was verdwenen, naar de nieuwsberichten die ze had gehoord, de items in tv-programma's die ze had gezien. Daarna haalde ze haar telefoon uit haar tas en sms'te aan Trent: *14 sept 1998. Dateline*

NBC had een item over Iris Neff. Bel NBC, vraag een archieffoto van Iris op en haal die door je verouderingsprogramma, alsjeblieft.

Trents antwoord kwam onmiddellijk: *Doen we.*

Het lied was afgelopen. Toen Brenna opkeek, hadden de leden van het koor zich al verspreid en keek Maya haar kant op, met een rood, boos gezicht en een gepijnigde blik in haar ogen. Twee seconden later begreep Brenna waarom, want Justin junior, stralend als het Chrysler Building bij avond, rende naar de zijkant van het podium en wierp zich in de armen van een meisje met wild haar en een heel strakke spijkerbroek, zo'n meisje dat over een jaar of vijf en na een borstvergroting op Trents prikbord zou hangen. Hij liep voor Maya langs om bij het meisje te komen, liet zich door haar omhelzen en kuste haar vol op de mond, met de o zo gênante directheid die tieners eigen is... allebei nog zo onbekend met volwassen lichamelijk contact dat ze geen idee hadden hoe het er voor de buitenwereld uitzag. Ja, wat leeftijd betreft paste ze beter bij hem dan Maya, maar als ze nog strakkere spijkerbroeken zou dragen, zouden ze die 's avonds operatief moeten verwijderen. Kortom, Brenna had nu al een hekel aan het stel, zowel aan hem als aan haar.

'Je bent op tijd,' zei Maya. 'Niet te geloven.'

'Doe niet zo sarcastisch.' Brenna probeerde niet te letten op Maya's trillende onderlip. Toch had ze haar in haar armen willen nemen, zoals ze dat had gedaan op Hannah Friedmans verjaardagsfeestje in de speeltuin op Tompkins Square, op 17 mei 2000, toen Maya, vijf jaar oud, van het klimrek was gevallen, met haar handen om haar geschaafde knie geklemd in het zand lag en 'Mama!' krijste. Zoals Brenna toen naar haar dochter was gerend, zou ze ook nu willen doen. Om haar in haar armen te nemen, haar hand door Maya's haar te halen en te zeggen: 'Het is oké, schat. Het komt allemaal goed.' Maar Brenna wist dat ze dat nu vooral níét moest doen. Dus pakte ze Maya's rugzak aan en hing het hengsel over haar schouder. 'Ben je klaar?'

Maya gaf geen antwoord. Ze liep door naar de deur, Brenna ging haar achterna en zonder iets te zeggen liepen ze het paarse schemerlicht in. De hele wandeling naar Brenna's appartement zeiden ze niets tegen elkaar. Het was niet voor het eerst dat dit gebeurde, maar toch gaf het Brenna wat druk op de borst en ze dacht weer aan 17 mei 2000, toen ze het verjaardagsfeestje voortijdig hadden verlaten en trein 6 naar Serendipity hadden genomen; Maya met een roze linnen servet om haar nek, de BananaSplit met de twee lange lepels waar ze samen van snoepten, Maya die met haar vingertjes aan de Scooby Doo-pleister op haar knie voelde en zei: 'Ik voel me al beter, mama. Ik hou van je.' De hele dag, van het begin tot het eind, beleefde ze opnieuw, met elk beeld en elk gevoel, elke geur en elke emotie, alsof het nú gebeurde, en wat zou ze graag willen dat Maya dit ook kon, dat ze dit met elkaar konden delen.

Toen ze bij de ingang van het appartementengebouw kwamen, hield Brenna even de pas in en liet ze Maya de deur openen met haar eigen sleutel. Het ontging haar niet dat haar dochters hand trilde toen ze de sleutel in het slot stak, en dat ze met de rug van haar hand langs haar ogen ging. Brenna wist dat er tijdens de wandeling naar huis in Maya's hoofd een heel andere film was afgespeeld, maar gelukkig voor haar zou zij die beelden op een dag vergeten zijn. 'Weet je,' zei Brenna tegen haar, 'hij rent als een meisje.'

Maya draaide zich om en heel even kwam er een glimlach om haar mond.

Zodra ze binnen waren en Brenna achter Maya aan de trap op liep, dacht ze aan wat Morasco in het ziekenhuis tegen haar had gezegd. Ze haalde haar telefoon tevoorschijn en toetste zijn nummer in. Hij nam meteen op. 'Het werd een keer tijd.'

'Ik moest mijn kind ophalen van haar koorrepetitie.'

'Heb jij kinderen?'

'Een dochter,' zei ze. 'Het verbaast me dat je dat nog niet wist.'

Hij lachte. 'Mij ook.'

'Dus...?'

'Wat?'

'Je wilde me iets vertellen?'

'Ah, ja, dat klopt,' zei Morasco toen Brenna de laatste overloop op draaide en Maya al voor de deur van het appartement zag staan. 'Of eigenlijk wilde ik je iets vragen.'

'Waarom verbaast me dat niet?'

'Is Trent er nog?' vroeg Maya.

Brenna keek op haar horloge. Half acht. Ze schudde haar hoofd.

Morasco zei: 'Toen rechercheur Pomroy en ik met Nelson spraken...'
'Pomroy,' zei Brenna. 'Die met die blitse auto.'
'Je hebt hem gezien!'
'Een Pontiac Trans Am 1982 zie je niet,' zei Brenna. 'Die ervaar je.'
Morasco lachte. 'Je kent je klassiekers.'
'Ik durf te wedden dat jullie hem achter zijn rug Knight Rider noemen.'
Hij lachte harder. Ook op Brenna's gezicht brak een grijns door. 'Het is waar, hè?' zei ze.
'Ik beroep me op mijn zwijgrecht.'
Maya stond naar haar te kijken. 'Wie is dat?'
Werk, mimede Brenna.
Maya trok haar wenkbrauwen op.
Wat nou?
Maya draaide zich ostentatief om, haalde haar sleutels uit haar zak en draaide de deur van het slot. God, wat kon ze soms onuitstaanbaar zijn.
'Maar goed,' zei Morasco. 'Wat ik wilde vragen, gaat over Nelsons verzameling gereedschap.'
'Zijn wat?' vroeg ze.
Maya duwde de deur open.
'Hij had een flinke verzameling gereedschap in zijn garage, en ik vroeg me af of hij tegen jou misschien iets had gezegd over een van die stukken gereedschap, of dat er iets ontbrak...'
Brenna hoorde Maya een kreet slaken aan de andere kant van de deur.
'Ik moet ophangen. Spreek je later.' Brenna stormde het huis binnen en vond haar dochter, als versteend in de deuropening, wijzend naar een man die achter Trents bureau zat. 'Wat doe jij hier?' vroeg Maya.
De man keek haar aan, hij was net zo bang als zij. 'Hij heeft me binnengelaten. De... de assistent. Hij zei dat ik hier mocht wachten.'
'Wie bent u?'
'Het is oké, Maya.' Brenna's blik ging naar het stapeltje dossiers op de schoot van de man, oude, verschoten mappen net zo kleurloos als het gezicht, het haar en de waterige ogen waarmee hij haar smekend aankeek. 'Deze meneer is een cliënt van me. Hij heet Nelson Wentz.'

Brenna stelde Maya voor naar haar kamer te gaan om haar huiswerk te maken en dat deed ze zomaar, zonder te protesteren. Binnen twee seconden was ze door de keuken naar de gang gelopen en had ze de deur achter zich dichtgedaan, zelfs zonder haar ogen ten hemel te heffen. Misschien moet ik Wentz vragen of hij vaker langskomt, dacht Brenna.

'Uw dochter?' Nelson keek Maya na, met zijn ogen tot spleetjes geknepen en wenkbrauwen die elkaar bijna raakten. 'Ze... eh...'

'Ik weet het. Ze lijkt absoluut niet op me.' Het was waar. Afgezien van Brenna's lange, slanke lichaamsbouw had Maya helemaal niets van haar beide ouders. Een blond godinnetje met blauwe ogen in hun donkere, joodse midden. 'Verwisseld na de geboorte,' had Jim wel eens gekscherend gezegd. Brenna had er nooit over willen beginnen, want ze wist hoezeer Jim van streek raakte als ze alleen maar haar naam noemde, maar de enige persoon in hun beide families met wie Maya ook maar enige gelijkenis vertoonde, was Clea. En ze ging met de dag meer op Clea lijken.

'Wat brengt jou hier, Nelson?' vroeg Brenna.

Hij schraapte zijn keel. 'De koffer.'

'Wat?'

'Weet u nog, Carols koffer... die met haar handwerkspullen?'

Brenna knikte.

'Er zat een dubbele bodem in,' zei hij. 'Van karton. Ik heb die eruit gehaald, en eronder...'

Brenna's blik ging naar de dossiermappen. 'Die dossiers?'

'Ja.' Hij gaf ze aan haar. 'Ik wilde dat u ze kreeg,' zei hij. 'Niet de politie.'

Brenna sloeg de bovenste map open. Ze las wat er op de eerste pagina stond en even was ze weer terug in 1998, op 23 oktober, toen ze tegenover Errol Ludlow in de Skyline Diner in White Plains zat... *Errol schuift het dossier over het formica tafeltje naar haar toe, met die gladde glimlach op zijn gezicht en Brenna kijkt hem recht in de ogen, mat als zwarte olijven, en ze bloost tot achter haar oren van schuldgevoel...* Brenna beet haar kiezen op elkaar en sloot snel het dossier. 'Het politierapport van de Neff-zaak.'

Nelson knikte. 'Het zat onder in Carols koffer. Verder alleen familiefoto's van Iris en haar ouders, en oude krantenknipsels.'

'Interessant.'

'Ik dacht eerst dat ze door Lydia was geobsedeerd omdat... u weet wel.'

Brenna knikte.

'Maar nadat u vanavond was weggegaan en ik dit heb gevonden, mevrouw Spector, heb ik alles grondig doorgenomen en ben ik tot een andere conclusie gekomen.'

'Ja?'

'Ik denk dat ze naar Iris op zoek was.'

Brenna dacht weer terug aan de stem van het meisje aan de telefoon, het gepiep van de wielen van het fietsje achter Nelsons huis. *Het is mijn schuld*. Ja, het leek bizar. Maar toch... 'Dat denk ik ook, Nelson.' Brenna schraapte haar keel. 'En zal ik je nog eens iets zeggen?'

Nelson keek haar lange tijd aan, met een merkwaardige emotionele blik in zijn ogen, een mengeling van hoop, verdriet en groeiend besef. 'Nou?'

'Ik denk dat ze haar misschien heeft gevonden.'

Brenna overtuigde Nelson ervan dat ze Carols papieren aan Morasco moest laten zien – alleen Morasco, niemand anders van de politie – met de toezegging dat ze de hele inhoud eerst in haar geheugen zou stampen. En ze zei dat ze de volgende ochtend een bewerkte, verouderde foto van Iris zouden hebben, dat ze hem er een zou komen brengen, dat Trent en zij de foto aan alle buren zouden laten zien en dat ze hem op internet zouden zetten; dus als iemand Iris Neff in de buurt van Tarry Ridge had gezien, zouden ze het gauw genoeg weten.

Nelson leek zich iets te ontspannen nadat hij dit had gehoord, maar toen hij naar de deur liep om naar huis te gaan, verkrampte hij weer. 'Ik vind het vreselijk om naar dat huis terug te gaan.'

'Ik weet dat het moeilijk voor je moet zijn.'

'Dat bedoel ik niet,' zei hij. 'Tenminste, het is afschuwelijk om terug te gaan na wat er met Carol is gebeurd... maar die telefoontjes, mevrouw Spector.'

'Van reporters?'

'Ja, en erger. Al die haattelefoontjes. Ze denken dat ík haar heb vermoord. Dat ik een verhouding met Lydia had, dat zij er na al die jaren

I LEZEN
'Cobens thrillers staan op eenzame hoogte' Algemeen Dagblad
HARLAN COBEN
DE VREEMDE
VERSCHIJNT 12-05-15
'De zomer is niet compleet zonder een nieuwe roman van Santa Montefiore.' Margriet
SANTA MONTEFIORE
De vrouwen van kasteel Deverill
VERSCHIJNT 03-04-15
Het ideale boek voor iedereen die er graag met de hond op uittrekt
Arjan Postma
BUITEN MET DE HOND
VERSCHIJNT 04-05-15
'Dit is John Boynes belangrijkste roman.' John Irving
JOHN BOYNE
De grote stilte
VERSCHIJNT 03-04-15
Volg Meulenhoff en Boekerij ook op:
www.facebook.com/boekerij | www.facebook.com/meulenhoff | www.twitter.com/boekerij | www.twitter.com/meulenhoff

I LEZEN
'Verbijsterend wat een boek met je kan doen.'
Het Parool ★★★★★
JESÚS CARRASCO
DE VLUCHT
€ 10,-
VERSCHIJNT 04-05-15
De nieuwe roman van de Deense topauteur Jens Christian Grøndahl
Jens Christian Grøndahl
Portret van een man
VERSCHIJNT 26-01-15
Het verhaal van de dodelijkste sluipschutter van de V.S.
Chris Kyle
SNIPER
filmeditie
€ 15,-
VERSCHIJNT 04-03-15
www.meulenhoff.nl | www.boekerij.nl
Meulenhoff
BOEKERIJ
Meld je aan voor de nieuwsbrief en maak kans op een
GRATIS
boekenpakket
GA NAAR
www.meulenhoffboekerij.nl/aanmelden
TONIC
TAKASHI HIRAIDE
DE KAT
t.w.v.
€ 100,-

achter is gekomen, me ermee heeft geconfronteerd en dat ik… Niet te geloven dat mensen zoiets denken. Mensen die ik niet eens ken!'

'Nelson?' zei Brenna.

'Ja?'

'Is er iets wat ik over je verzameling gereedschap zou moeten weten?'

Nelson kneep zijn lippen op elkaar. Het bloed trok weg uit zijn gezicht totdat het zo wit als koffieroom was en hij heel langzaam zijn hoofd schudde. 'Waarom vraagt u dat?'

'Nou, ze hebben alles in bewijszakken gestopt en meegenomen. Ik vroeg me gewoon af of het je de afgelopen paar weken was opgevallen dat er iets ontbrak.'

'Nee.' Waarna hij zich omdraaide, het appartement uit liep en de deur hard achter zich dichttrok. Brenna hoorde Maya's deur opengaan, gevolgd door haar zachte, schuifelende voetstappen in de gang. 'Is hij weg?' vroeg Maya.

'Ja.'

Ze zuchtte. 'Rare man.'

'Zijn vrouw is onlangs vermoord,' zei Brenna, als half gemeend protest. Ze keek Maya aan. 'Maar je hebt gelijk. Hij is absoluut raar.'

14

Brenna maakte spaghetti bolognese voor het avondeten. Ze had haar mp3-speler op de luidsprekers aangesloten en speelde muziek van Rachael Yamagata – een van de zeldzame artiesten die zowel zij als haar dochter kon waarderen – dus zaten ze tegenover elkaar aan tafel, te eten en te luisteren naar Rachaels warme, droevige stem, zonder iets tegen elkaar te zeggen. Nu was dat wel vaker het geval, maar dat maakte het nog niet normaal, of wel soms? Meer en meer deden Brenna en Maya denken aan zo'n zombie-echtpaar dat je wel eens in een restaurant ziet zitten, mensen die een hele maaltijd nuttigen zonder een woord tegen elkaar te zeggen, zonder elkaar aan te kijken of zelfs maar tegelijk te kauwen.

Maya scheen het niet erg te vinden dat er niets werd gezegd, maar hoe kon Brenna dat zeker weten? Een perfect geheugen of niet, Brenna zag de wereld nog steeds door haar eigen ogen, en niet die van een ander. Jarenlang had ze gemeend dat Maya stil en laconiek was – niet iemand voor in de spotlights – maar was dat het karakter van haar dochter, of had Brenna dat effect op haar? 'En... hoe heet hij?'

Maya keek op van haar bord. 'Wie?'

'Je weet wel wie. Midden achterste rij. Meneer Vibrato.'

Maya legde haar vork neer. Ze keek Brenna aan met die ogen, Clea's ogen, blauw als van een baby en toch zo wijs dat je je blik zou willen afwenden. 'Miles.'

'Staat dat voor "mijlenver verwijderd van zijn volwassenheid"?'

Maya slikte iets weg. 'Zoiets.'

'Hij zal nog spijt krijgen.'

'Denk je?'

'Als hij meer dan twee hersencellen heeft.'

Maya hief haar ogen ten hemel en ging door met eten. Brenna dacht: ik heb het geprobeerd. Enige tijd bleef het stil in de kamer, afgezien van het getik van hun vorken op het porselein, de stem van Rachael Yamagata, die wilde dat je van haar hield, en Brenna's gedachten, die teruggingen naar een tijd waarin ze nog wel de juiste dingen wist te zeggen.

'Mam?'

Brenna wist niet zeker of de Maya in haar geest of die hier aan tafel het had gezegd. Ze legde haar vork neer en wachtte af.

Maya zei: 'Toen jij zo oud was als ik...'

'Ja?'

'Is jou toen ook zoiets als Miles overkomen?'

Brenna knikte. 'Dave Handly. Maar toen was ik al wat ouder dan jij. Zestien. En twee maanden.'

'Was hij ouder dan jij?'

'Ja. Het was zo'n jongen waar je wel vaker over hoort: negentien jaar oud, maar nog steeds niet weg te slaan bij hun vroegere middelbare school. Kwam op alle feestjes...'

'Een totale loser, bedoel je.'

'Ja, schat. Maar ik was niet zo bijdehand als jij, dus voor mij was hij... een man.'

'Ging je met hem uit?'

'Wil je een eerlijk antwoord? Ik durfde niet eens met hem te praten. Ik zat vanaf de andere kant van de kamer naar hem te staren.' Brenna's gedachten gingen terug. 'Tot het feestje van Lisa Minor op 7 oktober 1986. Het was tien uur 's avonds. Ik was er al een uur en zat op de bank met mijn vriendin Becky Joseph te praten. Becky zat me te vertellen over haar vriendje, Kenny D'Amato, die ze voor het eerst zijn gang had laten gaan... maar dat kan ik jou beter niet vertellen.'

'Ik weet wat "zijn gang gaan" betekent, mam.'

Brenna zuchtte. 'Maar goed, Becky zit dat aan me te vertellen en op dat moment zet er iemand een plaat op...'

'Welke plaat?'

'*And She Was* van de Talking Heads. Ik werd er compleet door verrast en het liedje bracht een nare herinnering tot leven.' Brenna's ogen begonnen te branden en er kwam een brok in haar keel. Verdomme. Ze perste haar nagels in de palm van haar hand. Hou je hoofd erbij!

'Alles oké met je?'

Brenna ademde diep in en knipperde met haar ogen. 'Ja... maar goed, ik begon midden in Becky's verhaal hartverscheurend te huilen. Ze zei: "Wat is er verdomme met je...", maar voordat ze uitgesproken was, plofte Dave Handly aan mijn andere kant op de bank neer en gaf me een Kleenex.' Brenna nam een slokje ijswater. 'Echt, als het Lou Reed was geweest die me een Kleenex gaf, zou ik niet meer verbijsterd geweest zijn.'

'Lou wie?'

'Heel grappig.'

'En wat gebeurde er toen?'

'Nou, we... eh... gingen een tijdje met elkaar om.' Brenna schraapte haar keel. 'En Dave zei altijd van die mooie dingen tegen me.'

'Zoals?'

'Hij wilde de titels weten van alle liedjes die me aan het huilen maakten. Hij wilde weten wat mijn favoriete boeken en films waren, of mijn hart wel eens was gebroken en door wie. Hij zei: "Ik wil alles weten wat jou tot jou maakt."'

'Tjonge.'

'Precies. Maar twee dagen later, toen ik na school op de bus stond te wachten, kwam hij aanrijden in zijn zwarte Karmann Ghia, pikte Lizzie Karp op... en hij negeerde me compleet!' Brenna dacht weer aan de kille herfstwind in haar nek en op haar wangen, de tailleband van de zwarte corduroy broek die ze aanhad, Lizzie die giechelend 'Hi!' zei, het zachte geknisper van het droge gras onder haar gympies terwijl ze haar gewicht van de ene op de andere voet verplaatste, en weer terug...

'Dat is klote,' zei Maya.

'Zeg dat wel.' Ze nam nog een slokje water en forceerde een glimlach. 'Zoals je grootmoeder ooit zei: "Pas op voor mannen die woorden als parels aaneenrijgen.'

Maya dacht er even over na en knikte toen. 'Weet je wat Miles tegen me zei?'

'Nou?'

'Dat zelfs onze voornamen perfect bij elkaar passen.'

'Grote god.'

'En dat we ons de M&M's moeten noemen, omdat we samen zo'n lekker stel zijn.' Maya hief haar ogen ten hemel. Daarna begon ze te huilen. Brenna boog naar opzij, sloeg haar arm om Maya's schouders, trok haar tegen zich aan, en Maya stond het toe, liet haar hoofd tegen Brenna's schouder rusten, liet zich door haar troosten, en dat was genoeg...

'Waarom heb je me een naam gegeven die met een M begint?' vroeg Maya.

Brenna glimlachte. 'Je kunt je naam veranderen, als je dat wilt.' Maar toen verstilde haar glimlach. In haar geest zag ze de letter M, een drukletter op een bladzijde, en die voerde haar terug naar 23 oktober 1998, naar haar eerste en tevens laatste ontmoeting met Lydia Neff in het Waterside-complex, en daarna de rit naar de Skyline Diner in White Plains, voor haar afspraak met Errol Ludlow, en hoe ze met hart en ziel hoopte dat er niemand was die haar zou zien... *Het parkeerterrein van de Skyline is vrijwel verlaten. Ze stapt uit en loopt naar de deur, met een envelop in haar hand. Ze kan zich niet losmaken van het beeld in haar geest, een beeld van zichzelf, lopend naar die deur, als gezien door de zoeker van een camera met een telelens...*

'Mam?'

De deur van de cafetaria is zwaar en ze moet kracht zetten om hem open te duwen. Zodra ze dat heeft gedaan, ziet ze hem meteen, Errol Ludlow, in de derde box vanaf de achterwand, haar aankijkend over zijn zwarte leesbrilletje, glimlachend alsof hij een goede vriend van haar is. Errol Ludlow met zijn te grote hoofd, zijn ledematen als boomstammen en zijn handen als ovenwanten, veel te groot voor de box waarin hij zit, te groot voor de cafetaria waar ze zijn, twee meter onvervalste bullshit, die naar haar glimlacht. Errol Ludlow, wiens logge hand rust op een dossiermap – het politierapport van de Neff-zaak, weet Brenna. De sneetjes in haar gezicht beginnen te branden, alle schaafwonden en blauwe plekken lijken opnieuw tot leven te komen in zijn nabijheid. Ik kan nu nog weggaan, denkt ze. Ik kan me nu nog omdraaien en de deur uit lopen.

'Hallo? Mama?'

Brenna komt bij de box. 'Hier.' Ze legt de envelop op het tafeltje.

'Vrien-de-lij-ke be-groe-ting na vier jaar.' Errol praat als een robot, niet in woorden maar in lettergrepen. Dat heeft hij altijd gedaan. Brenna ergert zich er nog steeds kapot aan. Haar hand gaat naar het dossier. 'Ho, ho, rustig aan. Je krijgt het politierapport pas als ik heb gecheckt of de foto's duidelijk genoeg zijn.'

'Mam, ben je… herinner je je iets?'

Brenna hoorde de gekwetste ondertoon in Maya's stem. 'Nee, schat,' zei ze, 'ik ben hier.' Maar ze voelde Errols ogen, donker en glad als olie, nog op zich gericht, rook de geur van groene thee, afkomstig van zijn adem en uit de crèmekleurige mok die voor hem stond.

'Mooie foto's,' zegt Errol. 'Niet dat het me verbaast. Je bent altijd goed geweest in je werk.' Ze schuift op het bankje en gaat tegenover hem zitten. Hij duwt de dossiermap naar haar toe.

Maya zei: 'Weet je wat het rare is?'

Brenna kijkt hem recht in de ogen, mat als zwarte olijven, bloost van schuldgevoel tot achter haar oren maar haalt, ook al trilt haar hand, toch de papieren uit de map.

'Wat jou vooral zal interesseren,' zegt Errol, 'is het vraaggesprek met M.'

'Weet je wat het rare is, mam?' Maya stond voor haar met haar bord in haar handen.

'Raar… wat is er raar?'

'Om jouw volledige aandacht te krijgen, moet je blijkbaar iets uit het verleden zijn.'

'Schat, dat is niet waar,' zei Brenna, in gedachten nog steeds in de Skyline, met Errol die haar aankijkt en met zijn dunne lippen de letter M vormt. Ze zei nog een keer dat het niet waar was, maar Maya was al weggelopen om haar bord op het aanrecht te zetten. Daarna liep ze de keuken uit, door de gang naar haar kamer, en deed de deur dicht. Brenna kende haar goed genoeg om haar niet achterna te gaan, hoe graag ze dat ook wilde, want alles was beter dan te moeten toegeven dat Maya gelijk had.

Het vraaggesprek met M stond op bladzijde 18 van het politierapport. Brenna had het idee dat ze dat sowieso zou hebben onthouden, ook zonder haar stoornis. Later die avond, achter haar bureau en met Maya al naar bed, sloeg Brenna het dossier open. Vreemd hoe vaag de letters van de fotokopieën eruitzagen, terwijl ze haar nog messcherp voor de geest stonden.

Toen ze doorbladerde naar bladzijde 18, dwarrelde er een Post-it-velletje naar de vloer. GRAEME KLAVEL stond erop geschreven, in wat ze inmiddels herkende als Carol Wentz' nette handschrift, met een telefoonnummer met de regiocode van Westchester County eronder.

Brenna belde het nummer. Het toestel schakelde meteen door naar een antwoordapparaat. 'U bent verbonden met het kantoor van Klavel Investigations en het woonhuis van Graeme Klavel.'

Een collega-privédetective. 'Hallo, meneer Klavel, mijn naam is Brenna Spector. Ik werk als privédetective in New York City en ik doe onderzoek naar de dood van Carol Wentz. Ik wil het politieonderzoek niet doorkruisen, maar als u me wilt laten weten of u contact met haar hebt gehad, zou ik dat zeer op prijs stellen.'

Daarna belde ze Morasco. Via zijn voicemail vroeg ze hem of hij wel eens contact had gehad met ene Graeme Klavel, een privédetective, en zei dat ze papieren had die ze aan hem wilde laten zien. Pas daarna richtte ze haar aandacht op bladzijde 18 en het vraaggesprek met M. Degene die destijds de vragen had gesteld, was rechercheur Nick Morasco geweest. En M was een drieënhalf jaar oud meisje. Brenna's blik ging over het vergeelde papier en ze dacht terug aan de eerste keer dat ze dit verslag had gelezen, op aanraden van Errol, en ze had gedacht: een vraaggesprek met een kleuter... een zoveelste voorbeeld van Ludlows perverse gevoel voor humor. Totdat ze had gelezen wat er halverwege de pagina stond en ze het had begrepen.

M: Iris is met de Kerstman meegegaan. Ze zijn weggereden.
NM: Hoe zag de auto van de Kerstman eruit?
M: Die was blauw.

Het was, zo vertelde M, een 'blije' auto geweest, want hij had ronde ogen en hij lachte. De auto zag eruit als speelgoed, dus was M ervan overtuigd dat die was gemaakt door elfjes. Santa en Iris waren ook blij geweest, en toen ze allebei waren ingestapt, waren ze weggevlogen, 'naar de Noordpool'. Toen Brenna dit tien jaar geleden had gelezen, had ze gedacht: dit moet de beroerdste aanwijzing zijn die ik ooit ben tegengekomen. Maar deze keer merkte ze dat ze meer oog had voor Morasco's ondervragingstechniek, de geduldige, respectvolle manier waarop hij het meisje had benaderd.

NM: Was je bang voor de Kerstman?
M: Niemand is bang voor de Kerstman.
NM: Je hebt helemaal gelijk. Hoor eens, zou je zeggen dat de Kerstman groter of kleiner was dan je vader?
M: Rudolph was er niet bij.
NM: O nee? Geen Rudolph? Wat zal Santa die grote, rode neus dan gemist hebben!
M: Ha, ha!

Morasco had gesproken als een vader. Als een goede vader. Wat Brenna weer bracht bij de vraag of hij zelf kinderen had, en waarom hij daar niets over had gezegd toen ze hem eerder vandaag aan de telefoon had gehad en hij zo geïnteresseerd was geweest toen ze vertelde dat ze moeder van een dochter was. Misschien moet ik ook maar eens wat research naar hem gaan doen.

Maar toen ze doorbladerde naar de volgende bladzijde en die daarna, vervlogen haar gedachten van dat moment en voelde ze kleine zweetdruppeltjes parelen in haar nek. Ze naderde bladzijde 22 en zo meteen, wist ze, zou ze in gedachten dezelfde bladzijde lezen die ze voor het eerst in haar oude appartement in Fourteenth Street – in kleermakerszit op de zachte, vaalrode bank die Jim van zijn ouders had geërfd, met Maya's slaapgeluidjes die uit haar kamertje klonken en haar eigen gezicht nog pijnlijk kloppend van de confrontatie met de overspelige man van de vorige avond – had gelezen onder het licht van de zwarte staande lamp… fel, beschuldigend licht dat werd weerkaatst door het papier en pijn deed aan haar ogen.

Brenna mompelde de Eed van Trouw, het refrein van 'Somewhere Over the Rainbow' en de eerste regels van 'Shoop' van Salt-N-Pepa, alles wat maar nodig was om te voorkomen dat haar gedachten teruggingen naar die avond.

Bladzijde 22 van het politierapport was de transcriptie van een tweede verhoor, een relatief kort gesprek tussen Ray Griffin, de commissaris in die tijd, en een vriend van Lydia Neff, een man die anoniem wenste te blijven en die NN werd genoemd.

Niets bijzonders, in feite. Het ging Brenna ook niet om het verhoor zelf, maar om wat er gebeurde toen ze het las.

Brenna leest de woorden 'einde tape' als ze Jims stem hoort. Haar hart springt in haar keel. Ze weet niet wanneer Jim de kamer is binnengekomen of hoe lang hij al naast haar staat, maar ze schrikt van de klank van zijn stem. De holle, lege klank.

'Ik ben zonet bij Ludlow op kantoor geweest. Ik weet wat je de afgelopen nacht hebt gedaan.'

'Errol, wacht, ik...'

'Errol? Noem je me Errol? Ik kan mijn oren niet geloven.'

'Jim, ik had het politierapport nodig. Het was een eenmalige klus. Ik zal niet meer naar hem toe gaan, nooit meer, dat beloof ik je.'

'Dat beloof je me? Wat is een belofte van jou verdomme nog waard, Brenna?'

Brenna hield haar adem in en kneep haar ogen stijf dicht terwijl Jims stem door haar hoofd echode. *'Je hebt weer voor Ludlow gewerkt. Je hebt jezelf in gevaar gebracht. Je hebt Maya in gevaar gebracht.'*

'Ik heb Maya niet in gevaar gebracht.'

'Ik vind dit echt onvergeeflijk.'

Haar adem inhouden had altijd gewerkt. Het had de herinneringen altijd verjaagd, want ademhalen was iets wat je in het heden moest doen. Om ademhalen kon je niet heen, hoe sterk je herinnering ook was. Ze hapte naar adem. Goed dan, goed dan... Ze sloeg de bladzijde om en opende haar ogen.

Bladzijde 22 ontbrak.

De tekst die ze voor zich zag – het gesprek met Theresa Koppelson over de gebeurtenissen die waren voorafgegaan aan de verdwijning van Iris – had in het oorspronkelijke politierapport op bladzijde 24 en 25 gestaan. In deze versie stond het op bladzijde 22 en 23, wat de laatste twee bladzijden waren.

Brenna zette haar computer aan en opende een nieuw Word-document. Ze zag op het klokje rechts onderaan hoe laat het was: 23.14 uur. Later dan ze had gedacht, en ongeveer net zo laat als het op 23 oktober 1998 was geweest, toen ze de ontbrekende bladzijden had gelezen. Ze wilde liever niet terug naar dat moment, maar ze forceerde het en binnen twee seconden zat ze weer op die rode bank, was ze alleen in huis, in de veronderstelling dat Jim nog aan het werk was, niet wetend wat er zo meteen zou gebeuren. Het gesprek kwam haar voor de geest, ze las het en typte de woorden op het scherm.

VERHOOR VAN NN DOOR COMMISSARIS RAY GRIFFIN

RG: Waar kent u Lydia Neff van?
NN: We hebben een paar keer samengewerkt. En ik zag haar soms in de trein.
RG: Als u haar sprak, zei ze dan wel eens iets over iemand voor wie ze bang was, iemand uit haar eigen omgeving die haar dochter misschien iets zou willen aandoen?
NN: Nee. Trouwens, zo vaak spraken we elkaar niet.
RG: Ik geloof dat u zich vergist, meneer.
NN: Hoezo? Wat bedoelt u?
RG: Volgens de telefoongegevens van mevrouw Neff is er in de week van 1 september drie keer telefonisch contact tussen haar en u geweest, alle drie de keren 's avonds laat.
NN: Tja, wat kan ik daarvan zeggen? Ik weet niet waarom ze me belde. Ik ken Lydia Neff nauwelijks.
RG: Het telefoongesprek waarover ik het heb is van 3 september, omstreeks middernacht. Het duurde vijfentwintig minuten, en u was degene die haar belde.
NN: Ik heb echt geen idee. Ik kan me een dergelijk telefoontje niet herinneren.
RG: Dus u weet niet meer wat er is gezegd?
NN: Ik kan me het hele telefoontje niet herinneren.
RG: Hoe goed kende u Lydia Neff?
NN: Eh... dat heb ik u al verteld. Net goed genoeg om haar gedag te zeggen. Meer niet.

RG: En hoe goed kende u haar dochter?

(Einde tape)

Waarom zou iemand die bladzijde eruit willen halen? Brenna probeerde een reden te bedenken, maar toen kwam de rest van de avond in haar naar boven, zo snel dat ze algauw zat te snikken. De pijn weer voelde, net zo nieuw en fel als toen.

Brenna's computer piepte. Ze keek op het scherm en zag dat ze een Messenger-bericht van Jim had. *Hoe is het je vergaan in die chatroom van Crysalis?* Het kostte haar moeite de woorden duidelijk te zien.

Ze typte: *Als je het over de duivel hebt...*

Huh?

Niks. Ik had een herinnering.

Een goeie, hoop ik.

Brenna ademde diep en zacht piepend in. 'Je had het me kunnen vergeven,' fluisterde ze. 'Maar dat verdomde je.'

Hallo?

Ze typte: *Ik moet gaan.* Voordat hij om uitleg kon vragen zette ze de computer uit. Stilletjes, op haar tenen, liep ze naar Maya's kamer, want Maya sliep heel licht. Ze opende de deur op een kier, luisterde naar Maya's zachte gesnurk, ademde het duister en de warme adem van haar dochter in en bleef lange tijd in de deuropening staan, denkend aan Jim en aan vergevingsgezindheid, totdat ze er zelf genoeg van kreeg. Haar gedachten gingen naar dingen die ontbraken: gereedschap, bladzijden uit een politierapport, vrouwen als Carol Wentz. Wat er ook ontbrak, was vertrouwen. En meer dingen die je pas opvallen als ze er niet meer zijn.

15

Het huis van Wentz bood de volgende dag een heel andere aanblik, en zeker geen aangename. Ze was gekomen op Nelsons verzoek, dat hij had ingesproken op haar voicemail, en Brenna had verwacht dat ze ongeveer hetzelfde zou zien als de avond ervoor: een paar stukken gele politietape, een of twee volhardende mensen van de pers en hooguit een handjevol moordfans; de gebruikelijke restanten van een plaatselijke tragedie.

Waar ze in terechtkwam was een mediacircus dat kon wedijveren met dat van 17 juni 1994. Oké, misschien was dat wat overdreven, maar het scheelde niet veel. Het aantal nieuwsbusjes en camera's was verdrievoudigd in vergelijking met de dag ervoor en Brenna begreep er niets van. Carols lijk was afgevoerd. De politie was vertrokken. Wat viel er te zien aan een paar meter gele tape en een lege garage?

Brenna keek of ze Trent in de massa zag. Hij zou hiernaartoe komen met de gegevens van Carols creditcard, de verouderde foto van Iris Neff en wat hij nog meer boven water had weten te krijgen, maar ze kon hem niet ontdekken in de drukte, terwijl een paspop met een mouwloos nethemd en gebeeldhouwd haar die voortdurend 'Yo!' riep hier toch moest opvallen.

Brenna parkeerde haar busje in een zijstraat, achter een rij auto's waarvan sommige dubbel geparkeerd, en liep terug naar Nelsons huis terwijl ze in de menigte naar Trent bleef zoeken. Toen ze dichterbij kwam, zag ze de persmensen bezig met hun camera's en microfoons, zoekend naar een mooi plekje, langs elkaar schuivend als auto's op de oprit van een snelweg tijdens de spits. Brenna was met stomheid geslagen. Hij zou toch niet… Nee, Nelson zou toch niet…

Voordat ze de gedachte kon afmaken zag ze Jims vrouw, Faith Gordon-Rappaport, de presentatrice van het populaire ochtendprogramma *Sunrise Manhattan*, en toen wist ze het. Geen schijn van kans dat Faith ergens opdook zonder uitgenodigd te zijn. O, Nelson, wat heb je gedaan?

Faith was in gesprek met haar cameraman, een magere, ernstig kijkende jongen in een ouderwets zwart met groen geruit shirt en zo'n rommelig vlasbaardje dat opeens populair leek te zijn onder tieners en twintigers, de nieuwe hippielook, maar dan in combinatie met een soort bloempotkapsel dat de drager ervan gegarandeerd tachtig procent minder aantrekkelijk maakte.

Een gure avond was deze cameraman, naast de zonnige ochtend die Faith was. Zonder het te willen vroeg Brenna zich af hoe het mogelijk was dat ze het met elkaar konden vinden, alhoewel, Faith kon het met iedereen goed vinden. Brenna liep op Jims vrouw af: crèmekleurig wollen zakenpakje, gouden haar dat bijeen werd gehouden door een gouden clip. Als dit een soapserie was geweest, zou ze Faith moeten haten, omdat ze het hart had gestolen van de man die ze letterlijk nooit zou kunnen vergeten, of tenminste omdat ze een voormalige Miss Georgia was en ze altijd pakjes met bijpassende haarclips droeg.

De waarheid was echter dat Faith een heel aardige vrouw was. Ze was een geweldige stiefmoeder en ze hield altijd rekening met Brenna door Maya af te zetten of op te halen. Dat had ze de afgelopen zeven jaar – sinds Jim en zij waren getrouwd – altijd gedaan, omdat ze Brenna's positie maar al te goed begreep en wist hoe pijnlijk het voor haar was om Jim in de ogen te zien zonder tien jaar terug te vliegen in de tijd en te voelen hoe haar hart opnieuw werd gebroken. Het was best knap om zo duidelijk in het voordeel te zijn en dat Brenna nooit te laten merken. Gezien het hele opwaartse traject van Faiths leven was het iets wat ze zichzelf door oefening had aangeleerd.

Brenna tikte Faith op de schouder en toen die zich omdraaide, verscheen er een brede glimlach om haar mond. 'Brenna!' zei ze met haar zachte, zuidelijke accent. 'Je bent niet de eerste die je bij iets als dit zou verwachten. Wat brengt jou hier?'

'Met "iets als dit" bedoel je een persverklaring, hè?' zei Brenna.

Faith knikte.

Brenna slaakte een zucht. 'Verdomme.'

'Is Nelson Wentz een vriend van je?'

Brenna schudde haar hoofd. 'Een cliënt,' zei ze. 'Een die weigert naar goede raad te luisteren.'

'O, jeetje.'

'Je haalt me de woorden uit de mond, minus een paar krachttermen.'

'Als ik het vragen mag, wie moest je voor hem opsporen?'

'Carol,' zei Brenna.

'O, jeetje.'

Brenna knikte. 'Hij belde me gisteravond, zei dat ik naar zijn huis moest komen omdat er iets was wat ik moest zien. Ik had geen idee dat het dít zou zijn.'

'Hij zal het vast prima doen.'

'Zei de ware, bloeddorstige tv-reporter.'

'Ik beken.'

'Dit is allemaal off the record, uiteraard,' zei Brenna, 'afgezien van dat "bloeddorstige".'

Faith glimlachte, zij het maar even. Ze keek om naar haar cameraman en deed een stapje naar Brenna toe. 'Hoor eens,' zei ze zacht, 'het spijt me dat ik Maya onlangs bij haar vriendin Larissa heb laten logeren.'

'Dat geeft niet.'

'Ja, dat geeft wel,' zei ze. 'Jim vertelde me dat je net terug was van een opdracht in Las Vegas en dat je Maya waarschijnlijk meer had gemist dan normaliter. Hij zei dat hij het onnadenkend van me vond.'

Brenna keek haar aan. 'Zei hij dat?'

'Ja, en daar had hij helemaal gelijk in. Het was ook onnadenkend. Ik heb er gewoon niet aan gedacht.'

'Faith,' zei Brenna. 'Niemand is perfect.'

Faith wilde nog iets zeggen, maar de groep reporters begon zich te roeren, er steeg een gonzend gemompel op en jawel hoor, daar kwam Nelson zijn huis uit, in een net grijs pak en in het gezelschap van een oudere heer die een beetje voorovergebogen liep en een dunne krans wit haar om zijn hoofd had, een van de weinige mensen op aarde in vergelijking met wie Nelson een robuuste indruk maakte.

De reporters haastten zich in de richting van het duo, dat tezamen waarschijnlijk niet meer dan honderdtwintig kilo woog, hun camera's en microfoons aan uitschuifbare hengels in de aanslag. Het gaf Brenna een onbehaaglijk gevoel, de stormloop op dit kwetsbaar ogende duo. Ze deed een stap naar voren, zodat Nelson haar kon zien.

De oudere heer kwam naar voren. Langzaam haalde hij een opgevouwen blaadje papier uit de binnenzak van zijn jasje, en daarna een leesbril met een dik, donker montuur dat zeker in de smaak zou vallen bij Faiths cameraman. Het kostte hem twee volle minuten om de bril op te zetten en het blaadje papier open te vouwen, en het was pijnlijk om aan te zien.

'Mijn naam is Malcolm Fischbein,' zei de oude man, exact op de toon die je zou verwachten: een traag, raspend gefluister. 'Ik ben de advocaat van meneer Wentz.' Quasigeschokt gefluister onder de reporters. Brenna ving de woorden 'gepensioneerde' en 'fossiel' op. Ze hoorde Faiths cameraman 'Je meent het' mompelen en dacht: Fischbein weet tenminste hoe hij zich moet scheren.

De oude man kuchte en vervolgde zijn verhaal. 'Meneer Wentz dankt u allemaal voor uw komst. Zoals u weet maakt hij een moeilijke tijd door, en we zouden het bijzonder op prijs stellen als u hem de privacy gunt om de dood van zijn vrouw Carol te verwerken. Meneer Wentz zal nu een korte verklaring afleggen, maar hij zal daarna geen vragen beantwoorden.'

De massa slaakte een zucht van teleurstelling. Brenna voelde zich opgelucht, voelde hoe haar schouders zich ontspanden. Geen vragen. Bedankt, meneer Fischbein.

Nelsons blik kruiste die van Brenna en hij knikte net zichtbaar naar haar terwijl hij zijn blaadje papier openvouwde. 'Goedemorgen, iedereen,' zei hij met onvaste stem. Brenna kon het niet aanzien. Ze was te nerveus. Gedurende enkele seconden was het 10 juni 2005 en voelde ze de harde leuning van het stalen klapstoeltje tegen haar rug toen ze op de voorste rij zat voor Maya's eerste klarinetrecital, met het zweet in haar knieholten. 'An der schönen blauen Donau'. Waarom had ze voor de Donau gekozen terwijl ze de Negende van Beethoven zo goed kon spelen?

'... een voorbeeld voor haar omgeving en een geweldige echtgenote. We hadden plannen. We zouden na ons pensioen in de Provence gaan wonen. Ik hield van Carol en zoals ik haar in de garage aantrof, dat was een grote klap voor me...'

Nelson deed het lang niet slecht. Brenna keek naar de gezichten van de reporters. Met respect hoorden ze Nelsons verklaring aan... sommigen leken zelfs geroerd.

Nelson zei: 'Ik weet dat u het nieuws moet verslaan als het er is, maar ik vraag ook om uw begrip.'

Vanuit haar ooghoek zag Brenna een strak, gifgeel T-shirt. Het was Trent die naast haar stond, met een dossiermap in de hand en zijn blik gericht op Faiths in crèmekleurige scheerwol gehulde achterste. Brenna gaf hem een stomp op zijn arm om zijn aandacht te trekken. 'O, hallo.' Hij knikte naar Nelson. 'Wat is die aan het doen?'

Brenna haalde haar schouders op. 'Zeg jij het maar,' fluisterde ze. 'Maar híj zet zichzelf tenminste niet voor schut.'

Nelson zei: 'Probeert u zich mijn situatie voor te stellen, alstublieft. Ik heb alles verloren wat me dierbaar was. Geef de politie de kans haar onderzoek te doen en geef mij de kans om in vrede te rouwen.' Nelson keek op van zijn blaadje. 'Dat was alles,' zei hij zacht. Brenna keek weer naar de reporters. Respectvolle stilte. Geen kwaad geschied. Ze had Nelson en zijn advocaat wel kunnen zoenen.

En toen glimlachte Nelson.

Brenna was ervan overtuigd dat het een reflex was, een ontlading van zijn nervositeit, maar wat de reden ook was, Nelson Wentz, die tijdens zijn hele speech een beheerste, oprechte indruk had gemaakt, plooide zijn lippen nu in een schaapachtige grijns, die hij zo lang volhield dat elke aanwezige cameraman hem in *high definition* kon vastleggen.

'Eh...' zei Trent.

'Nicolai, heb je dat?' vroeg Faith aan haar cameraman.

Ga naar binnen, Nelson. Toe, schiet op.

Fischbein nam Nelson bij de arm en leidde hem het huis in, waar hij, zodra hij binnen was, zichzelf voor zijn kop zou slaan omdat hij akkoord was gegaan met de persverklaring. Brenna keek nog steeds hoofdschuddend toe van verbazing.

Nicolai zette zijn camera uit en begon hem te demonteren. Faith wendde zich tot Brenna. 'Nou, dat heeft hij heel goed gedaan, vind je niet?' zei ze.

Brenna hief haar ogen ten hemel.

'Hoe gaat het, Faith?' Trent had een pose aangenomen waarvan hij meende dat die verleidelijk was, met zijn armen gekruist over zijn borst en zijn handen onder zijn biceps, waardoor die groter leken.

'Met mij? Best... Brent was het, toch?'

'Trent. Maar mijn speciale vriendinnen noemen me TNT.'

Faith keek hem alleen maar aan.

'TNT,' herhaalde hij. 'Dat is Trent, minus een paar letters. Begrijp je?'

'Voor zover ik dat zou willen. Tot gauw, Brenna.'

Toen Faith en haar cameraman waren weggelopen zei Trent: 'Zo te zien heeft ze haar Pointer Sisters laten liften.'

'Je bedoelt dat ze haar borsten heeft laten vergroten.'

'Yep.'

'En ik begreep meteen wat je bedoelde, zonder uitleg.' Brenna slaakte een diepe zucht. 'Trent, jij en ik gaan te veel met elkaar om.'

'Ah, je kunt niet zonder me.' Hij gaf haar het dossier. 'En ze zou eens een bril moeten overwegen, Faith.'

'Omdat ze niet op je valt.'

'Bingo!'

'Kijk, dat bedoel ik nou. Begrijp je wat ons probleem is?' Brenna had de map opengeslagen en keek naar een door Trent verouderde foto van Iris Neff: een tienermeisje met ravenzwart haar, prominente jukbeenderen en een mysterieus glimlachje. De aanblik ontroerde haar een beetje. Dat deden Trents foto's altijd. Ze waren zo echt en zo geloofwaardig. 'Wauw,' zei Brenna. 'Ze lijkt erg op haar moeder.'

'Nu niet meer.'

'Sorry?'

'Kijk maar naar de volgende foto.'

Brenna deed het en zag een mollige vrouw met pluizig grijs haar en een ontevreden mond. Alleen de ogen kwamen overeen, die keken donker en fonkelend uit dat verder onopvallende gezicht, alsof ze er niet in thuishoorden. 'Hoe kom je hieraan?'

'Van haar website.'

'Heeft Lydia Neff een website?'

'Die had ze twee jaar geleden. Ze deed aan *life coaching*. Had de papieren en alles al. Leuke website, maar er is niks meer aan gedaan sinds ze uit de stad is vertrokken.'

'Ze is erg veranderd.'

'Nou, als je het mij vraagt heeft ze haar verdriet weggegeten.'

'Haar verdriet weggegeten? Waar heb je dat nu weer vandaan? Oprah?'

Hij schudde zijn hoofd. 'Tyra Banks. Van een paar weken geleden, een heel programma over liefde en eten. Je hoeft me niet zo aan te kijken. Het was heel informatief.'

'Weten we waar Lydia Neff nu woont?'

'Nee,' zei Trent. 'Is het nodig dat we dat weten?'

Brenna dacht aan het politierapport, aan het ontbrekende verhoor van NN. 'Misschien wel.'

'Ik ga ermee aan de slag.'

'Ik ook.'

Trent keek naar de menigte, die zich aan het verspreiden was. 'Wat was dat met dat lachje van Wentz? Wil hij per se als verdachte worden gezien?'

Brenna schrok. 'Laten we hopen dat het wordt overschaduwd door belangrijker nieuws. Brad en Angelina die gaan trouwen, burgemeester Bloomberg die de noodtoestand afkondigt...' Ze haalde een blaadje uit de map: Carols creditcardgegevens van de laatste drie weken voordat ze was verdwenen. 'Na de vierentwintigste zijn er geen betalingen meer gedaan.'

'Ze is niet vermoord om haar creditcard. Maar kijk eens naar 22 september.'

Op 22 september had Carol iets gegeten in de Blue Moon Diner in Mount Temple. Brenna herinnerde zich wat Morasco had gezegd. Dat Carol in een cafetaria in Mount Temple was gezien, samen met een andere man.

Maar het was niet bepaald een romantisch diner geweest. Maar tien dollar, en Carol had zelf betaald. Er vormde zich een idee in Brenna's geest. 'Jij hebt die app van de omgekeerde zoekfunctie toch in je telefoon?'

'Yep. Wat wil je weten?'

'Momentje.' Brenna dacht terug aan de afgelopen avond, toen ze met Maya van de koorrepetitie naar huis was gelopen en Nelson achter Trents bureau had aangetroffen, Nelson die haar de dossiers had gegeven, de spaghetti bolognese, Dave Handly en de rest van de avond, tot het moment dat ze het dossier met het politierapport van de Neff-zaak had opengeslagen en het gele Post-it-velletje naar de vloer was gedwarreld. 'Oké. Zoek het volgende voor me op.' Brenna dreunde Graeme Klavels telefoonnummer op, Trent toetste het in zijn telefoon en ze wachtten. 'Klavel Investigations,' zei hij. 'Columbus Avenue 2920, Mount Temple.' Hij keek Brenna aan. 'Dus misschien was het een zakenlunch?'

'Waarschijnlijk wel.' Brenna las de betaling die daarna kwam. 'Tweeënveertig dollar en negenentachtig cent. Aan wie? Sammy's?'

'Een buurtsuper.'

'Waar?'

'In Buffalo.'

Brenna keek hem aan en fronste haar wenkbrauwen.

'Ja, ja, ik weet het. Ik heb ze gebeld, maar ze waren nog niet open. Ik zal het straks nog eens proberen.' Inmiddels was de menigte persmensen aanzienlijk uitgedund. 'We kunnen naar binnen.'

Toen Trent en zij de oprit naar Nelsons deur op liepen, voelde Brenna een lichte tinteling onder in haar nek, die zich verspreidde tot in haar schouders. Er kijkt iemand naar me, dacht ze. En meteen daarna... Iris.

Maar toen ze zich met een ruk omdraaide, was het niet het gezicht van een tienermeisje met ravenzwart haar dat vanuit de groep reporters naar haar keek. Het was een gezicht dat ze zich herinnerde. Een gezicht dat haar niet beviel.

Brenna draaide zich weer om, pakte Trent bij zijn arm en liep snel met hem naar de deur van het huis. 'Hoe ver ben je met die chatroom? Hebben we al een e-mailadres van haar?'

'Yep,' zei Trent, 'maar nog geen wachtwoord. Ik heb dat nieuwe hackersprogramma erop losgelaten, dat alle combinaties van cijfers en letters ernaast zet totdat het wachtwoord wordt herkend. Maar het zou een hoop schelen als Wentz ons iets kon vertellen over haar voorkeuren en geluksnummers en zo, zodat ik wat gerichter kan zoeken. Op deze manier gaat het weken duren.'

'We zullen het hem vragen. Ik betwijfel of hij veel zal weten, maar het valt te proberen.' Brenna wierp een blik in de richting van de straat. Weg.

Ze haalde diep adem. 'En,' zei ze toen ze bij de deur kwamen en haar hartslag weer enigszins normaal werd, ‘wat is Carol Wentz’ e-mailadres?’

Trent trok een gezicht. ‘Een nogal raar adres,’ zei hij. ‘OrangePineapple98.’

Brenna keek nog een laatste keer achterom.

‘Waar kijk je toch steeds naar?’

‘Ik zag iemand die ik van elf jaar geleden herkende,’ zei ze. ‘Een smeris.’

‘Het moet knap klote zijn als je nooit een gezicht kunt vergeten.’

‘Absoluut, honderd procent klote.’ Brenna zocht de stoepen af. Ze zag het gezicht van de smeris niet meer, maar ze voelde zich nog steeds bekeken.

16

Hij had niet zo lang naar haar moeten kijken. Mensen zijn tenslotte ook een soort dieren, uitgerust met duizenden sensoren om al dat kwetsbare, onpraktische vlees te beschermen. Als je lang genoeg naar iemand kijkt, wie het ook is, gaan de nekhaartjes overeind staan, er begint iets te kriebelen in de maag, de huid trekt zich samen tot kippenvel en de geest begrijpt je bedoeling.

Niemand wist dit beter dan Adam Meade, maar toch, toen ze zich omdraaide en hem zag, moest hij naar haar blijven kijken. Hij kende haar ergens van, deze vrouw die voor Nelson Wentz werkte. Brenna Spector, zo heette ze. Dat was Meade te weten gekomen door Wentz' telefoongesprekken af te luisteren. Maar het was niet de naam die hem bekend voorkwam... het was het gezicht. Dat vond Meade juist zo irritant, dit zwarte gat in zijn geheugen, dit 'Waar ken ik haar van?' Hij stelde zichzelf zelden vragen waarop hij het antwoord niet wist.

Gebruik je sterke punten, zoon, had Meades vader altijd gezegd. En Adam, zijn eerstgeboren en enige zoon, die de adviezen van zijn vader altijd ter harte had genomen... Adam Meade had een hele batterij sterke punten, die hij goed had benut.

Hij was een goed waarnemer. Zodra hij de blik in Nelson Wentz' ogen had gezien toen hij de lange, slanke vrouw tussen de persmensen herkende, had Meade zich door de massa mompelende lijven en alle camera's en microfoons gewerkt totdat hij zo dichtbij was gekomen dat hij de assistent van de vrouw haar naam kon horen uitspreken. Brenna. Bingo.

Hij kon opgaan in de menigte. Groot en gespierd als hij was, was Meade erin geslaagd tijdens en na de persconferentie achter Brenna Spector te blijven staan, alles te horen wat ze tegen haar assistent zei en er zelfs aantekeningen van te maken op de blocnote die hij had meegebracht om er als een reporter uit te zien.

Hij was snel. Meade had zich uit de voeten gemaakt, bevond zich al buiten het zicht van Brenna Spector en de achtergebleven leden van de pers. Hij liep drie blokken door en kwam bij de stille zijstraat waar hij zijn auto had geparkeerd. Die stond onder een wilg, kalend en met bruine herfstbladeren, en zodra hij bij de auto was, haalde hij de blocnote uit zijn zak om zijn aantekeningen te raadplegen. Een winkel in Buffalo. Die kon hem niet veel schelen... bovendien had hij Buffalo al geregeld. Klavel Investigations, dat vond hij een stuk interessanter, want die naam had hij Nelson Wentz nooit over de telefoon horen noemen.

Zijn blik ging naar Klavels telefoonnummer en naar het adres eronder. Ook iets wat Meades vader hem had geleerd: als er zaken moeten worden gedaan, is een persoonlijke ontmoeting altijd het beste. Meade haalde zijn iPhone tevoorschijn en toetste het adres in de gps. Maar twintig minuten rijden. Hij kon er nu alvast naartoe gaan, om de omgeving te verkennen. Achter hem, op straat, reed een piepende fiets voorbij. Hij keek om en zag een jong meisje met een gele valhelm. Hij besteedde er verder geen aandacht aan. Een van Meades andere sterke punten was dat hij zich kon focussen op waar hij mee bezig was. En vandaag was dat een persoonlijke ontmoeting, de planning en het verloop ervan.

Hij was ook loyaal. Heel loyaal.

Brenna en Trent werden bij de deur begroet door meneer Fischbein, hoewel 'begroet' misschien niet het juiste woord was. De oude man wierp de deur open, liep langs hen heen en mompelde iets wat wel of niet 'hallo' had kunnen zijn. Eenmaal binnen riep Brenna Nelsons naam, maar een reactie kregen ze niet. Uiteindelijk vonden ze hem in de woonkamer, als een kleurloos hoopje ellende op de bank, met zijn hoofd in zijn handen alsof zijn nekspieren het hadden begeven.

'Nelson?' zei Brenna. 'Hoe is het met je?'

'Mijn advocaat heeft ontslag genomen.'

'Meneer Fischbein?'

Nelson knikte in zijn handen.

'Omdat je hebt geglimlacht?' zei Trent. 'Wat een aansteller.'

Brenna wierp hem een blik toe.

'Wat is er?' vroeg Trent.

Ze liet haar blik door de kamer gaan. Nelson had de afgelopen avond meer gedaan dan alleen een persverklaring plannen, want het vloerkleed lag weer recht voor de open haard, de bank was vijf centimeter naar voren geschoven, de salontafel stond weer op zijn vaste plek en de laatste restanten vingerafdrukpoeder waren van de vensterbanken geveegd. Nogmaals, veranderingen die alleen iemand met een volmaakt geheugen opvielen, maar ook een aanzienlijke hoeveelheid werk. 'Je hebt opgeruimd,' zei ze.

'Ik kan er niet tegen als de dingen niet op hun plek staan.' Nelson keek op naar Trent. Er verscheen een blik van afschuw in Nelsons ogen, alsof Trent een reusachtig stofnest was dat onder de bank vandaan was komen rollen, maar als Trent zich al beledigd voelde, liet hij dat niet merken.

'Je kent mijn assistent, Trent, toch?' vroeg Brenna. 'Je hebt hem op mijn kantoor ontmoet.'

'O, juist. Ja. Hallo.'

'Hallo, Nelson. Als je me kunt laten zien waar je computer staat, kan ik met je HD aan de slag.'

'Sorry?'

'O, ik kopieer alle shit van je computer naar de mijne, om te zien of je vrouw dingen heeft gedownload en heeft gewist.'

Nelson staarde hem aan en de blik van afschuw in zijn ogen maakte plaats voor pure angst.

'Maak je geen zorgen, man. Ik ben zo discreet als een arts. Als er porno op staat… ik hou mijn mond.'

Nelsons blik ging naar Brenna. 'Hoe vindt u dat ik het buiten heb gedaan?'

'Ik ben niet degene aan wie je dat moet vragen. Ik heb je aangeraden helemaal niks tegen de pers te zeggen.'

'Dat weet ik, maar…'

'Het maakt niet uit wat wij denken. En hoe sneller we te weten kunnen komen wat er met Carol is gebeurd, hoe sneller we je naam kunnen zuiveren.'

‘Ik heb op de begrafenis van mijn grootmoeder geglimlacht,’ zei Trent. ‘Nelsons werkkamer is boven. Eerste deur rechts.’

‘Oké, oké... jezus.’

Toen Trent de kamer had verlaten, keek Nelson Brenna aan. ‘Ik had gehoopt dat ze er zou zijn,’ zei hij zacht.

‘Wie?’

‘U weet wel... Iris.’

‘Dat doet me aan iets denken.’ Brenna opende het dossier, haalde de foto eruit en gaf die aan Nelson. Zijn ogen werden groot.

‘Dit is die ouder gemaakte foto van Iris Neff. Weet je nog dat we het daarover hadden? Dat ik zei dat Trent ermee bezig was?’

Nelson blies zijn adem uit. ‘Ze lijkt zo...’

‘Op haar moeder.’

‘Ja.’ Zijn stem klonk schor.

Ze keek hem recht aan. ‘Nelson?’

‘Ja?’

‘Is er iets wat je me niet hebt verteld?’

‘Hoe bedoelt u?’

Brenna deed een stap naar hem toe. ‘Over jou en Lydia,’ zei ze kalm. ‘Over Carol en de eventuele ruzies die jullie hebben gehad. Over gereedschap waarvan je weet dat het uit de garage is verdwenen.’ Ze haalde diep adem. ‘Maar vooral over jou en Lydia, Nelson.’

‘Nee.’

‘Trent is boven. Wat je me vertelt, blijf tussen jou en mij. Dat beloof ik je.’

Zijn blik ging naar de vloer. ‘Ik heb u alles verteld.’

‘Goed dan.’ Ze zei het met een zucht.

Nelson keek weer naar de foto. ‘Weet u, ik heb dit meisje nooit eerder gezien,’ zei hij. ‘Maar dat hoeft niks te betekenen te hebben. Zo vaak kom ik niet buiten. Toch denk ik dat Iris nog in leven is, mevrouw Spector. Ik denk dat Carol probeerde haar op te sporen, dat ze daarom die dossiers had. Of dat ze Iris al had gevonden en nu op zoek was naar Iris’ moeder, zodat ze...’

Nelson praatte maar door, over hoe plausibel het allemaal was, hoe aannemelijk. Ze hadden Iris’ lijk tenslotte nooit gevonden, en stel dat het met haar niet zo was gegaan als met dat blonde meisje in Californië, u weet wel, dat achttien jaar in gevangenschap had doorgebracht... Maar het enige waaraan Brenna kon denken was het telefoongesprek dat ze de dag daarvoor met Morasco had gehad.

'Tijdens de Iris Neff-zaak hebben we Carol Wentz nooit verhoord.'

'Oké, dat zei je al.'

'Maar we hebben Nelson Wentz wel verhoord.'

Het was duidelijk dat Nelson haar niet alles had verteld. En ze vroeg zich af of het ooit zover zou komen. Ondertussen zei Nelson: '... en dat meisje dat belde over Carol, ze klonk zo bedroefd... ik bedoel, waarom zou een ander meisje er zo door geraakt zijn?'

'Had Carol connecties met Buffalo?'

Zijn glimlach verdween. 'Wat?'

'We hebben de maandafrekeningen van haar creditcard opgevraagd,' zei Brenna. 'Ze heeft een bedrag van bijna drieënveertig dollar in een winkel in Buffalo besteed.'

'Ze heeft een tante in Buffalo.' De vonk verdween uit zijn ogen. 'Maar Carol gaf nooit zulke grote bedragen uit.'

'Dus je wist niet alles wat ze deed,' zei Brenna. 'Is dat zo erg?'

Nelson keek weer naar de grond.

'Wat je niet van haar wist is niet belangrijk, Nelson,' zei ze. 'Wat je wel van haar wist, dat telt. En dat wil ik graag horen.'

Op de bovenverdieping hoorden ze Trents zware voetstappen in de richting van de trap gaan.

'Het is niet zo dat ik niet alles van Carol wist,' zei Nelson, 'maar dat ik vrijwel níks van haar wist.' En Brenna besefte dat ze op deze manier niet verder kwam.

'En Carol... die wist ook heel weinig van mij.'

Brenna staarde hem wezenloos aan.

'Vriend!' riep Trent vanaf de bovenverdieping naar beneden. 'Weet je dat je Mailkeep op je computer hebt zitten?'

Even later kwam hij de woonkamer binnen en herhaalde wat hij had gezegd.

'Ik weet niet wat Mailkeep is,' zei Nelson.

'Heb je op 29 augustus iemand aan je computer laten sleutelen?'

Nelson dacht er even over na. 'Ja, dat zou kunnen. Ik ben er zelfs redelijk zeker van dat het op die dag was. Ik had wat problemen met spyware en Jonathan, de oudste zoon van de Kleins, heeft er toen naar gekeken.'

'Heeft hij er nieuwe programma's voor je op gezet?'

Nelson knikte. 'Wat antivirussoftware die spyware moet tegenhouden. Maar die werkt niet echt goed, geloof ik. O, en hij zei dat hij er een paar extra programmaatjes op had gezet... een wordprocessor en dat soort dingen.'

'Nou, een van die extraatjes is Mailkeep. Die maakt automatisch een kopie van al je e-mails en bewaart ze op je harde schijf.' Trent grijnsde naar Brenna. 'Met andere woorden: we kunnen alles wat OrangePineapple98 heeft verstuurd en ontvangen bekijken zonder het wachtwoord te hoeven kraken.'

Nelson keek Trent aan. 'OrangePineapple98?'

'De accountnaam van je vrouw. Wat ik je trouwens wilde vragen, heb jij enig idee waar die voor staat?'

De blik in Nelsons ogen werd uitdrukkingsloos. 'Ik wist niet eens dat ze een e-mailaccount had.'

De telefoon in de keuken ging. Ze draaiden zich alle drie in de richting van het geluid. Het toestel schakelde meteen door naar het antwoordapparaat en Brenna haastte zich ernaartoe in de hoop dat het weer het meisje zou zijn.

Het apparaat liet de piep horen en de beller begon al te praten voordat Brenna in de keuken was. Geen tienermeisje maar een volwassen vrouw, ernstig van streek en met een stem die schril klonk van woede. 'Ik heb je op tv gezien, smerige schoft. Lachen nadat je je vrouw hebt afgeslacht? Je gaat eraan, stuk tuig. Ik hoop dat je wegrot in de hel.'

Brenna nam het toestel op en verbrak de verbinding, maar de stem bleef als een mist in het huis hangen. Ze ging terug naar de woonkamer en hoopte dat Nelson dit niet had gehoord. Maar zodra ze de blik in zijn ogen zag, wist ze genoeg. De telefoon ging weer. 'Dit is nog maar het begin,' fluisterde Nelson. 'Alleen nog maar het begin.'

17

Nelson had zich weer een beetje hersteld tegen de tijd dat Brenna en Trent het huis verlieten. Wat zoiets was als van iemand met een terminale ziekte die was gestruikeld en gevallen zeggen dat het wat beter met hem ging aangezien hij van de vloer was opgestaan.

Na een derde haattelefoontje – hadden deze mensen nu echt niets beters te doen? – had Brenna geprobeerd Nelson ervan te overtuigen dat hij een geheim nummer moest nemen, maar dat had hij geweigerd. Als ik dat doe, had hij uitgelegd, kan Iris me niet meer bellen. Dus had ze het antwoordapparaat het ene na het andere telefoontje laten opnemen, met de volumeknop helemaal dicht, en had ze tegen Nelson gezegd dat hij Phil Reznik moest bellen, een goede advocaat strafzaken, wat hij had gedaan, en met wie hij een afspraak voor vijf uur die middag had gemaakt. Daarna was ze naar boven gegaan, naar zijn smetteloos schone badkamer, had in het medicijnkastje een strip slaappillen gevonden, had hem er een gegeven en gezegd dat hij naar bed moest gaan. Missie volbracht.

Al die tijd had Trent zich van commentaar onthouden. Wat niets voor hem was, hoewel Brenna pas over zijn redenen ging nadenken toen ze Nelsons huis verlieten, de voordeur achter zich dichttrokken en vanaf de stoep onder vuur werden genomen door de weinige achtergebleven reporters. 'Mevrouw? Meneer? Hallo? Bent u familie van meneer Wentz?' 'Waarvan kent u Nelson Wentz?' 'Kunt u een paar vragen beantwoorden over de huidige gemoedsgesteldheid van meneer Wentz?'

'Geen commentaar!' riep Brenna. Maar toen ze de treden af liep, pakte Trent haar bij de arm en siste tussen zijn tanden door, omdat sommige reporters kunnen liplezen: 'Wat maakt jou er zo zeker van dat hij het niet heeft gedaan?'

Ze staarde hem aan.

'Doe niet zo naïef, Spec. Mensen doen erge dingen. Jij weet dat beter dan wie ook.'

'Sorry,' zei Brenna, 'maar noemde je me zonet "Spec"?'

'Een nieuwe bijnaam die ik uitprobeer. Leuk?'

'Afschuwelijk. Nog erger dan TNT. Jezus, waarom kun je niet als een normaal mens praten?'

'Hé, chillax.'

'Dus jij denkt dat Nelson zijn vrouw heeft vermoord. Dat hij haar heeft doodgestoken, haar lijk in de kofferbak van haar eigen auto heeft verstopt en vervolgens de politie en mij heeft gesmeekt naar haar op zoek te gaan.'

'Ik zeg alleen wat ik denk. De politie lijkt te geloven dat hij het heeft gedaan.'

'Nee, dat is niet waar.'

'Sommige smerissen wel. De mensen van de pers denken dat hij het heeft gedaan...'

'En daarom denk jij het ook?'

'Ik zeg alleen dat ik niet van het tegendeel overtuigd ben. Het is een apart kereltje, en hij heeft psychopatenogen. Zo iemand van wie de buren zeggen: "Het was zo'n rustige, nette man, erg op zichzelf."' Trent keek naar de reporters op de stoep en boog zich nog dichter naar haar toe. 'En zijn vrouw neemt niet voor niks een flink geldbedrag op zonder iets tegen hem te zeggen, terwijl ze tegen de mensen van haar leesclubje zegt dat ze zich "schuldig en onvolledig" voelt? En ze zegt niet eens tegen hem dat ze met een computer kan omgaan? Kom nou. Zelfs ik weet dat het hier om een belabberd huwelijk gaat.'

'Hij heeft haar als vermist gemeld. Hij heeft de politie gesmeekt naar haar op zoek te gaan. Hij heeft mij ingehuurd. Twee keer.'

'Om zichzelf in te dekken.'

Brenna slaakte een zucht. 'Ik wil er niet meer over praten.'

'Ik zeg het alleen maar.'

'Ik heb de pest aan die uitdrukking.'

Trent knikte nauwelijks zichtbaar naar haar, liep door naar de straat en negeerde de roepende reporters. Maar halverwege bleef hij opeens staan en draaide zich om, alsof hij iets was vergeten. 'Brenna?'

'Ja?'

'Je bent toch niet boos op me?'

'Niet meer dan gewoonlijk.'

'Oké, want... ik weet niet of je het weet, maar je bent meer voor me dan alleen een baas.'

Ze keek hem aan.

'Ik meen het. Je bent een soort vrouwelijke broer voor me, en nog een lekkere ook.'

Brenna glimlachte. Ze kon er niets aan doen. 'Ik ben niet boos op je.'

'Gaaf.' Trent draaide zich om, liep door naar de straat, versnelde zijn pas en jogde de reporters voorbij naar zijn auto: een verrassend normale metallic-grijze Ford Taurus, die hij van zijn ouders had geërfd.

Brenna naderde de straat. Diverse reporters vroegen hoe ze heette en waarvan ze Nelson Wentz kende. 'Geen commentaar,' zei Brenna weer, en ze was Faith dankbaar dat ze niet tegen haar collega's had gezegd wie ze was. In de anonimiteit was ze veilig. Ze keken en riepen naar haar, maar de blikken en stemmen bereikten haar niet echt, want ze kon zich terugtrekken in haar gedachten.

Brenna kwam aan het eind van de oprit en de stemmen werden luider, opdringeriger. 'Mevrouw, heeft Nelson Wentz zijn vrouw vermoord?' hoorde ze iemand vragen. Een stem die ze kende. Ze draaide zich om. De reporter heette Cyrus Whitney. Ze had zijn naamplaatje zes jaar geleden gezien, tussen het logo van New York 1 en dat van Stormwatch '03. Hij had verslag gedaan van de noordoosterstorm op 22 februari, met de capuchon van zijn parka strak aangetrokken en roepend om zich verstaanbaar te maken boven het gekraak van het kruiende ijs. 'Je hebt promotie gemaakt, huh?'

Hij keek haar wezenloos aan.

Ze zuchtte. 'Laat maar.' Ze keerde zich weer naar de straat.

'Mevrouw?' vroeg Cyrus Whitney weer, 'heeft Nelson Wentz zijn vrouw Carol vermoord?'

Brenna gaf geen antwoord. Dat kon ze niet. Ze keek naar een passerende auto. De smeris.

Toen de auto de eerstvolgende zijstraat insloeg, bleef Brenna staan, zonder acht te slaan op de reporters om haar heen, en ze dacht aan de ochtend van 21 oktober 1998, de tweede ochtend dat ze Lydia Neffs huis observeerde, rook de nieuwe geur van de huurauto, voelde de warmte van de zon die door de voorruit naar binnen scheen en wachtte tot de blauwe auto zou langsrijden.

Brenna ziet de twee ramen met de houten luiken, de gele verf die ooit wit was geweest. Ze ziet een schaduw achter het ene raam, en het gordijn wordt dichtgetrokken. Lydia. Brenna fluistert de naam. Voelt ze dat Brenna haar observeert? Stap uit de auto en klop op de deur. Praat met Lydia Neff. Vraag haar naar de blauwe auto en zet deze dag, deze week, dit gevoel van je af…

Brenna's hand gaat naar de portierhendel.

Een scherpe tik op het raampje aan de passagierskant. Ze trekt haar hand terug, haar hart springt in haar keel en als ze haar hoofd naar rechts draait, omlijst het raampje een gezicht, een nogal vreemd gezicht. Het heeft een stompe neus, een pruimenmondje, een zwart moedervlekje op de linkerwang. Een gezicht zo knap dat het tegelijkertijd lelijk is, met gelaatstrekken veel te edel en te fijntjes voor de zware onderkaak, het platte voorhoofd, de ogen – vals en vlak als van een haai – en de hand die naar de borstzak van het bruine polyester jasje gaat, het uniformjasje van een smeris.

Ze slikt. Draait het raampje open. Ze probeert te glimlachen, maar haar mondhoeken weigeren dienst. Het zweet staat in haar handen. 'Hallo, agent. Wat kan ik voor u…'

'U moet weggaan.' Zijn stem klinkt hol en zwaar.

Brenna's maag trekt samen. Haar huid voelt klam en koud. 'Doe ik iets wat verboden is?' Terwijl ze het vraagt, ziet ze achter hem nog een uniformagent staan, begin veertig, zwaargebouwd, met een norse kop en een baard. De sterke man van de twee, neemt ze aan, hoewel hij een stuk minder bedreigend overkomt dan zijn collega.

'U moet weggaan,' zegt de mooie smeris weer, en als vanzelf gaat Brenna's hand naar de contactsleutel en start ze de motor.

'Heeft meneer Wentz overwogen zichzelf aan te geven?' riep een van de reporters. Een vraag zo dom dat hij Brenna uit haar herinnering wekte. Ze had hem bijna bedankt, maar ze wist zich te beheersen en reguleerde haar ademhaling terwijl ze doorliep naar haar auto en het vreemde, knappe gezicht van de smeris uit haar hoofd zette.

Pas toen Brenna in de Sienna was gestapt, besefte ze dat toen de auto met de smeris voorbij was gereden, ze niet naar de nummerplaat had gekeken. Of dat ze had gekeken of de auto blauw en minstens elf jaar oud was.

Nelson vond het maar een rare gewoonte dat mensen die verdriet moesten verwerken altijd in bed werden gestopt. Hoe hopelozer de situatie was, hoe meer ze wilden dat je het van je af sliep. Je hebt rust nodig. Ga naar je kamer en doe het licht uit. Hier, neem een pilletje. Alles wordt beter als je onder zeil bent en ons niet meer lastigvalt met je deprimerende aanwezigheid.

'Probeer wat te slapen,' had mevrouw Spector gezegd toen ze hem de pil en een bekertje water had gegeven. Ze was zelfs zo ver gegaan dat ze de deken had teruggeslagen terwijl haar homoseksuele assistent achter haar stond, met zijn zware armen als een bodyguard voor de borst gekruist. Ga slapen of anders...

'Dank u,' had Nelson gezegd, ook al meende hij er niets van.

Het was namelijk zo dat slaappillen nauwelijks effect op hem hadden. Je zou denken dat iemand van een meter achtenzestig en vijfenzestig kilo geen partij zou zijn voor een enkele Ambien, maar wat de reden ook was, hij moest er minstens twee of drie slikken wilde hij ook maar een beetje slaperig worden. Hij had echter niet de moeite genomen dit aan mevrouw Spector te vertellen. Zij dacht dat hij behoefte aan slaap had, dus liet hij haar in die waan. Trouwens, de rust en de stilte kon hij best gebruiken.

Nelson lag in bed te lezen. Tenminste, dat probeerde hij. Het was het boek dat Carol voor haar leesclubje had gelezen, *Safekeeping*. Het was een autobiografie, en Nelson dacht dat het boek hem misschien kon helpen met zijn online schrijfcursus.

Maar er was nóg een reden dat hij dit boek had gekozen, een diepere, minder logische reden, een die moeilijker toe te geven was, ook aan zichzelf. Vooral aan zichzelf. Nelson wilde iets in zijn handen voelen wat Carol had vastgehouden. Hij wilde zijn handen op de plek waar de hare pas anderhalve week geleden hadden gelegen, waar ze de bladzijden hadden omgeslagen toen het bloed nog door haar aderen stroomde. Hij wilde zien wat zij had gezien, de woorden lezen die haar ogen hadden gelezen. Hij wilde in haar geest kruipen en denken wat zij had gedacht. Hij wilde zo graag bij Carol zijn. Bij de nog levende Carol. Hij wilde haar beter kennen.

Maar het werkte niet. Hij kon geen zin lezen zonder Carols levenloze ogen voor zich te zien, Carols ingevallen, al half vergane gezicht, Carols roerloze hand, met de trouwring nog om haar vinger. Was dit de herinnering die hem de rest van zijn leven zou bijblijven? Zou hij, elke keer als hij aan Carol dacht, die rottende hoop vlees in de kofferbak van zijn auto zien?

Zijn vrouw.

Hoe konden de mensen in godsnaam denken dat hij haar had vermoord? Rechercheur Pomroy, de mensen van de pers... Carol was zijn vrouw geweest! Hoe konden ze geloven dat hij naar de garage was gegaan, de schroevendraaier met de platte kop had gepakt en die in het hart van zijn vrouw had gestoken... zijn eigen vrouw, die geen relatie met een andere man was begonnen om hem terug te pakken voor Lydia, die niet eens had overwogen om hem om die reden te verlaten, die alleen had geprobeerd een vermist meisje op te sporen.

Nelson kromp ineen. Hou op, zo moet je niet denken... denk aan de levenden, aan Iris... Door de gedachte aan die naam schoot Nelson rechtop in bed en viel het boek op de vloer. En toen ging de telefoon. Of misschien was het plotselinge gepiep van de telefoon de reden dat hij het boek had laten vallen. Het tijdsverschil was zo klein dat Nelson het niet met zekerheid kon zeggen.

De telefoon was aan Carols kant van het bed. Nelson griste het toestel van het nachtkastje, zag ONBEKEND NUMMER op het schermpje, drukte op het groene knopje en onderbrak daarmee zijn eigen opgenomen stem: *De familie Wentz is op dit moment niet aanwezig...*

'Iris?'

Geen antwoord. Ook geen geruis, wat kon betekenen dat ze belde vanaf een plek met een beter bereik, of dat ze de batterij had opgeladen.

'Ben jij het?' Nelson barstte bijna in tranen uit. 'Wat er ook is gebeurd, wat je Carol volgens jezelf ook hebt aangedaan, alsjeblieft, ik ben niet boos op je. Hoe kan ik nu boos zijn op een kind?' Nelson ademde in en merkte hoe vast hij zijn hand om de telefoon had geklemd. Als om een reddingsboei. Zijn vingers deden er pijn van.

'Meneer Wentz, u spreekt met Graeme Klavel. U had gevraagd of ik u wilde terugbellen?'

Nelson zuchtte, voelde alle lucht uit zich stromen. 'O, juist,' zei hij. 'Sorry. Ik... ik dacht dat ik iemand anders aan de lijn had.'

'Oké, maar om uw vraag te beantwoorden, ik heb inderdaad wat werk voor uw... eh, voor wijlen uw vrouw gedaan.'

'Kunt u me vertellen wat voor werk dat was, alstublieft?'

Het bleef lange tijd stil aan de andere kant van de lijn.

'Meneer Klavel?'

'Hoort u... wacht, hoort u ook die tikjes op de lijn?'

Nelson slikte. 'Nee.'

'Hoor eens, ik ben al heel veel over uw vrouw gebeld. U bent de enige die ik heb teruggebeld.'

'Dat stel ik zeer op prijs.'

'Ik heb dat gedaan, meneer Wentz, omdat ik zelf ooit getrouwd ben geweest en... Weet u zeker dat u het niet hoort?'

'Dat ik wát hoor, meneer Klavel? Alstublieft, ik...'

'Ik vind het geen goed idee om dit telefonisch te bespreken.'

'Meneer Klavel, hebben u en mijn vrouw Iris Neff gevonden?' Hij riep het bijna, maar het maakte niet uit. Klavel had al opgehangen.

Nelson voelde zich licht in zijn hoofd. Zijn blik ging naar de muur tegenover het bed, naar de foto van Carol en hemzelf op hun trouwdag op 26 mei 1995. Ze stonden voor het stadhuis van New York, Carol in een vrij degelijke crèmekleurige jurk en Nelson in het pak dat hij die dag voor zijn werk op de redactie van R&V had aangetrokken. Ze waren tijdens hun lunchpauze getrouwd. Carol had de trein naar de stad genomen en was weer naar huis gegaan nadat de ambtenaar hen in de echt had verbonden. De foto was gemaakt met een wegwerpcamera, door een onbekende, zwarte man die ze op straat hadden aangeschoten. Nelson kon zich niet eens herinneren of de man jong of oud was geweest. Maar hij wist nog wel dat Carol haar eigen bloemen had gekocht, bij een bloemist in Chambers Street. Ik herinner me mijn trouwdag, dacht Nelson. En toen ging de telefoon weer.

18

De smeris met het knappe gezicht had in een Subaru Vivio gereden. Sinds de dag dat haar oudere zus in een auto was gestapt die Brenna alleen had kunnen omschrijven als 'een lichtblauwe', had ze er een project van gemaakt om meer over de merken en modellen van auto's te weten te komen. En door deze kennis, in combinatie met haar geheugen, was ze in staat vrijwel elke auto te identificeren, tot en met het bouwjaar. Deze Subaru Vivio was er een uit de Bistro-serie, erg populair eind jaren negentig, nogal Europees ogend voor een Aziatische auto, met die ronde voorkant als een Mini Cooper. Brenna en Jim hadden een paar Subaru's bekeken in 1997 voordat ze uiteindelijk voor een vierdeurs Volvo hadden gekozen, daarom had ze het onthouden. Ze wist ook dat de Vivio, in 1992 op de markt gekomen, pas in 1998 uit productie was genomen. Kortom, de auto die vandaag Nelsons huis voorbij was gereden, had zeker bestaan in de tijd dat Iris Neff was verdwenen.

Kon het dezelfde blauwe auto zijn geweest waar Iris Neff toentertijd in was gestapt? Had Morasco zijn carrière op het spel gezet door te suggereren dat er iemand van de politie betrokken was geweest bij de verdwijning van een jong meisje?

Brenna zou het hele idee kunnen afdoen als een gigantische slag in de lucht, ware het niet dat de opvallendste kenmerken van de Vivio de ronde koplampen en de aan de zijkanten oplopende bumper waren, die je als ogen en een glimlachende mond zou kunnen zien. Een 'blije auto'. Een auto die eruitzag als speelgoed, zodat een kind – zoals de drieënhalf jaar oude M – best zou kunnen denken dat die door elfjes was gemaakt.

Brenna toetste het nummer van de politie van Tarry Ridge in op haar mobiele telefoon en vroeg naar Morasco. Weer werd ze doorgeschakeld naar zijn voicemail. Of nam hij gewoon nooit op?

Ze was één keer eerder op het politiebureau van Tarry Ridge geweest, op 21 oktober 1998. Ze had toen zes minuten lang bij de balie van het kleine districtsbureau gestaan om haar verhaal te doen bij een piepjonge uniformagente met pluizig blond haar, een dik lichaam en een naamplaatje waarop stond dat ze Fields heette.

'Ik heb informatie over de Iris Neff-zaak.' Brenna heeft een rood gezicht. Ze heeft maar net genoeg adem om deze woorden uit te spreken, want ze heeft haar auto drie straten verderop moeten parkeren en heeft de rest van de weg rennend afgelegd. Hoe is het mogelijk dat een politiebureau geen parkeerterrein heeft?

'U kunt die informatie aan mij doorgeven, mevrouw.' Fields heeft een glimmend gezicht en wangen vol acne. Brenna schat haar eenentwintig, hooguit.

'Ik zou die liever met inspecteur Morasco bespreken, als het mogelijk is.'

'Die is er niet, mevrouw. Dus geeft u de informatie maar aan mij.'

'Ik... ik ben privédetective. Gisteren sprak ik Kaye van Wax Attax, die daar een leesuurtje voor kinderen doet?'

Fields kijkt haar aan alsof ze bladzijde 78 van De gebroeders Karamazov *heeft voorgelezen, in het Russisch.*

'Maar goed, tijdens een van die leesuurtjes heeft Iris tegen Kaye gezegd dat de Kerstman bij haar op bezoek was geweest. En dat hij in een blauwe auto rijdt.'

'De Kerstman?' Fields spuwt de naam uit met de minachting die je van iemand met acne en een naamplaatje kunt verwachten.

'Eh... de feiten die van belang zijn, zijn die over het bezoek en dat hij in een blauwe auto rijdt.' Brenna geeft Fields een oud visitekaartje, waarop ze Ludlows nummer heeft doorgestreept en haar mobiele nummer eronder heeft gezet. 'Wil je dit aan inspecteur Morasco geven, alsjeblieft?' Zonder op antwoord te wachten keert ze Fields, die het visitekaartje tussen haar mollige vingers vasthoudt, de rug toe, duwt de deur open en loopt naar buiten.

'Laten we hopen dat Fields er niet meer werkt,' zei Brenna hardop toen ze links afsloeg naar Clements en op zoek ging naar nummer 3721, het adres van het politiebureau. Het vroegere adres van het politiebureau, want op Clements 3721 was nu een Talbots. Brenna zette Lee de gps aan, zocht belangrijke adressen van Tarry Ridge op en vond 'Politie'.

Het bureau was verhuisd naar Main Street 4549. Brenna liet zich er door Lee naartoe leiden, maar toen ze op het adres aankwam, stopte en zich over het stuur boog om naar het gebouw te kijken, vroeg ze zich voor de allereerste keer af of haar volmaakte apparaat nog wel goed functioneerde. Of was haar huwelijksreis met Lee eindelijk voorbij?

Maar nee, het stond er echt: BUREAU VAN POLITIE – TARRY RIDGE, in sierlijke gouden letters, dezelfde gouden letters die Brenna elf jaar geleden op het witte marmer bij de entree van het Waterside-complex had zien staan.

God mocht weten hoe die huizen er tegenwoordig uitzagen, als dit de manier was waarop Tarry Ridge haar overheidsdiensten huisvestte. Het politiebureau had ook een museum voor moderne kunst kunnen zijn, of een bibliotheek met zeldzame boeken, of een filiaal van Saks. Ultramodern, met grote ramen, blinkend wit schilderwerk en een oppervlakte die minstens drie keer zo groot was als die van het vorige politiebureau. Overbodig om te zeggen dat het een eigen parkeerterrein had. Een heel groot parkeerterrein.

Achter Brenna werd geclaxonneerd. Ze reed het parkeerterrein voor bezoekers op en toen ze was uitgestapt en naar de ingang liep, zag ze de tuin. Een politiebureau met een door een landschapsarchitect ontworpen tuin. Rijen heggen aan de voorkant van het gebouw, een tegelpad dat naar de ingang leidde, witte teunisbloemen, chrysanten en keurig onderhouden gazons aan weerskanten van het pad. Aan de rechterkant, in de schaduw van een Japanse esdoorn, stond een witte, smeedijzeren bank die uitnodigde tot het eten van flinterdunne sandwiches en het lezen van poëzie. Er zat een goudkleurige plaquette op de bank. Brenna liep ernaartoe en las wat erop stond: TER NAGEDACHTENIS AAN LILY TEASDALE.

En het eerste wat Brenna zag toen ze de hal van het politiebureau binnenkwam, was een reusachtig olieverfschilderij in een vergulde lijst, dat boven de balie hing: een dame met zilvergrijs haar in een hooggesloten zwarte jurk, met een afstandelijke Mona Lisa-glimlach, geloken ogen en een heel hoog voorhoofd. De gelaatstrekken van de vrouw kwamen Brenna op een merkwaardige manier bekend voor. Op de lijst zat een koperen plaatje met een inscriptie, die Brenna hardop voorlas: 'Lily Teasdale, 1920-2000.'

De agente achter de balie draaide zich om. 'Wat?'

Brenna herkende haar onmiddellijk. Fields. Zonder acne, steil haar met lichte plukken, een iets slankere taille, maar nog steeds in uniform en nog steeds met die verveelde, bijna afkerige uitdrukking op haar gezicht. Het gebouw mocht dan splinternieuw zijn, de balieagent hadden ze alleen gerenoveerd.

'Lily Teasdale,' zei Brenna. 'Ze lijkt op iemand die ik ken. Was ze met een politiebeambte getrouwd?'

Fields hief haar ogen ten hemel. 'De Teasdales zijn de oudste familie van Tarry Ridge.'

'Oké, maar wat heeft dat met het nieuwe politiebureau te maken? Had de familie banden met het openbare gezag?'

'Ze hebben het gebouwd. Weet ik veel.'

Een bron van informatie. Brenna wilde het onderwerp laten rusten en naar Morasco vragen toen het woord 'gebouwd' zich in haar geest vastzette en haar terugvoerde naar 18 september 1998, om half zes in de namiddag, toen ze een vers worteltje versnipperde boven een kom met sla en tomaten en ze Jim in de woonkamer, hard pratend om het tv-nieuws te overstemmen, aan de telefoon een grote pizza hoorde bestellen.

'Met extra kaas!' roept Maya.

'Kan er extra kaas op? Bedankt.'

Brenna hoort de nieuwslezer 'Tarry Ridge' zeggen en Jim roept: 'Kom eens kijken, schat! Roger Wright is buiten de stad aan het bouwen.'

Brenna droogt haar handen aan de handdoek die over de stang van de ovendeur hangt en gaat de woonkamer binnen. 'Tarry Ridge is waar dat kleine meisje is verdwenen,' zegt Brenna, met haar blik op het tv-scherm. Ze ziet Roger Wright, het leeftijdsloze gezicht, het goudblonde haar en de trotse onderkaak, zoals men dat noemt. Zijn hele persoon straalt gezondheid uit, alsof hij is opgegroeid in een magische luchtbel waarin geen enkel kwaad kan doordringen.

'De man die Manhattan het Wright Shopping Center heeft gebracht, richt zich nu op de rand van de stad,' zegt de nieuwslezer terwijl de camera in-

zoomt op Wright, die een rood lint doorknipt.

De nieuwslezer vervolgt: 'Meneer Wright, geboren in Tarry Ridge, vindt het geweldig dat hij iets kan teruggeven aan zijn geboorteplaats.'

'Teruggeven,' zegt Brenna snuivend. 'Alsof die huizen geen vermogen kosten.' Roger Wright steekt zijn duim op naar de camera en Brenna kijkt naar de vrouw die naast hem staat, de vrouw die zijn echtgenote moet zijn, met haar grote ogen, het perfecte kapsel en haar glimlach. Glimlachend met gesloten mond, alsof ze al het geluk in zichzelf wil houden...

De ogen, de vorm van het gezicht, de glimlach van Wrights vrouw, alles wees in de richting van Lily Teasdale. 'Is Roger Wright de bouwer van dit politiebureau?' vroeg Brenna aan Fields, die, zoals te verwachten was, haar schouders ophaalde.

'En was Lily Teasdale zijn schoonmoeder?'

'Zoiets.'

Brenna slaakte een diepe zucht. De bron van informatie had meer weg van een borrelend moeras. 'Ik kom voor inspecteur Morasco.'

Voor het eerst keek Fields haar recht aan. Ze hield haar hoofd schuin en kneep haar ogen tot spleetjes. Brenna kende de blik. Ze had die vaker gezien. Ken ik jou niet ergens van? Nee, waarschijnlijk niet. 'Inspecteur Morasco zit in een bespreking.'

'Dan wacht ik wel.'

'Dat is helaas niet mogelijk, mevrouw. Als u me uw naam en telefoonnummer geeft, zal ik hem vragen of hij u belt.'

'Nee, nee,' zei Brenna. 'Wachten is wél mogelijk. Kijk maar.' Brenna verroerde zich niet, bleef Fields glimlachend aankijken, tien, twintig, dertig seconden lang, totdat Fields uiteindelijk de telefoon naar zich toe trok en op een knop drukte. 'Inspecteur Morasco? Sally hier.'

'Sally?' zei Brenna. 'Heet je Sally Fields?'

Fields negeerde haar. 'Het spijt me heel erg dat ik u moet lastigvallen, maar er is hier een vrouw die u wil spreken, en ze weigert weg te gaan.' Ze luisterde. 'Ik heb niet gevraagd hoe ze...'

'Brenna Spector.'

Fields herhaalde de naam in de telefoon. 'Juist... oké.' Ze hing op. 'Hij komt eraan.'

'Moet je niet zeggen: "Hij vindt je blijkbaar aardig" of zoiets?'

Fields hief opnieuw haar ogen ten hemel en richtte haar aandacht weer op haar computerscherm. 'En ik heet Fields, niet Field,' mopperde ze. 'Laten we wel precies blijven.'

'Waarom was de blauwe auto, in de Iris Neff-zaak, een valse tip?' vroeg Brenna aan Morasco. Ze zaten in een Starbucks op vijf straten afstand van het politiebureau. Ze waren er samen naartoe gewandeld, pratend over het herfstweer, het nieuwe politiebureau, dat – zo bleek – al sinds 2001 in gebruik was, het effect van de recessie op het Riverview Shopping Center en de kans dat de Yankees de World Series zouden winnen. Tegelijkertijd werkte Brenna's geest op volle toeren en vroeg ze zich koortsachtig af hoe ze hem moest voorbereiden op een vraag die blijkbaar over een gevoelig onderwerp ging, zonder de inspecteur zodanig aan het schrikken te maken dat hij niks meer wilde zeggen, of erger nog, van haar zou weglopen.

En toch was dit het enige wat ze had kunnen verzinnen. Dus waren ze met hun zwarte koffie – geen lattes of cafeïnevrij of bijzondere smaakjes of wat ook – aan een tafeltje bij het raam gaan zitten en had Brenna hem de vraag zonder noemenswaardig voorspel, zelfs zonder hem de tijd te geven om zijn beker op tafel te zetten, als een emmer ijswater in zijn gezicht gesmeten.

'Nou,' zei Morasco. 'Ik hoef je dus niet te vragen waarom je me wilde spreken.'

'Sorry. Zoals ik al eerder heb gezegd, kan ik nogal direct zijn.'

Er kwam een wat emotionele blik in zijn ogen, maar of het mededogen of gekwetstheid was, of dat het door de dikte van zijn brillenglazen kwam, kon Brenna niet zeggen. Toen glimlachte hij, nam een slokje koffie en Brenna dacht: hij is in elk geval niet opgestaan en de deur uit gelopen. 'Het was een valse tip,' zei hij, 'omdat me werd verteld dat het dat was.'

'Door wie?'

'Mijn baas. De toenmalige hoofdcommissaris. Hij is een paar jaar geleden overleden.'

'Ray Griffin?'

'Ja. Hoe weet jij... Laat maar.'

'Welke redenen voerde hij aan?'

'Dat de info van een kind afkomstig was.'

'De beste informatie is soms van kinderen afkomstig.'

'Niet iedereen denkt er zo over.' Morasco draaide zijn hoofd om en keek uit het raam. Hij zei enige tijd niets, maar Brenna had het gevoel dat hij nog niet klaar was, dus wachtte ze af. 'Ik werd beschuldigd van McMartin-praktijken.'

'Waarvan?'

'Je had in de jaren tachtig die kleuterschool, de McMartin-school. De schoolleiding werd onterecht beschuldigd van kindermisbruik...'

'Ik herinner me het verhaal.'

Hij glimlachte. 'Natuurlijk herinner jij je het verhaal. Dan weet je ook dat de kleuters van de McMartin-school door de suggestieve manier van vragen stellen door de politie waren aangezet om de schoolleiding van misbruik te beschuldigen.'

'Dus jij werd ervan beschuldigd dat je dat meisje iets over een blauwe auto had laten zeggen.'

'Ja.'

'Maar je hebt haar helemaal niet gestuurd. Je was heel aardig tegen haar.'

'Hoe weet jij dat?'

'Ik heb de transcriptie van het gesprek gelezen.'

'Echt?'

Brenna knikte. 'Ik heb zelfs het hele politierapport gelezen.'

'Wanneer?'

'Elf jaar geleden.'

Hij glimlachte naar haar.

'Maar eh... gisteravond nog een keer.' Brenna opende haar koffertje en haalde de dossiers eruit die ze van Nelson had gekregen. Ze legde ze op tafel en schoof ze naar Morasco toe. 'Ik heb Nelson beloofd dat ik ze alleen aan jou zou laten zien,' zei ze. 'Hij heeft geen vertrouwen in de politie. Of misschien alleen niet in oudere rechercheurs met verhitte koppen die in Trans Ams rondrijden, dat weet ik niet zeker...'

Morasco zat de mappen al door te nemen: de vergeelde krantenartikelen, de foto's en familieportretten en, als laatste, het politierapport. 'Waar had hij dit vandaan?'

'Van Carol,' zei Brenna. 'Ze had het verstopt onder in een hobbykoffer.'

'Merkwaardige hobby.'

'Ze was op zoek naar Iris.'

Hij keek haar aan. 'Waren we dat niet allemaal?'

Ze nam een slokje koffie en brandde haar tong. Het maakte niet uit hoe lang je in dit soort winkels wachtte met het nemen van een slok, het leek wel of je koffie eeuwig heet bleef. Ze haalde het deksel eraf, blies in de beker en zei: 'Ik denk dat ze aan elkaar gerelateerd zijn.'

'Carol en Iris?'

'Nee,' zei ze. 'De moord op Carol en de Iris Neff-zaak.' Ze vertelde hem dat Carol zich als Lydia Neff had voorgedaan en dat ze haar vrienden van de Chrysalis-chatroom had verteld dat ze was gebeld door haar vermiste dochter. En ze vertelde hem over het meisje dat Nelson diverse keren had gebeld en tegen hem had gezegd dat het haar schuld was, maar ze trok er geen conclusie uit. Dat mocht hij zelf doen.

'Dus jij denkt dat Iris Neff is teruggekomen naar de stad en dat zij Carol heeft vermoord.'

'Nee,' zei ze. 'Maar ik denk wel dat het mogelijk is dat ze contact met elkaar hebben gehad.'

'Carol en Iris.'

'Ja. Dat zou kunnen.'

'En jij denkt dat dit contact...'

'... ertoe kan hebben geleid dat Carol Wentz is vermoord,' zei ze. 'Ja, dat denk ik.'

Morasco zei niets. Hij nam een slok koffie en bleef haar enige tijd aankijken, met dezelfde blik waarmee hij haar twee dagen daarvoor had aangekeken, toen ze 's avonds met haar auto voor het vroegere huis van Lydia Neff had gestaan, en net als toen zou ze nu graag in zijn hoofd kijken om zijn gedachten te lezen. 'We hebben het moordwapen gevonden,' zei hij.

Brenna staarde hem aan.

'Een grote schroevendraaier met een platte kop. Afkomstig van de set in Nelsons garage.'

Brenna voelde zich verdoofd. 'Waar... waar hebben ze die gevonden?'

'Gewikkeld in een vuilniszak en gedumpt in de vuilnisbak van het Lukoil-benzinestation op Main bij Van Wageningen.' Hij zette zijn beker op tafel en keek Brenna aan. 'Het goedkoopste benzinestation in de hele stad.

De eigenaar zegt dat Nelson Wentz er al jaren vaste klant is.'

Brenna klemde haar kiezen op elkaar. Ze had het gevoel dat ze geen vaste grond meer onder haar voeten had, dat ze zich bevond op een deinend schip dat elk moment kon kapseizen.

'Is er iets wat ik over je verzameling gereedschap zou moeten weten?'

'Waarom vraagt u dat?'

'Nou, ze hebben alles in bewijszakken gestopt en meegenomen. Ik vroeg me gewoon af of het je de afgelopen paar weken was opgevallen dat er iets ontbrak.'

'Nee.'

Ze concentreerde zich op de muziek die uit de speakers in het plafond klonk. Death Cab for Cutie: 'I Will Follow You into the Dark'. Weer zo'n liedje over de romantiek van het sterven, en een van Maya's favorieten. Wat Brenna dwarszat. Natuurlijk maakte elke generatie een periode door waarin dit soort dingen interessant waren, en soms, als Brenna haar ogen dichtdeed en zich concentreerde, kon ze Clea 'Don't Fear the Reaper' horen blèren, hoewel de herinnering minder duidelijk was dan ze graag zou willen. Geen enkele herinnering aan Clea was zo duidelijk als ze graag zou willen.

'Toen Pomroy en ik Nelson Wentz in het ziekenhuis verhoorden,' zei Morasco, 'en Pomroy hem naar het moordwapen vroeg, leek Nelson niet te weten waar hij het over had. Maar toen we weggingen, dacht ik dat ik hem een woord hoorde mompelen.' Hij nam nog een slokje van zijn koffie.

Brenna keek toe en wachtte.

'Schroevendraaier,' zei Morasco zacht. 'Ik durf te zweren dat ik hem "schroevendraaier" hoorde zeggen.'

De stem van de zanger, uit de speakers in het plafond, verzekerde zijn geliefde dat ze elkaar snel zouden omhelzen in een inktzwarte kamer. Brenna dacht aan Nelson… aan zijn angstige gezicht en aan de gladde gouden trouwring om de vinger van zijn slanke hand. Ze probeerde een schroevendraaier in die hand te zien, besmeurd met het bloed van zijn vrouw, maar het lukte haar niet. Brenna haalde diep adem, blies die weer langzaam uit en vouwde haar handen om haar koffiebeker, al was het maar om ze te warmen. 'McMartin-praktijken,' zei ze. 'Is dat een soort handen wassen in onschuld?'

'Je probeert van onderwerp te veranderen.'

'Nee, hoor, dat doe ik niet.'

'Ik zeg alleen dat Nelson Wentz onze belangstelling heeft en dat die belangstelling met het uur toeneemt.'

'En ik zeg jou,' zei Brenna, 'dat je weet hoe het is om vals beschuldigd te worden.'

Morasco slikte. Ze zag zijn adamsappel op en neer gaan boven de boord van het gestreepte, ongestreken shirt dat hij onder zijn tweedjasje droeg, hetzelfde jasje dat hij aanhad toen hij drie dagen daarvoor op haar kantoor was. Ze voelde dat hij haar vanachter zijn dikke brillenglazen aankeek. Brenna hield haar gezicht in de plooi, hoopte dat hij niet dwars door haar heen zou kijken en haar knagende twijfel zou zien. Het was belangrijk dat Morasco aan haar kant stond. Met de twijfel zou ze zich later bezighouden.

Morasco vroeg: 'Hoe kun je er zo zeker van zijn dat Nelson Wentz niet zijn vrouw heeft vermoord?'

Brenna zuchtte: 'Hoe kun jij er zo zeker van zijn dat hij het wel heeft gedaan?'

'Dat ben ik niet.'

'Ik wist het.'

'Of niet helemaal in elk geval.'

'Maar sommige anderen wel, hè?' Ze keek hem recht aan. 'Je collega's. Waarschijnlijk dezelfde mensen die tegen je hebben gezegd dat je die blauwe auto met rust moest laten. Geen aanwijzing die het onderzoeken waard was. Alsof er ook maar iets de moeite niet waard zou zijn wanneer er een jong meisje wordt vermist.' Brenna's gedachten gingen terug naar 8 september 1981, naar het harde plastic van de stoelzitting onder haar benen toen ze tegenover het bureau van rechercheur Grady Carlson in het politiebureau van Pelham zat, met de vieze geur van sigarettenrook in haar neusgaten en rechercheur Carlson die zo langzaam praatte dat hij haar deed denken aan een 45 toerenplaat die op 33 toeren werd afgespeeld. *'Je hebt je zus in een lichtblauwe auto zien stappen en daar hou je twee weken lang je mond over?'*

'Clea had gezegd dat ik tegen niemand iets mocht zeggen.'

Brenna bracht de beker koffie naar haar lippen en nam een paar slokjes, met haar ogen dicht, terwijl ze zich losmaakte van de benauwde hoofdpijnstank in het politiebureau, de kruimels in Carlsons snor, de diepe lijnen die van zijn neusvleugels naar zijn mondhoeken liepen en die zijn laatdunkende grijns accentueerden.

'Jij was heel vriendelijk tegen dat meisje,' zei Brenna tegen Morasco. 'Je behandelde haar met respect.'

Morasco zat haar aan te kijken. Brenna merkte dat haar ogen warm waren en dat ze niet scherp kon zien. Hij zei er niets over, vroeg niet eens of ze een herinnering had beleefd, en ze wist niet of het uit mededogen was of dat hij te zeer aan zijn eigen gedachten ten prooi was om op te merken dat de tranen in haar ogen stonden.

'Ik zal de telefoongegevens van de familie Wentz opvragen,' zei hij.

Het politierapport van de Neff-zaak, met name de ontbrekende bladzijden, was niet iets waar ze Morasco naar wilde vragen, niet nadat ze hem het hele rapport had zien doornemen met als enige reactie dat het herinneringen bij hem opriep. Dus of hij had niet gezien dat het verhoor van NN ontbrak, of hij was betrokken geweest bij de verwijdering uit het dossier ervan. Ze zou het te zijner tijd wel te weten komen; het was niet echt belangrijk, aangezien het waarschijnlijk niets te maken had met wat Carol was overkomen, tenzij... 'Je zei dat je Nelson had verhoord tijdens de Iris Neff-zaak,' zei Brenna toen ze opstonden om te vertrekken. 'Waarom was dat?'

'Heeft Nelson je dat niet verteld?'

Brenna schudde haar hoofd.

'Ik zeg het liever niet.'

Ze keek hem van opzij aan.

'Als het van waarde was voor je onderzoek, zou ik het wel zeggen, Brenna. Maar het waren niet meer dan geruchten. Ik hou er niet van om roddels over mensen te vertellen.'

'Je hebt Nelson naar zijn verhouding met Lydia gevraagd.'

Hij hield de deur voor haar open. 'Als je het al wist, waarom vraag je het dan?'

Ze bleef op de stoep staan en draaide zich naar hem om. 'Nick?'

'Ja?'

'Heeft commissaris Griffin Nelson ooit verhoord? Anoniem of anderszins?'

Morasco's wenkbrauwen gingen omhoog. 'Nee,' zei hij. 'Waarom vraag je dat?'

Ze liep van hem weg. 'Zomaar.'

Brenna voelde haar mobiele telefoon trillen, haalde het toestel tevoorschijn en zag dat ze een sms van Trent had. TNT-CHARME SUCCESVOL ALS ALTIJD. CW'S PROVIDER MAILT TELEFOONGEGEVENS ZONDER GERECHTELIJK BEVEL. 'Yes,' fluisterde Brenna.

'Wat?' vroeg Morasco.

'O, mijn assistent,' zei Brenna, terwijl ze besefte dat Trents illegale werkwijze bij het loskrijgen van Carol Wentz' telefoongegevens niet iets was wat ze met de politie wilde delen, ook niet met iemand in wie ze al enig vertrouwen begon te krijgen. 'Eh... hij heeft cajun voor de lunch besteld.'

Morasco haalde zijn schouders op. 'Ik ben geen liefhebber van cajun. Als ik aangebrand eten wil, kook ik zelf wel.'

'Goed punt.'

'Brenna?'

'Ja?'

'We kunnen elkaar niet alles vertellen.'

Ze keek hem aan.

'Niet dat dat zo erg is,' vervolgde hij. 'Het hoort bij ons werk. Maar...'

'Maar wat?'

'Ik ben er redelijk zeker van dat we aan dezelfde kant staan.'

Brenna wilde glimlachen, maar de blik in zijn ogen weerhield haar daarvan. 'We zijn niet met velen, hè, aan onze kant?'

'Nee.' Ze stonden weer voor het politiebureau. Morasco's blik ging naar een auto die het parkeerterrein op reed, een zilverkleurige BMW 360i.

'Chique kar voor een smeris,' zei Brenna.

'Dat is de hoofdcommissaris.'

Brenna en Morasco zagen de BMW stoppen op de voor hem gereserveerde plek. Er stapte een zwaargebouwde man uit. Hij was gekleed in een antracietgrijs pak dat er zelfs van een afstand duur uitzag. Zonder iets te zeggen liep de man hun voorbij en ging het politiebureau binnen. De blik in zijn ogen was die van de filmster in de supermarkt: ik weet dat je me herkent, maar praat alsjeblieft niet tegen me.

'Is dát de hoofdcommissaris?' vroeg Brenna toen de deur achter de man was dichtgevallen.

'Yep,' zei Morasco. 'Commissaris Lane Hutchins. Vriendelijke man, vind je niet?'

Maar Brenna had het niet gevraagd omdat de pompeuze figuur van een kilometer afstand als politiebaas herkenbaar was. Ze had het gevraagd omdat ze hem werkelijk had herkend en haar geest haar razendsnel terugvoerde naar 20 oktober 1998... naar de felle tik op het ruitje aan de passagierskant van haar auto, naar de smeris met het knappe gezicht en de haaienogen waarmee hij haar aankeek, en naar de zwaargebouwde uniformagent die achter hem stond.

'Dan heeft Lane Hutchins de carrièreladder met verdomd grote passen beklommen,' zei Brenna.

'Hoezo?'

'Omdat hij ten tijde van de Iris Neff-zaak nog bij de uniformdienst zat.'

Morasco wierp haar een klein glimlachje toe. 'Ik ga je niet eens vragen hoe je dat weet,' zei hij, 'maar je hebt gelijk. Lane komt niet uit een rijke familie, maar zo heeft hij zich altijd wel gedragen. Dat maakte het toentertijd lastig om met hem samen te werken, die houding. Hij had de pest aan orders van bovenaf, zei altijd: "Ik functioneer beter als niemand me voor de voeten loopt."' Morasco haalde diep adem, maakte zijn blik los van die van Brenna en keek over haar schouder in de verte. 'Maar ik moet het hem nageven. Hij weet hoe hij het de juiste mensen naar de zin moet maken.'

'Zoals?'

'De Teasdales,' zei hij. 'Maak je het de Teasdales naar de zin, dan maak je het de burgemeester naar de zin. Lane zal geen dag van zijn leven later dan vijf uur 's middags naar huis gaan, maar hij staat wel elke ochtend om zeven uur op de golfbaan met Roger Wright. Hier in Tarry Ridge heb je dan de juiste instelling.'

'O, op die manier... Wie is trouwens de rechercheur die in die blauwe Vivio Bistro rijdt?'

'Huh?'

'Ik heb hem tien jaar geleden bij het huis van Lydia Neff gezien, samen met Hutchins. En bij Nelsons persverklaring zag ik hem weer. Grote man, begin veertig, donker haar, knap jongensgezicht?'

Morasco keek haar aan. 'Klinkt niet als iemand die ik ken,' zei hij. 'Weet je zeker dat hij bij de politie van Tarry Ridge werkt?'

'Hij heeft een moedervlek, hier.' Brenna wees naar haar wang.

De blik in Morasco's ogen veranderde niet. Hij schudde zijn hoofd.

'Echt niet?'

'Toen ik hier begon, hadden we ongeveer twaalf rechercheurs en een uniformdienst van twintig mensen,' zei Morasco. 'Dankzij de steun van de Teasdales hebben we beide diensten met vijf mensen kunnen uitbreiden. Mensen die ik stuk voor stuk ken. Maar niemand voldoet aan de beschrijving die jij geeft.'

Brenna deed een stap achteruit. 'Maar ik heb hem gezien, met Hutchins. Ik zat in mijn auto bij Lydia's huis toen hij op mijn raampje klopte en zei dat ik moest doorrijden.'

Morasco haalde zijn schouders op. 'Ik heb echt geen idee.'

Ze keek hem recht in de ogen, wenste weer dat ze kon zien wat erachter gaande was. 'Of valt dit misschien onder "We kunnen elkaar niet alles vertellen"?'

'Nee, Brenna. Ik heb echt geen idee over wie je het hebt.'

Daarna nam Morasco afscheid van haar, met een korte handdruk en een glimlach, en liet hij haar voor de deur van het bureau achter, alleen met haar twijfels.

19

De laatste persmensen waren vertrokken tegen de tijd dat Brenna bij Nelsons huis terugkeerde. Wat een geluk voor Nelson was, want anders hadden ze de foto van hun leven kunnen maken: die van Nelson Wentz' privédetective, die met haar hand op de bel leunde, met beide vuisten op de deur bonsde en zijn naam riep als een of andere bedrogen echtgenote die bij hem verhaal kwam halen.

Het was Brenna's eigen schuld, natuurlijk. Zij was degene die erop had gestaan dat hij een slaappil nam, degene die de stekker van de telefoon in de slaapkamer uit de muur had getrokken, de andere telefoon direct naar het antwoordapparaat had doorgeschakeld en het volume heel laag had gezet, zodat het onmogelijk was om hem wakker te bellen, of om hem te wekken door op de massieve voordeur te bonzen, of op de bel met dat gekmakende *ding-dong*-geluid te drukken.

Uiteindelijk deed Brenna een paar stappen achteruit en keek naar het grote erkerraam van de woonkamer. De witte gordijnen waren dicht, zoals altijd. Ze liep ernaartoe, legde haar hand op het glas en sloeg erop, voorzichtig. Ze hoorde een hol, resonerend geluid. Terwijl ze zich afvroeg hoe hard ze op de ruit kon slaan zonder erdoorheen te gaan, ging haar blik omlaag, naar het bloementuintje onder het raam, de witte chrysanten die op gelijke afstanden van elkaar waren geplant, met vuistgrote keien ertussen. Even overwoog ze een van de keien te pakken en die tegen het raam van de slaapkamer te gooien. Brenna had een uitstekende werparm. Ze was pitcher geweest in het softbalteam op de middelbare school, en had zelfs twee jaar stiekem in het redactieteam van de *Trumpet* gespeeld, totdat hun grote rivaal, het team van de *New York Post*, haar als 'echtgenote' had ontmaskerd en uit het team had laten zetten. De keien waren echter zo zwaar dat ze dwars door de ruit zouden gaan. Ze wilde práten met Nelson, niet door hem voor de rechter worden gedaagd omdat ze zijn huis vernielde.

Haar blik bleef rusten op de middelste kei, die er iets groter en ruwer uitzag dan de andere, en die een wat onnatuurlijke vorm had. Een vorm die haar bekend voorkwam, dus pakte ze hem op. Inderdaad, de kei was van plastic, net als de kei die Brenna's moeder drieëntwintig jaar geleden bij Ellory Hardware in Ocean Street 2975 had gekocht en onder de heg aan de zijkant van het huis had neergelegd. *Als je de sleutel nodig hebt, prima. Maar deze kei blijft ons geheim, Brenna. Laat niemand ooit zien dat je hem openmaakt!*

Brenna opende de kei, haalde de sleutel eruit, stak die in het slot van de voordeur van Nelson Wentz' huis en rende de trap op, het geluid van Nelsons gesnurk tegemoet.

Hij lag op zijn rug op het bed, in het soort diepe slaap die je ouder maakt, met de deken opgetrokken tot aan zijn kin, zijn mond wijd open en met ingevallen wangen. Hij zag eruit alsof hij tachtig of negentig was. Hij had op zijn sterfbed kunnen liggen. Op het nachtkastje zag Brenna het boek dat ze beneden op de salontafel had zien liggen: *Safekeeping: een autobiografie*. Ze legde haar hand op de cover en Nelson schrok alsof ze hém had aangeraakt. Hij schoot overeind en toen Brenna zich omdraaide, zat hij rechtop in bed en keek hij haar met grote angstogen aan. 'Wat doet u hier?'

'Ik heb mezelf binnengelaten.'

Hij staarde haar aan. 'Wat is er aan de hand?'

'We moeten praten, Nelson,' zei Brenna. 'Ze hebben het moordwapen gevonden.'

Hij sloot even zijn ogen.

'Je weet wat er is gebruikt om haar te vermoorden.'

Uiteindelijk knikte hij.

Brenna dwong zichzelf hem recht aan te kijken. 'Hoe komt het dat je dat weet?'

Nelson ademde diep in. 'Toen ik Carol vond... ik heb de wonden gezien. En ik heb gezien dat een van de schroevendraaiers niet aan het bord hing.'

'Waarom heb je dat verdomme niet tegen de politie gezegd?'

Nelson zat rechtop, de deken gleed van hem af en onthulde het witte T-shirt dat hij tijdens zijn persverklaring onder zijn shirt met vlinderdas aan had gehad. Om de een of andere reden voelde Brenna zich een beetje opgelaten toen ze het zag. Hij zag er kwetsbaar en naakt uit. 'Ze… ze verdachten me al. Ik was bang.'

'Waarom heb je het niet tegen mij gezegd?'

Hij schraapte zijn keel en trok de deken om zich heen. 'Dat weet ik niet.'

'We hadden een afspraak, Nelson. Jij hebt me beloofd dat je me alles zou vertellen, hoe privé of gênant het ook was.'

'Ik was bang.'

Brenna zuchtte, observeerde zijn gezicht. Nelsons mondhoeken trilden. Hij keek haar aan en zijn wimpers trilden ook, maar Brenna wist niet of het door onoprechtheid of van de zenuwen kwam, want bij Nelson leken die twee vaak hand in hand te gaan. Ze zei: 'Ze hebben de schroevendraaier bij het Lukoil-benzinestation op Main bij Van Wageningen gevonden.'

'Dat is… daar tank ik altijd.'

'Dus je begrijpt dat we een probleem hebben,' zei ze zacht. 'Besef je de ernst van de situatie wel?'

Nelson brak, bijna letterlijk, alsof hij geen ruggengraat meer had en iemand hem naar voren trok. Hij steunde met zijn ellebogen op zijn knieën en begroef zijn gezicht in zijn handen. Zo bleef hij enige tijd zitten, met schokkende schouders. 'Waarom zou iemand,' prevelde hij, 'me iets als dit willen aandoen? Waarom? Waarom zou iemand zo wreed willen zijn? Waarom?' Zijn stem klonk gedempt en schor. Brenna vroeg zich af of hij huilde, maar toen hij ten slotte naar haar opkeek, waren zijn ogen droog.

'Nelson?'

'Ja?'

'Heb jij je vrouw vermoord?'

'Nee. Ik zweer het. Ik heb het niet gedaan. Ik zou Carol nooit kwaad doen.'

Brenna observeerde zijn gezicht. 'Oké, ik geloof je,' zei ze. En ze meende het, om dezelfde simpele, intuïtieve reden waarom ze hem vanaf het eerste begin had geloofd. En omdat ze zich onmogelijk kon voorstellen dat een frêle, angstige man als Nelson Wentz in staat was een gewelddadige en bloederige misdaad als deze te plegen.

Maar Nelson verzweeg wel iets voor haar, dat wist ze ook. 'Zal ik een kop thee voor je maken?' vroeg ze.

Nelson keek op. 'Ik heb meer behoefte aan een whisky, geloof ik.'

In Nelsons luxueuze keuken schonk Brenna een whisky met water voor hem in en ze maakte het drankje zo slap dat het tijdens happy hour in bars bewondering van het management zou oogsten. Ze begreep best dat Nelson gezien de omstandigheden behoefte had aan een stevige borrel, maar ze was bang dat die het effect van de slaappil zou versterken en ze had geen zin om Nelson een tweede keer van de vloer te rapen en naar zijn slaapkamer te slepen.

Brenna gaf hem het glas, nam zelf een glas water en ze gingen samen naar de woonkamer. Nelson nam plaats in dezelfde fauteuil waarin hij had gezeten toen hij haar in dienst had genomen. Brenna nam tegenover hem plaats op een rechte stoel, ook dezelfde als toen, waardoor haar gedachten teruggingen naar die avond, toen Nelson haar recht in de ogen had gekeken en had gezegd: Ik beloof u dat ik u alles zal vertellen.

Ze wachtte tot Nelson een slokje whisky had genomen en zette haar waterglas op de salontafel, op een onderzettertje, om hem niet overstuur te maken. 'Nelson?'

Hij keek haar aan.

'Je verzwijgt iets voor me,' zei ze. 'Over jou en Lydia Neff.'

Nelson begon te blozen toen hij haar naam hoorde. Hij nam nog een flinke slok. 'Ik weet niet waar u het over hebt.'

Brenna ademde hard zuchtend uit. 'Sorry, maar zo kan ik niet werken.'

'Hoe bedoelt u?'

'We hebben dit spelletje de afgelopen dagen al een keer of tien gespeeld, en ik heb er schoon genoeg van. Ik heb niks aan leugens en rookgordijnen en halve waarheden of hoe je het ook wilt noemen. Daar kan ik niks mee. Als je wilt dat ik voor je werk, heb ik feiten nodig. Alle feiten.

En als je dat niet aankunt, stel ik voor dat je...'

'Ik was verliefd op Lydia Neff.'

Brenna's wenkbrauwen gingen omhoog. Ze bleef Nelson lange tijd aankijken, een volle minuut, voor haar gevoel, zonder te weten hoe ze moest reageren. 'Dus,' zei ze uiteindelijk, 'jullie hadden een verhouding.'

'Nee.' Er kwam een benevelde blik in zijn ogen.

'Jullie hadden gevoelens voor elkaar.'

Hij schudde zijn hoofd.

'Ik begrijp het niet.'

'Lydia had haar eigen pr-bureau,' zei Nelson. 'Ze werkte vanuit haar huis, maar ze moest vaak in de stad zijn. Er was een periode, ruim tien jaar geleden, dat ze aan een groot project werkte: de opening van de Rose Building op Fifty-seventh. Een paar maanden lang moest ze elke dag met de trein naar de stad.' Hij pakte zijn glas, sloeg de inhoud in één grote slok achterover en Brenna was blij dat ze er flink wat water in had gedaan.

'En...?'

'En ik ging elke dag met de trein naar mijn werk op de redactie van R&V. Lydia en ik stonden 's ochtends op hetzelfde perron. Eerst zeiden we elkaar alleen gedag, maar algauw zochten we elkaar op en raakten we aan de praat.'

'Waarover?'

'Van alles... politiek, religie, wetenschap, noem maar op. Lydia vroeg me altijd naar het onderwerp waar ik op dat moment mee bezig was, en dat werd dan meestal het startpunt van ons gesprek.' Nelson zette zijn glas neer, op een onderzettertje, haalde zijn hand door zijn dunne haar en keek naar het plafond. 'Ze toonde zo veel interesse in wat ik deed.'

'In tegenstelling tot Carol.'

'Ja, in tegenstelling tot Carol.'

'Dus tijdens die treinritjes naar de stad werd je verliefd op Lydia.'

Hij knikte.

'Je stond 's morgens te popelen om de deur uit te gaan.'

'Ja, dat klopt.'

'En dacht Lydia er volgens jou net zo over?'

Nelson schudde zijn hoofd. 'Ik was voor haar gewoon iemand om de tijd door te komen,' zei hij. 'Ik besefte dat wel, denk ik, ook toen al, maar het kon me niet schelen. Hebt u enig idee hoe het voor me was dat een vrouw als Lydia Neff bij elk woord wat ik zei aan mijn lippen hing? Dat ze me in de ogen keek alsof ik de enige man op de hele wereld was?' Hij haalde zijn hand weer door zijn haar. 'En ze begon mij ook in vertrouwen te nemen.'

'Over...?'

'Over haar verleden. Haar wilde studiejaren. Haar ex-man, de vader van Iris. Een genie, maar iemand die zijn geest had geruïneerd met drugs... methamfetamine, geloof ik. Hij heeft destijds in een afkickkliniek gezeten. Ik denk dat ik de enige was aan wie ze dit heeft verteld.'

Brenna keek Nelson aan. 'Ze vertrouwde je.'

'We hebben nooit een echte verhouding gehad. Wat we deden, was niet verkeerd. We praatten alleen met elkaar.'

'Praten kan soms heel intiem zijn.'

Nelson staarde naar zijn handen.

'Zeker als je niemand anders hebt om mee te praten.'

Nelson haalde iets onder zijn duimnagel vandaan. Hij keek op naar Brenna, heel even maar, en de blik in zijn ogen was veranderd, was helderder geworden, alsof iemand in zijn hoofd een schakelaar had omgezet. 'Timothy O'Malley.'

'Sorry?'

'Timothy O'Malley. Lydia's ex-man, zo heet hij.' Hij keek Brenna weer aan, nog steeds met die levendige blik in zijn ogen. 'Ze studeerde aan Syracuse, deed haar doctoraal in kunstgeschiedenis. Haar flatgenoot als eerstejaars was een preuts meisje uit Harrisburg, Pennsylvania, Marianne Stanhope. Ik herinner me alles wat ze me heeft verteld, mevrouw Spector. Alle feitjes die ze me over haar leven heeft verteld en die ik in mijn geheugen opsloeg als...'

'Aandenkens.'

'Ja.' Hij ademde in en weer uit. 'Als aandenkens.'

'Ik begrijp het,' zei Brenna, en dat was ook zo. Ze begreep het waarschijnlijk beter dan wie ook, hoewel haar geest anders werkte dan die van Nelson. Zij wist wat het was om een menselijke tijdmachine te zijn, om in een gesprek altijd de enige te zijn die zich alle details herinnert. Ze wist hoe eenzijdig dat voelde, hoe vreselijk eenzaam je erdoor kon zijn, vooral wanneer al die details ook gevoelens bevatten; het gevoel dat je ziel langzaam maar zeker verkruimelde. 'Wist Carol van jullie vriendschap?'

'Ze heeft er nooit naar gevraagd,' zei hij, 'dus ik heb er nooit iets over gezegd.'

Brenna's gedachten gingen naar de dossiers die Carol onder in haar hobbykoffer had verstopt, de foto's en de politierapporten, naar het geheime leven dat ze als LydiaTR in de chatroom had geleid. 'Maar ze vermoedde wel iets.'

Hij knikte. 'Het rare is dat tegen de tijd dat het hele gebeuren... dat wat er tussen Lydia en mij gaande was, hoe je dat ook wilt noemen... tegen de tijd dat Carol er iets over zei, het eigenlijk al voorbij was, min of meer.'

'Hoe dat zo?'

'Lydia ging minder vaak met de trein naar de stad, op het laatst nog maar eens per week,' zei hij. 'Ze was nog wel vriendelijk tegen me, maar ze maakte steeds meer een afwezige indruk. Mijn gevoelens voor haar, goddank, begonnen ook af te nemen.'

'Juist...'

'En toen, op een avond... mijn god, ik herinner het me als de dag van gisteren. Het was zaterdagavond en ik zit naar het nieuws van tien uur te kijken als Carol de kamer binnenkomt en op broodnuchtere toon zegt: "Iemand heeft me verteld dat Lydia Neff en jij een verhouding hebben."'

'Wat heb jij toen gezegd?'

'Dat er niks van waar was, natuurlijk,' zei Nelson met een diepe zucht. 'Carol zei dat ze het van haar vriendin Gayle Chandler had gehoord. En dat Gayle het van Lydia zelf had gehoord. Niet te geloven, toch? Waarom zou Lydia een dergelijke leugen vertellen?'

'Wat afschuwelijk.'

Nelson knikte. 'Toen heb ik Carol het hele verhaal verteld. Ik kreeg de indruk dat ze me geloofde, maar het zat me nog steeds dwars. Dus toen Carol naar bed was gegaan, ben ik naar Lydia's huis gereden. Toen ik daar aankwam, reed er net een andere auto weg. Dat gaf me een... merkwaardig gevoel.'

'Van jaloezie?'

'Misschien wel. Maar goed, ik klop op de deur, en nu komt het rare. Ik rij op dat ongoddelijke uur naar dat huis om Lydia te vertellen wat Gayle

Chandler tegen Carol heeft gezegd en te vragen of het waar is, maar als ze dan opendoet, doe ik dat niet.' Hij schraapte zijn keel. 'Ik vroeg haar naar de auto.'

'De auto,' herhaalde Brenna. 'Die wegreed toen jij aankwam.'

'Ja, en ze reageerde zo vreemd dat ik opeens alles was vergeten wat ik wilde zeggen.'

'Hoezo "vreemd"?'

'Ze zei dat ik moest vergeten dat ik die auto had gezien. Ik moest vergeten dat ik daar was geweest. Die avond, zei ze, had nooit plaatsgevonden. Kort daarna ben ik weggegaan, want Iris lag boven te slapen en ik wilde haar niet wakker maken, en bovendien... Lydia maakte me bang.'

Brenna boog zich naar hem toe. 'En je gevoelens voor haar...'

'Zijn die avond verdwenen.' Nelson keek naar de vloer. Brenna wist dat hij niet de hele waarheid hierover vertelde, maar ze was niet van plan hem daar nu mee te confronteren. Het was niet belangrijk. De telefoon in de keuken ging, één keer, en werd doorgeschakeld naar het antwoordapparaat. Geen van beiden stond op. Ook de telefoon was niet belangrijk.

'Ik dacht dat Carols gevoelens van argwaan of verraad inmiddels wel verdwenen zouden zijn,' zei Nelson uiteindelijk. 'Het is meer dan tien jaar geleden en het stelde sowieso al niks voor. We hebben het er nooit meer over gehad, maar als ik dan zie wat ze allemaal heeft gedaan voordat ze vermist raakte...' Nelsons stem brak. 'Als het mijn gevoelens voor Lydia waren... als die de oorzaak waren van wat er met Carol is gebeurd... geloof ik niet dat ik het mezelf ooit zal kunnen vergeven.'

Brenna legde haar hand op Nelsons schouder. Die voelde rank en kwetsbaar, als de vleugel van een vogel. 'Het komt goed,' zei ze. 'Maak je geen zorgen. Het komt allemaal goed.'

Uiteindelijk herstelde hij zich. 'Ik wou dat ze nog eens belde.'

'Het meisje.'

'Iris. Ja.'

Nelson pakte het whiskyglas, liet een ijsblokje in zijn mond glijden en kauwde erop. Zo zaten ze enige tijd tegenover elkaar, met het geknerp van het ijs als enige geluid. 'Weet u wat nu zo raar is?' zei hij ten slotte.

Brenna keek hem aan.

'Die auto die wegreed bij Lydia's huis, die haar zo van streek had gemaakt… Carol en ik waren die dag bij een Subaru-dealer geweest, waar we naar hetzelfde model hadden staan kijken.'

'Een Subaru-dealer?'

'Ja. Toevallig, vindt u niet?'

Brenna opende haar mond maar er kwam geen geluid uit, want die was opeens kurkdroog. Ze pakte haar waterglas van de salontafel en nam een grote slok. Nee, dat kon toch niet waar zijn?

'Alles goed met u, mevrouw Spector?'

'Nelson,' zei ze. 'Herinner je je toevallig het model en de kleur van de Subaru die je hebt gezien?'

Het was vreemd, want er waren twaalf jaar geleden talloze Subaru-modellen te koop geweest, variërend van de massieve Forester-stationcar tot en met het Impreza-stadsautootje. Toch, voordat Nelson antwoord gaf, wist ze al precies wat hij ging zeggen.

'Het was een Vivio Bistro. Een blauwe.'

20

Meade zou de auto nooit voor zichzelf hebben uitgekozen. Die was te compact voor iemand van zijn formaat, waardoor in- en uitstappen een hele klus was. In de loop der jaren, echter, had hij zichzelf aangeleerd hoe hij zijn krachtige ledematen en brede schouders moest positioneren en zich af te zetten tegen de rugleuning van zijn stoel om zichzelf vervolgens als een raket uit het autootje te lanceren. Het effect was verbazingwekkend en voorbijgangers bleven vaak staan om met open mond toe te kijken. Adam Meade vond het leuk om mensen te verbazen. Dus was hij het autootje steeds meer gaan waarderen. Het herinnerde hem aan zijn plaats in de wereld.

Maar vandaag lette Meade goed op of er geen pottenkijkers waren toen hij de Vivio parkeerde. Hij vond een plek in een stille straat op een paar blokken afstand van zijn bestemming, in de schaduw van de esdoorns met hun roodbruine herfstbladeren. Hij parkeerde onder een exemplaar met heel dik, fel oranje gebladerte, dat de aandacht van zijn auto afleidde. Voordat hij uitstapte, keek hij of hij niemand zag op de stoepen of achter de ramen van de appartementengebouwen en bakstenen rijtjeshuizen. Toen hij ervan overtuigd was dat de kust veilig was, schoot hij tevoorschijn uit de plaatstalen cocon en liep hij de straat in Mount Temple in alsof hij een volkomen oninteressant persoon was. Vandaag kon hij zich niet veroorloven dat hij iemand verbaasde. Als je mensen verbaasde, herinnerden ze zich dat ze je hadden gezien, en dat wilde hij niet.

Het was zoals altijd druk op Columbus Avenue, en de gebouwen aan weerskanten zagen er grauw uit, alsof de gevels door de constante stroom van bussen, vrachtwagens en auto's waren aangetast. Het appartementengebouw waar hij moest zijn was het grauwste van het hele blok, en om alles nog wat erger te maken was Graeme Klavels kantoor in het souterrain. Meade had Klavel zelf nog nooit ontmoet, maar hij meende een redelijk goed idee te hebben van wat voor een man hij was, zoals hij onder straatniveau leefde, begraven en vergeten, alsof hij al dood was.

Meade was geen liefhebber van Mount Temple als buurt, maar voor de Blue Moon Diner maakte hij een uitzondering. Hij had er een laat ontbijt gegeten, op zijn dooie gemak, en zoals altijd had de zaak hem herinnerd aan die waar zijn vader hem vroeger mee naartoe had genomen, een koffieshop in de buurt van zijn vaders werk in Jacksonville, waar de 'mannen des huizes' elke zondagochtend, als zijn moeder en zijn zusjes naar de kerk waren, brood met jus aten. Het deed Meade pijn als hij nu aan die goeie tijden terugdacht, maar toch kwam hij nog steeds graag in de Blue Moon, waar hij het verleden kon opsnuiven zonder echt sentimenteel te worden.

Tijdens het ontbijt had hij het sportkatern van de *Daily News* voor zich liggen, maar in plaats van dat te lezen luisterde hij naar de twee vrouwen aan het tafeltje naast het zijne, mevrouw Bloom en mevrouw Archibald, die zich beklaagden over de vele moorden en berovingen met gebruik van knipmessen die de afgelopen maanden in de buurt waren gepleegd. 'Net nu we dachten dat het weer veilig was,' had mevrouw Bloom zuchtend geantwoord. En Meade, achter zijn uitsmijter ham, kijkend naar een foto van Alex Rodriguez die een sliding naar de thuisplaat maakte, had gedacht: wat u zegt, mevrouw Bloom, wat u zegt...

Meade kwam bij het appartementengebouw zonder op de stoep een ander levend wezen te passeren, wat hij als een cadeautje beschouwde. Het leven zat hem vaak mee, had hij gemerkt. Hij moest eens wat meer aandacht besteden aan al die momenten van gelukkig toeval, zich meer richten op wat hij had in plaats van wat hem was afgenomen. Meade moest beseffen dat hij dankbaar moest zijn, altijd dankbaar.

Klavels stem klonk uit de intercom. 'Klavel Investigations.'

'Hallo, meneer Klavel,' zei Meade in het apparaat. 'Ik ben naar u doorgestuurd door mevrouw Bloom van Stomerij Patterson?'

'Ah, juist... Elaine is een vriendin van me.'

'Aardige dame. Maar goed, ik heb werk voor u. Het is nogal persoonlijk. Het, eh... betreft mijn vrouw.'

'Ik begrijp het.' Klavel drukte op de deuropener.

Meade ging naar binnen en liep de trap af. Twee seconden later, in het armoedige kantoortje, had hij de loop van zijn Glock .45 tegen Klavels voorhoofd gedrukt. Klavels rattengezicht glom van het zweet. Zijn adem, zoals je kon verwachten van iemand die onder de grond woonde en werkte, rook naar een open riool. Op dit moment kwam die in korte, hijgende stootjes zijn mond uit.

'Waar heeft Carol het verstopt?' vroeg Meade doodkalm.

'Wat? Wie? Waar heb je...?'

'Carol Wentz.'

'Ja, ja... ik weet wie je bedoelt.' Klavel schraapte zijn keel. Hij trilde over zijn hele lichaam. Hij slikte, als een stervende die een slokje water te drinken krijgt. 'Ik ken Carol, maar... Doe dat pistool weg. Alsjeblieft.'

'Vertel op.'

'Wat moet ik vertellen? Jezus, ik kan niet eens nadenken. Ik vertel je alles wat je wilt, maar... alsjeblieft...' Zijn ogen traanden. 'Ik weet niet wat ik moet zeggen.'

'Waar heeft Carol die tekening verstopt?' Meade wachtte. In negenennegentig procent van de gevallen deden de mensen wat je wilde als je een pistool tegen hun hoofd drukte, of ze nu in de kofferbak van een auto moesten gaan liggen, hun eigen haar in brand moesten steken of gewoon de waarheid moesten vertellen. Dus moest je even geduld hebben en goed opletten.

'De wat?' vroeg Klavel.

'De tekening.'

'Ik... ik weet niet waar je het over hebt. God sta me bij, ik weet het echt niet.' Klavels ogen waren heel groot geworden. Meade keek erin en wist dat hij de waarheid sprak.

'Wat jammer nou,' zei Meade, en hij meende het. 'Jammer dat je het niet weet.' Zonder zijn blik van Klavel af te wenden verdween zijn andere hand in de zak van zijn jasje en sloot die zich om het heft van het knipmes. Een van Meades andere sterke punten was dat hij wist wanneer hij een beslissing moest nemen.

‘Alsjeblieft,’ fluisterde Klavel. Het uitspreken van dat woord ging gepaard met een walm van zijn riooladem, een regelrechte aanslag op Meades reukvermogen. ‘Wat wil je van me?’

Meade dacht na.

‘Ik doe alles wat je wilt...’ begon Klavel, maar Meade onderbrak hem, al was het alleen maar om die adem niet te hoeven ruiken.

‘Ik wil,’ zei hij, ‘dat je iemand voor me belt.’

‘Voordat ik het vergeet,’ zei Brenna over de telefoon tegen Trent, ‘ik wil dat je alle autodealers in Tarry Ridge belt en vraagt of ze in 1996, 1997 en 1998 blauwe Subaru Vivio Bistro’s hebben verkocht.’

‘Kan mijn baan nóg opwindender? Jay-Z zal jaloers op me zijn.’

‘Weet je, sarcasme en tepelringen passen niet bij elkaar.’

Een heel hard ‘sstt!’ snoerde haar de mond.

‘Jezus...’ fluisterde ze.

‘Waarom kun je verdorie niet gewoon een iPhone kopen?’ zei hij, al voor de derde keer tijdens hun gesprek. Zijn stem in Brenna’s oordopje had de zeurende klank die maakte dat ze hem dolgraag een stomp zou willen geven, maar ze moest toegeven dat hij niet helemaal ongelijk had. Ze zat achter een computer in de bibliotheek van Tarry Ridge, te kijken naar Carol Wentz’ telefoongegevens die Trent haar had doorgestuurd, terwijl de boomgrote bibliothecaresse hun gesprek bleef verstoren met haar pinnige, obsessieve ge-‘sstt!’, bijna alsof ze aan een vorm van gilles-de-la-tourette leed.

Brenna was de afgelopen vijf minuten vijf keer tot stilte gemaand, wat nog enigszins begrijpelijk zou zijn wanneer ze niet de enige aanwezige in de computerzaal was geweest.

Brenna wierp een blik in de richting van de bibliothecaresse, die terugkeek alsof ze het liefst Brenna’s hoofd zou afbijten om het daarna in de doos voor geretourneerde boeken te spuwen. ‘Voor jouw informatie,’ mompelde ze in haar hand, ‘ik ben hier met iemand die dringend behoefte heeft aan een cursus woedemanagement en een stuk of vijftien Xanax.’

‘Ik meen het, wijfie,’ zei Trent. ‘Als jij een iPhone of een BlackBerry zou hebben, had je overal toegang tot je e-mail; in je auto, op een bankje in het park...’

'Zou je me alsjeblieft geen "wijfie" willen noemen?'

Trent zuchtte hoorbaar. 'Je bekijkt je films zeker ook nog op een Betamax?'

'Oké, oké, de boodschap is duidelijk.' Brenna richtte haar aandacht weer op de lijst met nummers op het scherm. Het was een overzicht van de laatste twee weken dat Carol Wentz haar telefoon had gebruikt, met niets meer na negen uur 's avonds op 24 september, toen Nelson haar voor het laatst had gezien. 'Ze heeft een behoorlijk aantal gesprekken gevoerd,' fluisterde Brenna. 'Heb je al deze nummers gecheckt?'

'Yep. Allemaal behalve het laatste... de regiocode van Westchester, zo te zien. Ze heeft dat nummer die week diverse keren gebeld, vijf keer op 23 september.'

'Ik zie het,' fluisterde Brenna. 'Eén gesprek van tien en vier van drie minuten, allemaal met minder dan een halve minuut tijd ertussen.'

'Alsof ze steeds moest terugbellen omdat ze iets was vergeten.'

'Of omdat er steeds werd opgehangen.'

'Sstt!'

'Yo, die was zelfs hier te horen,' zei Trent.

Brenna draaide zich om naar de bibliothecaresse. Ze had een naamplaatje op haar imposante boezem, maar eerlijk gezegd kon Brenna het niet opbrengen om er lang genoeg naar te kijken om te lezen wat erop stond. 'Hoor eens, ik weet dat je gewoon je werk doet,' probeerde ze, 'maar ik ben met belangrijke zaken bezig. Over vijf minuten ben ik weg, echt waar.'

'Ik doe niet "gewoon" mijn werk. Als je zaken moet doen, ga je maar naar de Starbucks.' Haar stem klonk als die van de seriemoordenaar in *Silence of the Lambs*.

Trent vroeg: 'Hé, is het zo'n bibliothecaresse met zo'n rond brilletje en een strak rokje waar jarretels onderuit komen?'

'Uit een van je pornofilms, bedoel je?'

'Eh...'

'Nee, Trent, verre van dat.'

'Sstt!'

Brenna keek weer naar de lijst. 'Het nummer in Westchester dat Carol zo vaak heeft gebeld is van Graem Klavel, de privédetective die ze had ingehuurd.'

'Goh, wat ben jij toch goed met telefoonnummers,' zei Trent. 'Ik zou je moeten meenemen als ik uitga. Als chicks me hun nummer geven, stamp jij het gewoon in je geheugen en hoef ik ze niet los te laten om het in mijn telefoon in te toetsen.'

'Ik kan alleen nummers onthouden, Trent,' zei Brenna. 'Ik kan ze niet dwingen je hun echte nummer te geven.'

'Ja, erg leuk.'

'Maar goed, zo te zien heeft hij tot voor kort voor haar gewerkt, niet alleen toen hij haar aan het politiedossier heeft geholpen. We wisten al van die lunch in de Blue Moon, maar nu ook van al die telefoontjes ervoor en erna.'

'Ze had hem de opdracht gegeven om Iris op te sporen. Dat verklaart ook waarom ze jou nooit heeft gebeld.'

'Ik zal Klavel bellen zodra wij klaar zijn.' Brenna keek nu naar de drie telefoongesprekken die Carol met iemand in Buffalo had gevoerd. Als dit overzicht een indicatie was, was Carol niet iemand die graag lange gesprekken voerde – de meeste van haar telefoontjes duurden minder dan vijf minuten – maar die naar het nummer in Buffalo hadden respectievelijk dertig, vijfentwintig en vijfendertig minuten geduurd.

'Kijk je naar Buffalo?' vroeg Trent.

'Je kunt gedachtelezen.'

'Sstt!'

Brenna keek om naar de bibliothecaresse. 'Pas op, straks breken je voortanden af.'

'Ik heb die telefoontjes naar Buffalo gecheckt,' zei Trent. 'Die waren allemaal met ene Millicent. Dat zal die tante zijn waar Wentz het over had.'

Brenna vroeg: 'En die tweeënveertig dollar negenentachtig die ze in een winkel had besteed? Weet je inmiddels waaraan?'

'Yep.'

'En?'

'Een slof sigaretten.'

'Echt?'

'Hé, ze was een vrijgevig mens, blijkbaar. Sigaretten zijn duur. De eigenaar zei dat iemand ze is komen ophalen. Tante Millicent, neem ik aan.' Trent ging terug naar de telefoongegevens. 'Het nummer boven aan de tweede bladzijde is van Carols vriendin Gayle Chandler, en voor de rest zijn het willekeurige telefoontjes – stomerij, schoonheidssalon, een of ander Frans delicatessenwinkeltje in Bronxville – behalve dit ene nummer in Tarry Ridge… 7651.'

Brenna zocht het op op de lijst. Gedurende de laatste dagen van haar leven had Carol Wentz het nummer elf keer gebeld, en alle keren had het gesprek nog geen tien seconden geduurd. 'Waarom zou ze dat nummer steeds bellen en dan ophangen?' vroeg Brenna.

'Geen idee.'

'Heb je gegevens van de abonnee?'

Trent gaf haar een naam: Willis Garvey. En een adres: Morning Glory 225. Geen naam die Nelson eerder had genoemd, en ook geen buurman of buurvrouw. Toen Brenna het opzocht op Google Maps, zag ze dat Morning Glory Road in het Waterside-complex was, zo ver van het huis van de Wentzes als in Tarry Ridge maar mogelijk was.

Nadat ze hun telefoongesprek hadden beëindigd, printte Brenna de lijst met telefoongegevens en stopte die in haar tas, tezamen met nog een paar extra prints van de verouderde foto van Iris Neff.

'In een bibliotheek respecteren we de regels van een bibliotheek!' riep de bibliothecaresse haar na, en haar stem galmde door de lege zaal.

Brenna draaide zich om, bracht haar vinger naar haar lippen en liet de vrouw een minstens tien seconden durend 'sstt' horen. 'Hypocriet,' voegde ze eraan toe.

Buiten belde ze het nummer van Graeme Klavel, maar opnieuw kreeg ze het antwoordapparaat. Tjonge, wat heeft die man het druk, dacht Brenna, amper tijd om de telefoon op te nemen. Ze sprak weer een boodschap in en liep naar haar auto voor haar volgende stap. Een heel simpele.

Als Brenna een liefhebber van luxe en overdaad was geweest, had ze haar hart kunnen ophalen in het Waterside-complex. Ze kreeg onmiddellijk hoofdpijn toen ze zag hoe het er nu bij stond. Afgezien van een handjevol jonge bomen en de marmeren plaquette bij de ingang had Waterside tien jaar geleden bestaan uit een dozijn comfortabele maar tegelijkertijd onopvallende woningen op de vredige, afgezonderde plek waar Lydia Neff volgens haar buurvrouw Gayle Chandler – en het roddelcircuit van Tarry Ridge – dagelijks naartoe was gegaan om 'te mediteren'. De marmeren plaquette bij de ingang van de tuin was weg, zag Brenna, net als de tuin zelf, en alle andere elementen die in het begin kenmerkend waren geweest voor het complex. Maar de ruimte was er nog steeds... een glooiend, zorgvuldig vormgegeven landschap dat zich eindeloos voortzette, zodat je je in Versaille waande. Het omheinde recreatieterrein was ook aanzienlijk uitgebreid en het aantal tennisbanen leek zich vermenigvuldigd te hebben.

De huizen hadden een wat onecht karakter gekregen, het architectonisch equivalent van de ooit beeldschone actrice die te vaak door een overijverige plastisch chirurg onder handen was genomen. En hoewel Brenna zich zonder het te willen de originele staat van het complex herinnerde, betwijfelde ze ten zeerste of andere mensen dat ook deden. Mensen hadden met dit soort snelle en onomkeerbare expansie de neiging aan posttraumatisch geheugenverlies te lijden. Waar heb je het over? Het heeft er altijd zo uitgezien...

Brenna volgde Lee's beleefde orders op en reed langs de frisgroene gazons met rozenstruiken en kunstig gesnoeide heggen, langs de minilandhuizen met talloze schoorstenen, torentjes en dakkapellen, met kroonluchters achter de ramen, drie, vier en soms wel vijf verdiepingen hoog, maar haar gedachten waren heel ergens anders...

Willis Garvey. De naam voerde Brenna terug naar groep tien op school, naar de dennengeur van toiletverfrisser, vermengd met de rozenparfum van mevrouw Carmody, haar geschiedenislerares, de kille, metalen rand van haar tafeltje die in haar blote knieën drukte terwijl ze luisterde naar Sophia DelVechio, die haar spreekbeurt over Marcus Garvey begon. Een herinnering die nergens op sloeg, maar haar stoornis maakte geen onderscheid, dus werd Sophia DelVechio in haar geheugen net zo levend als Jim ooit was geweest, of als Nick Morasco of Grady Carlson, minstens even levend als haar vader en Clea...

Morning Glory Road 225 wekte Brenna met een klap in haar gezicht uit haar gedachten. Ze had op de automatische piloot gereden en had Lee's instructies gevolgd terwijl Sophia DelVechio in haar gedachten woord voor woord haar slaapverwekkende spreekbeurt opdreunde. Helaas was een diepgaand relaas over de Afrikaanse solidariteitsbeweging niet iets waar Brenna op dit moment behoefte aan had...

Brenna stopte voor Garveys huis. Net als de andere huizen van het complex was het wit en stak het brutaal omhoog uit het vrij kleine perceel, op een manier die bijna obsceen te noemen was. De auto op de oprit was er een die je bij een huis als dit kon verwachten: een zwarte Esplanade uit 2008, zo glanzend gepoetst dat Brenna de motorkap als make-upspiegel zou kunnen gebruiken, als ze dat wilde.

Brenna dacht aan het huis van Nelson en Carol Wentz, zo bewust onopvallend, afgezien van de keuken. Ze dacht aan Carols Volvo uit 2002, een auto die bekendstond om zijn veiligheid en zijn vermogen veel kilometers te maken, die waarschijnlijk geen poetsbeurt had gehad sinds hij de showroom had verlaten. Waarom had Carol deze mensen gebeld en elke keer opgehangen. Waarom had ze hen sowieso gebeld?

Ze drukte op de deurbel en er werd opengedaan door een dienstmeisje in uniform. Er een dienstmeisje op na houden was één ding, maar haar kleden in een smetteloos uniform met zo'n grappig wit schortje was iets heel anders. Waar was ze in terechtgekomen, een toneelstuk? Het enige wat er ontbrak was een kanten mutsje op haar hoofd. Het dienstmeisje was heel klein, van Spaanse afkomst en leeftijdloos; ze zou zowel dertig als zestig kunnen zijn. 'Wat kan ik voor u doen?' vroeg ze terwijl ze Brenna argwanend opnam en haar blik bleef rusten op de tas in Brenna's handen, ongetwijfeld in de verwachting dat Brenna er een folder van de Jehova's getuigen uit zou halen.

'Ik zou meneer of mevrouw Garvey graag willen spreken.' Brenna haalde haar portefeuille uit haar tas en trok er een visitekaartje uit. 'Is een van beiden thuis? Er staat een auto op de oprit.'

Er kwam een scherpere blik in de ogen van het dienstmeisje. 'Er is geen mevrouw Garvey,' zei ze. En alsof het zo afgesproken was, doemde er achter haar een man op, een soort Griekse god met goudblond haar, felgroene ogen, die fonkelden als de kroonluchters achter de erkerramen, en een gebeeldhouwd gezicht, gekleed in een witte polo die zijn gebronsde huid nóg beter deed uitkomen, een echte CEO, tenminste, als CEO's eruitzagen zoals ze in romans werden beschreven, zo volmaakt en stralend dat Brenna niet naar hem kon kijken zonder met haar ogen te knipperen. Dit was de man die Carol Wentz elf keer had gebeld om vervolgens op te hangen? 'Meneer Garvey?'

'Ja?' Zijn glimlach was zo oogverblindend dat Brenna's pupillen zich samentrokken.

'Ik ben Brenna Spector.' Ze gaf hem het visitekaartje. 'Ik werk samen met de politie in het onderzoek naar de moord op Carol Wentz.'

'Ja?'

'Kende u Carol Wentz?'

'Nee. Ik bedoel, ik heb over haar gehoord, in het nieuws en zo. Maar kennen? Nee.' Hij fronste zijn wenkbrauwen. 'Hoezo?'

Brenna zei: 'Ze scheen u wel te kennen.'

De frons werd dieper. 'Wil je binnenkomen?'

'Graag.'

Garvey knikte naar het dienstmeisje, dat meteen wegliep. Brenna volgde hem naar binnen, kwam in de grote woonruimte en hapte naar adem... ze kon er niets aan doen. Alles in het reusachtige vertrek was wit, van de kroonluchter tot en met de trap, het balkon, de comfortabele fauteuils, het handgeweven vloerkleed, de witte vloerplaten en de Ionische zuilen die de mantel van de witte bakstenen open haard droegen. Alles met als doel om Garveys gebronsde huid beter te doen uitkomen, zo leek het, met uitzondering van de twee Emmy Awards en een kleine verzameling foto's op de schoorsteenmantel. De foto's vertoonden dezelfde jongen en hetzelfde meisje, op verschillende leeftijden, de jongen de jongste en steeds met een schaapachtige glimlach, het meisje ernstiger en zelfbewuster, beiden in smetteloze kleding en met Garveys volmaakte gelaatstrekken.

'Mijn kinderen,' zei Garvey. 'Justin en Emily. Ik ben gescheiden, maar ik heb ze bijna elk weekend. Ze komen vanavond, om precies te zijn.'

'Eigenlijk,' zei Brenna, 'keek ik naar de Emmy's.'

Hij glimlachte. 'Voor de dagprogramma's. Stelt niet zo veel voor.'

'Zit u in een soap?'

Hij knikte. '*The Day's End.*'

'De lievelingsserie van mijn moeder!'

'Nou, dan kun je tegen haar zeggen dat je dr. Shane Kirby hebt ontmoet.'

'Dat zal ik doen.' Brenna keek in haar tas. 'Eerlijk gezegd spreek ik mijn moeder niet zo vaak meer. Maar de eerstvolgende keer dat ik haar zie...'

'Dan heb je iets om een eind aan een pijnlijke stilte te maken.'

'Absoluut.'

'Daar zijn soaps voor.' Brenna hoorde de lach in Garveys stem, het gladde gemak. Hij wist dat ze hem vragen kwam stellen over een vermoorde vrouw en hier stond hij tegenover haar, glimlachend en doodkalm, klaar om geïnterviewd te worden. Acteurs. Ze vroeg zich af hoe zijn ex-vrouw over die levenshouding dacht, en meer nog hoe Carol Wentz erover had gedacht. Carol, met haar gejaagde blik, haar weinig vrolijke huwelijk, haar buurtwerk en haar geheime obsessies, verstopt onder in een hobbykoffer. 'Willis? Mag ik Willis zeggen?'

'Will. Willis is mijn doopnaam, maar die kan ik niet meer horen zonder aan die jonge knul in *Diff'rent Strokes* te denken. Ken je die serie?'

'Natuurlijk,' zei Brenna. 'En ken jij misschien ene Lydia Neff?'

Hij keek haar aan en knipperde met zijn ogen. 'Ik dacht dat je me naar Carol Wentz kwam vragen.'

'Dat is ook zo.'

'Nou, ik heb Carol Wentz niet gekend. En... die naam die je net zei...?'

'Lydia Neff.'

'Die ken ik ook niet.'

Brenna haalde de lijst met telefoongegevens uit haar tas en keek op naar het doodkalme gezicht met die groene ogen, vredig en glad als een gletsjermeer.

'Je moet begrijpen dat ik pas in januari vanuit L.A. hiernaartoe ben verhuisd om dichter bij mijn kinderen te zijn. Afgezien van de mensen van *The Day's End* spreek ik zelden iemand, laat staan dat ik iemand uit Tarry Ridge zou kennen.'

'Hoe weet je dat?'

'Wat?'

'Dat Lydia Neff uit Tarry Ridge komt?'

De blik in de ogen werd iets harder. 'Daar ging ik van uit.'

Brenna vouwde de lijst met telefoongegevens open en wees hem het 7651-nummer aan. 'Dit is toch jouw nummer?'

Hij slikte. 'Ja. Maar hoe kom jij...'

'Dit zijn de telefoongesprekken van Carol Wentz van kort voor haar dood,' zei Brenna. 'Kom, help me een beetje. Waarom zou ze jou in drie dagen tijd elf keer bellen als ze je niet kent?'

Hij staarde haar aan. 'Ik heb geen idee.'

Brenna bleef hem lange tijd aankijken. Een deel van die koele perfectie was van hem af gesmolten. De harde blik was uit zijn ogen verdwenen. Sterker nog, Garvey leek een beetje bang.

'Weet je zeker dat je Lydia Neff nooit hebt ontmoet?' vroeg ze. 'Ze had een dochter, Iris, die elf jaar geleden vermist is geraakt.' Brenna haalde een van de verouderde foto's van Iris Neff uit haar tas en liet die aan hem zien. 'Iris zou er nu ongeveer zo uitzien, maar ze lijkt ook erg op haar moeder.'

Hij staarde naar de foto, keek weer op naar Brenna, alsof ze hem een document in het Sanskriet voorhield. 'Nee...'

Maar Brenna geloofde hem. Ze kon bijna niet anders, zo hulpeloos zag hij eruit, de welbespraakte acteur die met zijn mond vol tanden stond. Misschien had Carol hem gebeld om redenen die niets met Iris te maken hadden. Dit was tenslotte het echte leven, niet *The Day's End*. Niet alles had een reden. Niet alles paste in elkaar. Misschien was Carol Wentz wel iemand met meer geheimen, of meer obsessies. 'Misschien was ze wel een fan van je,' zei Brenna.

Garvey schudde zijn hoofd. 'Deze telefoontjes hebben mij nooit bereikt.'

'Zo te zien heeft ze opgehangen,' zei Brenna. 'Of misschien heeft je dienstmeisje ze aangenomen.'

'Niemand heeft ze aangenomen,' zei hij langzaam.

'Hoe bedoel je?'

'Dit nummer is van mijn tweede lijn, die alleen door mijn agent wordt gebruikt.' Garvey haalde diep adem en keek Brenna aan. 'Mijn tweede lijn is het faxapparaat.'

Brenna reed het Waterside-complex uit en belde Trent. 'Ik wil een lijst van telefoonnummers in Tarry Ridge die een of twee cijfers afwijken van dat van Willis Garvey.'

'Wat spannend weer. Eerst alle Subaru-dealers en nu dit.'

'Wat heb ik je gezegd over je sarcasme?'
Trent zuchtte. 'Dus dat nummer op de lijst...'
'Is van de fax van een soapster.'
'O. Mijn. God. Wou je zeggen dat Willis Garvey de grote Will Garvey is? Dr. Shane Kirby?'
'Dus je kijkt naar Tyra Banks én naar soaps. Neem me niet kwalijk, maar werk je eigenlijk wel als ik er niet ben?'
'Hallo, dvd-recorders heten die apparaten.'
Brenna zuchtte. 'Zeg, hebben de autodealers wat opgeleverd?'
'Nada, señorita. Tien jaar geleden was het een en al SUV in de buitenwijken, geen tuttige stadsautootjes. Ik heb er hooguit zes gevonden, waarvan drie Bistro's, en geen van de drie blauw.'
'Shit.'
'Ja, maar er werd me verteld dat ze in Europa heel goedkoop waren, dus misschien heeft iemand er daar een gekocht en hem hiernaartoe verscheept.'
'Check je dat bij de douane?'
'Ik zit erbovenop, als was het de kont van Kim Kardashian,' zei Trent. 'O, en vergeet je afspraak met Sarah Stoller niet. Vanmiddag om vier uur.'
Brenna huiverde. Sarah Stoller was haar nieuwste cliënt, een psychiater die op het terrein van het Cornell Medical Center in White Plains woonde. Ze zag op tegen het gesprek. Misschien waren het de doordringende blikken waarmee ze werd aangekeken wanneer iemand wist van haar stoornis, of was het de manier waarop dr. Lieberman maandelijks in haar geest had gewroet toen ze jong was, maar wat het ook was, psychiaters maakten Brenna altijd nerveus. 'Ik zal er zijn.'

Na haar gesprek met Trent belde ze Nelson. Het toestel ging één keer over en het antwoordapparaat greep in, natuurlijk. Nelson had het nog niet veranderd en ze kon het hem niet kwalijk nemen. In de bibliotheek had ze een link gecheckt die Trent haar had gemaild, van de *New York Post* online, een reusachtige foto van Nelsons grijns net na de persconferentie, met de kop ONSCHULDIG? en een insinuerend artikel over de vondst van het moordwapen.

Brenna belde hem nog een keer, kreeg het antwoordapparaat, verbrak de verbinding, toetste het nummer weer in, kreeg het antwoordapparaat… 'Alsjeblieft, Nelson, neem op, ik moet je iets vragen!' riep ze, alsof dat enig verschil maakte in het geval van een antwoordapparaat waarvan ze de volumeknop dicht had gedraaid. Ze wilde net de verbinding verbreken om hem opnieuw te bellen, toen ze Nelsons stem, kalm en zacht, hoorde antwoorden. 'Ja, mevrouw Spector.'

'Nelson,' zei ze. 'Wat ben ik blij dat je opneemt. Hoor eens, we hebben de gegevens van Carols mobiele telefoon van de laatste twee weken voor haar dood en…'

'Mevrouw Spector, ik kan me niet herinneren dat ik u toestemming heb gegeven me Nelson te noemen. Ik ben oud genoeg om uw vader te zijn. Dus als u zo vriendelijk en beleefd wilt zijn me vanaf nu gewoon "meneer Wentz" te noemen…'

Brenna's wenkbrauwen gingen omhoog. 'O, oké. Sorry.'

'Excuses aanvaard.'

Brenna keek naar de telefoon in haar hand alsof die verantwoordelijk was voor de plotselinge merkwaardige kilte in Nelsons stem. Misschien had hij nog een paar whisky's genomen nadat ze was vertrokken, deze keer onverdund, hoewel hij zeker niet dronken klonk. Integendeel, hij klonk een beetje té nuchter.

Ze ging door. 'Ik bel om te vragen of Carol… of mevrouw Wentz geïnteresseerd was in soapseries, met name *The Day's End*.'

Het bleef lange tijd stil.

Brenna vroeg: 'Bent u er nog?'

'Carol keek nooit naar soaps.'

'Oké. Dat vermoedde ik al.'

'Ik wil u bedanken voor wat u voor me hebt gedaan, mevrouw Spector.'

Brenna naderde de uitgang van het Waterside-complex. Bij de marmeren plaquette stuurde ze de auto naar de kant en zette hem in de parkeerstand. 'Pardon?'

'Ik wens niet langer gebruik te maken van uw diensten.'

'Maar, Nel… meneer Wentz…'

'Stuurt u me de rekening maar. Ik zal het volledige bedrag meteen aan u overmaken.'

'Ik begrijp het niet,' zei ze.

Maar hij had al opgehangen.

Brenna bleef geruime tijd roerloos in de auto zitten. Ze staarde door de voorruit naar buiten terwijl het gesprek van zonet keer op keer werd herhaald in haar hoofd. Het was niet wat Nelson Wentz had gezegd wat haar dwarszat, of hoe hij het had geformuleerd. Het was de klank van zijn stem geweest. Elke keer wanneer ze het gesprek afspeelde in haar geest hoorde ze het weer, viel het haar opnieuw op en bracht het een vreemd gevoel van ongerustheid in haar teweeg. De stem van Nelson Wentz in haar oordopje, die zo vlak en zo hol klonk. Alsof iemand een pistool tegen zijn hoofd hield terwijl hij aan het woord was.

21

Klaar en afgehandeld, dacht Nelson toen hij had opgehangen. Maar de onrust bleef, tezamen met alle symptomen: het klamme zweet in zijn hals en nek, op zijn borst en in zijn kruis, overal zweet, totdat hij meer nat dan droog was, een man die vloeibaar werd.

Het was voor Nelson niet gemakkelijk geweest om mevrouw Spector te woord te staan. Hij hield er niet van om direct tegen mensen te zijn. Als hij op zijn werk iemand moest ontslaan en hij kon het voorkomen, deed hij dat, of anders liet hij het door Personeelszaken doen.

Maar het was nu afgehandeld. Nelson had zich aan zijn deel van de afspraak gehouden. Zoals meneer Klavel hem tijdens hun tweede telefoongesprek had geadviseerd, had hij de advocaat, Phil Reznik, gebeld en ook die afspraak afgezegd. Hij wilde nu niemand meer spreken, niet meer tot tien uur vanavond, wanneer meneer Klavel zou doen wat hij had beloofd: hij zou Nelson vertellen – en laten zien – wat Carol had geweten.

Nelson had niemand iets gezegd over zijn gesprek met meneer Klavel, ondanks het feit dat hij die dag al heel wat bekentenissen had gedaan. Ik was verliefd op Lydia Neff, had hij mevrouw Spector verteld, en pas toen hij het hardop had uitgesproken had hij beseft dat het waar was geweest. Interessant was ook, door het uit te spreken en het aan een ander mens toe te geven, dat dit bevrijdend werkte. Door je gevoelens in woorden te vatten en ze openbaar te maken, haalde je ook de angel eruit.

Ik wás verliefd... Interessant dat hij zijn gevoelens op die veilige plek had opgeborgen, in de verleden tijd, en dat zonder er vooraf over na te denken. Was, Carol, niet ben. Ik was verliefd. Nelson voelde zich nu rustiger en minder bezwaard.

Dit moest de reden zijn dat mensen hun memoires schreven.

Nelson dacht aan Carol, met haar glimlach en haar strooien hoed. Hij zag haar voor zich, haar levende gezicht toen ze zich omdraaide en hij haar voor het eerst zag. Dacht aan hoe hij naar adem had gehapt toen hij die grote grijze ogen zag.

Hij dacht niet aan het ding in de kofferbak van de auto, alleen aan zijn echte vrouw, levend en jong en glimlachend naar hem, waar hij haar dankbaar voor was. Hij had veel om dankbaar voor te zijn. Zijn kracht begon terug te komen. De telefoon ging weer. Hij keek naar het schermpje in de verwachting ONBEKEND NUMMER te zien – vreemd dat de enige twee mensen die hij wilde spreken allebei een geheim nummer hadden – maar dat was niet zo. Het was de politie van Tarry Ridge weer, en die kon wel even wachten. Hij zou ze morgen te woord staan, als hij ze echt iets te vertellen had, als hij meneer Klavel had gesproken en meer over zijn vrouw te weten was gekomen.

'Ik ga je echt leren kennen, Carol,' zei Nelson. Zijn stem echode door de keuken, weerkaatste op de tegelwanden, het roestvrij staal, het koper en het andere metaal, al die harde, glanzende dingen die Carol zelf had uitgekozen, voor het enige vertrek in huis waarvan ze echt had gehouden.

Nelson wilde naar boven gaan om nog een uurtje te slapen, maar eerst liep hij naar de woonkamer, naar het schilderij van Sarasota Beach in Florida. Hij ging ervoor staan en keek ernaar. Voor het eerst vielen hem de lichte schuimvlokjes langs de vloedlijn op, en de weerkaatsing van het zonlicht op de golven. Hij zag de meeuwen, hoog in de blauwe lucht, en de wolken, dun en doorschijnend als watten, de zonnestralen die erdoorheen drongen, allemaal zo echt dat je het er warm van kreeg.

Hij dacht aan Carol, aan hoe ze hier had gestaan, starend naar het schilderij met die dromerige blik in haar ogen. En nu, na al die jaren, begreep hij het pas.

'Mooi,' fluisterde Nelson. 'Heel mooi.'

Brenna was haar afspraak van vier uur met dr. Sarah Stoller bijna vergeten, en zou die ook helemaal vergeten zijn als Trent hem niet had genoteerd in de elektronische agenda die hij haar de afgelopen kerst cadeau had gedaan, een uiterst irritant apparaatje met een herinneringssignaal dat klonk als een sirene van het luchtafweer.

Voor Brenna betekende een perfect geheugen niet per se dat ze er een strakke agenda op na hield. Ze vergat afspraken als ze die niet opschreef, vooral – en dat was ironisch te noemen – wanneer ze op dat moment te zeer met haar gedachten bij die afspraak was.

Of wanneer ze om onduidelijke redenen door een cliënt was ontslagen.

Daar kon ze nu beter niet over nadenken. Wat gemakkelijker gezegd dan gedaan was, nu Nelsons holle stem nog steeds door haar hoofd echode, en terwijl Brenna achter het stuur van haar auto zat en hun hele laatste telefoongesprek voor de zoveelste keer werd afgespeeld, ongeveer zoals met Sophia DelVechio's spreekbeurt over Marcus Garvey, alleen veel moeilijker te begrijpen. Wat is er met die man aan de hand? vroeg Brenna zich af, hoewel ze heel goed wist dat zulke gedachten zinloos waren met betrekking tot iemand als Nelson... iemand als meneer Wentz, om precies te zijn. Ze kon haar aandacht beter bij de weg houden.

Cornell Medical Center, waar dr. Sarah Stoller woonde en werkte, was een van de meer elegante psychiatrische inrichtingen van de staat New York, gelegen in een landschap dat deed denken aan het Waterside-complex van voor de overdaad en de visuele plastische chirurgie. Brenna had ervan gehoord, uiteraard, maar ze kwam hier voor het eerst, en toen ze langs de glooiende groene picknickvelden en de tennisbanen reed, merkte ze dat ze minder gespannen was dan ze had verwacht. Wat ze zag deed op geen enkele manier aan een inrichting denken. De gebouwen waren in tudor- of King George-stijl, uitgevoerd in baksteen, en als je de campus op reed – die ook echt 'campus' werd genoemd omdat het ziekenhuis ook een onderwijsinstituut was – zou je je kunnen wanen op het terrein van een Ivy League-universiteit, mits er geen discrete tralies voor de ramen hadden gezeten.

Dr. Stollers huis, gelegen achter de golfbaan van achttien holes, gebouwd in tudorstijl en twee verdiepingen hoog, had veel ramen. Binnen vielen vooral de witte vloeren en de kamerplanten op; er hingen er wel honderd in vrolijk gekleurde potten aan kettingen aan het plafond, en ze stonden op vrijwel elk horizontaal oppervlak in de zogenaamde zonnekamer, waar Brenna door Sarah Stoller werd ontvangen. Het rook er naar verse aarde, vochtige bladeren en lelies. De bank en de fauteuils hadden een frisgroene bekleding, zo zacht als lentegras, waardoor ook die van natuurlijke oorsprong leken. De hele kamer gaf je het idee dat je buiten zat. 'Wat een prachtige planten, en zo veel,' had Brenna gezegd toen ze binnenkwam en de geur opsnoof. Sarah Stoller had haar schouders opgehaald. 'Ik hou van dingen met wortels.'

Net als het medisch centrum was dr. Stoller niet wat ze had verwacht. Geen doordringende psychiatersblik, niet die arrogante intensiteit, integendeel, dr. Stoller was tenger en onzeker, met een grijzend jongenskapsel en een verlegen glimlach. Ze maakte weinig oogcontact en wanneer ze dat deed, was de blik in haar ogen wat vlak, als een gloeilamp die elk moment de geest kan geven. Brenna wist natuurlijk nog niet of dit deel uitmaakte van haar persoonlijkheid, of dat het werd veroorzaakt door het verdriet dat ze in de ogen van zo veel familieleden van vermiste personen had gezien; het soort verdriet dat je berooft van het deel van jezelf dat zich achter je ogen bevindt.

Nu bekeek Brenna de foto's van dr. Stollers moeder, Elizabeth, een aantrekkelijke, vijfenzeventig jaar oude dame die aan een ernstige vorm van alzheimer leed. Elizabeth was vier maanden daarvoor, midden in de nacht van zaterdag op zondag, verdwenen uit haar appartement in een begeleide woongroep in Princeton, New Jersey. De ochtend daarna had haar verpleegster haar als vermist bij de politie gemeld en sindsdien had niemand nog iets van haar gezien of gehoord.

'Denk je dat je haar kunt vinden?' had dr. Stoller gevraagd toen ze Brenna twee weken geleden had gebeld.

Brenna was rechtdoorzee tegen haar geweest: een volwassene die aan dementie lijdt was heel moeilijk op te sporen, bijna net zo moeilijk als heel jonge kinderen, en ongeveer om dezelfde reden. Omdat er geen logica in hun gedrag zat. Ze gebruikten geen creditcard, namen geen kamer in een hotel, sloten zich niet aan bij een of andere club en maakten zelfs geen gebruik van een telefoon. Het beste wat er kon gebeuren, was dat ze ergens door de politie werden opgepakt. En het ergste... Brenna had over de telefoon niet gezegd dat het ergste ook mogelijk was, maar toen Sarah haar een week later belde om een afspraak te maken, was ze heel eerlijk geweest: 'Verwacht geen wonderen. We kunnen alleen maar hopen.'

'Mama heeft altijd veel gewandeld,' zei Sarah nu tegen haar.

Brenna nam het stapeltje foto's door: Elizabeth breed glimlachend in een roze joggingpak, met Sarah naast zich, Elizabeth en Sarah in haar kamer in de woongroep, geflankeerd door een jonge vrijwilliger en een golden retriever. Sarah en Elizabeth op een bankje in het park, in de schaduw van een grote perzikenbloesem en beiden met een glimlach om de mond; allemaal foto's waar meer blijdschap vanaf straalde dan de foto's die ze drie dagen daarvoor in haar kantoor had gezien, toen Morasco een dossiermap op haar bureau had gegooid, die had geopend en had gewezen op een kleurloze vrouw die Brenna nooit eerder had gezien: een vrouw op haar trouwdag, alleen staand bij een werkplek op een kantoor, met in haar hand een boeketje bloemen dat ze zelf had moeten kopen.

'Jij en je moeder lijken heel close,' zei Brenna, ervoor zorgend dat ze de tegenwoordige tijd gebruikte.

'Mama was de enige met wie ik echt kon praten.'

Brenna knikte.

'Nee, ik bedoel letterlijk de enige,' zei Sarah. 'Ik ben psychoanalist, van de freudiaanse school. Ik heb mijn hele leven naar mensen geluisterd en heb zelf nauwelijks iets gezegd. Ik ben nooit getrouwd geweest en mijn vrienden... nou ja, met mijn vrienden praatte ik over politiek en films, of over een nieuwe trend in de psychiatrie, maar openhartig ben ik nooit tegen ze geweest.' Ze leunde achterover op de bank en trok haar magere benen onder zich op. 'Toepasselijk woord, vind je niet? Openhartig. Alsof je je hart opent en anderen erin laat kijken.'

'Wat bijna net zo pijnlijk kan zijn,' zei Brenna.

De arts glimlachte naar haar. 'Je bent geen fan van psychoanalyse, hè?'

'Nee.'

'Ik ook niet. Natuurlijk, wij psychiaters zijn erger dan wie ook, maar als ik zelf in therapie zou zijn, zou ik voortdurend uitvluchten verzinnen om over meer alledaagse dingen te praten. Mijn hele leven lang was mijn moeder de enige met wie ik openhartig kon praten, zelfs nadat ze ziek was geworden.'

'En hoe kwam dat, denk je?'

'Omdat ze goed kon luisteren,' zei Sarah.

Brenna keek haar aan.

'Iedereen heeft zo iemand nodig, denk je ook niet? Die ene persoon tegen wie je alles kunt zeggen.'

Brenna dacht aan Nelson, die verliefd was geworden op een vrouw die hij nauwelijks kende, een vrouw met wie hij een paar weken lang in dezelfde treincoupé had gezeten. Verliefd geworden doordat ze met elkaar hadden gepraat en naar elkaar hadden geluisterd. Ze dacht aan Jim, die ze al zeven jaar niet had gezien, maar die ze nog steeds zo miste dat ze met hem moest communiceren via een computer, met woorden op een scherm waarmee ze haar gedachten weergaf... En ze dacht aan Maya, die de avond daarvoor nu eens niet haar ogen ten hemel had geheven en zich in stilte en afstandelijkheid had gehuld, maar die voor het eerst sinds lange tijd met Brenna had gepraat. En toch, hoezeer ze zich ook bewust was van die behoefte, hoe sterk ze die ook in zich voelde, had haar geest Maya aan haar lot overgelaten. Had die hen allebei aan hun lot overgelaten.

Brenna slikte een brok in haar keel weg. 'Iedere moeder zou goed moeten kunnen luisteren, Sarah.'

'Sorry?'

'Wat ik bedoel is... dat ik al het mogelijke zal doen om Elizabeth terug te vinden.'

In het daaropvolgende uur bespraken Brenna en Sarah de dingen waar Elizabeth van hield, waar ze een hekel aan had, en zelfs haar favoriete huisdieren. Haar lievelingseten (pasta met knoflook en verse tomaten, crème brûlée), haar favoriete muziek (Sinatra en Rimsky-Korsakov), haar humor (de Marx Brothers en Woody Allen), haar huisdieren (een stel nerveuze chihuahua's en een dikke, aartsluie kat), en alle hoogte- en dieptepunten van haar lange, complexe leven. In tegenstelling tot Nelson was Sarah bereid al Brenna's vragen te beantwoorden. Ze wist alles van haar moeder en ze had er zichtbaar plezier in om het aan Brenna te vertellen, van het geringste detail tot en met de hele levensvisie van haar moeder, alles wat ze maar kon bijdragen om een goed beeld van Elizabeth Stoller te schetsen, om haar tot leven te wekken. Tegen de tijd dat Brenna klaar was om te vertrekken, was het alsof Elizabeth bij hen in de kamer was, kon Sarah weer glimlachen en had ze wat kleur op haar wangen gekregen. 'Je hebt me heel wat gegeven om mee aan de slag te gaan,' zei Brenna.

'Jij mij ook.' Sarah legde haar hand op Brenna's schouder. 'Bedankt.'

Toen Brenna de auto startte, schoten haar gedachten heen en weer tussen Nelson en Lydia, Jim en haarzelf, Sarah Stoller en haar moeder... Iedereen heeft behoefte aan 'die ene persoon'. En ze dacht weer aan Carol Wentz. Zij en haar man hadden nauwelijks met elkaar gecommuniceerd en haar vrienden van de chatroom kenden haar alleen bij een naam die ze voor zichzelf had verzonnen. En dan was er nog Gayle Chandler, Carols 'beste vriendin', volgens Nelson... Brenna had Gayle Chandler tien jaar geleden ontmoet en toen had ze zich 'Lydia's beste vriendin' genoemd. *Ga bij de nieuwe huizen van het Waterside-complex kijken. Lydia gaat er elke ochtend naartoe om te mediteren bij de fontein. Ze is een heel spirituele vrouw, wist je dat?*

Gayle, die Carol twee jaar daarvoor had voorgelogen – om welke reden ook – over haar man, die iets met Lydia Neff zou hebben. Brenna kende Gayle Chandler niet echt, maar ze had in Gayle wel een onruststoker gezien, iemand die zelf weinig meemaakt en die er maar al te graag bij is als anderen iets overkomt. Dus nee, Gayle was 'die ene persoon' ook niet.

Pas toen Brenna het terrein van het medisch centrum had verlaten en had ingevoegd op de drukke Bloomingdale Road, dacht ze weer aan de telefoongegevens van Carol Wentz, aan die drie telefoontjes naar Buffalo, die elk ongeveer een half uur hadden geduurd, waardoor ze zo opvielen tussen al die veel kortere telefoontjes. Twee van de drie telefoontjes naar Buffalo, bedacht ze nu, waren waarschijnlijk aan Carols rokende tante Millicent gericht geweest, kort nadat ze Klavel, haar privédetective, had gesproken.

'Die ene persoon'. Misschien had Carol haar tante Millicent alles verteld wat ze die week te weten was gekomen. Maar wat was het precies wat Carol Wentz te weten was gekomen?

Er doemde een reeks beelden in Brenna's geest op, alsof iemand een rij lichtschakelaars een voor een omzette. De blauwe Vivio Bistro twaalf jaar geleden bij het huis van Lydia Neff, en Lydia die Nelson op het hart drukte: vergeet dat je die auto hebt gezien, dat je hier bent geweest. De drieënhalf jaar oude M uit het politiedossier, die Morasco had verteld dat Iris in de 'blije' auto van de Kerstman was gestapt, een auto met ronde ogen en een glimlach. De grote smeris met het vreemde, knappe gezicht, die elf jaar geleden bij Lydia's huis was opgedoken en die de afgelopen ochtend langs Nelsons huis was gereden, die haar door het zijraampje met zijn haaienogen, zijn roofdierenogen, had aangestaard. Door het raampje van de blije auto van de Kerstman.

Daarna dacht Brenna aan de stem van het meisje dat Nelson had gebeld, begeleid door geruis maar toch goed hoorbaar. 'Het was mijn schuld.' De stem van een tienermeisje. Een meisje van zestien dat de schuld van Carols dood op zich nam.

'Die ene persoon...'

Stel dat het meisje aan de telefoon echt Iris Neff was geweest. Stel dat Iris elf jaar geleden in een Vivio Bistro was weggereden en twee weken geleden was teruggekomen. Stel dat ze, in een poging om aan haar kidnapper te ontsnappen, Nelson Wentz – de vroegere vertrouweling van haar moeder – had gebeld. Stel dat Carol in plaats van Nelson had opgenomen en dat Carol voor haar 'die ene persoon' was geworden, de enige persoon die naar haar wilde luisteren. De enige die haar misschien kon helpen.

Carol had de politie niet willen bellen, natuurlijk niet. Brenna dacht aan Lane Hutchins, tien jaar geleden nog in uniform, die achter de smeris met het knappe gezicht had gestaan, de smeris die Morasco niet leek te kennen. Lane Hutchins, nu hoofdcommissaris van politie, toen de potige smeris. Natuurlijk had Carol de politie niet gebeld.

Ze had haar eigen vertrouweling gebeld, haar eigen 'die ene persoon'.

Brenna stopte bij een benzinestation en zette de auto aan de kant. Ze sloot haar ogen en liet zich terugvoeren naar de computerzaal van de bibliotheek in Tarry Ridge, naar de geur van plakplastic en Trents stem in haar oordopje – 'Kijk je naar Buffalo?' – en de lijst met telefoonnummers op het computerscherm.

Brenna perste haar nagels in haar handpalm, keerde terug in het heden en het nummer van tante Millicent stond haar weer helder voor de geest. Ze haalde haar telefoon tevoorschijn en toetste het in. Oké, tante Millicent, vertel jij me maar eens wat Carol je allemaal heeft toevertrouwd. Ze drukte op het groene knopje.

'Onze excuses. Het nummer dat u hebt gekozen is niet langer in gebruik.'

Dat moest een vergissing zijn. Brenna staarde naar haar toestel, toetste het nummer opnieuw in en lette bij elk cijfer goed op.

'Onze excuses...'

Had ze het verkeerd op het scherm gelezen? Ze belde Trent en vroeg hem het nummer op te lezen.

'Hetzelfde nummer dat ik me herinner,' fluisterde ze.

'Is er iets mis mee?' vroeg Trent.

'Het is afgesloten.'

'De telefoon van de tante? Maar ze heeft haar een week geleden nog gebeld.'

Brenna vroeg: 'Kun je het adres erbij zoeken?'

'Ben je van plan nu naar Buffalo te gaan?' Brenna hoorde zijn vingers op het toetsenbord.

'Dat weet ik nog niet.'

'Je klinkt een beetje vreemd. Ben je iets op het spoor, Spec?'

'Dat weet ik ook nog niet. En noem me geen Spec.'

Hij zuchtte. 'Het adres is Mulberry Street 811, Buffalo.'

Brenna's hart sprong in haar keel. Haar mond werd droog. 'Mulberry.'

'Ik zie geen nummer van een appartement.'

'Omdat het een heel huis is.'

'Hoe weet jij dat?' vroeg Trent, terwijl Brenna's geest het antwoord al gaf en haar terugvoerde naar het vliegveld van Las Vegas, op 30 september om één uur 's nachts, toen ze naar huis ging nadat ze Larry Shelby had gevonden, toen ze naar haar gate liep en ze de kou van de airconditioning op haar blote armen voelde. *Brenna kijkt naar de twee tv-monitors aan het plafond als ze gate A23 nadert. CNN doet verslag van een grote brand in het noorden van de staat New York. Beide monitors tonen beelden van een groot huis bij nacht, vier verdiepingen hoog, dat in lichterlaaie staat. De twee beeldschermen gloeien als duivelsogen. Wat hebben nieuwszenders toch met branden?*

Een vrouwelijke commentaarstem zegt: 'De brand heeft tot nu toe het leven gekost aan vijf bewoners van Mulberry 811, een woongroep voor exverslaafden in Buffalo, New York. De brand is aan het begin van de avond ontstaan. Twee andere bewoners zijn in kritieke toestand naar het ziekenhuis gebracht. De brandweer, nog steeds bezig het vuur onder controle te krijgen, vermoedt dat er sprake is van brandstichting door een van de bewoners.'

Brenna zet haar mp3-speler weer aan, Iggy Pop zingt iets over een Chinees kleed en op de monitors verschijnt een oudere, zwarte vrouw...

'Ben je er nog?' vroeg Trent.

'Wat is de achternaam van Millicent?'

'De tante, bedoel je?'

'Van Millicent,' zei Brenna. 'Die met het nummer in Buffalo.'

De oudere zwarte vrouw praat opgewonden in de microfoon, met de tranen in haar ogen, bevend en hoofdschuddend alsof ze zich in haar eigen wereld bevindt, een wereld van 'dit kan toch niet waar zijn?', zich onbewust van de camera die loopt.

'De naam is Millicent Davis,' zei Trent.

Brenna sprak de achternaam tegelijk met hem uit, in gedachten nog op het vliegveld, met Iggy Pop zingend over succes in haar oor en de witte letters onder het aangeslagen gezicht van de vrouw: MILLIE DAVIS, HUISEIGENAAR, MULBERRY STREET 811.

'Millie Davis is Carols tante niet,' zei Brenna. 'Ze is de baas van een woongroep voor ex-verslaafden.'

'Huh?'

'En een week nadat Carol haar heeft gebeld, is het hele huis afgebrand.'

'Wat?'

'Je hebt me wel verstaan,' zei Brenna, terwijl een nieuw idee in haar hoofd aan kracht won. Een woongroep voor ex-verslaafden. 'Trent, ben je nog opgeschoten met je zoektocht naar Lydia Neff?'

'Nee, en dat vind ik heel vreemd. Ik heb van alles geprobeerd: betalingen met haar creditcards, haar telefoons, maar ze schijnt geen van die dingen de afgelopen twee jaar gebruikt te hebben. Het lijkt wel of ze van de aardbodem is verdwenen.'

'Dan zoek je op de andere planeten.'

'Sorry?'

'Ik meen het, vriend.'

Brenna beëindigde het gesprek. Ze bevond zich op tien minuten rijden van de bibliotheek van Tarry Ridge, en die sloot over twintig minuten. Ze moest opschieten.

Het gebouw van de bibliotheek was uitgevoerd in dezelfde gladde, witte steensoort als het politiebureau en had Ionische zuilen aan weerskanten van de ingang, als om te symboliseren dat er achter de deuren hoogstaande kennis kon worden opgedaan. De bouwstijl was een kille mix van klassiek en modern, zowel geschikt voor een synagoge als voor een mausoleum. Net als de meeste andere bouwwerken in Tarry Ridge was de bibliotheek een beetje te groot voor wat die te bieden had. Brenna herinnerde zich van haar vorige bezoek dat ze lang niet genoeg boeken had gezien om een gebouw van dit formaat te rechtvaardigen. Op het gazon voor de ingang stond een lange tafel waarop taarten, cakes en koekjes waren uitgestald, met drie al wat oudere vrijwilligsters erachter, die luidkeels hun waren aanprezen. 'Alstublieft, steun de bibliotheek!' riep de ene, een tonvormige blondine in een roze hemdjurk. 'Caloriearme citroencake voor maar zeven dollar!' brulde een tweede vrouw, die jonger en magerder was, gekleed in een stijl die het midden hield tussen die van een cheerleader en een drugsdealer in de ondergrondse. 'De citroencake smaakt heerlijk. U zult er geen spijt van hebben.' Brenna verbaasde zich altijd over het enthousiasme waarmee rijke mensen geld inzamelden. Als er belasting moest worden betaald, verzetten ze zich met hand en tand, maar gaf je ze een leeg conservenblikje en een relatief zinloos goed doel – zoals financiële steun voor een bibliotheek die helemaal geen steun nodig had, bijvoorbeeld – dan zaten ze je op de nek als hoertjes in de Lincoln Tunnel.

Brenna haastte zich met echoënde voetstappen door de marmeren hal, langs de imposante uitleenbalie, langs de naslagwerken en de luisterboeken naar de computerzaal, waar ze achter de balie werd opgewacht door de reusachtige bibliothecaresse, die haar met een vuile blik aankeek.

Brenna keek glimlachend op naar de vrouw. Ze moest minstens één meter tweeënnegentig zijn. 'Bent u gegroeid sinds ik u voor het laatst heb gezien?'

De vuile blik werd nog een fractie vuiler.

'De inlogcode voor de computer, alstublieft,' zei Brenna. 'Sorry, ik heb geen tijd voor een babbeltje… ik heb haast.'

De bibliothecaresse gaf haar een strookje papier met de code en plofte weer in haar stoel.

Brenna nam achter de dichtstbijzijnde computer plaats en terwijl ze op het net inlogde, gonsde er een gedachte door haar hoofd: waarom had Carol telefoongesprekken van een half uur gevoerd met de baas van een woongroep voor ex-verslaafden? Ze ging naar Google News en typte 'Mulberry Street 811' in. Er verscheen een hele reeks artikelen over de brand op het scherm. Ze klikte er een aan, van *Buffalo News*, en las het helemaal door, met bonzend hart. Toen ze klaar was sloot ze haar ogen. Ik had gelijk, dacht ze. Even was ze weer terug in Nelsons woonkamer nog maar een paar uur geleden, waar Nelson, met een adem die licht naar whisky rook, haar over Lydia had verteld.

'Over haar verleden. Haar wilde studiejaren. Haar ex-man, de vader van Iris. Een genie, maar iemand die zijn geest had geruïneerd met drugs… methamfetamine, geloof ik.'

Vijf bewoners van Mulberry 811, alle vijf afgekickte drugsverslaafden, waren in de brand omgekomen. *'Timothy O'Malley, Lydia's ex-man, zo heet hij.'* Een van de bewoners was in kritieke toestand in het Sisters of Charity Hospital in Buffalo opgenomen. Zijn naam was Timothy O'Malley, en men ging ervan uit dat de brand in zíjn kamer was ontstaan.

'Hij heeft destijds in een afkickkliniek gezeten. Ik denk dat ik de enige was aan wie ze dit heeft verteld.'

Brenna ging naar Google Afbeeldingen en typte O'Malleys naam en het adres op Mulberry 811 in. Ze vond een vervolgartikel, met een foto: een ingevallen gezicht, lang, dun haar, donkere wallen onder de ogen alsof hij twee blauwe ogen had, maar toch, het gezicht van dezelfde jonge man die ze op de foto's in Carols dossier had gezien.

Mulberry 811 was een woongroep voor ex-verslaafden. Eén telefoon voor alle bewoners. Carol had met Iris' vader gebeld. Ze had een slof sigaretten voor hem gekocht, waarschijnlijk om hem tot praten te bewegen.

Brenna haalde haar telefoon tevoorschijn en toetste het nummer in. De bibliothecaresse veerde op.

'Ik bel de politie, dus waag het niet me tot stilte te manen,' snauwde Brenna.

De bibliothecaresse ging weer zitten, zo abrupt dat alles in de zaal even trilde.

Brenna vroeg Fields haar door te verbinden met Morasco en ze kreeg hem vrijwel meteen aan de lijn, met een stem die vreemd en kil klonk.

'Nelson heeft Carol niet vermoord,' zei ze. 'Haar dood maakt deel uit van iets anders. Van iets wat groter is.'

'Hoe weet je dat?'

'Carol en Iris' vader hebben met elkaar gebeld. En nog geen week later, Nick, vijf dagen na de moord op Carol, brandt het huis van Iris' vader af.'

'Timothy O'Malley?'

'Ja. Hij ligt in kritieke toestand in het ziekenhuis.'

Morasco ademde sissend in. En toen hij zijn adem weer uitblies, hoorde Brenna een lichte trilling. 'Mijn god,' fluisterde hij.

'Hoor eens,' zei ze zacht, 'ik weet dat je je baan niet meer in gevaar wilt brengen dan je al hebt gedaan. Ik begrijp dat. Maar als je me alleen de naam zou kunnen geven van die smeris over wie ik je heb verteld, die met die moedervlek.'

'Ik weet niet over wie je het hebt.'

Brenna drukte door. 'Ik vraag niet van je dat je je erin mengt, Nick. Maar ik denk dat die smeris mogelijk betrokken is geweest bij de verdwijning van Iris. En aangezien hij de laatste schijnt te zijn die er iets over kan zeggen…'

'Ik zweer het je, Brenna. Ik weet niet wie die smeris is.'

'Jezus, ben je zó bang? Ik dacht dat we aan dezelfde kant stonden.'

'Je begrijpt het niet.' Morasco zei het tandenknarsend, zo zacht dat ze haar telefoon tegen haar oor moest drukken. 'Ik moet je iets vragen.'

Brenna slaakte een diepe zucht. 'Wat?'

'Over Graeme Klavel. De privédetective van wie je het nummer in Carol Wentz' dossier hebt gevonden.'

'Ja?'

'Heb je hem zelf gesproken? Weet je of hij speurwerk voor haar heeft gedaan?'

'Nee,' zei ze. 'Hij heeft me nooit teruggebeld.' Ze sloot haar ogen. 'Maar we hebben de telefoongegevens van Carol Wentz.'

'O ja?'

'Vraag me maar liever niet hoe we eraan zijn gekomen,' zei ze. 'Maar Carol heeft Klavel diverse keren gesproken, vijf keer gedurende de laatste week van haar leven. Hij had zijn kantoor in Mount Temple. Hij was waarschijnlijk degene die ze in die cafetaria heeft ontmoet.'

Morasco haalde weer diep adem, langzaam in en weer langzaam uit, hoorde Brenna, alsof hij probeerde zichzelf te kalmeren. 'Toeval bestaat.'

'Wat bedoel je daarmee?'

'Dit is niet een of andere tv-film. In het echte leven gebeuren dit soort dingen. Dingen die niet altijd in elkaar passen, die alleen maar de schijn wekken dat ze dat doen. Daarom moet je je aan de feiten houden. Er zijn talloze oorzaken voor huisbranden. O'Malley was een kettingroker. Carol Wentz was niet Klavels enige cliënt. Mount Temple heeft een hoog misdaadcijfer.'

'Nick?'

'Ja?'

'Waar heb je het verdomme over?'

'Wacht even.' Brenna hoorde schuifelende voetstappen. Toen Morasco weer iets zei, klonk zijn stem heel zacht. 'Brenna, Graeme Klavel is vermoord.'

22

Brenna stond bij de open deur van Graeme Klavels kantoor in het souterrain van het appartementengebouw en keek naar het lijk op de vloer. Dat werd omringd door de mensen van de technische recherche, zodat ze het alleen in delen kon zien, een uitgestrekte arm hier, een voet daar, zonder schoen en mager, en bloed, veel bloed, de benauwende stank die haar dwong haar mouw tegen haar neus te drukken. Net als op eerdere plaatsen delict die ze had bezocht vond ze het afschuwelijk om het slachtoffer te zien, maar toch, door die merkwaardige nieuwsgierigheid die je ook bij auto-ongelukken ziet, was het onmogelijk om je blik af te wenden. Een perverse eigenschap, absoluut, maar ook een instinctieve. Je bent een levend wezen dat weet dat het ooit zal sterven, en wat je ziet is daar een voorproefje van. Je kunt er niets aan doen.

Hoewel Brenna zich feitelijk buiten het kantoor bevond, had ze het gevoel dat ze erin opgesloten zat. Klavels kantoor was om te beginnen al klein, en nu alle dossiers in het rond waren gesmeten, de kasten waren leeggehaald en omvergetrokken, en de vloer bezaaid lag met papieren en kleren alsof er een storm in het kantoor had gewoed, was het een wonder dat er nog ruimte was voor alle mensen van de politie en de technische recherche.

Brenna's blik ging van het lijk naar de omgegooide keukentafel, de opengetrokken laden – Klavel bleek hier ook te wonen – en bleef ten slotte rusten op het donkere raam boven het aanrecht, dat uitzicht bood op de straat. Deprimerend. Brenna hoorde haar naam noemen en zag Morasco haar kant op komen, tezamen met een zwaargebouwde man met zilvergrijs haar, een blauwe blazer en een geruit sjaaltje, dat strak om zijn nek zat. Brenna nam aan dat hij van de politie van Mount Temple was en dat hij haar bericht op Klavels antwoordapparaat had gehoord. Zoals Morasco haar over de telefoon had verteld, had een van hun rechercheurs hém gebeld omdat ze Carols naam in haar bericht had genoemd.

De twee mannen kwamen het kantoortje uit en Morasco raakte even haar arm aan bij wijze van groet. 'Brenna,' zei hij, 'dit is inspecteur Wayne Cavanaugh van de politie van Mount Temple.'

'Aangenaam.'

Cavanaugh knikte. 'Insgelijks.'

Vreemd genoeg bleef Brenna's blik rusten op zijn neus, een piepklein Iers neusje dat schuilging in zijn vlezige gezicht, met twee felblauwe ogen erboven.

'Ben je privédetective?'

Brenna knikte. 'Ik heb mijn kantoor in New York.'

'Dus je had niet zo vaak contact met meneer Klavel, neem ik aan?'

'Ik heb hem zelfs nooit gesproken,' zei ze. 'Sterker nog, ik was een beetje boos op hem omdat hij mijn telefoontjes niet beantwoordde.'

'Waar gingen die telefoontjes over?'

'Hij had wat werk gedaan voor Carol Wentz. Haar man, Nelson Wentz, is míjn cliënt.'

De blik in de blauwe ogen werd scherper en even deed hij Brenna denken aan haar moeders kat, Rodin, die veel te dik was en altijd de indruk wekte dat hij elk moment kon omvallen van de slaap. 'Dat vermeldde je al in je bericht op het antwoordapparaat,' zei hij. 'Weet je ook wat voor werk dat was?'

'Hebben jullie het dossier niet gevonden?'

'Geef antwoord op mijn vraag, alsjeblieft.'

'Ja,' zei Brenna. 'Ik weet wat voor werk dat was.'

Hij slaakte een zucht. Het was een diepe zucht, die licht piepend eindigde, waardoor hij haar opnieuw aan Rodin deed denken. Tweeëntwintig jaar oud en zo dik dat hij amper op zijn poten kon staan, een log monster dat in een te klein lijf gevangenzat en desondanks springlevend was, het levende bewijs dat de natuur nergens op sloeg, dat nooit had gedaan en ook nooit zou doen. 'Ga je het me moeilijk maken?'

'Hé, ik heb je vraag beantwoord, waar of niet?'

'Heb je rechten gestudeerd of zoiets?'

'Nee. Psychologie.'

'Geweldig.'

'Nu is het mijn beurt om iets te vragen,' zei ze. 'Hebben jullie Klavels dossier gevonden? En hebben jullie informatie over de aard van het werk dat hij voor Carol Wentz heeft gedaan? Of ontbreekt dat dossier?'

Weer een diepe zucht. 'Al zijn elektronische apparatuur is gestolen,' zei Cavanaugh, terwijl Morasco, die een stukje was doorgelopen, weer bij hen kwam staan. 'Al zijn dossiers zaten in zijn laptop en die is weg, dus ja, ook het dossier van Carol Wentz is verdwenen.' Hij keek haar aan. 'Nu ik weer.'

'Ja?'

'Je weet verdorie wat ik wil vragen.'

Brenna glimlachte even. 'Klavel heeft mevrouw Wentz het politiedossier van de Iris Neff-zaak geleverd.'

'Dat vermiste meisje? Van elf jaar geleden?'

'Yep.'

'Vreemd.' Cavanaugh wendde zich tot Morasco. 'Maar voor jullie in Tarry Ridge waarschijnlijk best interessant.'

'Ja.'

'Vier van dit soort moorden in nog geen half jaar tijd, en we kunnen verdomme geen enkele getuige vinden, geen bruikbare vingerafdruk, niks... Die gast is te slim voor ons,' zei hij tandenknarsend tegen Morasco. 'Maar jij hebt geluk.'

Brenna vroeg: 'Hoezo heeft hij geluk?'

Cavanaugh forceerde een glimlach. 'Geen vragen meer, edelachtbare,' zei hij.

Morasco en Brenna liepen weg van de plaats delict en hun stilzwijgen werd benadrukt door het bijna constante geruis van het verkeer op Columbus Street. Het was al donker, er zat een zekere herfstkou in de lucht – alweer een jaar dat aan zijn donkere periode begon – en dat maakte het gevoel sterker.

Brenna had een behoorlijke hoeveelheid tijd doorgebracht in Columbus Street, toen ze nog samenwerkte met Errol. Ze had meer dan twee uur in het portaaltje van nummer 2034 gestaan – toen een dichtgetimmerd pand, nu een stuk braakliggend terrein – om foto's te maken van ene Victor Gomez, een overspelige echtgenoot die 's middags zijn vertier zocht bij ene Sam McFarlane, die op nummer 2037 woonde, aan de overkant van de twee rijbanen, waar altijd veel verkeer was. Sam was echter geen Samantha maar een Samuel geweest, een boom van een kerel, buschauffeur in New York, en Brenna had een telelens gebruikt om de twee mannen in de deuropening – Victor op zijn tenen om de grote Sam gedag te kussen – vast te leggen. Het was een van haar minder aangename klussen geweest, want Brenna had altijd het idee gehad dat mannen die hun vrouw met een man bedrogen dat niet uit egoïsme of uit zwakheid deden, maar uit een bepaalde lichamelijke behoefte. Maar goed, Columbus was toen al een gribusstraat geweest en dat was het nog steeds, zo'n straat waarvan de echte Columbus zou zeggen: 'Nou, jullie worden bedankt,' om vervolgens van de hele aanspraak op de ontdekking van Amerika af te zien.

Morasco ging op weg naar de eerstvolgende zijstraat, waar hij zijn auto had geparkeerd. Even dacht Brenna dat hij haar zonder iets te zeggen op de stoep zou laten staan, maar halverwege draaide hij zich om en zei: 'Nelson zal een goede advocaat nodig hebben.'

'Daarom zei Cavanaugh dat je geluk had. Omdat jouw moord opgelost is. Je gaat hem arresteren.'

Morasco knikte.

'Ongelofelijk.'

Morasco deed een stap naar haar toe. 'Waar het om gaat is dit, Brenna,' zei hij. 'Cavanaugh vertelde me dat de moord op Klavel identiek is aan de andere knipmesmoorden die in de omgeving zijn gepleegd, waarbij het slachtoffer op exact dezelfde manier in de hals en in de buik is gestoken. Feiten die in geen enkele krant hebben gestaan.'

Brenna keek hem aan. 'Wat is er van Klavel gestolen?'

'Je hebt het van Cavanaugh gehoord. Hetzelfde als wat van de andere slachtoffers is gestolen.'

'Elektronische apparatuur.'

'De tv, recorders, stereo, luidsprekers, beveiligingscamera's...'

Met een onbewogen blik keek ze hem aan.

'En inderdaad,' zei Morasco, 'het iBook waarop Klavel al zijn zaken bijhield.'

'Dus als iemand te weten wilde komen wat hij Carol had verteld,' zei Brenna, 'zou een roofmoord als deze een perfecte dekmantel zijn.'

'Ja, maar...'

'Net zoals een kettingrokende ex-verslaafde zijn woongroep in brand zou kunnen steken.'

'Precies.'

'En een ongelukkig huwelijk in een moord zou kunnen eindigen.'

'Ja,' zei hij zacht. 'Dus óf we hebben te maken met een superslimme moordenaar die een onopgeloste kidnapping van elf jaar geleden probeert te verdoezelen...' Hij keek omlaag, naar de stoep. 'Of, aangezien het vreemd kan lopen in het leven, Brenna, we accepteren dat we hier te maken hebben met stom toeval.'

Brenna legde haar hand op zijn schouder. Ze bleef hem aankijken totdat hij uiteindelijk naar haar opkeek. 'Welke van de twee is het volgens jou?' vroeg ze.

'Maakt dat iets uit?'

'Ja.'

Morasco zei niets. Dat was ook niet nodig.

'Dus,' zei Brenna, en haar lippen plooiden zich in een glimlach, 'we staan echt aan dezelfde kant.'

Morasco bracht Brenna naar haar auto en onderweg hadden ze het over Carol Wentz en Iris Neff, zochten ze naar verbanden die verder gingen dan de geruchten over Nelson en Lydia die ooit de ronde hadden gedaan. En natuurlijk was er de blauwe auto, de Vivio Bistro die voor Nelsons huis was langsgereden nadat Nelson zijn persverklaring had afgelegd, en die meer dan eens voor Lydia's huis geparkeerd had gestaan. Brenna was er inmiddels van overtuigd dat Morasco echt niet wist wie de smeris met het knappe gezicht was die achter het stuur van de Vivio had gezeten, en of de man met de moedervlek eigenlijk wel van de politie wás.

Bovendien hadden ze Carols portefeuille, gevonden in Lydia's huis, de diverse dossiers die Carol over Iris' vermissing had bijgehouden en Carols bewering tegen de vrienden in haar chatroom dat haar 'dochter' nog in leven was. Maar afgezien van deze dingen was er niet zo veel wat de al wat oudere, vermoorde vrouw met dit sinds elf jaar vermiste meisje verbond. Met uitzondering van een andere persoon die ook was verdwenen. 'We moeten Lydia te spreken zien te krijgen,' zei Brenna toen ze bij de straat kwamen waar ze haar auto had neergezet.

Morasco schudde zijn hoofd. 'We hebben meer kans dat we Jimmy Hoffa terugvinden dan Lydia Neff. Niemand in Tarry Ridge en omgeving heeft de afgelopen twee jaar iets van haar gezien of gehoord, ook haar makelaar niet.'

'Hoffa. Een wat gedateerde vergelijking, vind je niet?'

'Ja, een echte klassieker.'

Brenna glimlachte. Hij glimlachte ook.

'Hoor eens, Nick, als je je informatie liever niet met me deelt omdat ik voor de mogelijke verdachte van een moord werk, hoef je je daar geen zorgen meer over te maken.'

'Hoezo?'

'Nelson Wentz heeft me een paar uur geleden ontslagen.'

'Wat? Waarom?'

'Ik heb geen idee.'

Haar telefoon ging en ze nam het gesprek aan, zich bewust van het feit dat Morasco haar nog steeds stond aan te staren.

Ze hoorde een hijgend geluid aan de andere kant van de lijn, een happen naar adem, die dan weer trillend werd uitgeblazen. 'Met wie spreek ik?' vroeg Brenna voordat ze het geluid als huilen had herkend. 'Hallo?'

En toen hoorde ze de stem. 'Ik ben een slecht mens,' zei de snikkende, schorre stem van een tienermeisje. Hetzelfde meisje dat Nelson had gebeld. 'Het spijt me zo...'

'Wie ben je?' vroeg Brenna.

Het meisje had de verbinding al verbroken. Brenna keek Morasco aan. 'We moeten Lydia Neff zien te vinden,' zei ze.

Rondkijken op de plek waar de vermiste persoon voor het laatst was gezien. En vanaf dat punt terugwerken. Het was iets wat Brenna altijd had gedaan aan het begin van haar onderzoeken, maar deze keer niet. En ze wist dat het nodig was. Lydia Neff was sinds twee jaar spoorloos, maar al haar meubels stonden nog in het huis waar ze had gewoond – vrijwel al haar bezittingen waren nog in dat huis – en zoals Morasco had gezegd: 'Als het om informatie over Lydia gaat, zullen we het daarmee moeten doen.'

Brenna werkte niet meer voor Nelson, dat was waar, maar ze kon nu niet meer terug. Ze was het Carol schuldig, en Timothy O'Malley en Graeme Klavel en het meisje dat haar had gebeld. Ze was het schuldig aan alle brokjes informatie die haar hoofd waren binnengedrongen, van elf jaar geleden tot de dag van vandaag, die erin rondtolden en op elkaar botsten als niet bij elkaar passende onderdelen die de machine niet op gang konden krijgen.

Op wat waarschijnlijk de laatste dag van haar leven was geweest, was Carol Wentz naar Lydia's huis gegaan. Wat had ze daar te zoeken gehad? En waarom was ze zo haastig vertrokken dat ze er haar portefeuille had verloren en niet was teruggegaan om die op te halen, deze praktisch ingestelde vrouw die wist dat haar rijbewijs erin zat? Waar was ze zo bang voor geweest?

'Ik wil naar het huis van Lydia Neff,' zei Brenna tegen Morasco toen ze bij haar auto kwamen.

'Dat vermoedde ik al.'

Brenna opende het portier van de auto, de binnenverlichting ging aan en het licht viel op de verouderde foto op de zitting van de passagiersstoel. Morasco pakte hem op en keek naar het gezicht van het meisje. 'Iris?'

'Ja.'

'Ik heb elk jaar een foto als deze laten maken, van Iris' tiende tot haar veertiende, of vijftiende. Elk jaar. Die faxte of mailde ik dan naar ziekenhuizen, naar organisaties voor vermiste kinderen, naar de FBI, naar iedereen die haar misschien gezien zou kunnen hebben. Ik deed het achter de rug van mijn baas om, want de zaak was allang gesloten en trouwens, toen die nog geopend was had hij me er al vanaf gehaald.'

'Dat zal Lydia zeker op prijs gesteld hebben.'

'Ze heeft het nooit geweten,' zei hij. 'Ik wilde haar geen valse hoop geven, begrijp je? Maar zelf had ik nog wel hoop, Brenna. Elke keer als ik een nieuwe foto had verstuurd, stelde ik me voor dat Iris het bureau zou komen binnenlopen en naar haar moeder zou vragen.'

Brenna zei: 'Ik weet precies hoe je je voelde.'

'O ja?'

Ze keek naar de zachte blik in zijn ogen, de tederheid waarmee zijn vingers de foto vasthielden. 'Je dacht dat als je Iris zou terugvinden, alles mogelijk zou zijn,' zei ze. 'Dat iemand anders dan ook zou kunnen thuiskomen.'

Morasco slikte een brok in zijn keel weg. Hij keek op van de foto, keek haar aan, en ze zag de matte glans van zijn ogen, niet van de tranen, maar het scheelde niet veel. 'Ja,' zei hij zacht.

'Trouwens,' zei ze, 'heb jij kinderen?'

'Nee.' Het klonk kort en zo droog dat de klank verwaaide in de avondlucht. Brenna wist dat hij iets voor haar achterhield, een inwendige pijn waarover hij niet kon praten, en ze was niet van plan hem te dwingen. Zij kende die pijn ook.

Ze legde haar hand op zijn arm. 'Wil je met me mee naar Lydia's huis?'

'Ja,' zei hij. 'Ja, dat wil ik.'

Iris' kinderfietsje stond nog steeds tegen de zijkant van het huis en de zilveren franje aan de handvatten lichtte op in de buitenverlichting.

Toen Brenna het fietsje voor de tweede keer zag, op exact dezelfde plek waar ze het drie avonden daarvoor had gezien, zag ze zonder het te willen Iris voor zich, de zestien jaar oude Iris, die na al die jaren naar ditzelfde huis toe sloop. Ze stelde zich voor dat het meisje op de deur klopte en de naam van haar moeder fluisterde, dat ze koortsachtig een teken van leven zocht maar alleen haar fietsje vond, liggend in het groen en bedekt met roest en spinnenwebben. In gedachten zag Brenna dat Iris het fietsje rechtop zette terwijl ze wenste dat ze al het andere ook kon rechtzetten en dat achter haar, op straat, de blauwe auto op haar wachtte, met lopende motor, om haar weer mee te nemen.

'Kom je?' riep Morasco, die al was doorgelopen en langs de zijkant van het huis op weg was naar de achterdeur.

Brenna haastte zich achter hem aan. Voordat ze elkaar hier hadden ontmoet, had Morasco een tussenstop gemaakt bij de makelaar om de combinatie van het alarm op te halen. Bij de achterdeur haalde hij het blaadje papier uit zijn zak en bracht zijn hand naar het paneel om het nummer in te toetsen.

‘2810, ja?’ zei Brenna.

Hij draaide zich naar haar om. ‘Ze hebben de combinatie veranderd nadat er is ingebroken, maar dat was de oude. Hoe wist je dat?’

‘Iris’ verjaardag, 28 oktober. Dat heeft Lydia Neff me verteld.’

‘Wanneer?’

‘Elf jaar geleden.’

Morasco glimlachte. Het eerste wat Brenna opviel toen hij de deur opende, was de bedompte geur. Heel even voerde die haar terug naar 19 oktober 1985, naar dag twee van een vijfdaags familie-uitje naar Florida, toen ze met haar tweelingnichtjes Liz en Deb door het spookhuis in Disney World liep. Ze zei in gedachten snel de eerste drie regels van het Verdrag van Gettysburg op om terug te keren naar het heden, maar ze rook de geur nog steeds, niet de kunstmatige stank die je zogenaamd de stuipen op het lijf moest jagen, maar de echte geur. Die van geesten. ‘Waarom is Lydia Neff eigenlijk weggegaan?’ vroeg ze aan Morasco. ‘En waarnaartoe?’

‘Dat is de vierenzestigduizenddollarvraag.’

‘Weer zo’n gedateerde referentie,’ zei Brenna. ‘Hoe oud ben je eigenlijk?’

‘Ik zal een keer mijn Jack Paar-imitatie voor je doen.’ Morasco deed het keukenlicht aan en Brenna keek om zich heen; de lange houten tafel, die ze al door het raam had gezien, het aanrecht met de stapels borden, de zoemende koelkast. Als die specifieke geur er niet had gehangen, zou je denken dat er nog mensen woonden, die een avondje weg waren.

‘Het huis is een tijdje verhuurd geweest,’ zei Morasco, die haar gedachten raadde. ‘Drie stellen, ongeveer een half jaar per stel. Het staat pas vier of vijf maanden echt leeg en de makelaar schijnt goede hoop te hebben dat hij het kan verkopen.’

Brenna knikte. ‘Waar is de portefeuille precies gevonden?’ vroeg ze.

Hij knikte. ‘Kom maar mee.’

Brenna liep hem achterna, de keuken door, naar een kleine kamer met een houten vloer en crèmekleurige muren, leeg, afgezien van een bamboe yogamatje op de vloer. Aan de muur tegenover het matje hing een donkere houten plaquette met een witte tekst:

BESTRIJD DE BOZE MENS MET LIEFDE
DE SLECHTE MENS MET GOEDHEID
DE VREK MET VRIJGEVIGHEID
DE LEUGENAAR MET DE WAARHEID

Boven de deur hing er nog een: HET HOOGSTE WAT JE KUNT BEREIKEN IS ONBAATZUCHTIGHEID.

Brenna zei: 'Lydia deed aan mediteren.'

'Ja,' zei Morasco. 'Ik weet niet of het haar echt om het mediteren ging, of dat ze het alleen deed om haar verdriet te verzachten, maar destijds, toen ik aan de zaak werkte, moesten we voortdurend rekening houden met haar meditatie- en yogalessen.' Ze kwamen in de eetkamer, die mosgroene wanden en witte deurposten had. De eettafel, met rechte stoelen eromheen, was stoffig, en in het midden stond een tinnen schaal met gladde, gele, peervormige stenen. Op de schoorsteenmantel van de open haard, bij de achtermuur, stond een ingelijste foto, een grotere versie, zag Brenna, van de foto die ze in Carols dossier had gezien: een geposeerde zwart-wit-foto van Lydia met lang haar, glimlachend in een zomerjurk, met baby Iris op schoot. Achter haar stond een jonge man, en zijn hand lag op haar schouder. Hij had golvend donker haar dat over de boord van zijn overhemd viel en een volle baard, maar het waren de ogen die Brenna van de latere foto's in Carols dossier herkende, en dan vooral de bezorgde blik in die ogen. Timothy O'Malley.

'Ik heb Tim maar één keer verhoord, hij zat toen in een afkickkliniek in Albany,' zei Morasco. 'Veel zinnige informatie kon ik toen niet uit hem krijgen, maar nu hij... Nou, als de situatie anders was, zou hij ons nu misschien kunnen helpen.'

'Waarom denk je dat?'

'Hij kende Lydia. Waarschijnlijk beter dan wie ook. Toen Iris verdween, zat hij in een gesloten inrichting. Hij reageerde niet goed op methadon. Hij woog nog maar vijfenvijftig kilo en de helft van wat hij zei sloeg nergens op, maar Lydia ging regelmatig bij hem op bezoek om met hem over haar problemen te praten.'

'Wacht even. Zij ging met hem over háár problemen praten?'

Morasco knikte. 'Hij was haar sterke schouder. Dat heeft ze me zelf verteld.'

Brenna keek nog eens naar de foto, naar de innerlijke pijn in de ogen van de jonge man, naar de jonge vrouw die beeldschoon maar ook zo ernstig was, en naar het breed glimlachende kind. Ze hielden elkaar allemaal vast, zijn hand op haar schouder, haar hand op de zijne, en allebei hun andere hand op de mollige armpjes van het kind. Een drie-eenheid. 'Ze zijn allemaal weg,' zei Brenna. 'Het hele gezin.'

'Ja,' zei Morasco, en daarna: 'Het leven is hard.'

Ze draaide zich naar hem om. Hij stond naar de foto te staren. 'Het leven is hard,' zei hij weer, en opnieuw bespeurde Brenna die inwendige pijn achter zijn ogen, daar gehouden door heel dunne draadjes. Ze had de neiging zijn wang aan te raken, maar ze hield zich in, net zoals ze haar herinneringen in toom hield. 'Waar is de portefeuille gevonden?'

'In de woonkamer,' zei hij. 'Hiernaast,' en zwijgend liepen ze ernaartoe.

De woonkamer kwam haar meteen bekend voor; de bank met de crèmekleurige bekleding met een steenrood patroon, de donkergroene fauteuil bij de bakstenen muur met dezelfde rode tint. Brenna liep ernaartoe. 'Waar de portefeuille precies is gevonden...' zei hij, maar zijn stem ebde al weg terwijl Brenna werd teruggevoerd naar 10 september 1998, drie dagen nadat Iris Neff vermist was geraakt, naar de smaak van zwarte koffie in haar mond, de hete mok die haar handen verwarmde en de koele parketvloer onder haar blote benen, toen ze in de woonkamer van haar appartement in Fourteenth Street zat, met haar rug tegen de bank, in Jims 'Ski Aspen'-T-shirt met lange mouwen, om kwart over tien 's morgens, te kijken naar *Good Morning New York...*

'De ergste nachtmerrie van iedere moeder,' zegt de presentatrice. Lydia Neff verschijnt op het scherm, starend naar een ingelijste foto. Brenna kijkt naar het bleke gezicht, het ravenzwarte haar; een beeldschone vrouw, tegelijkertijd zo onbeschrijfelijk verdrietig. Het beeld maakt plaats voor een foto van een glimlachend meisje. Vlechtjes. Een paarse overall. De commentaarstem zegt: 'Lydia Neffs dochter Iris, zes jaar oud, die op Labor Day bij een vriendinnetje aan het spelen was en daar is weggelopen. Sindsdien is ze niet meer gezien en is er niets meer van haar vernomen.'

Brenna neemt een slok van haar koffie. Het beeld schakelt naar Lydia Neff in een donkergroene fauteuil, achter haar, aan de muur, hangen drie ingelijste tekeningen. 'Ik weet dat ze ergens moet zijn,' zegt Lydia. Haar ogen fonkelen. Tranen. Brenna kan niet te lang naar Lydia Neff kijken. Elke keer als ze naar Lydia kijkt, ziet ze haar moeder, twee weken nadat Clea vermist is geraakt, ziet Brenna dezelfde pijn in haar moeders ogen toen ze tegen haar zei: 'Ja. Ik heb haar zien weggaan. Ik mocht het niet tegen je zeggen, mam...'

Lydia zegt: 'Als moeder weet je dat soort dingen. Ik voel het.'

Brenna concentreert zich op de tekeningen achter Lydia's hoofd: tekeningen in kleurpotlood, die boven elkaar hangen. Op de bovenste een poppetje met harken als ledematen, dat naast een dikke, groene boom staat, op de middelste een rond, lachend gezicht met lange wimpers en zwart haar, 'Mama' staat er in kinderlijke letters onder geschreven... op de onderste een roze valentijnhart met een regenboog en sterren erachter. Tekeningen van Iris. Ingelijst.

'Als je dochter nu kijkt, Lydia, wat zou je dan tegen haar willen zeggen?'

Lydia Neff kijkt recht in de camera. Haar bovenlip trilt. 'Alleen... dat mama van je houdt, en...' Er kruipt een traan over haar wang. 'Ik hoop zo dat alles in orde is met je. Kom alsjeblieft naar huis.' Brenna kijkt Lydia Neff nu recht in de ogen. Ze kan haar blik er niet van losmaken. Met haar handen om de koffiemok geklemd gaan haar gedachten terug naar 29 juli 1985, om negen uur 's morgens, als ze de lege kom van haar cornflakes naar de keuken brengt en in de spoelbak zet terwijl dj Ricky D op de radio zegt: 'En nu, de Talking Heads!', ze naar buiten kijkt en haar moeder in de tuin ziet zitten, in kleermakerszit in het gras, kijkend naar het standbeeld dat ze heeft gemaakt nadat papa haar had verlaten. Ernaar starend alsof het beeld kon praten, alsof het tegen haar praatte en het haar uitlegde waarom...

'Brenna?' vroeg Morasco. 'Alles oké met je?'

Brenna beet zo hard op de binnenkant van haar wang dat ze bloed proefde. 'Ja,' zei ze. Ze stond nog steeds naar de fauteuil te staren.

'Ik geloof niet dat je hebt gehoord wat ik zei,' zei Morasco. 'Maar waar jij nu naar kijkt, dat is de plek waar we Carol Wentz' portefeuille hebben gevonden.'

Brenna reageerde er niet op. Of niet meteen. Aan de muur achter de fauteuil hingen nog steeds de drie tekeningen. 'Ze heeft Iris' tekeningen laten hangen.' En terwijl ze het zei, merkte ze dat de volgorde van de tekeningen was veranderd. Het valentijnhart hing nu in het midden en 'mama' hing onderaan. 'Lag Carols portefeuille onder deze tekeningen?'

'Yep.'

Ze liep ernaartoe, haalde de drie lijsten voorzichtig van de muur en bracht ze naar de tafel bij het raam. Het viel haar op dat die met 'mama' iets lichter was dan de twee andere. Brenna draaide de lijst om en bekeek de achterzijde van het witte papier waarop was getekend. De achterkant van de lijst ontbrak. Toen ze omlaag keek, zag ze die op de vloer liggen, naast de tafelpoot, een rechthoekig stuk zwart karton. Ze raapte het op. 'Wat Carol uit dit huis heeft meegenomen, wat het ook was,' zei ze, 'ik ben er redelijk zeker van dat het achter die tekening verstopt zat.'

23

Ze hadden de deur achter zich dichtgetrokken en Brenna zette het alarm weer aan toen de gedachte in haar opkwam. ‘Dat meisje dat steeds belt… als dat meisje Iris is, of iemand die haar kent, dan heeft zij misschien tegen Carol gezegd wat er achter die tekening verstopt zat. Ik bedoel… wie zou dat anders kunnen weten?’

‘Dat zou kunnen,’ zei Morasco. ‘Of misschien heeft Tim O’Malley het haar verteld.’

Het rode lampje van het alarm brandde weer. Brenna deed een stap achteruit van de deur. ‘Jij gelooft niet dat Iris is teruggekomen.’

Hij haalde zijn schouders op. ‘Ik zou het graag geloven dat zij het is die belt,’ zei hij. ‘Maar helaas, dat zou te mooi zijn om waar te zijn.’

‘God, wat een nihilist ben jij. Wees toch eens wat positiever. Of laat me je Jack Paar-imitatie horen.’

Morasco glimlachte, maar op dat moment hoorden ze piepende banden op de oprit van het huis, een portier dat dichtsloeg en voetstappen die knarsten in het grind.

Brenna keek naar Morasco. Zijn hand ging achter de revers van zijn jasje. Ze dacht weer aan Carol, een vrouw die bijna net zo nauwgezet was als haar man, die het huis zo overhaast had verlaten dat ze de tekeningen in de verkeerde volgorde had teruggehangen. Die vervolgens had geweigerd om terug te gaan, zelfs al lag haar portefeuille met haar rijbewijs daar. Wat had haar zo aan het schrikken gemaakt?

Voetstappen.

Ze kwamen dichterbij. Brenna’s hartslag versnelde, en toen hoorde ze de stem. 'Hallo?' Ze herkende de stem. Onmiddellijk. Brenna's schouders ontspanden zich. Schrik maakte plaats voor ergernis. 'Wat doet zij hier?' vroeg ze.

Morasco keek Brenna fronsend aan. Hij wilde iets terugroepen, maar daar was ze al, ze kwam met grote passen de hoek om lopen, haar tas met beide handen tegen zich aan gedrukt alsof iemand die wilde stelen. 'Hallo, inspecteur,' zei ze.

Morasco zei: 'Brenna Spector, ik stel je voor aan...'

'Gayle Chandler,' zei Brenna.

Gayles wenkbrauwen gingen omhoog. 'Ken ik jou?'

'We hebben elkaar eerder ontmoet.'

Morasco zei: 'Gayle is de makelaar.' Hij wendde zich tot haar. 'Brenna is privédetective; ze werkte voor Nelson Wentz.' Hij glimlachte. 'Ze vergeet nooit een gezicht.'

Brenna moest toegeven dat Gayle er nog vrijwel hetzelfde uitzag als elf jaar geleden, toen Brenna haar voor haar huis had aangesproken. Misschien waren haar heupen iets breder geworden en zaten er wat meer lijntjes rondom haar mond, maar verder zag ze er nog exact hetzelfde uit, tot en met het gebeeldhouwde kapsel, de grote gouden oorringen en de onechte, zelfingenomen glimlach. 'Ik wilde alleen weten of jullie erin konden.'

Brenna zei: 'Dus jij was het die Carols portefeuille heeft gevonden.'

Gayles glimlach verdween. 'Ja... arme Carol.'

'Jij was haar beste vriendin.'

Gayle keek Morasco even aan. 'Zo zou ik het niet willen zeggen. Maar ik mocht haar graag. We waren lid van hetzelfde leesclubje.'

'Nelson heeft dat gezegd.'

De blik in haar ogen werd harder.

'Nelson Wentz zei dat jullie dik bevriend waren,' herhaalde Brenna.

Gayle Chandler wendde zich tot Morasco. 'Nou, ik kijk even of de deur goed dichtzit en dan ben ik weer weg.'

Brenna zei: 'Een week voordat Carol werd vermoord, heeft ze je gebeld. Waar ging dat over?'

'Wat?'

'We hebben de telefoongegevens van Carols mobiele telefoon. Daar staat een gesprek van haar naar jou op, van anderhalve minuut.'

'O, dat,' zei ze. 'Ze belde om te vragen of ik het boek voor ons leesclubje al uit had. *Safekeeping.*'

'Omdat jullie elkaar van het leesclubje kenden.'

Gayle staarde haar aan. 'Ja.'

Morasco keek haar ook aan, met gefronste wenkbrauwen.

'Lydia Neff, daarentegen, was wel een echte vriendin van je,' zei Brenna.

Gayle knipperde met haar ogen. 'Ik heb Lydia Neff al in geen twee jaar gesproken.'

'Ik zei "was". Jullie "waren" goede vriendinnen.'

'Ja... nou en?' Ze keek Morasco aan. 'Is dit een politieverhoor of zoiets?'

Brenna vroeg: 'Mag ik je iets vragen?'

'Heb ik veel keus?'

'Waarom heb je tegen Carol gezegd dat Lydia en Nelson een verhouding hadden?'

Gayles mond viel open. 'Wat?'

'Jij was bevriend met Lydia Neff. Zo goed bevriend dat je haar dagschema kende. Nadat Iris vermist was geraakt, wist je dat Lydia elke ochtend om negen uur naar het Waterside-complex ging om daar te mediteren.

'En jij weet dit allemaal over mij omdat...?'

'In de week van 18 oktober 1998 ben je, voor zover ik weet, vier keer naar Lydia's huis gegaan. Op de eenentwintigste kwam je daar om half twaalf 's morgens met een zak donuts en twee grote bekers koffie en ben je twee uur gebleven. Op de tweeëntwintigste ben je haar een Tupperware-bak met eten gaan brengen en ben je anderhalf uur gebleven. Jullie waren dik bevriend.'

Gayle gaapte Morasco aan. 'Wat mankeert haar?'

Hij haalde zijn schouders op. 'Ze heeft een goed geheugen.'

'Maar een jaar daarvoor had je Carol Wentz verteld dat Lydia een verhouding met haar man had.'

'Dat heb ik niet...'

'Ik zal jou eens iets zeggen, Gayle. Als er één ding is wat ik zeker weet, is dat de tijd niks wegpoetst.'

'En wat mag dat dan wel betekenen?'

'Dat betekent dat als je een leugen vertelt, het na vijf, tien of twintig jaar een nog net zo grote leugen is als op de dag dat je die hebt verteld.'

'Ik heb geen leugens verteld.'

'Je maakt een fout, je kwetst iemand en je denkt: nou, de tijd zal de wonden wel helen. De mensen vergeten het en dan is het alsof het nooit is gebeurd. Waar of niet?' Brenna zei het tandenknarsend, want ze begon steeds bozer te worden. 'Maar het is wel degelijk gebeurd. De hele wereld kan het vergeten zijn, maar dat verandert niks aan het feit dat jij twaalf jaar geleden een smerige, kwaadaardige leugen hebt verteld.'

'Dat is niet waar.'

'Ach, doe me een lol.'

'Het is niet waar!'

'Jouw leugen heeft Carol Wentz meer gekwetst dan je ooit hebt kunnen denken. Die heeft geleid tot een obsessie die haar waarschijnlijk het leven heeft gekost.' Brenna keek haar strak aan. 'De tijd heelt niet alle wonden, Gayle. Soms maakt die ze nog dieper dan ze al waren.'

Gayle had inmiddels tranen in haar ogen. Brenna wierp een vluchtige blik op Morasco, die haar aankeek met een blik waarvan ze niet kon zeggen of het bewondering, schrik of angst was, of een combinatie van die drie. 'Waarom heb je tegen Carol gezegd dat Nelson en Lydia een verhouding hadden?'

Gayle slikte zichtbaar. Toen ze antwoord gaf, klonk haar stem heel zacht. 'Omdat het zo was.'

'Hè, kom op nou.'

'Lydia had het me verteld. Ze zei dat het op een avond was begonnen, toen hij haar vanaf het station een lift naar huis gaf. Ze waren onderweg bij een bar gestopt, hadden samen een glaasje wijn gedronken en hadden zich laten gaan. Zij ging ervan uit dat het een eenmalige flirt was, vertelde ze, maar daarna bleef het… gebeuren.' Ze schraapte haar keel. 'Tegen de tijd dat ze het aan mij vertelde, was het al heel serieus geworden, beklemmend serieus, veel te serieus naar haar zin. Lyddie wist dat ze er een eind aan moest maken, maar ze wist niet hoe.'

'Lydia Neff… en Nelson.'

'Ik heb tegen haar gezegd dat ze wel iets beters dan Nelson kon krijgen,' zei Gayle. 'Maar toen zei Lyddie dat ze zo goed met elkaar konden praten.'

Brenna staarde haar aan. Iedereen heeft behoefte aan die ene persoon...

'Maar het klonk mij in de oren alsof hij door haar werd geobsedeerd,' zei Gayle. 'Lyddie was erg in de war. Ik wilde er niet te zeer bij betrokken raken. Waarom zou ik? Ik heb het Carol alleen verteld om Lydia te helpen. Ik dacht: als Carol het weet, laat Nelson Lydia verder misschien met rust.'

Brenna zei niets. Ze keek Gayle alleen maar aan, deze vrouw die ze voor een paniekzaaier had gehouden, en verder zo oppervlakkig als wat. Even gingen haar gedachten terug naar de Gayle van elf jaar geleden, met haar kille roze lipstick en haar zelfingenomen houding. Met twee Range Rovers op de oprit, een zwarte en een witte, allebei zo fonkelnieuw dat je zou verwachten dat de prijskaartjes er nog op zaten. *Lydia gaat er elke ochtend naartoe om te mediteren bij de fontein. Ze is een heel spirituele vrouw, wist je dat?* En Brenna had gedacht: o, is het er zo een. Zo iemand als Roger Wright, de projectontwikkelaar. Een van die uitverkoren mensen die nooit behoefte aan iets hebben, die zijn grootgebracht achter glas, onbereikbaar voor welke pijn ook...

Gayle veegde een traan van haar wang. Ze was in twee minuten tijd tien jaar ouder geworden en al die gladde zelfverzekerdheid was van haar afgegleden. 'Nelson Wentz heeft een hoop woede in zich,' zei ze.

Brenna begon haar te geloven.

Gayle liep naar de achterdeur van het huis, bleef staan en draaide zich om. 'Als je over wonden wilt praten,' zei ze, en haar stem trilde nog na, 'raad ik je aan dat met je cliënt te doen. Die weet daar veel en veel meer van dan ik, stel ik me voor.'

Zonder iets te zeggen liepen Brenna en Morasco terug naar hun auto. Toen ze bij haar Sienna kwamen, leunde Brenna ertegenaan en keek Morasco aan, terwijl Gayles woorden nog na-echoden in haar hoofd.

Gayle was geen paniekzaaier geweest. Haar vriendin had haar verteld over de verhouding die ze was begonnen, een verhouding waarin ze verstrikt was geraakt en waaruit ze zich niet kon losmaken. Een verhouding met Nelson Wentz. 'Nelson Wentz heeft een hoop woede in zich.'

'Alles oké met je?' vroeg Morasco.

'Dat ik me alles herinner, betekent nog niet dat ik het altijd bij het rechte eind heb.' Ze keek hem aan. 'Waar of niet?'

'Je bent eerlijk. Je verwacht van andere mensen dat ze ook eerlijk zijn. Dat is een goede eigenschap.'

'Je klinkt als mijn psychiater,' zei ze. 'Of beter gezegd, de psychiater waar ik veertien jaar geleden naartoe ging. Ik ben nu niet in therapie...'

'Ik heb Nelson Wentz verhoord toen ik aan de zaak van Iris' vermissing werkte, Brenna. Hij verzekerde me dat Lydia en hij nooit een verhouding hadden gehad. Ik geloofde hem ook, oké?'

'Dus we zijn allebei goedgelovig.'

'Nou,' zei hij, 'je staat er in elk geval niet alleen in.'

Ze voelde dat haar lippen zich in een glimlach plooiden. 'Toch geloof ik niet dat Nelson haar heeft vermoord. Maakt dat me extra goedgelovig?'

'Misschien wel.'

'Sta ik daar wel alleen in?' vroeg Brenna, en op dat moment werd er in haar hoofd een schakelaar omgezet en wás ze alleen, de avond daarvoor, nadat Maya naar bed was gegaan, in haar keuken, waar ze Nelsons dossiers doornam en zag dat er een bladzijde van het politierapport ontbrak. 'Weet je nog dat ik je vroeg of Nelson ooit door commissaris Griffin was verhoord?'

'Ja. En toen heb ik gezegd dat dat niet zo was.'

'Sprak je toen de waarheid?'

Met gefronste wenkbrauwen keek hij haar aan. 'Ik heb Nelson gesproken op de oprit van zijn eigen huis. Hij vertelde me dat hij Iris amper kende, en dat Lydia en hij geen verhouding hadden gehad, dat ze gewoon goede vrienden waren. Ik heb hem beloofd dat ik het tussen ons zou houden, en verder dan dat is het nooit gegaan.'

'Dus Nelson was niet NN?'

Morasco fronste zijn wenkbrauwen dieper. 'NN?'

'Bladzijde 22. Tenminste, elf jaar geleden was het bladzijde 22. Nu is bladzijde 22 de eerste van het verhoor van Theresa Koppelson en...'

Morasco staarde haar aan alsof ze opeens een aria uit een Italiaanse opera voor hem zong.

'Je hebt geen idee waar ik het over heb?'

Hij schudde zijn hoofd.

'Het heeft met het politiedossier van de Neff-zaak te maken. Ik herinner me het verhoor woordelijk en ik heb het uitgeschreven. Ik zal het je straks mailen.'

'Oké.' Hij keek haar recht aan met een bedroefd glimlachje om zijn mond.

'Wat is er?'

'Brenna,' zei hij. 'Heb je jezelf wel eens gezien als een lot uit de loterij? Niet alleen met een beter geheugen, maar ook beter dan anderen, bedoel ik?'

'Nee.'

'Nou, ik wel.' Hij raakte haar arm aan, zo licht dat ze het nauwelijks voelde. Hij zei verder niets, maar het gebaar, de tederheid ervan... Kijk me niet zo aan, inspecteur Nick Morasco. Kijk me niet zo aan, want dat blijf ik me herinneren en dat doet pijn.

Zo bleven ze geruime tijd staan, elkaar aanstarend, totdat Morasco uiteindelijk weer iets zei: 'Er moet een betere manier bestaan om je brood te verdienen.'

Brenna knipperde met haar ogen. 'Wat?'

Morasco zei het nog een keer, nu met een accent, en zijn onderkaak vooruit. 'Mijn Jack Paar-imitatie,' legde hij daarna uit.

Ze moesten er allebei even om lachen.

24

Het was vijf voor half zeven toen Brenna thuiskwam, nog geen half uur te laat, maar ze wist dat Maya boos zou zijn. 'Het is wreed, weet je dat?' had Maya een keer gezegd toen Brenna te laat was. Dat was op 20 juni, om precies te zijn, toen ze met Maya voor een brunch had afgesproken in de Cowgirl Hall of Fame en ze niet om 10.30 maar om 10.42 was binnengekomen. Het enige waaraan Brenna de hele tijd had kunnen denken was: wreed? Waar heeft ze dat woord vandaan? Totdat Maya tijdens hun roerei met toast had gezegd: 'Faith is nooit te laat,' wat Brenna inderdaad als wreed had getroffen en wat ze tegen Maya had gezegd, waarna ze de rest van hun brunch in ijzige stilte hadden opgegeten.

Brenna verwachtte vanavond kille, verwijtende blikken. Ze had Maya al een excuus ge-sms't, maar had natuurlijk geen antwoord gekregen.

En toen ze haar appartement binnenkwam, werd ze niet door Maya begroet maar door Maya's rugzak, die pontificaal op de keukentafel stond. 'Maya!' riep Brenna. Geen antwoord. Er zat een geel Post-it-velletje op het beeldscherm van haar computer.

CHECK JE E-MAIL

TNT

P.S. KOOP EEN IPHONE

Ze wilde haar computer aanzetten, maar Trents e-mail zou even moeten wachten, want ze zag achter Maya's rugzak nog een rugzak staan. Ze liep ernaartoe en legde haar hand erop. Een zwarte JanSport. Haar compleet onbekend.

'Maya?'

Ze hoorde een mannenstem. 'Je bent echt steengoed,' zei de stem, en daarna: 'Waar heb je dit geleerd?' Brenna liep door naar Maya's kamer, want daar kwam de stem vandaan, een volle, jonge mannenstem. *Wat zie je er mooi uit, Clee-bee.* Brenna beet haar tanden op elkaar en klopte op de deur. 'Maya?'

De deur ging open en daar stond haar dochter, met een verhit gezicht en een scheve, opgelaten glimlach; zo jong en tegelijkertijd al zo volwassen. 'Hoi, mam,' zei ze. 'Ik ben met mijn tekenopdracht voor school bezig.'

Brenna keek langs haar heen, naar de bron van de volle stem, die in kleermakerszit op haar bed zat.

'Hallo, mevrouw Rappaport. Ik ben...'

'Miles,' zei Brenna.

'Ja, dat klopt.'

'Ik heet Spector. Niet Rappaport.'

De glimlach verdween. 'O, eh... sorry.'

Brenna hoorde zichzelf vragen: 'Wat kom je hier doen?'

Maya schraapte haar keel. 'Mam, dat zeg ik net. We zijn bezig met onze...'

'Tekenopdracht,' zei Brenna. 'Ik heb je wel verstaan...' Ze deed even haar ogen dicht, telde in gedachten snel van twintig tot vierenzestig om de herinnering tegen te houden... *Het is 8 september 1981, ze voelt het koude plaatstaal van het stoeltje onder haar blote benen, ruikt de dennengeur van het schoonmaakmiddel waarmee de vloer van de gymzaal van de City Island-basisschool is schoongemaakt. Het is ochtend en Brenna zit erbij als een geest. Haar eerste dag in groep zes. De eerste schooldag zonder Clea. Het schoolhoofd zegt iets over een liefdadigheidsloop door de stad, om geld in te zamelen voor de arme kinderen in de South Bronx, en Brenna voelt alle ogen op zich gericht. Kille, starende blikken. Achter haar zit Aaron Spiegel, die iets tegen Katie Johnson fluistert. Brenna wil niet meeluisteren, maar toch hoort ze het. 'Over sletten gesproken... Mijn broer Steve zei dat ze op George Washington met het hele footballteam in bed heeft gelegen.'*

'Gadver!'

'Clea-mydia. Zo noemt Steve haar. Ik durf te wedden dat ze nu ergens de hoer speelt.'

Brenna beet op haar lip.

'Of ze doet pornofilms.'

'Mam?'

'Sorry, Miles, maar je kunt nu beter naar huis gaan. Het is al laat en Maya moet haar huiswerk doen.'

'Mam, dit ís mijn huiswerk.'

'Maya...' Brenna ademde in. 'Alsjeblieft.'

'Ik begrijp het. Dag, mevrouw Spector. Dag, Maya.' Miles stond op van het bed. Pas toen hij langs Brenna heen liep, zag ze dat hij een schetsboek en een paar potloden in zijn handen had. Leuk geprobeerd.

Toen Miles was vertrokken, draaide Brenna zich om naar Maya en stonden ze enige tijd zwijgend tegenover elkaar.

Uiteindelijk vroeg Maya: 'Zal ik een pizza bestellen?'

'Wat gaat er verdomme in dat hoofd van jou om?'

Maya staarde haar aan. 'Chinees dan?'

Brenna sloot even haar ogen. 'Kunnen we even praten?' vroeg ze. 'Alsjeblieft?'

Maya liep haar achterna naar de keukentafel. Toen ze allebei zaten zei Brenna: 'Ik wil niet dat je gekwetst wordt.'

'Ik begrijp niet wat je bedoelt.'

'Ja, dat doe je wel. Gisteren breekt Miles je hart en vandaag laat je hem op je kamer? Ten eerste, die knul verdient jou niet. Ten tweede, het is absoluut onaanvaardbaar dat jij jongens op je bed laat zitten met je deur dicht.'

'We waren niet... ik bedoel... mam?' Ze slaakte een diepe zucht. 'Welk deel van "We zijn bezig met onze tekenopdracht" begrijp je niet?'

'Je grootmoeder zei altijd tegen Clea: "Doe jezelf niet tekort. Kies alleen jongens die jou verdienen, die je met respect behandelen." En dan hief Clea haar ogen ten hemel, net zoals jij nu doet.'

'Ik ben Clea niet.'

'Nee, dat klopt. Clea wachtte tenminste tot ze vijftien was voordat ze aan jongens begon.'

'Dat is niet eerlijk!'

'Het hele leven is niet eerlijk,' zei Brenna. 'Gisteren liet hij je barsten en had hij alleen oog voor dat andere meisje, Maya. Denk je echt zo min over jezelf?'

Maya's ogen schoten vuur. Met haar armen strak over elkaar geslagen, haar gezicht rood van woede en haar onderkaak ver vooruit, leek het alsof ze verdriet had, maar dat was dan jammer. Gevoelens deden er nu niet toe. Dit was het leven.

'Begrijp je wat ik zeg, Maya? Want echt, als dit nog een keer gebeurt, haal ik het slot van je deur, ik zweer het je.'

Maya schoot overeind van haar stoel en rende de gang naar haar kamer in.

'Waag het niet van me weg te lopen!' riep Brenna haar na, en het was of ze de stem van haar eigen moeder hoorde, Clea's woedende voetstappen in de gang...

Even daarna hoorde Brenna nog meer voetstappen en was Maya weer terug, met een schetsboek in haar hand. Ze trilde over haar hele lichaam en toen ze begon te praten, trilde haar stem ook. 'Miles en ik zijn een koppel met tekenles. Ik heb hem niet uitgekozen. Dat heeft de tekenleraar gedaan. We waren ons huiswerk aan het doen.' Ze gooide het schetsboek voor Brenna op de keukentafel. 'Wat ik zei, was waar.'

Op de eerste bladzijde zag Brenna een gedetailleerde schets van een jongensgezicht met een baardje, een mysterieuze glimlach en lichtjes in zijn ogen. Miles. Brenna sloeg de bladzijde om. Nog een gedetailleerde schets. Miles van opzij, nadenkend. Op de volgende bladzijde was de hoek iets anders, de eerste aanzet van een schets, nog maar een paar lijnen, maar dezelfde pose, dezelfde jongen en dezelfde achtergrond: het hoofdeinde van Maya's bed. Brenna keek naar haar op.

'Ik ben Clea niet.'

'O, Maya. Het spijt me...' Ze sloot haar ogen. 'Het komt niet door jou. Ik zit vandaag met het probleem dat ik niemand schijn te geloven. Dat komt door die cliënt van me. Ik ben er net achter gekomen dat hij over iets heel belangrijks heeft gelogen.'

Brenna hoorde de deur van Maya's kamer dichtslaan en toen ze haar ogen opende, was het meisje weg. Brenna keek weer naar Maya's schets, naar de gelijkenis met de jongen op wie ze eerst dol was maar die ze nu haatte... natuurlijk haatte ze hem, dat hoefde Brenna haar niet te leren... de gelijkenis was perfect. 'Je hebt talent,' zei ze voor zich uit, tegen niemand in het bijzonder.

Ze liep naar haar bureau, bestelde een grote pizza en zette haar computer aan. Ze startte haar e-mailprogramma en zag de ongeopende e-mail van Trent, getiteld: Subaru 411. Ze wilde de e-mail aanklikken toen er een bericht van Jim op het scherm verscheen. *Alles OK?*

Brenna zuchtte. *Ja. Hoezo?*

Je was zo kortaf gisteravond.

Ik was gewoon moe, typte Brenna. Ze keek enige tijd naar de woorden, zonder ze te versturen, dacht terug aan de afgelopen avond, van het begin tot het eind, en wiste ze weer. In plaats daarvan typte ze: *Het is niet waar.*

Wat niet?

Dat ik OK ben.

Wil je erover praten?

Brenna zuchtte en er kwam een waas voor haar ogen. *Het is moeilijk. Het lukt me niet me los te maken.*

Het duurde drie, vier, vijf seconden voordat er een antwoord kwam. *Van mij?*

Ja.

Jim schreef niets terug. Hij wilde er niet over praten, wist ze. Zelfs na al die jaren wilde hij niet ingaan op alles wat er was gebeurd nadat ze die klus voor Errol had gedaan; de ijzige stiltes, de maandenlange zinloze huwelijkstherapie, het steeds vaker tot 's avonds laat werken, waarna hij haar in bed de rug toekeerde, niet in staat haar te vergeven, haar nog te vertrouwen. Hij wilde er niet meer aan denken, en wie kon het hem kwalijk nemen? Hij had de luxe dat hij iets kon vergeten, dat hij het achter zich kon laten om een nieuw leven te beginnen met een andere vrouw, terwijl Brenna... Maar dat kon je Jim niet kwalijk nemen, of wel soms? Dat hij normaal was?

Ze probeerde: *Niet alleen van jou. Van alle fouten die ik in mijn leven heb gemaakt.*

Weer gaf Jim geen antwoord. Brenna blies haar adem uit en probeerde de mist uit haar ogen te knipperen.

Het spijt me, typte ze, maar het bericht kwam terug met de mededeling: *JRapp68 is offline.* Ze keek naar het beeldscherm. Jims icoontje was in een x veranderd. 'Oké, Jim, bedankt voor het aanhoren.' Er rolde een traan over haar wang. Daarna nog een. Ze legde haar hoofd op haar handen en voordat ze het wist lag ze voorover op haar bureau te snikken, luidkeels, met schokkende schouders en een pijnlijk gevoel in haar keel.

Brenna voelde een aarzelende hand op haar schouder en daarna nog een, op haar andere schouder. 'Mam?'

Ze had tegen Maya willen zeggen dat ze naar haar kamer moest gaan, want het hoorde toch niet dat ze haar moeder zo zag? Moeders werden verondersteld sterk te zijn, maar Brenna voelde zich helemaal niet sterk en ze wilde niet alleen zijn terwijl ze huilde, dus draaide ze haar stoel om, sloeg haar armen om haar dertien jaar oude dochter en trok haar tegen zich aan. Zo omhelsden de twee elkaar lange tijd en waren ze eventjes geen van beiden alleen.

De pizza werd gebracht en Brenna en Maya aten hem op terwijl ze naar *Psycho* keken, de avondfilm op AMC in de reeks oktoberfilms voorafgaand aan Halloween. Ze hadden de film allebei al talloze keren gezien, dus ze wisten wat er te gebeuren stond, maar dat maakte hem niet minder eng, en toen rechercheur Arbogast zijn voet op de eerste traptrede zette, drukte Maya haar gezicht tegen Brenna's schouder omdat ze niet durfde te kijken. Tijdens de film zeiden ze weinig tegen elkaar, maar het was een aangename, comfortabele stilte. Soms was het al genoeg om alleen samen naar iets te kijken.

Toen Maya naar bed was gegaan, zette Brenna haar computer weer aan. Jim was nog steeds offline, maar daar wilde ze nu niet over nadenken. Misschien was hij uitgegaan of had hij iets anders te doen, en zo niet, dan hoefde ze dat niet te weten. Ze opende haar e-mailprogramma. Afgezien van Trents 'Subaru 411' had ze nog een nieuwe e-mail, van Morasco, met als onderwerp 'Geheugen'.

Ze klikte de laatste aan.

Hallo,
De laatste keer dat ik Lydia Neff heb gesproken, was kort voordat ze de stad verliet. Ze kwam naar het bureau om me 'te bedanken voor alles', zo zei ze het. Toen ik haar vroeg wat haar plannen waren, zei ze dat ze eerst een goede vriend ging opzoeken en daarna ergens opnieuw zou beginnen. Ze zei niet waar, en ik heb niet aangedrongen. Daarna heb

ik nooit meer iets van haar vernomen. Maar waar ik nu net aan moet denken: weet je waar die goede vriend woonde? In Buffalo.
Tot gauw,
N
PS Iets heel anders: mijn Dwight Eisenhower-imitatie is ook vermaard.

Brenna glimlachte. Ze klikte op 'beantwoorden' en typte:

Bedankt voor de info over Buffalo. 'Heeeeel interessant', zoals Arte Johnson zou zeggen.

Over gedateerd materiaal gesproken, zie bijlage. Bladzijde 22 van het Iris Neff-politierapport. Het zat in het dossier toen ik dat in 1998 kreeg, maar daar zit het nu niet meer in.
Veel plezier ermee,
B

Ze deed de bijlage bij de e-mail, verstuurde die en dacht: Buffalo. Blijkbaar had Lydia, kort voordat ze van de aardbodem was verdwenen, nog een keer bij Tim O'Malley willen langsgaan. Van de krantenartikelen die Brenna had gelezen wist ze dat O'Malley tweeënhalf jaar geleden van Albany naar Mulberry 811 was verhuisd, dus hij woonde relatief kort in Buffalo toen Lydia had besloten uit Tarry Ridge weg te gaan.

Haar sterke schouder. De man aan wie ze al haar problemen vertelde.

Brenna dwong haar gedachten terug naar de bibliotheek, naar de nieuwsberichten over de brand in de woongroep, zocht het nummer van het Sisters of Charity Hospital op, belde het en vroeg naar de intensive care. Toen ze een verpleegster aan de lijn kreeg, vroeg ze: 'Is Tim O'Malley al tot spreken in staat?'

'Mevrouw, dat heb ik u gezegd, ik kan u geen informatie over zijn toestand geven tenzij u...'

'Ik werk mee aan het politieonderzoek.'

'De politie van Buffalo? O, sorry. Ik ben al eerder door een mannelijke rechercheur gebeld.'

Brenna dacht hier even over na. 'Ja, dat weet ik.'

'Zijn toestand is nog kritiek, hij is nog buiten bewustzijn, rechercheur...'

'Spector. Bedankt.'

'We laten het u weten zodra er verbetering optreedt.'

'Dat stel ik op prijs.' Brenna wilde het gesprek beëindigen, maar ze bedacht zich. 'Wacht even,' zei ze. 'Waarom zei je: "Mevrouw, dat heb ik u gezegd"? Worden jullie veel door de pers gebeld?'

'Nee,' zei de verpleegster. 'Maar ik zag het geblokkeerde nummer en dacht dat u die dame weer was.'

'Dame?'

'Ja. Ze belt elke keer op om te vragen hoe het met meneer O'Malley is en dan zeg ik dat ik alleen informatie aan familieleden mag verstrekken. Ze belde tien minuten geleden nog. Ze beweert dat ze zijn vrouw is, maar voor zover ik weet is meneer O'Malley niet getrouwd.'

Brenna's mond viel open en ging toen weer dicht. Ze probeerde: 'Mag ik vragen hoe die dame heet?'

'Ze heeft al diverse keren gebeld, maar ze zegt nooit hoe ze heet. Daarom dacht ik dat u het was. Ze is de enige die...'

'Zou je me een plezier willen doen?' vroeg Brenna.

'Eh...'

'De eerstvolgende keer dat die dame voor meneer O'Malley belt, zou je haar willen vragen of ze alsjeblieft Brenna Spector wil bellen? Zou je tegen haar willen zeggen dat het zowel met meneer O'Malley als met Iris te maken heeft, en dat het dringend is?'

'Iris?'

'Ja... ik weet dat het vreemd klinkt,' zei Brenna, en de spanning in haar stem nam toe. 'Ik... ik ben op dit moment in New York. Voor een zaak. Ik zal je mijn nummer geven.'

Het bleef lange tijd stil aan de andere kant van de lijn. Brenna begon bang te worden dat ze door de mand was gevallen en dat de verpleegster zou zeggen: Je bent helemaal niet van de politie van Buffalo! Hoe durf je!, gevolgd door de klik van de hoorn die op de haak was gesmeten, maar de verpleegster zei: 'Sorry, ik moest even mijn pen pakken. Wat is uw nummer, rechercheur Spector?'

Oké, dacht Brenna toen ze het gesprek had beëindigd, op wat er nu gaat gebeuren, heb ik geen vat. Het enige wat ze nu kon doen met betrekking tot de dame die naar O'Malley had gevraagd, was iets waar ze een grote hekel aan had, namelijk wachten tot ze gebeld zou worden.

Brenna sloot Morasco's e-mail en opende die van Trent.

Hola Spectorita,

In de bijlage: alle geregistreerde Subaru Vivio Bistro's in Westchester County in de periode 1996-1998, – minus de overleden eigenaars. Zoals je zult zien, heb ik de lijst opgedeeld in eerst de mannen, dan de vrouwen. Maar goed dat de Bistro zo'n suf autootje is (was?), dus de lijst is niet al te lang.
Later,
TNT

PS Lijst van telefoonnummers die lijken op het faxnummer van Will Garvey doe ik morgenochtend. Ik zet er een computerprogramma op.

PPS Foto van Elizabeth Stoller gemaild aan alle ziekenhuizen en winkels binnen een actieradius van 50 km van haar woning in het Walter P. Klein Begeleid Wonen Project.

PPPS Ik weet het. Ik ben vreselijk goed. Graag gedaan.

Brenna sloeg de bijlage op en opende die. Een lijst die ze nu kon doornemen. Dat was goed. Dat voorkwam dat ze naar de telefoon zou blijven staren en zou blijven wachten op het telefoontje van de vrouw die herhaaldelijk naar het Sisters of Charity had gebeld, de vrouw die volgens Brenna vrijwel zeker Lydia Neff moest zijn, want wie zou er anders bellen om naar Tim O'Malleys toestand te informeren zonder haar naam te willen zeggen? Wie anders zou beweren dat ze zijn vrouw was?

Ongelooflijk, dacht Brenna. Wentz had haar zes uur daarvoor ontslagen, had meer dan eens tegen haar gelogen, en toch zat ze hier, tot haar kruin in de zaak en tergend dicht bij de antwoorden, antwoorden die ze zo graag wilde hebben.

Rustig aan. Concentreer je op de namen.

Trent had gelijk; de lijst van Bistro-bezitters was maar kort. Een stuk of twaalf namen, als ze de vrouwen meetelde. Ze opende Google Afbeeldingen en begon de namen met de woonplaatsen in te typen. De eerste Bistro-eigenaar, Russell Chesney, was een radioloog uit White Plains, en hij had een Facebook-pagina. Daar kon ze niet op inloggen, natuurlijk, maar aan zijn profielfoto te zien was dat ook niet nodig... een man, met een vrouw en een hond, die in de verste verte niet leek op de zogenaamde smeris met het knappe gezicht die Brenna had gezien. De volgende was Percy Bridges, een glimlachende, kale accountant uit New Rochelle, die zijn eigen website had. De derde was een gediplomeerde yogadocent, Samson Moore, een atletisch gebouwde zwarte man vol tatoeages, die vijf dagen per week yoga gaf in de Equinox Gym op Lexington ter hoogte van Eighty-fifth Street.

Het was ongelooflijk hoe simpel het was om mensen op het net te vinden. Ze echt te vinden, compleet met foto, beroep en hun hele levensverhaal. Als Brenna bijvoorbeeld op zoek was geweest naar de volgende man op haar lijst, Martin Wickan, had ze alleen zijn naam in Google hoeven intypen om te weten te komen dat hij hoofd Financiële Zaken van een orthopedisch ziekenhuis in Los Angeles was en dat hij daar zes jaar geleden vanuit zijn woonplaats Scarsdale naartoe was verhuisd. En dat Martins dochter Phoebe, die aan USC studeerde, gisteren een prijs met haar korte film had gewonnen. Martin was heel trots op haar, wist Brenna, want hij had er een *tweet* aan gewijd, met een link naar de film op YouTube.

Het was een puur menselijk verlangen, nietwaar? Om gezien en gehoord te worden? En er waren tegenwoordig meer dan genoeg middelen om dat verlangen te bevredigen; één reusachtig, springlevend elektronisch platform waarop iedereen op elk willekeurig moment zijn gezicht kon laten zien, zijn levensverhaal kon vertellen, een virtuele vuurpijl kon afschieten en zich door anderen kon laten kennen. Het maakte Brenna's werk gemakkelijker. Maar het maakte het ook extra irritant wanneer iemand, ondanks al die mogelijkheden, erin slaagde compleet onzichtbaar te blijven.

Bel me, Lydia.

Ach, waarom niet, dacht Brenna, en ze typte Lydia Neffs naam in het kadertje. Het leverde weinig op; een paar uitgeschreven CNN-berichten van elf jaar geleden, plus een link naar een website over vermiste kinderen. Haar verhaal was gewoon te oud om nog op het net besproken te worden, en zo te zien was de verdwijning van Iris het enige wat Lydia Neff een zekere bekendheid had verschaft, of het enige waarmee ze geassocieerd wilde worden, in elk geval. Behalve... Brenna typte 'life coach' achter Lydia's naam en kreeg Lydia's oude website. Ze zag Lydia's bedroefde, dikke gezicht met daaronder, in zwierige, cursieve letters de woorden 'Bevrijd jezelf!', als een of andere misplaatste grap. Onder aan de bladzijde stond de tekst die blijkbaar haar motto was:

BLIJF LEREN... VERNIEUW JEZELF... VIND JEZELF OPNIEUW UIT

Met daaronder een paar telefoonnummers, die Brenna belde, weer met het idee: waarom niet? Afgesloten. Natuurlijk waren ze afgesloten.

Ze richtte haar aandacht weer op de lijst met Bistro-eigenaars terwijl Lydia's laatste woorden in haar gedachten bleven hangen. *Vind jezelf opnieuw uit.* Ze dacht aan de oude Lydia, met de scherpe jukbeenderen, het glanzende zwarte haar en die sprekende ogen. Een vrouw naar wie op straat werd omgekeken, voor wie auto's vaart minderden. Een vrouw die de geest van een man binnendrong en er niet meer uit wilde.

Toch had ze de laatste paar jaar niets meer aan zichzelf gedaan, waren de jukbeenderen weggezonken in de dikke wangen en was het mooie zwarte haar grijs en pluizig geworden, met als enige uitzondering de ogen, die als uit een ander gezicht de wereld in keken. Die ogen die de rest van de transformatie verstoorden... en wat was het een deprimerende transformatie...

Ze is, en nu was ze. In een paar jaar tijd.

Brenna sloot haar ogen en de twee gezichten van Lydia – het oude en het nieuwe – wisselden elkaar af in haar gedachten. *Vind jezelf opnieuw uit.* Was het dát wat Lydia had gedaan? Ze had zich niet laten gaan, had zich niet volgevreten van verdriet, maar ze had zichzelf bevrijd? Een bewuste transformatie, met Lydia die zich verstopte onder dikke lagen vet, als in een cocon, om... *Het hoogste wat je kunt bereiken is onbaatzuchtigheid.*

Ze had afstand genomen van wie ze was geweest. Was vertrokken uit een stad waar niemand haar miste. Een korte tussenstop in Buffalo, om haar sterke schouder nog één keer te zien, en toen was ze klaar om aan een nieuw leven te beginnen... een leven zonder de geest van haar verdwenen kind, zonder de man in de Vivio Bistro.

Ze keek weer naar de lijst: Roger Wright Industries – bedrijfsauto.

Brenna's gezicht verstrakte. Ze sloot haar ogen, dacht aan haar gesprek met Nelson van die ochtend, voelde de harde zitting van de stoel onder haar benen, rook de whisky in zijn adem... Het verhaal van Nelson en Lydia, die elke dag de trein naar de stad namen... *Er was een periode, ruim tien jaar geleden, dat ze aan een groot project werkte... de opening van de Rose Building op Fifty-seventh.*

Brenna googelde Rose Building. Ze nam enkele tientallen hits door voordat ze op het idee kwam om de woorden 'nieuw' en 'opening' aan haar zoekopdracht toe te voegen. Opnieuw nam ze de hits door en toen vond ze wat ze zocht: het oorspronkelijke persbericht. Ze las het snel. Het bericht bevatte citaten van de architect, de binnenhuisarchitect en de projectontwikkelaar, Roger Wright. 'De naam van het gebouw, Rose, is een eerbetoon aan mijn geweldige schoonmoeder, Lily Teasdale. Lily wilde niet dat het gebouw haar eigen naam zou dragen, daar is ze veel te bescheiden voor, maar ik heb het idee dat de naam Rose een passend eerbetoon is aan de gratie, de schoonheid en de elegantie van zowel Lily als haar dochter, mijn lieve vrouw Rachel.'

Het persbericht was geschreven door Lydia Neff.

Brenna stond op en deinsde achteruit van haar computer. Ze liep de gang in om zichzelf te kalmeren, bleef een tijdje in de deuropening van Maya's kamer staan om te luisteren naar het zachte gesnurk van haar dochter. Een bedrijfsauto. Een paar seconden lang zat Brenna weer achter het stuur van de huurauto, op 21 oktober 1998, zag ze het knappe gezicht van de zogenaamde smeris door het zijraampje – 'U moet weggaan' – met schuin achter hem de zwaargebouwde agent in uniform, die ze nu kende als hoofdcommissaris Lane Hutchins.

In haar hoofd hoorde ze Morasco zeggen: 'Maar ik moet het hem nageven. Hij weet hoe hij het de juiste mensen naar de zin moet maken.' Een waarheid als een koe. De zogenaamde smeris met het knappe gezicht, de man in de blauwe auto, de man die Lydia Neffs huis had geobserveerd voordat Iris was verdwenen, de man die deze ochtend langs Nelson Wentz' huis was gereden en die naar Brenna had gekeken alsof ze zijn prooi was, de man die ongetwijfeld de Kerstman moest zijn... Die man was niet van de politie... die was nooit smeris geweest. Hij werkte voor Roger Wright. Net als Lydia.

Brenna leunde tegen de muur en dacht: en net als, blijkbaar, de huidige baas van de politie. Alhoewel, dat laatste was misschien een slag in de lucht. Als je bij iemand stond, betekende dat nog niet dat je met hem samenwerkte. Maar toch... Waarom had Lane Hutchins haar elf jaar geleden, staande naast een werknemer van Wright, gesommeerd weg te gaan bij Lydia Neffs huis alsof hij officieel als politieman optrad? Brenna had hoofdpijn gekregen. Er zat een zacht zoemend geluid in haar oren, alsof haar geest te veel informatie moest verwerken, te veel in een te korte tijd, en alsof haar hoofd zou barsten als ze het niet even rust gunde.

Brenna liep terug naar haar werkplek. Het was al na elven. Ze zou haar computer uitzetten, naar bed gaan en alle informatie de volgende ochtend, als ze weer goed kon nadenken, op een rij zetten.

Maar toen Brenna bij haar bureau kwam, was het zoemende geluid harder geworden en besefte ze dat het niet in haar oren zat, maar dat het afkomstig was van haar mobiele telefoon, waarvan ze het geluid zacht had gezet.

25

Brenna griste het toestel van haar bureau en keek naar het venstertje. Een nummer dat ze niet herkende, maar het werd voorafgegaan door dezelfde regiocode als het Sisters of Charity Hospital. Buffalo. Ze schraapte haar keel en dacht: rustig aan. Wees professioneel. 'Met Brenna Spector.'

'De zuster van de intensive care... ze zei dat u me wilde spreken.' De stem klonk licht en kwetsbaar. Niet de stem die ze zich van bij de fontein van het Waterside-complex herinnerde, maar al het andere aan Lydia Neff was ook veranderd, dus waarom haar stem ook niet?

Brenna haalde diep adem. 'Hoor eens, ik weet dat je de afgelopen twee jaar in de anonimiteit hebt verkeerd,' zei ze. 'Daar zal geen verandering in komen. Niemand krijgt van me te horen waar je bent, maar ik moet je een paar dingen vragen over een man die je vroeger hebt gekend.'

'Ik weet niet waar u het over hebt. Anonimiteit? Ik?'

'Toe, Lydia, alsjeblieft...'

'Ik ben Lydia niet,' zei de stem. 'Ik dacht dat u me over Tim wilde spreken.'

Brenna hapte naar adem. 'U bent toch de vrouw die het ziekenhuis steeds belt?'

'Ja.'

'Hoe heet u?'

'Millie,' zei ze uiteindelijk. 'Millie Davis.'

Brenna zuchtte hard. 'Van de woongroep voor ex-verslaafden.'

'Ja.'

'U belt steeds naar het ziekenhuis zonder uw naam te zeggen.'

'Ja.'

'Waarom?'

'Omdat ik me zorgen maak om Tim,' zei ze. 'En omdat ik bang ben.'

Brenna ging achter haar bureau zitten. Ze drukte de telefoon tegen haar oor en ging zachter praten. 'Dat begrijp ik,' zei ze, hoewel ze er helemaal niets van begreep.

'Ik weet dat u niet van de politie van Buffalo bent,' zei Millie. 'De zuster zei dat u Spector heette. Ik heb u opgezocht op het net en heb uw website gevonden. U bent privédetective.'

'Dat klopt.'

'Dit nummer... dit is uw directe lijn. Op de website stond "vertrouwelijke telefoongesprekken".

'Ja...'

'Dus dit gesprek, mevrouw Spector,' zei ze langzaam, 'blijft tussen ons.'

'Ja.'

Brenna hoorde haar uitademen, een raspend geluid. 'Goed dan.'

'Mevrouw Davis?'

'Ja?'

'Waarom bent u bang?'

Weer een diepe, trillende zucht. Brenna begon er al rekening mee te houden dat ze zou ophangen. Toen zei de vrouw: 'Ik geloof niet dat Timothy die brand heeft gesticht.'

Brenna's ogen werden groot. 'Hebt u iemand zien binnenkomen of weggaan?'

'Nee. Het gebeurde na drie uur in de ochtend. Iedereen lag te slapen, totdat we werden gewekt door de vlammen.'

'Waarom denkt u dan dat iemand anders de brand heeft gesticht?'

'Omdat Tim zich zo vreemd gedroeg. Hij was heel nerveus en gespannen. Als je op zijn deur klopte, riep hij: "Ga weg!" Dat was niks voor Tim. Hij was altijd heel vriendelijk en voorkomend.'

'Hoe lang deed hij al zo?'

'Een paar dagen,' zei ze.

'Had hij rond die tijd bezoek gehad?'

'Niet dat ik weet, maar ik ben er natuurlijk niet altijd. Hij was eerder die week wel een paar keer gebeld door een of andere vrouw. Ik had zelf de telefoon opgenomen. Ze klonk heel aardig. Volgens mij was het niet die vrouw die hem bang heeft gemaakt.'

Brenna zei: 'Dat was Carol. Carol Wentz.'

'O,' zei Millie. 'Ik dacht eigenlijk dat het zijn ex-vrouw was.'

'Waarom?'

'Omdat ze zei dat ze hem over Iris wilde spreken. Ik wist dat Iris zijn dochtertje was. Hij heeft een foto van haar op zijn kamer.'

Brenna sloot even haar ogen. Het eenpersoonsbed, de foto in het lijstje, de man met het wilde haar, alleen zittend op zijn bed met die gejaagde blik in zijn ogen, hopend... Brenna vroeg: 'Heeft Tim gezegd wat Carol hem over Iris had verteld?'

'Nee.'

'Oké,' zei Brenna. 'Nou, hartelijk bedankt voor het terugbellen, mevrouw Davis.'

'Hoor eens, mevrouw Spector, er is misschien nog iets wat u zou moeten weten.'

Brenna wachtte.

'De dag van de brand had Tim me iets gevraagd wat ik nogal vreemd vond.'

'Ja?'

'Hij vroeg of ik een nieuw slot in zijn deur kon laten zetten.'

'Mevrouw Davis, weet u zeker dat hij geen bezoek heeft gehad? Hebt u misschien onbekende auto's voor het huis zien staan?'

'Nee,' zei ze. 'Alhoewel, wacht eens... Nu ik erover nadenk, zag ik een auto bij het huis wegrijden toen ik terugkwam van de markt. Maar die kan natuurlijk ook van het bezoek van een van de anderen geweest zijn. We hebben tien bewoners, onder wie een paar die veel meer bezoek kregen dan Tim.'

'Wat voor auto was het?' vroeg Brenna. 'Hebt u het merk en het model herkend?'

'Ik weet niks van auto's,' zei ze. 'Maar de auto was blauw en nogal klein. Het leek wel een speelgoedautootje.'

Na haar telefoontje met Millie Davis zette Brenna de computer uit en ging ze gloeiend van frustratie naar bed. Zo dichtbij en toch zo ver weg. Carol had met Tim O'Malley over Iris gesproken. Voorafgaande aan de brand was Tim heel bang geweest. Hij had zich voor iemand verstopt, maar voor wie? En wie was de man die voor Roger Wright werkte, de man die zowel Lydia Neff als Lane Hutchins kende en die reed in een blauwe auto die eruitzag als een speelgoedautootje?

Het lukte haar om in slaap te vallen en niet te dromen, maar de volgende ochtend om vijf uur was ze alweer wakker, gewekt door een herinnering die door haar hoofd gonsde. *Brenna voelt de koele herfstbries op haar rug en het zonlicht weerkaatst in Morasco's bril terwijl hij aan het woord is en zij vanuit haar ooghoek de zilvergrijze BMW van hoofdcommissaris Lane Hutchins het parkeerterrein op ziet rijden.*

'... *Lane zal geen dag van zijn leven later dan vijf uur 's middags naar huis gaan, maar hij staat wel elke ochtend om zeven uur op de golfbaan met Roger Wright. Hier in Tarry Ridge heb je dan de juiste instelling.*'

Brenna kwam uit bed. Haar eerste gang was naar de keuken, waar ze Maya's lunch klaarmaakte en een briefje voor haar schreef. BEN HET MERENDEEL VAN DE OCHTEND WEG. WERK. LIEFS, MAMA. Ze legde het naast het lunchpakketje en schreef er nog onder: IK BEN HARTSTIKKE TROTS OP JE. Ze plakte een biljet van tien dollar onder aan het briefje en schreef erboven: VOOR HET GEVAL JE DIT NIET LEKKER VINDT.

Daarna liep ze naar haar bureau, zette de computer aan en deed in de absolute stilte van voor zonsopgang een uur lang research naar Roger Wright Industries en Tarry Ridge.

Hoeveel holes zouden ze spelen? Brenna zat al een kwartier te wachten in haar auto op het parkeerterrein van de Tarry Ridge Country Club, nippend aan een beker koffie die ze bij het benzinestation had gekocht en beurtelings kijkend naar de ingang van de club en de zilvergrijze BMW 360i van Lane Hutchins. Nick had gelijk gehad met wat hij zei over de arbeidsethiek van Lane Hutchins. Het was nu half acht en toen ze hier aankwam, stond Hutchins' auto er al. Ze keek nog eens op haar horloge en stuurde een sms aan Trent, zodat hij zich niet hoefde af te vragen waar ze uithing. *Ik denk dat de Vivio Bistro de bedrijfsauto van Wright is. Ben nu in Tarry Ridge om dat uit te zoeken. Hoop Wright zelf te spreken.*

Na een half uur, toen ze haar koffie net ophad, kwam Hutchins door het hek naar buiten, met zijn golftas aan zijn schouder, op de voet gevolgd door de enige echte Roger Wright, met wie hij in gesprek was. Brenna bekeek de twee eens goed: Wright, vakantiebruin en in al zijn vanzelfsprekende perfectie het spiegelbeeld van de jonge man die elf jaar geleden het lint van het Waterside-complex had doorgeknipt – absoluut onaangetast door de tijd – met zijn volmaakte gebit en zijn gave huid, het levende bewijs van wat geld met je kon doen. En dan Hutchins, die zwaargebouwde beklimmer van de sociale ladder, in zijn mintgroene polo en zijn geruite golfbroek; dure kleren, maar niet helemaal goed passend, alsof zijn lijf zich ertegen verzette dat hij ze aanhad. Ze kon vanaf deze afstand niet zien of Hutchins zweette, maar als dat niet zo was, wist ze dat hij daar de nodige moeite voor moest doen, dat hij zichzelf zo had getraind dat zelfs zijn poriën wisten wanneer ze wel en niet mochten zweten. Waar zouden de twee het over hebben?

Brenna zelf deed vandaag haar best mogelijke Faith Gordon-Rappaport-imitatie, met haar geföhnde haar, een roze-met-groen Ralph Lauren-jurkje en een kasjmieren vest dat ze twee jaar daarvoor in een boetiek in de Upper East Side had gekocht voor de zeldzame gelegenheden dat ze er duur en gearriveerd moest uitzien, smaakvolle gouden oorringen, een grote zonnebril en een glimlach die ze onderweg had geoefend.

Zodra de twee mannen ieder naar hun eigen auto liepen, stapte Brenna uit, ze plooide haar lippen in de glimlach, begon, in een imitatie van de vrouwen die bij de bibliotheek hun gebak probeerden te verkopen, als een idioot te zwaaien en riep: 'Roger?'

Wright bleef staan en draaide zich om, breed glimlachend maar met een lege blik in zijn ogen en de woorden 'Moet ik jou kennen?' op zijn gezicht geschreven, hoewel in een smaakvol lettertype.

'U kent me vast niet meer.' Brenna bood hem haar hand aan. 'Candy Bissel. Ik schrijf columns voor de *Sleepy Hollow Press*?' Ze voelde Hutchins' blik op zich gericht en glimlachte naar hem. 'Het is een eer u te ontmoeten. U doet geweldig werk, commissaris.'

Zijn aangezichtsspieren ontspanden zich en er verscheen een politieke glimlach om zijn mond. 'Zestig procent minder misdaden in amper vijf jaar.'

'Vertel mij wat! En als ik het zeggen mag, die avondklok van elf uur voor de tieners van Tarry Ridge was een ronduit briljante zet.'

De glimlach werd breder. 'De stad betaalt me er goed voor,' zei hij. 'Ik voel het als mijn plicht om de belastingbetalers waar voor hun geld te geven.'

'Zonder Lane zouden we nergens zijn,' zei Wright.

'Helemaal mee eens, meneer!' zei Brenna glunderend.

'Mevrouw Bissel, het spijt me, maar ik kan me u niet herinneren.'

Brenna lachte. 'De opening van de Rose Building in 1996. Ik deed er verslag van voor de krant. Ik was net van de School voor Journalistiek en een beetje te enthousiast?'

Wright blies zijn adem uit. 'Ah... juist.'

'Ik vergeet zelf nooit een gezicht en als ik het zeggen mag, u bent geen spat veranderd.'

'Heel vriendelijk van u.'

Brenna wendde zich tot Hutchins. 'Het was een grandioze opening,' zei Brenna. 'Een Afrikaanse dansgroep, toastjes met zalm en tonijn... en zo kan ik nog wel even doorgaan. En de pr-vrouw was ook een schat.' Ze keek Wright weer aan. 'Hoe heette ze ook alweer?'

'Claire Goodman.'

'Nee, nee, die bedoel ik niet.'

'Claire doet al jaren onze pr.'

Brenna knipperde een paar keer met haar ogen. 'Nee, ze heette Linda... of zo'n soort naam was het. Een heel aantrekkelijke vrouw. Wacht... Lydia!'

De lege blik keerde terug in de ogen.

Brenna schraapte haar keel. 'Maar goed, sorry dat ik u lastigval, heren...'

'Dat geeft niks.'

'Echt, het is puur toeval dat ik u tegen het lijf loop want onlangs... nou, niet onlangs maar gisteren, om precies te zijn... op het parkeerterrein van de bibliotheek, zag ik een van uw werknemers die ik ook op de opening van de Rose Building had gezien en hoe ik ook mijn best deed, ik kon niet op zijn naam komen.' Ze wendde zich tot Hutchins. 'Hebt u dat ook wel eens? Je staat een hele tijd met iemand te praten, denkt dat je iemand al kent en dan, al pieker je je suf, weet je ineens niet meer hoe hij heet?'

'Nee, nooit.' Hij gaf haar een knipoog en wees naar zijn voorhoofd. 'Wat erin komt, gaat er nooit meer uit.'

Brenna zuchtte. 'Daarom zijn die belastingbetalers zo blij met u,' zei ze. 'Gezichten vergeet ik nooit. Namen... dat is helaas een ander verhaal.'

'Hoe zag die werknemer eruit?' vroeg Wright.

'Ongeveer van uw lengte, misschien iets groter. Donker haar, nu met wat grijs erin. Brede schouders. Een heel knap gezicht. Met een moedervlek, hier.' Ze wees naar haar wang. 'O! En hij rijdt in een Subaru Vivio. Zo'n klein stadsautootje dat in de jaren negentig populair was? Schattig!'

Brenna observeerde Wright. De glimlach was verdwenen.

'Is er iets mis?' vroeg ze.

'En jij hebt hem gesproken?'

'Ja.'

'Je hebt hem ontmoet tijdens de opening van de Rose Building?'

'Ja.'

Wright wisselde een blik met Hutchins. Ook hij glimlachte niet meer.

'Voor zover ik weet heb ik geen werknemer die aan die beschrijving voldoet,' zei Wright. Zijn stem had een kille klank gekregen.

'Maar...'

'Meneer Wright kent alle honderdtachtig mensen die voor hem werken.'

'Dertien jaar geleden waren dat er maar achtendertig,' zei Brenna. Ze staarden haar allebei aan. Brenna kromp ineen. 'Ik bedoel, zo ongeveer... toch?'

'Wie ben jij?' vroeg Hutchins. 'Wat wil je van ons?'

Brenna schraapte haar keel. 'Het spijt me dat ik u heb lastiggevallen.' Ze draaide zich om en liep terug naar haar auto, met ijzige blik nagestaard door de twee mannen terwijl haar telefoon in haar tas in morse sos zoemde; de beltoon die ze had gekozen voor sms'jes, absurd toepasselijk voor hoe ze zich op dit moment voelde, maar toch... Vanwaar die reactie? De man met de moedervlek rijdt in een bedrijfsauto. Wie kan hij dan anders zijn dan een werknemer van Wright?

Toen Brenna het parkeerterrein af was gereden – intens hopend dat Hutchins haar kenteken niet zou noteren, maar ervan overtuigd dat hij dat natuurlijk wel zou doen – keek ze naar het schermpje van haar telefoon. De sms was van Trent. *Re: Wright bedrijfsauto. Heb net ontdekt dat registratie in 1999 is overgeschreven op naam van Adam Meade. Bel me.*

'Dat vertelt hij me nu,' fluisterde Brenna. 'Dat vertelt hij me verdomme nu!'

'Adam Meade is niet iemand aan wie je wilt denken in de aanloop naar Halloween,' begon Trent toen Brenna hem belde.

Brenna zuchtte. 'Dat klinkt als een slogan voor een griezelfilm. Kun je misschien iets specifieker zijn?'

Trent vertelde haar alles wat hij over Meade te weten was gekomen. Adam Meade, zoon van een held uit de Vietnamoorlog, de postuum onderscheiden Forrest Meade, had zijn middelbare school gedaan in Jacksonville, Florida, en vervolgens diverse jaren lopen nietsnutten voordat hij eindelijk een baantje als verpleeghulp in het VA Medical Center in de Bronx had gevonden. Nadat er door drie patiënten klachten tegen hem waren ingediend, wegens 'fysieke en emotionele wreedheid', was Meade daar ontslagen, maar desondanks was het hem gelukt om aangenomen te worden bij de bewakingsdienst van Wright Industries, waar hij van 1996 tot 1999 had gewerkt. Zijn loopbaan bij Wright was abrupt geëindigd toen hij, zoals Trent het formuleerde, een 'schop onder zijn psychopatenhol' had gekregen en de laan uit was gestuurd.

'Om welke reden?' vroeg Brenna.

'Nou… op papier heette het "inkrimping",' zei Trent. '"Reorganisatie van de bewakingsdienst".'

'En wat staat er niet op papier?'

'Dat weet ik niet.'

'Oké,' zei ze. 'En hoe rijm jij "inkrimping" en "reorganisatie van de bewakingsdienst" met een "schop onder zijn psychopatenhol"?'

'Omdat er bij Wright Industries zelden iemand wordt ontslagen, en aan het eind van de jaren negentig al helemaal niet,' zei Trent. 'En die reorganisatie van de bewakingsdienst… weet je met hoeveel werknemers die dienst dat jaar is… eh… ingekrompen?'

'Laat me raden,' zei Brenna. 'Eén.'

'Yep.'

'Heel doortastend, Trent,' zei ze. 'Ik ben onder de indruk.'

'Mijn grootste kracht is nog steeds mijn lichaam,' zei hij. 'Maar de geest ontwikkelt zich ook.'

'Dus is de grote vraag: voor wie heeft Meade de afgelopen tien jaar gewerkt?'

'Zeg jij het maar. Het zou kunnen dat hij zich als privébeveiligingsman of zoiets verhuurt. Wat ik wel weet is dat hij zich al vier of vijf keer bij het leger heeft aangemeld, zowel voor als nadat hij bij Wright werkte. Maar ze wilden hem niet.'

'Waarom niet?'

'De psychologische test. Daar is hij geen enkele keer doorheen gekomen.'

'Wat kan Lydia Neff te zoeken hebben gehad bij een idioot als hij?'

'O ja?' zei Trent. 'Toen ze nog hot was, bedoel je? Of, eh... meer recent?'

Brenna zuchtte. 'Ik moet ophangen, Trent.'

Brenna beëindigde het gesprek toen ze bij het stoplicht op de hoek van Main Street en Muriel Court stond en weer dacht aan Lydia Neff, of beter gezegd, aan wat Nelson Wentz over de Lydia Neff van twaalf jaar geleden had gezegd, toen de Bistro net was weggereden bij haar huis. *Ze zei dat ik moest vergeten dat ik die auto had gezien. Ik moest vergeten dat ik daar was geweest. Die avond, zei ze, had nooit plaatsgevonden. Kort daarna ben ik weggegaan, want Iris lag boven te slapen en ik wilde haar niet wakker maken.* Daarna dacht ze aan de vraag die ze aan Trent had gesteld: wat kan Lydia Neff te zoeken hebben gehad bij een idioot als Meade?

Brenna wist wat het antwoord was, natuurlijk wist ze dat. Ze had het al geweten toen ze het vroeg, want het was doodsimpel. Als het om de liefde ging, waren mensen gewoon gek. Dan waren ze destructief, irrationeel en ronduit deerniswekkend. Ze kozen niet voor wat goed voor hen was, maar voor dingen waarnaar ze verlangden, waar ze om idiote, zelfdestructieve redenen behoefte aan hadden. Elke keer weer zochten ze een partner met diezelfde eigenschappen, want ze waren volwassen mensen en hadden het recht dat te doen, hadden het recht om hun eigen leven te ruïneren, want het was hún leven. Nee, dat was de wezenlijke vraag niet. Wat Brenna zich echt afvroeg was: hoe was het mogelijk dat Lydia Neff een man als hij in de buurt van haar dochter had gelaten?

Brenna's telefoon trilde in haar schoot. Ze keek op het schermpje.

Morasco. 'Hallo,' zei ze. 'Hoor eens, ik heb de naam van de eigenaar van die Bistro voor je, en je had gelijk. Het is geen smeris.'

'Wie is het?' Morasco's stem klonk heel zacht.

'Adam Meade,' zei Brenna. 'Hij heeft vroeger bij Roger Wright Industries gewerkt.'

Morasco bleef zwijgen.

'Hallo? Nick? Ben je er nog?'

'Hoe ben je aan het politierapport van de Iris Neff-zaak gekomen, Brenna?'

'Dat heb ik je verteld. Van Nelson Wentz...'

'Niet het nieuwe. Het oude. Dat met bladzijde 22. Hoe ben je daaraan gekomen?'

'Errol Ludlow heeft het voor me geregeld. Hoezo?'

Morasco ademde in. 'Ik heb die bladzijde nooit gezien.'

'Maar jij had de leiding van het onderzoek.'

'Ik heb nooit geweten dat dat gesprek heeft plaatsgevonden. Commissaris Griffin heeft die NN verhoord – de man die Lydia had gebeld – zonder het aan mij door te geven.'

Brenna stopte aan de kant van de weg en zette de motor of. 'Ik denk dat Meade die NN was,' zei ze. 'Hij werkte bij de bewakingsdienst van Wright Industries. Hij werd ontslagen, of wegbezuinigd, nadat Iris vermist was geraakt, en hij schijnt iets met Lydia te hebben gehad.'

'Niet te geloven.'

'Nou, ik vind het verdomd goed te geloven,' zei Brenna. 'Een van Wrights werknemers wordt door de politie verhoord in verband met de vermissing van een kind, omdat hij 's avonds laat telefonisch contact heeft gehad met het huis waar het kind woont... wat hij stil wil houden. Mijn god, wacht eens even...' Ze haalde diep adem. 'Dat zou verklaren waarom ze niet wilden dat jij dat spoor bleef volgen. Het kleine meisje dat jij hebt verhoord. Ze had Meades auto perfect omschreven...'

'Brenna, ik wil niet dat jij nog langer aan deze zaak werkt. Het is niet veilig meer.'

'Hoezo niet?' vroeg ze, maar voordat ze uitgesproken was, doemde het beeld weer in haar geest op: Meade die tien jaar daarvoor op het raampje van haar auto had getikt en Hutchins die achter hem stond. 'Toen Hutchins bij de uniformdienst zat, werkte hij aan de Iris Neff-zaak,' zei ze.

'Ja.'

'Met jou als zijn meerdere.'

'Ja.'

'Welke taak had je hem gegeven?' vroeg ze, hoewel het antwoord voor de hand lag en haar huid al begon te tintelen toen ze de betekenis hiervan besefte, nog voordat Morasco iets had gezegd.

'Hij was degene die Lydia Neffs telefoongegevens moest nagaan.'

Waarom bestonden er zulke nauwe betrekkingen tussen Hutchins en Adam Meade? Waarom had de hoofdcommissaris hem in het verhoor 'meneer' genoemd? Wat was het chantagemiddel waarover hij als voormalige bewakingsman beschikte? Wat het antwoord ook was, hij had Hutchins in zijn greep en Brenna kon maar beter doen wat Morasco had gezegd, er nu uit stappen en het aan hem – als politieman – overlaten om dit tot op de bodem uit te zoeken.

Maar hoe moest het dan met het meisje dat Nelson had gebeld? Stel dat Iris nog in leven was en hulp nodig had. Brenna kneep in het stuur van de auto. Carol had geprobeerd te helpen. Tim O'Malley had geprobeerd te helpen. Klavel had het geprobeerd...

Achter Muriel Court was de oprit van de 287 in zuidelijke richting, en daar moest ze naartoe... de oprit op en weg uit Tarry Ridge. Weg van de vrouw die dood in de kofferbak van haar auto had gelegen, weg van dat wat er achter Iris' tekening verstopt had gezeten, weg van de onzichtbare Lydia Neff, en de veel te zichtbare Adam Meade. Weg van alle antwoorden.

Ze zag Nelson Wentz weer voor zich, Nelson in zijn bed, zo kwetsbaar ogend in zijn witte T-shirt. Nelson, die door Lydia als rookgordijn was gebruikt. Een oeroude truc: verspreid het gerucht dat je het met een onbetekenend mannetje doet en leid de aandacht af van je echte bedpartner. In de tijd dat ze met Errol werkte, had ze vijf verschillende vrouwen precies dezelfde truc zien uithalen, en toch was ze ervan uitgegaan dat Lydia de waarheid had verteld aan Gayle Chandler.

Je bent eerlijk. Je verwacht van andere mensen dat ze ook eerlijk zijn.

Ze staarde door de voorruit en dacht aan haar gesprek met Nelson.

Ik wens niet langer gebruik te maken van uw diensten, had hij gezegd, zonder verdere uitleg, op een toon die hol en leeg klonk. Je neemt een privédetective in de arm omdat je antwoorden wilt, Nelson. Heb je die antwoorden zelf gevonden? Heb je me daarom ontslagen?

Brenna kneep haar ogen dicht, opende ze weer en concentreerde zich op de weg. Ze zou uit Tarry Ridge vertrekken. Ze zou Nelson Wentz verder met rust laten. Ze zou Nick Morasco en alle geesten die door Lydia Neffs huis waarden met rust laten. Ze zou proberen zich weer op haar eigen zaken te concentreren. Ze wist nu al dat ze daarin hopeloos zou falen.

Het is 29 juli 1985, negen uur 's morgens, en Brenna brengt de lege kom van de cornflakes die ze heeft gegeten, naar de keuken. Op de radio zegt dj Ricky D: 'En nu, de Talking Heads!', en de titel van het liedje: 'And She Was'. Over een meisje dat opstijgt in de ijle lucht. Brenna's vriendin Carly zegt dat het over een lsd-trip gaat, maar Brenna denkt dat het meisje gewoon verdwijnt.

Buiten, in de tuin, zit haar moeder in kleermakerszit in het gras. Ze staart naar het beeld dat ze heeft gemaakt: een exacte kopie van de Neptunus van Ammannati. Naakt, gespierd, met een baard en kijkend over zijn linkerschouder, alsof hij iets achter zich hoort. Brenna voelt zich altijd opgelaten als ze het beeld ziet, maar het staat er al zo lang dat het ook een soort troost biedt.

Mama heeft de Neptunus gehouwen uit het grote, dure blok marmer dat ze heeft laten bezorgen een week nadat papa was vertrokken. Brenna was toen pas zeven en het gezicht van haar vader kan ze zich nog nauwelijks voor de geest halen, maar het blok marmer en de vijf mannen die ervoor nodig waren om het van de truck met oplegger te takelen herinnert ze zich nog goed.

'Wat ga je ervan maken, mam?' had Clea gevraagd.

En mama had geantwoord: 'Iets wat nooit meer weggaat.'

Nu is Clea weg. Al bijna vier jaar. Brenna weet dat ze nog in leven is, want dat moet wel. Ze vraagt zich af of Clea dit liedje, 'And She Was', ook hoort. Ze stelt zich Clea voor, die met gesloten ogen naar de tekst luistert en die meezingt, over die wereld van vermiste personen.

Brenna vraagt zich af of Clea zich háár wel eens voorstelt. Of mama, in kleermakerszit in het gras, die al drie dagen niets tegen Brenna heeft gezegd.

Ze vraagt zich af of Clea enig idee heeft hoe pijnlijk het is om haar moeder daar te zien zitten, opkijkend naar het gezicht van de Neptunus alsof hij kan praten, alsof hij haar uitlegt waarom iedereen haar heeft verlaten maar hij dat nooit zal doen.

'Ik zal haar vinden,' fluistert Brenna. 'Ik zal Clea voor je vinden, mam.'

Brenna zette de auto in de parkeerstand en draaide de contactsleutel om. Ze was Muriel Court niet voorbijgereden, zoals ze zich had voorgenomen. Ze was links afgeslagen, vier blokken doorgereden en voor Nelson Wentz' huis gestopt, zoals ze al de hele tijd van plan was geweest. Je kunt me ontslaan als je dat wilt, Nelson, maar ik wil de antwoorden ook weten. Je hoeft me niks te betalen. Ik wil gewoon weten wat er is gebeurd.

Brenna drukte een volle minuut op de deurbel, maar er werd niet opengedaan. Toch was Nelson thuis, want zijn auto stond op de oprit. Dus óf hij wilde haar niet spreken, óf hij was knock-out van de slaappillen. Welke van de twee het ook was, Brenna nam er geen genoegen mee. Ze liep naar de plastic kei onder het raam, draaide die open en haalde de sleutel eruit.

Zodra ze binnen was en de deur achter zich had gesloten, riep ze Nelsons naam. Geen antwoord, maar ze hoorde boven water stromen. 'Nelson?' riep ze weer. 'Ik ben het, Brenna!' Ze deed een paar stappen de woonkamer in. 'Ik moet je spreken!'

Weer geen antwoord. Hij kon haar zeker niet horen. Ze zou in de woonkamer wachten tot hij klaar was met douchen.

Ze liep naar de bank. Die stond minstens dertig centimeter meer naar achteren dan gewoonlijk. Ook het vloerkleed lag dichter bij het raam dan op zijn gebruikelijke plek voor de open haard. En de houten buste van Don Quixote stond niet op de schoorsteenmantel maar op de salontafel. Vreemd, althans, voor Nelson. Dacht hij op deze manier aan een nieuw hoofdstuk in zijn leven te beginnen? Maakte deze nauwelijks zichtbare herinrichting daar deel van uit? Ze ging op de rechte houten stoel zitten, haar gebruikelijke plek, bedacht ze, en op dat moment zag ze iets onder de fauteuil liggen, onder Nelsons stoel. Een boek. Lag er een boek op de vloer? In Nelson Wentz' huis? Boven stroomde het water nog steeds en tikten de leidingen. Brenna hurkte neer, keek onder de fauteuil en haalde het boek eronder vandaan. *Safekeeping: een autobiografie.* Ze sloeg het boek open, las er een stukje in en liet haar vinger onder de stofomslag glijden...

Er zat iets op het linnen achterplat geplakt. Brenna haalde de stofomslag van het boek en zag een smalle envelop die op het achterplat was geplakt, zo te zien met een hele rol plakband, alsof Nelson van plan was het boek de ruimte in te sturen. Nee, niet Nelson maar Carol. Dit was het boek van Carols leesclubje. Het boek waarover ze Gayle had gebeld, het boek dat Nelson haar had zien lezen op de laatste avond dat hij haar in leven had gezien. Brenna's mond werd droog. Haar hart bonsde. De envelop was zo plat dat hij onopgemerkt onder de stofomslag kon zitten. Zo plat dat hij ook onopgemerkt achter een tekening in een lijst had kunnen zitten.

Brenna begon het plakband los te trekken. Toen ze de envelop eraf kon halen, hield ze die even in haar hand terwijl ze zich afvroeg of het wel ethisch was wat ze deed, maar algauw besloot ze dat het antwoord ja was. Ze moest weten wat erin zat. Natuurlijk moest ze dat weten.

In de envelop zat een stuk papier, netjes opgevouwen. Brenna keek naar de lijnen, getekend in rood kleurpotlood. Het moest een meisje voorstellen, met stokken als ledematen, in het hart van een reusachtige bloem, met een aantal vierkanten op de achtergrond en een zon in de linkerbovenhoek. Een tekening van Iris. Gedetailleerder dan de andere drie, maar als voorstelling onbegrijpelijk. Waarom zat dat meisje gevangen in die bloem? En wat stelden die vierkanten voor? Brenna vouwde de tekening verder open en dacht: waarom moest dit achter een ingelijste tekening worden verstopt?

Er dwarrelden drie foto's naar de vloer.

Brenna bukte zich en raapte ze op. Op het eerste gezicht drie vakantiekiekjes, genomen met een digitale camera en voorzien van een datum: 20 augustus 1997. Totdat ze ze alle drie had omgedraaid en een voor een bekeek, ernaar staarde alsof ze elk moment tot stof konden vergaan, en alsof ze in een of andere bizarre droom werd gezogen...

Op de eerste foto stond Lydia Neff, jong, zongebruind en met een brede glimlach. Ze had een wit T-shirt en een afgeknipte spijkerbroek aan en ze zat op de motorkap van een blauwe Subaru Vivio Bistro. Op de tweede lag Lydia te slapen op een bed, zo te zien in een hotelkamer, met het laken over zich heen en haar onderarm over haar ogen. En op de derde… op de derde foto een naakte man, op hetzelfde hotelbed. Hij lag op zijn buik en keek recht in de camera met een blik waarin zo veel pure, intense emotie te zien was dat Brenna die zelf kon voelen, nu, twaalf jaar later, in de woonkamer van een huis waarin noch zij, noch de foto thuishoorde. Maar het was niet zij die met die blik werd aangekeken, die was bedoeld voor de vrouw achter de camera, voor haar alleen. De emotie was pure liefde, en de man was Roger Wright.

Niet Meade, Wright. Dat was de verhouding die Lydia Neff probeerde te verbergen door tegen Gayle te zeggen dat ze iets met Nelson had. Het was Roger Wright geweest die in de bedrijfsauto had gereden voordat Meade die had gekocht. Lydia Neff had geen gevaarlijke psychopaat binnengelaten in het huis waar haar dochtertje sliep. Ze had bezoek gehad van een heel rijke, heel machtige en heel erg getrouwde man. Een man die Lydia had aangekeken alsof hij bereid was, in elk geval op het moment dat de foto was genomen, alles voor haar op te geven: zijn gezin, zijn familie, zijn fortuin… alles. Hij hield van haar.

Iris zei dat als de Kerstman in Tarry Ridge is, hij in een blauwe auto rijdt. Het was Wright geweest die bij Lydia's huis wegreed toen Nelson naar haar toe ging om met haar te praten. Wrights auto waarvan Lydia had gezegd dat Nelson moest vergeten dat hij die ooit had gezien. Wrights auto die ook Iris had gezien. Brenna kon zich goed voorstellen wat ze erover hadden gezegd. Ze kon het bijna woordelijk horen.

Van wie was die auto die voor het huis stond, mama?

Van niemand, schat.

Wel waar, mama. Ik werd vannacht wakker en toen zag ik een blauwe auto onze oprit af rijden.

O, die… Die was van de Kerstman, schat.

De Kerstman? Echt waar?

Ja. Hij komt hier soms op bezoek. Maar dat mag je tegen niemand zeggen, anders komt hij nooit meer.

Brenna stopte de tekening en de foto's in haar tas en rende de trap op. 'Nelson!'

Geen antwoord. Alleen het geluid van stromend water.

Brenna ging Nelsons slaapkamer binnen, liep door naar de aangrenzende badkamer en bonsde op de deur. 'Nelson! Ik ben het, Brenna! Ik moet je laten zien wat Carol heeft gevonden!'

Nog steeds geen antwoord. Ze pakte de deurknop vast en duwde de deur open. De stoom kwam haar tegemoet. De spiegel was beslagen. Ze deed een stap naar binnen. Het was alsof ze in een regenwolk terechtkwam. Hoe lang liep de douche al?

'Nelson?'

Het eerste wat ze zag was het briefje op de rand van de wastafel. Geschreven met een zwarte balpen op lichtblauw postpapier. De hoeken waren omgekruld door de stoom. Brenna las het.

'O nee,' fluisterde ze.

Toen drong de geur tot haar door, omhuld door de stoom, zoetig en vies. Hoe kon het dat ze die nu pas rook, die geur? Brenna wilde zich niet omdraaien, maar ze deed het toch. En toen zag ze hem, de arme man, de arme, zielige Nelson Wentz, hangend aan de handdoekhaak, met zijn broekriem strak om zijn nek. De schreeuw die ze slaakte veroorzaakte een schurende pijn in haar borstkas, maar het enige geluid dat ze hoorde was dat van stromend water.

26

Wat haar zou bijblijven was het gezicht, de bleke huid, de donkere ogen, de mond vertrokken in een perverse parodie op een glimlach. Voor Halloween geschminkt. Dat was Brenna's eerste, irrationele gedachte geweest, haar geest die probeerde een excuus te vinden voor wat ze zag: het levenloze lichaam dat aan de handdoekhaak aan de muur hing, met de ene voet tegen de leiding van de kranen, en het water dat maar bleef stromen, warm en koud, misschien al meer dan twaalf uur lang. De waterrekening. Dat was Brenna's tweede, irrationele gedachte geweest, die ook maar een halve seconde had geduurd voordat ze begon te gillen.

Nelson Wentz was dood; de doodsoorzaak was verstikking nadat hij zichzelf had verhangen. En hoewel Brenna het nog steeds niet begreep – het exacte waarom bleef haar een raadsel – was de politie bereid het als zelfmoord te zien vanaf het moment dat ze het huis was binnengekomen. Er waren geen braaksporen of sporen van een worsteling gevonden. Nelsons huis zag eruit zoals altijd, afgezien van de bank, het vloerkleed en het beeldje, die iets van plaats waren veranderd, wat Brenna neutrale, ongeïnteresseerde blikken had opgeleverd toen ze er een opmerking over maakte.

Bovendien was er het briefje.

Ik kan niet langer leven met het schuldgevoel. Ik heb mijn vrouw Carol vermoord. Ik verdacht haar ervan dat ze een verhuoding had. Ik heb me laten meeslepen door mijn woede. Ik heb er zo'n spijt van. Moge God me vergeven.

Nelson Wentz

Zoals te verwachten was, had Nelson een keurig handschrift. Duidelijke, nette blokletters op regelmatige afstanden van elkaar. Het briefje was in een doorzichtig bewijszakje gedaan en het lag nu op de salontafel. De politiemensen – Morasco en Pomroy, plus twee rechercheurs die Brenna niet kende, een mollige vrouw met rood haar en een donkerblauwe wikkelrok en een oudere man die een das met ankertjes droeg, en die het geen van beiden nodig hadden gevonden om zich aan Brenna voor te stellen – hadden zich eromheen geschaard. Brenna, die kort was verhoord, stond nu tegen de deur van de handwerkkast geleund en ze wachtten met z'n allen totdat de hoofdcommissaris zou arriveren.

De rechercheurs zeiden weinig. Wikkelrok en Ankertje zaten naast elkaar op de bank, met hun handen in de schoot. Ze zagen eruit als een getrouwd stel over wie een heel saaie documentaire werd gemaakt, en Pomroy, als de zwaargebouwde interviewer, stond achter hen, bij het raam. Morasco zat op de armleuning van Nelsons fauteuil, zijn beide voeten plat op de vloer. Ook hij zei niet veel, maar hij bleef blikken in Brenna's richting werpen, wat ze zowel geruststellend als storend vond.

'... zal zo wel komen,' zei Pomroy, en op dat moment kwam Hutchins binnen, een timing zo exact dat het Brenna aan een sitcom deed denken en ze bijna gelach op een bandje verwachtte. Hutchins had zijn golfkleding vervangen door een grijs pak met een krijtstreepje en een jasje met drie knopen, dat hem waarschijnlijk ooit goed had gepast maar dat nu om zijn schouders en buik spande.

'Hoever zijn we, mensen?' vroeg Hutchins. 'Ik heb gehoord dat er een zelfmoordbriefje is, dat er geen braaksporen zijn gevonden en dat het stoffelijk overschot vanochtend is gevonden.' Pomroy ging naar hem toe, begon de details voor hem op te sommen en Brenna observeerde de twee grote, zwaargebouwde mannen met droge ogen en een lege blik.

Vreemd, hoe de dood zich in je systeem nestelde. Na de eerste schrik ging je zelf ook een beetje dood, vertraagde je hartslag en raakten je emoties verdoofd. Dit gebeurde uit zelfbescherming, maar het was ook, bedacht Brenna nu, een vorm van empathie.

'Mevrouw Bissel?'

Het duurde een paar seconden voordat Brenna besefte dat hij het tegen haar had. Ze slikte en zei: 'O, hallo.'

Hij wees naar zijn voorhoofd. 'Zoals ik op de club al zei: wat erin komt, gaat er nooit meer uit.' Hij wierp haar een valse glimlach toe. 'Ik vergeet nooit een naam, ook geen valse.'

'Ja, nou, dat was...'

'U weet dat het strafbaar is om een politieambtenaar valse informatie te verstrekken.'

Brenna zei: 'Ik deed alleen mijn werk.'

Hutchins en Pomroy staarden haar aan en het excuus, hoe mager ook, bleef door Brenna's hoofd echoën.

'U moet begrijpen...' vervolgde ze.

'O, ik begrijp het maar al te goed,' zei Hutchins. 'Net zoals u ongetwijfeld zult begrijpen dat ik onmiddellijk uw kenteken heb gecheckt nadat u ons op het parkeerterrein had aangesproken, en dat ook ik alleen mijn werk deed.'

Brenna zei niets. Ze beet haar kiezen zo hard op elkaar dat haar kaken er pijn van deden.

'U kunt nu gaan, mevrouw Spector. U hebt ons alle informatie gegeven die we nodig hadden.'

Drie technisch rechercheurs verlieten het huis met hun metalen koffers en twee van hun collega's droegen de lijkzak met Nelsons stoffelijk overschot op een stretcher de trap af. Wat zag hij er klein uit; het leek wel een kinderlijkje.

Brenna draaide zich om en wilde de anderen achternagaan, maar toen ze bij Morasco kwam, bleef ze staan. Hij keek naar haar op.

'Hij heeft "verhouding" verkeerd gespeld,' zei ze.

'Wat?'

Wikkelrok zei: 'Ik geloof dat de commissaris u heeft verzocht te vertrekken.'

Brenna negeerde haar. 'Nelson Wentz,' zei ze tegen Morasco, 'was een van de grootste muggenzifters die ik ooit heb ontmoet, een absolute perfectionist. Hij verdiende zijn brood met het redigeren van lemma's voor encyclopedieën en was hoofd van de afdeling Research & Verificatie. Vind je het niet vreemd dat iemand als hij een spelfout in zijn eigen zelfmoordbriefje maakt?'

Brenna voelde vijf paar ogen op zich gericht, maar ze had alleen aandacht voor Morasco. 'Denk erover na,' zei ze zacht. Daarna liep ze het huis uit, de oprit af, tot aan de stoep, waar ze bleef wachten.

Op straat hadden de auto's en busjes van de pers inmiddels alle vrije parkeerplekken bezet. Cameramensen laadden hun apparatuur uit en reporters bekeken zichzelf in hun achteruitkijkspiegel. Brenna zag het aan en haar gedachten gingen terug naar Nelsons persverklaring, totdat Hutchins het huis uit kwam en met grote passen naar de straat liep. Alles was breed aan die man: de glimlach, de gebaren, het lichaam, dat bijna uit het dure pak barstte... Hij was de exacte tegenpool van Nelson, wat Brenna terugbracht in het heden. De andere rechercheurs kwamen ook naar buiten; een zelfverzekerd kijkend viertal dat even de indruk wekte dat het in formatie naar de straat zou lopen, totdat Morasco zich van de anderen losmaakte en zo snel naar zijn auto doorliep dat hij Brenna niet eens zag staan.

Brenna rende hem achterna en net voordat hij in zijn auto kon stappen was ze bij hem. Ze wilde zijn naam zeggen, maar ze was buiten adem en wist niets anders te verzinnen dan hem een klap op zijn schouder te geven.

Met een abrupte beweging draaide hij zich om. 'Brenna.' Er fonkelde iets in zijn ogen; ze moest oppassen.

'Ik weet dat je tegen me hebt gezegd dat ik me niet meer met de zaak moest bemoeien,' zei ze hijgend. 'Maar kom op, Nick, dat kan ik toch niet doen?'

Ze wilde nog meer zeggen, maar hij gaf haar de kans niet. 'Als mensen gestrest zijn,' zei hij, 'doen ze dingen die ze anders nooit zouden doen.'

Brenna deed een stap naar hem toe en probeerde haar ademhaling te reguleren. 'Wat bedoel je?'

'Spelfouten maken.'

Ze zuchtte. 'O, dat.'

'Normaliter, als mensen een eind aan hun leven maken, zijn ze niet meer gestrest. Die fase hebben ze al achter de rug, en bovendien creëert het lichaam zelf een soort gemoedsrust.' Hij haalde diep adem. 'Maar we weten allebei dat Nelson Wentz geen normaal mens was.' Hij klonk alsof hij het van een blaadje oplas.

'Hoor eens, we moeten praten. Ik heb iets belangrijks wat ik aan je moet laten zien.'

'Sorry, maar we kunnen het onderzoek niet heropenen op grond van één spelfout.'

'Nick, luister nou…'

'Sstt.'

Hij wierp een vluchtige blik om zich heen en keek haar recht in de ogen. 'De Washington Playground,' fluisterde hij. 'Het parkeerterrein. Over tien minuten.'

De Washington Playground was schoon en goed onderhouden, maar verrassend klein en pretentieloos vergeleken met al het andere wat Brenna in Tarry Ridge had gezien, het was heel gewoon, op een verfrissende manier. Er waren een paar schommels, een glijbaan, een koepelvormig klimrek en een grote zandbak, te midden van groene gazons met bankjes, en nergens was een Teasdale-plaquette of -standbeeld te zien. Er was vrijwel niemand in de speeltuin. Twee blonde jongetjes gingen om de beurt van de glijbaan en twee Latijns-Amerikaanse vrouwen van een jaar of veertig keken babbelend toe vanaf een van de bankjes. Meer mensen waren er niet.

Toch, toen Morasco naast haar auto kwam staan en vroeg: 'In de auto of op een bankje?', koos Brenna voor de auto. Ze wilde geen risico's nemen.

Toen Morasco was ingestapt zei hij: 'Candy Bissel? Van *Sleepy Hollow Review*?'

'*Press.* Niet *Review.*'

Hij keek haar geërgerd aan.

'Ik heb geen politiepenning waarmee ik kan zwaaien. Soms moet ik improviseren om mijn informatie los te krijgen.'

Hij slaakte een diepe zucht. 'Wat deed je in Wentz' huis, Brenna? Ik had je gezegd…'

Brenna stak haar hand op om hem de mond te snoeren. Ze haalde de envelop uit haar tas en gaf die aan hem. 'Dit,' zei ze, 'is wat Carol achter de ingelijste tekening vandaan heeft gehaald.'

Morasco keek haar aan. 'Hoe weet je dat?'

'Maak maar open.'

Morasco opende de envelop en haalde de tekening van het meisje in de bloem eruit. 'Nog een tekening van Iris?' vroeg hij. Toen zag hij de foto's en zei hij niets meer. Hij bekeek ze een voor een, terwijl hun ademhaling het enige geluid was dat in de auto te horen was, totdat hij uiteindelijk zei: 'Wright met Lydia Neff.'

Ze knikte. 'De Vivio Bistro was toentertijd een bedrijfsauto van Wright Industries. Die is pas in 1999 aan Meade doorverkocht.'

'Een bedrijfsauto. Lastig traceerbaar.'

'Precies. De ideale auto voor geheime ontmoetingen.'

Hij keek haar aan. Zijn gezicht was bleek geworden. 'Wright heeft ergere geheimen dan dit.'

'Hoezo?'

'Ik heb wat research naar Meade gedaan en heb de directeur van het Bronx VA Hospital gesproken. Ik heb enkele van de klachten gelezen die tegen hem zijn ingediend, Brenna. Hij heeft patiënten voedsel en medicijnen tegen de pijn onthouden, heeft ze overdoses laxeermiddelen gegeven en er was sprake van verdachte snij- en brandwonden. Toen hij ermee werd geconfronteerd, ontkende hij alles, maar hij zei ook dat de patiënt "het lijden verdiende", omdat deze niet langer in het leger wilde vechten. Die man is gestoord. Een psychopaat.'

'Ja.'

'En toch heeft Wright hem nadien aangenomen. Die moet zijn werkverleden toch hebben gecheckt?'

'Uiteindelijk heeft hij hem ontslagen.'

'O ja?'

Brenna staarde hem aan.

Hij keek even naar de kwebbelende kinderjuffen, boog zich dichter naar haar toe en keek haar recht aan. 'Commissaris Griffin is vijf jaar geleden met pensioen gegaan. Kort daarna is hij in het Waterside-complex gaan wonen. Niemand heeft zich ooit afgevraagd hoe hij zich een van die huizen kon veroorloven. Net zoals niemand zich ooit afvraagt hoe Hutchins zich een BMW 360i, zijn lidmaatschap van de countryclub en die belachelijk dure schoenen kan veroorloven.'

'Om nog maar te zwijgen van dat chique, nieuwe politiebureau.'

'Precies,' zei Morasco. 'Het Teasdale Station House.'

'Maar wat heeft dat te maken met...'

'Commissaris Griffin was weduwnaar. Had geen kinderen. Niemand om mee te praten, in feite. Lydia Neff kwam vaak naar het Waterside.'

'Om te mediteren.'

'Ja. Ze kenden elkaar natuurlijk al vanwege Iris' vermissing, maar drie of drieënhalf jaar geleden raakten zij en commissaris Griffin ook bevriend met elkaar. Niet dat ze een relatie begonnen of zoiets, maar je zag ze vaak samen, Lydia en de commissaris, in een restaurant, of wandelend door het winkelcentrum.'

'Iemand om mee te praten voor de een.' Brenna keek hem aan. 'Een sterke schouder voor de ander.'

'Commissaris Griffin was een fanatiek fietser. Elke ochtend om zeven uur stapte hij op de fiets en reed hij dezelfde route, rondom het reservoir. Je kon de klok op hem gelijkzetten.' Morasco draaide zijn hoofd om, keek door de achterruit naar buiten en toen hij Brenna weer aankeek, gloeiden zijn ogen. 'Nog geen zes maanden nadat Lydia en hij bevriend waren geraakt, werd zijn lijk langs de weg gevonden, dood als gevolg van ernstig hersenletsel, zijn fiets in de kreukels. Het zag eruit alsof hij in volle vaart tegen een boom was gereden, maar niemand had iets gezien.'

Brenna's ogen werden groot. 'Is er nog onderzoek naar gedaan?'

'Je maakt zeker een grapje.'

Brenna dacht aan Hutchins, door de burgemeester bevorderd tot hoofdcommissaris, de burgemeester van een stad die was gebouwd met Teasdale-geld. Wright en Hutchins, een onwaarschijnlijk duo, die elke ochtend samen golften. Bij nader inzien toch niet zo onwaarschijnlijk. Het Lily Teasdale-politiebureau; veel mooier dan nodig was. Genoemd naar de moeder van Wrights vrouw. Wrights vrouw, die van niets had geweten. Rachel Teasdale Wright, onwerelds kalm toen het lint van het Waterside-complex werd doorgeknipt, levend in haar glazen luchtbel, glimlachend met haar mond dicht, om al dat geluk voor zichzelf te houden. Geluk dat ze altijd zou kúnnen houden zolang mensen als Hutchins Wrights geld aanpakten, zolang ze hun werk deden, hun mond hielden over zijn geheimen en ervoor zorgden dat haar luchtbel heel bleef.

Mensen als Hutchins. Mensen als de burgemeester. En mensen als Meade. 'Jij denkt dat Meade buiten de boeken nog steeds voor Wright werkt,' zei Brenna. 'Dat hij dingen over Wright weet.'

Morasco keek haar recht in de ogen en pakte haar handen vast. 'Ik wil niet dat jij nog aan deze zaak werkt.'

Brenna slikte. Ze zette een hoog Lucille Ball-stemmetje op en probeerde het met een grapje. 'Hè, toe nou, Ricky, ik wil meedoen.'

Morasco vertrok geen spier.

'Wat? Was die te recent voor je?'

'Ik meen het.'

'Dat weet ik, Nick,' zei ze zacht. Ze maakte haar handen los uit de zijne. 'Maar echt, zoiets zeg je toch niet tegen een volwassene?'

Hij zuchtte en schudde zijn hoofd.

Ze nam de envelop weer van hem over. 'Als je het niet erg vindt, berg ik deze op op een plek die veiliger is dan het politiebureau van Tarry Ridge.'

'Dat is elke willekeurige plek op deze planeet.'

Ze sloeg haar armen om zijn nek, omhelsde hem, snoof de geur van zijn Ivory Soap op, voelde hoe hij haar omhelzing beantwoordde en voelde zich veilig bij hem. Brenna wist dat ze dit moment zou onthouden en daar was ze blij om. Dat wilde ze ook.

Toen ze elkaar hadden losgelaten zei Morasco: 'Beloof me dat je voorzichtig zult zijn.'

'Dat beloof ik.'

'En dat je me belt. Vaak.'

'Dat beloof ik ook.'

'En dat je me alles vertelt, niks voor me achterhoudt en toestaat dat ik je help, of je nu denkt dat het nodig is of niet.'

Brenna keek hem enige tijd recht aan. 'Doe jij dan hetzelfde?'

'Ja.'

'Goed dan. Ik beloof het.'

Zonder zijn blik van haar los te maken opende hij het portier van de auto en stapte uit. 'Daar hou ik je aan,' zei hij zacht. Toen Brenna even later het parkeerterrein af reed, zat Morasco in zijn eigen auto, met zijn handen op het stuur, en keek hij haar na.

Hij was niet de enige die dat deed.

27

Toen Morasco bij het politiebureau terugkeerde, stond Lane Hutchins bij de fontein, waar hij een persconferentie gaf. Het was zijn tweede van die dag, maar dat was voor Hutchins niet ongebruikelijk. Optreden in het openbaar was waar hij het meest van hield, en zijn manier van praten... Hij klonk niet als een korpschef, en zelfs niet als een politicus. Hij klonk meer als Charlton Heston in *De Tien Geboden*.

Toen Morasco langs de tv-camera's liep, hoorde hij zijn baas zeggen: '... hoe weinig wist iedereen, van Nelson Wentz en zijn duistere geheimen...' Oké, baas, dacht Morasco, laten we het over duistere geheimen hebben.

'... een kleine man in wie een grote woede huisde...'

'Wie schrijft die onzin voor hem?' mopperde Morasco. Een van de cameramannen keek om en trok zijn wenkbrauwen op. Morasco liep door, met gebogen hoofd, en ging het bureau binnen terwijl hij nadacht over geheimen, over hoe lang je ze kon bewaren voordat ze begonnen te stinken en ze iedereen in de nabije omgeving het leven kostten.

Er was bijna niemand op het bureau, want de meeste andere rechercheurs waren buiten om Hutchins bij te staan bij zijn persconferentie, en de agenten van de uniformdienst die niet op patrouille waren, bevonden zich tussen de persmensen, waar hun baas hen kon zien. Morasco liep naar zijn bureau, dat heel groot was en glanzend gepoetst door de mensen van de schoonmaakdienst, net zoals het meeste in dit gebouw te groot, te nieuw en compleet overbodig was. Zijn oude bureau had prima voldaan. Net als zijn oude computer en zijn oude telefoon zonder headset, zonder het spiegelende, futuristische uiterlijk en de voicedialing, waarmee je voortdurend de verkeerde nummers belde.

Als je hier lang genoeg rondliep, raakte je vanzelf gewend aan alle zinloze verspilling. Aan de hypocrisie. Maar je hoefde maar om je heen te kijken, ongeacht hoe lang je hier werkte, en het deed pijn aan je ogen. Wat deed hij hier eigenlijk? Waarom had hij elf jaar geleden niet ontslag genomen?

Er stonden geen foto's op Morasco's bureau, niet meer. Voor de scheiding had er één foto in een lijstje op zijn bureau gestaan, een kleine van Holly en hemzelf, genomen tijdens een van hun kampeervakanties in het noorden. De details herinnerde hij zich niet, maar wel ongeveer hoe ze erop stonden: glimlachend, beiden met een arm om de schouders van de ander, te midden van esdoorns of andere groene bomen; dat laatste wist hij niet precies meer. Wat hij wel wist, en wat hem altijd zou bijblijven, was dat Holly drie maanden in verwachting was geweest toen de foto was genomen. De foto had lange tijd op Morasco's bureau gestaan, ook na de geboorte en het overlijden van hun kind. Zelfs tot drie maanden na hun echtscheiding had de foto er gestaan, naast zijn computer. Toen het politiedepartement naar dit nieuwe onderkomen was verhuisd, had Morasco dit reusachtige bureau gekregen. De foto had wekenlang in de la gelegen. Toen had hij hem weggegooid.

Er bestaan statistieken, onweerlegbare statistieken, over het aantal echtscheidingen van echtparen die een kind verliezen. Deskundigen zeggen dat het ouders na een dergelijk verlies – een wiegendood waaraan geen van beide ouders ook maar iets kan doen – vrijwel onmogelijk is elkaar aan te kijken zonder een allesoverheersend gevoel van verlies en machteloosheid te ervaren. Het had kunnen helpen als ze in therapie waren gegaan, maar dat had Holly niet gewild. Holly wilde alleen maar vergeten.

Iris Neff verdween vier maanden nadat zijn zoontje Matthew in zijn wiegje was overleden. Toen ze het onderzoek waren begonnen, had Lydia Neff hem een foto van Iris gegeven: een klein meisje in een paarse overall, met een brede glimlach en donker haar in twee staartjes. Morasco had een stel kleurenkopieën van de foto gemaakt en had het origineel in de bovenste la van zijn bureau gelegd. Elke ochtend, als hij op zijn werk kwam, had hij de la geopend, naar Iris gezicht gekeken en gedacht: maak je geen zorgen, ik ga jou terugvinden. De foto was lang in de bureaula blijven liggen, ook nadat die geen nut meer had omdat het onderzoek was gesloten, bijna net zo lang als de foto van de kampeervakantie op zijn bureau had gestaan. Morasco was niet iemand die wilde vergeten. Sterker nog, hij was iemand die zich te lang vastklampte aan zijn herinneringen.

Hij drukte op de knop van de intercom. 'Fields? Had jij die telefoongegevens nog voor me opgevraagd?'

'Van Carol Wentz? Ja, de provider heeft ze een paar uur geleden naar me gemaild.'

Toen hij ze bij haar ging ophalen zei Fields: 'Het spijt me. Ik had ze al aan u willen geven, maar ik ging ervan uit dat u ze niet meer nodig had, nu Nelson Wentz... u weet wel.'

'Ik begrijp het, Sally. Het is niet erg.' Morasco nam de prints mee naar zijn bureau en begon de nummers door te nemen, alle gesprekken van en naar het vaste toestel van de familie Wentz gedurende de twee weken die voorafgingen aan Carols dood. Het aantal gesprekken viel mee, maar twee bladzijden.

Toen hij echter aan de tweede bladzijde begon, stopte hij abrupt. Hij las het nummer nog een keer om zeker te weten dat hij zich niet had vergist.

Op dat moment hoorde hij rumoer op de gang. De hoofdcommissaris kwam weer binnen, gevolgd door het tiental rechercheurs dat tijdens de persconferentie achter hem had gestaan. Pratend en lachend kwamen ze de teamkamer in. Morasco hoorde Wentz' naam een paar keer noemen, in combinatie met een paar smakeloze grappen. Galgenhumor. In de meest letterlijke zin van het woord in dit geval. Pomroy kwam bij Morasco's bureau staan. 'Waar was je?'

'Ik moest wat papierwerk afmaken,' antwoordde hij, terwijl het telefoonnummer nog nadreunde in zijn hoofd. 'Ik ben zo terug, even iets aan Sally vragen.'

Morasco liep naar de balie in de hal. 'Klopt het,' zei hij tegen Fields, 'dat Carol Wentz op maandag 21 september om 9.30 uur met dit politiebureau heeft gebeld?'

Fields keek naar de lijst en knikte. 'Yep.'

'Ik bedoel... ik ga ervan uit dat het Carol was en niet Nelson, want die zou om die tijd op zijn werk zijn, toch?'

'Momentje.' Ze bewoog haar muis heen en weer en haar beeldscherm lichtte op. Ze was op Facebook bezig geweest, maar Morasco deed alsof hij het niet had gezien. Fields hield een heel nauwkeurige lijst bij van iedereen die het bureau belde en met wie hij werd doorverbonden. Dus mocht ze – in elk geval van hem – zo veel sociaal netwerken als ze wilde. Fields opende de lijst en tuurde naar het beeldscherm. 'U hebt gelijk, het was Carol,' zei ze. 'Ziet u? Ze vroeg naar de hoofdcommissaris. Het gesprek heeft tien minuten geduurd.'

Morasco blies zijn adem uit. 'Bedankt, Sally,' zei hij, en vanaf dat moment bewoog zijn lichaam op eigen commando, hij liep langs de balie naar de kantoorsuite van de hoofdcommissaris, langs diens secretaresse, negeerde de op gedempte toon uitgesproken protesten en duwde de glanzende mahoniehouten deuren open. Hutchins was aan het telefoneren en Morasco hoorde hem zeggen: 'Ik moet je terugbellen, Eugene.'

Hutchins hing op en keek Morasco aan alsof hij iets was wat hij die ochtend met succes van zijn schoenzool had verwijderd, om tot de ontdekking te komen dat het er nog steeds aan kleefde.

'Was dat Eugene Conti, de hoofdredacteur van de *Gazette*?' vroeg Morasco. 'Of Eugene Phillips, de burgemeester?'

Hutchins wierp hem een scheve glimlach toe. 'Ik heb het druk, inspecteur Morasco. Als er iets besproken moet worden, doe je dat maar met Pomroy of Fleiss.'

Hutchins bureau was een chaos, met een skyline van foto's in dure lijstjes: Hutchins met burgemeester Phillips, Hutchins met Donald Trump, Hutchins met Conan O'Brien, burgemeester Bloomberg en een of andere acteur van *Law & Order*, wiens naam Morasco was vergeten, Hutchins met Derek Jeter, Hutchins met Matt Lauer en Hutchins met Roger Wright, allebei met een golfclub in de hand. Op alle foto's had Hutchins dezelfde geoefende glimlach om zijn mond: de mond heel breed, ogen die niet meelachten en gespannen, hoekige schouders. Als Hutchins was vervangen door een kartonnen pop met zijn foto erop, zou niemand het verschil hebben gezien. Morasco ging voor het bureau staan. Hij legde zijn handen op het gladde oppervlak, boog zich voorover en keek Hutchins recht in de ogen. 'Waarover heb je met Carol Wentz gepraat?'

'Pardon?'

'Op 21 september heeft Carol Wentz je hier gebeld. Ze heeft tien minuten met je gesproken. Waar ging dat over?'

'Dat gaat je niks aan, rechercheur.'

'Twintig minuten nadat ze jou had gesproken heeft ze Graeme Klavel gebeld, een privédetective. Waarmee wilde jij haar niet helpen wat Graeme Klavel blijkbaar wel voor haar wilde doen?'

Hutchins stond op uit zijn bureaustoel. Hij was groot, ongeveer net zo lang als Morasco, maar minstens twintig kilo zwaarder. Er was een tijd geweest, voordat hij bij het openbare gezag ging werken, dat hij in de kroeg met mensen op de vuist ging. En toen Morasco hem aankeek, zag hij een glimp van die Lane, de oude Lane met zijn hoekige onderkaak en de waanzin in zijn ogen, Lane de klootzak, die ooit in het Yankee Stadium de neus van een man had gebroken omdat die te hard voor de Sox juichte. Zou zijn vriend Jeter op de foto dat wel weten? Morasco betwijfelde het.

Lane Hutchins bleef Morasco een volle minuut recht en zonder iets te zeggen aankijken.

Morasco keek terug. 'Het is een doodsimpele vraag, Lane,' zei hij zacht. 'Wat wilde jij niet voor Carol Wentz doen?'

Hutchins duwde zijn onderkaak vooruit en zijn huid spande zich over het bot. 'Ze vroeg of ik een praatje voor de methodistenkerk wilde houden,' zei hij uiteindelijk. 'Ze dacht dat het voor de leden van haar vrouwengroep misschien interessant zou zijn om te weten hoe ze een bijdrage konden leveren aan het buurtwachtprogramma.' Zijn stem klonk als ijs waar een barst in kwam. Morasco liep het kantoor uit in de wetenschap dat er grote dingen te gebeuren stonden.

Hutchins mocht misschien denken dat het Morasco was ontgaan, maar hij had het wel degelijk gezien. De glimp van herkenning in Hutchins' ogen, en zijn gezicht dat een fractie bleker werd toen hij Klavels naam hoorde noemen. Er waren grote veranderingen op til.

Toen Morasco bij zijn bureau terugkwam, stond Pomroy ertegenaan geleund en was hij in gesprek met Fleiss. 'We gaan eten bij Frankie's bestellen,' zei Pomroy. 'Wil jij iets?'

'Nee, bedankt. Geen trek.' Morasco pakte de lijst met telefoonnummers en liep het bureau uit.

'Misschien is ze het klooster in gegaan,' zei Trent bij wijze van welkom toen Brenna haar appartement binnenkwam. Hij zat naar zijn beeldscherm te staren, intenser dan ze van hem gewend was, bijna alsof hij erin wilde kruipen, maar toch, ondanks al deze dingen, ondanks alles wat ze vandaag had gezien en te weten was gekomen, viel Brenna's mond open toen ze Trents shirt zag.

Of misschien was 'shirt' een te vriendelijke benaming, het leek meer een soort sportbeha, met de afbeelding van een brullende tijgerkop, van opzij, die er met een spuitbus op gespoten leek, in mosterdgroen, met boze, gele ogen waaruit rode tranen dropen.

Wauw. Zo moesten de nachtmerries van Christian Audigier eruitzien na vierentwintig uur in de kroeg.

Brenna maakte haar blik los van het kledingstuk en wilde doorlopen naar haar bureau. 'Wie is er het klooster in gegaan?'

'Lydia Neff.'

'Dat betwijfel ik.' Brenna keek over zijn schouder naar het beeldscherm.

'De maandafrekening van Lydia's creditcard van twee jaar geleden,' zei Trent. 'De laatste betaling die ermee is gedaan is er een van dertig dollar, bij een benzinestation.' Hij keek naar haar op. 'In Buffalo.'

'Dus daar is ze uiteindelijk terechtgekomen.'

'Ja, en... O, wacht, er heeft zonet iemand voor je gebeld, op je eigen toestel, maar ik heb gewacht tot het doorschakelde naar je voicemail.'

'Trent?' Ze ademde diep in. 'Er zijn een paar dingen die ik je moet vertellen en ik zou graag willen dat je even goed oplet.'

'Oké...'

Brenna wachtte totdat hij zijn blik had losgemaakt van het beeldscherm en ze zijn volledige aandacht had.

'Ten eerste... dit.' Ze haalde de envelop uit haar tas en legde die op zijn toetsenbord. 'Carol had dit uit Lydia's huis meegenomen,' zei ze, 'en had het onder de stofomslag van een boek verstopt.'

Hij opende de envelop, haalde eerst de tekening en daarna de foto's eruit, keek ernaar en verroerde zich niet. Even leek het alsof hij zijn tong had ingeslikt. 'Krijg nou wat,' zei hij, toen hij zich had hersteld.

'En...' Ze schraapte haar keel. 'Nelson Wentz is dood.'

'Wat?'

Brenna nam haar hele dag met hem door, van haar ontmoeting met Wright en Hutchins tot en met de ontdekking van Nelsons lijk en alles wat Morasco haar had verteld, over de vroegtijdige dood van hoofdcommissaris Griffin en Wrights mogelijke betrokkenheid daarbij... alles. Daarna liet ze hem alleen, met open mond en stiller dan ze van hem gewend was, en liep ze naar haar bureau om haar voicemail af te luisteren.

'Ik ben gewoonlijk geen voorstander van... eh... voortijdig terugtrekken,' zei Trent uiteindelijk toen de elektronische stem Brenna vertelde dat ze één voicemailbericht had, 'maar in dit geval lijkt het me het verstandigste wat je kunt doen.'

'Wat?'

'We moeten eruit stappen. Het aan Morasco overlaten. Ik bedoel, kom op, onze cliënt is dood. Meade loopt her en der mensen te vermoorden en de politie kijkt de andere kant op omdat die verdomde Roger Wright er tot zijn kruin in blijkt te zitten.'

'En jij denkt dat Morasco dat allemaal alleen aankan?'

'Brenna...'

'Ik trek me niet terug, Trent. Niet voortijdig of op welke andere manier ook.' Ze wilde er nog iets over zeggen, maar de woorden bleven in haar keel steken toen het voicemailbericht begon.

'Ik zou u mijn naam en nummer wel willen geven, maar ik ben bang dat als ik dat doe, er dingen zullen gebeuren die ik niet kan tegenhouden. Ik weet wat er met meneer Wentz is gebeurd. Ik wil er iets over zeggen, maar ik ben zo bang. Ik zou willen dat ik kon terugdraaien wat ik heb gedaan, maar... Wat zullen ze boos op me zijn. O, jeetje, ik moet ophangen.'

Het tienermeisje. De elektronische stem zei: 'Einde bericht. Geen nieuwe berichten.'

'Ze heeft gebeld,' fluisterde Brenna.

'Wie?'

'We moeten Lydia Neff zien te vinden.' Brenna's mobiele telefoon ging. Ze pakte het toestel en antwoordde zonder op het schermpje te kijken. 'Ja.'

'Met Nick.'

Ze blies haar adem uit.

'Je verwachtte iemand anders?'

'Dat meisje. Ze heeft me weer gebeld. Ze heeft een bericht ingesproken en ik hoopte... Ik wil het gewoon weten!'

'Nou,' zei hij na een korte stilte, 'misschien heb je hier dan iets aan.'

'Wat heb je ontdekt?'

'Ik heb eindelijk de telefoongegevens van de vaste lijn van Carol en Nelson Wentz binnengekregen, Brenna. Ik zit hier te kijken naar drie telefoontjes naar dat toestel om 3.00, 3.10 en 3.15 uur in de vroege ochtend van 21 september.'

'Voordat ze Klavel heeft gebeld.'

'Voordat ze wie dan ook heeft gebeld,' zei Morasco. 'Dit zouden de telefoontjes kunnen zijn waarmee voor haar alles is begonnen.'

Het is mijn schuld. 'Oké,' zei Brenna. Haar hart ging tekeer en ze wou dat ze het kon kalmeren, dat ze haar hele lijf kon kalmeren, haar jagende hartslag, haar om en om tuimelende gedachten... *Koester niet te veel hoop.* 'Weet je van wie die telefoontjes afkomstig waren?'

'Ik heb nog geen tijd gehad om er een naam en adres bij te zoeken,' zei hij. 'Maar ze waren alle drie van hetzelfde nummer... 555-7651.'

Brenna's mond werd droog. 'Je hoeft er geen naam bij te zoeken,' zei ze. 'Ik weet van wie dat nummer is.'

'Van wie?'

Brenna haalde diep adem en blies die langzaam weer uit. 'Van de faxlijn van een soapster.'

28

Het was druk op de weg. Maar daar was niets aan te doen. Het was zes uur in de namiddag en Brenna reed de stad uit, tezamen met meer dan genoeg forenzen om een klein land te bevolken.

Ze vroeg zich af of Will Garvey zich ook in de avondspits bevond. Ze had meer dan tien glanzende zwarte Esplanades zien rijden toen ze op de West Side Highway in een slakkengang naar de Cross County reed, en sinds ze de stad had verlaten leek het aantal SUV's zich vertien- of vertwintigvoudigd te hebben.

Garvey zou vandaag om vier uur klaar zijn met de opnames van *The Day's End* en dan meteen naar huis komen, aangezien hij die avond zijn zoon en dochter op bezoek kreeg. Tenminste, dat had zijn huishoudster aan Morasco verteld toen hij haar belde en zij hem vriendelijk en beleefd te woord had gestaan. Ze had blijkbaar liever met een politieman te doen dan met een of andere rare vrouw die opeens voor de deur stond om te vragen of haar baas een vermoorde vrouw kende.

Vier uur klaar. Morasco en Brenna vermoedden dat hij ongeveer drie kwartier nodig zou hebben om zich te laten afschminken en zich om te kleden, en nog eens een half uur om iedereen gedag te zeggen en in zijn auto te stappen. Dus om een uur of zes zou hij wel thuis zijn, namen ze aan. Een tijdstip dat Brenna goed uitkwam. Maya had haar om vijf uur ge-sms't dat ze weer bij Larissa wilde blijven slapen en deze keer had Brenna geen bezwaar gemaakt. 'Gedraag je,' had ze geantwoord. 'En hou die moeder van haar een beetje in de gaten.'

Nadat ze met Morasco had afgesproken dat ze elkaar om zes uur bij

Garveys huis zouden ontmoeten, had ze Trent gedag gezegd, haar auto uit de garage gehaald en was ze op weg gegaan, om vervolgens al meer dan drie kwartier in deze hel te moeten doorbrengen, met een of andere verdomde goudkleurige Chevy Cavalier die als een horzel aan haar bumper bleef kleven. 'Als je nog dichterbij komt, zit je naast me,' mopperde Brenna in haar achteruitkijkspiegel.

Ze keek op haar horloge: tien over zes. Ze zuchtte, belde Morasco en kreeg zijn voicemail. 'Begin maar vast zonder mij bij Garvey, als je dat niet al hebt gedaan,' sprak ze in. 'De Cross County is een nachtmerrie.'

Maar Brenna had het gesprek nog niet beëindigd toen ze het licht aan het eind van de tunnel begon te zien. Want ruim een halve kilometer verderop splitste de weg zich in die naar Whitestone Bridge aan de ene kant en de Merritt Parkway aan de andere. De meeste auto's wilden naar Whitestone en Brenna wilde de Parkway op, dus dit was haar kans om uit de hel te ontsnappen. Goddank.

Zodra ze de ruimte kreeg gaf Brenna meer gas, maar de Cavalier reed nog steeds achter haar, kleefde aan de bumper van de Sienna alsof hij geen andere keus had. 'Neem de snelle baan!' riep ze.

Ze trapte het gaspedaal verder in, wat voor de Cavalier het moment was om haar advies eindelijk op te volgen en uit te wijken naar links, maar daarbij haar achterbumper te schampen. 'Verdomme!' Brenna stuurde naar de vluchtstrook, stopte en deed haar knipperlichten aan. Alles zat tegen vandaag. Ze keek in de achteruitkijkspiegel, er eigenlijk van uitgaande dat ze de Cavalier niet zou zien, dat die was doorgereden, want dat kon er ook nog wel bij. Maar die was ook op de vluchtstrook gestopt.

Zeker een huurauto, dacht Brenna toen ze het portier opende en uitstapte om de schade te inspecteren. Een of andere hufter van buiten de stad die een allriskverzekering heeft genomen en waar voor zijn geld wil.

Vanuit haar ooghoek zag ze iemand achter zich, een grote man, de bestuurder van de huurauto, en ze voelde haar woede oplaaien. Ze had hier nu geen tijd voor. Absoluut geen tijd. 'Zat je te slapen of zo?' snauwde ze naar de man. Ze wilde zich naar hem omdraaien toen ze hard, kil metaal in haar onderrug voelde. De loop van een pistool. Ze draaide haar hoofd opzij en in het licht van de koplampen van een voorbijrijdende auto kon ze heel even het gezicht van de man zien. De mooie gelaatstrekken. De prominente onderkaak. De moedervlek.

Adam Meade haalde de telefoon uit Brenna's broekzak. 'Stap in je auto,' zei hij. Brenna gehoorzaamde. Ze had geen keus, deed wat hij haar opdroeg, stapte aan de andere kant in, schoof door tot ze achter het stuur zat en Meade, met het pistool op haar gericht, naast haar plaatsnam, zei waar ze naartoe moest rijden en de Cavalier op de vluchtstrook achterliet.

Morasco ontving Brenna's boodschap op het moment dat hij bij Willis Garveys huis arriveerde. Ze zat vast in het verkeer. Het zou nog even duren.

Morasco zuchtte. Hij keek naar Garveys huis, dat hem deed denken aan een bruidstaart. De gordijnen achter de grote ramen waren dicht, maar Morasco zag er silhouetten achter bewegen, want alle lichten in het hele huis waren aan. Hij drukte op de bel en binnen een paar seconden werd de voordeur geopend door een man die eruitzag alsof hij zo van de cover van een kasteelroman kwam stappen, maar dan zonder het wijde witte hemd en de adembenemende vrouw met de wespentaille. 'Meneer Garvey?' vroeg Morasco.

Garvey fronste zijn wenkbrauwen. 'Ja?'

'Inspecteur Nick Morasco. Van de politie van Tarry Ridge.'

Garvey bleef hem twintig seconden lang aanstaren. 'Sorry,' zei hij uiteindelijk, 'maar zou ik moeten weten waar het over gaat?'

'Ik wil u alleen een paar vragen stellen, als u het goedvindt.'

Garvey knikte.

Morasco volgde hem naar binnen, door de hal naar een heel grote kamer die de nachtmerrie van de huishoudster moest zijn, want alles was wit. Op de bovenverdieping klonk harde muziek, een stampende bassdrum die de vloer deed trillen, en een vrouwenstem die zong: '*That's not my name*', alsmaar weer, wat werd afgewisseld met luidkeels meisjesgelach. Morasco waande zich in de kelder van een nachtclub.

'Mijn dochter heeft een vriendin op bezoek,' zei Garvey geheel overbodig.

'Meneer Garvey,' vroeg Morasco, 'waar kent u Carol Wentz van?'

Garveys gezicht verstrakte. 'Luister,' zei hij. 'Ik heb al tegen die vrouwelijke rechercheur gezegd dat ik Carol Wentz niet ken. Afgezien van wat er in het nieuws over haar is gezegd, heb ik die naam nog nooit van mijn leven gehoord.'

'Waarom hebt u haar dan gebeld?'

'Zij heeft mij gebeld,' zei hij. 'Ik heb haar nooit gebeld.'

Morasco schraapte zijn keel. 'U hebt Carol Wentz in de nacht van 21 september vanaf 3.00 uur drie keer gebeld.'

Garvey staarde hem aan. Op de bovenverdieping vroeg de zingende vrouw of je haar '*darling*' had genoemd en werd het volume nog wat hoger gedraaid. 'Meisjes, alsjeblieft, zet dat ding wat zachter!' riep Garvey. Daarna keek hij Morasco aan. 'Het spijt me, maar ik heb geen idee waar je het over hebt.'

Morasco haalde de lijst met telefoongegevens uit zijn zak. 'Dit zijn alle telefoontjes van en naar het vaste toestel van de familie Wentz.' Hij wees naar de telefoontjes van 21 september. 'Dit is toch uw nummer?'

Garvey keek naar de lijst en zijn gebronsde huid werd een fractie bleker. 'Ik... ik heb echt geen idee hoe dat heeft kunnen gebeuren.'

'Het is zelfs drie keer achter elkaar gebeurd.'

De meisjes hadden de muziek zachter gezet, maar de bassdrum was nog duidelijk hoorbaar. *Doenk-doenk-doenk*, alsof ze naar een reusachtige metronoom luisterden. Garvey nam de lijst van Morasco over. Hij hield hem met beide handen vast en staarde er geconcentreerd naar, alsof het nummer daardoor zou veranderen. Speelde hij toneel? Als dat zo was, was hij een verdomd goed acteur.

'Meneer Garvey, als u me alleen kunt vertellen wat u tegen Carol Wentz hebt gezegd...'

'Wacht eens even... 21 september, dat was op een maandag.'

Morasco knikte. 'Anderhalve week geleden. Dat herinnert u zich vast nog wel.'

'Meisjes!' riep Garvey. 'Kom even beneden, alsjeblieft.'

'Zo meteen, papa!'

'Nee, nu!'

Gelukkig werd de muziek afgezet. Even later verschenen er twee tienermeisjes boven aan de trap, het ene meisje lang en blond, en ze leek erg op Garvey, het andere meisje wat kleiner, met bruin haar en een bril.

'Wat is er, papa?' vroeg Garveys evenbeeld.

‘Inspecteur Morasco, dit is mijn dochter Emily,’ zei Garvey, met zijn blik op zijn dochter en haar vriendin. ‘Jullie hebben vorige week zondag toch een pyjamaparty gehouden?’

‘Eh… ja.’ Emily keek naar Morasco. ‘Is dat tegenwoordig strafbaar?’

‘Doe niet zo brutaal, Emily.’

‘Sorry.’

Garvey haalde diep adem en vroeg: ‘Emily, hebben jullie ’s nachts mensen gebeld via de faxlijn?’

Emily’s glimlach verdween. ‘Nee, natuurlijk niet, papa…’

‘Ik meen het, Emily.’

Emily keek naar haar vriendin. Het meisje zag er geschrokken uit, vond Morasco, en er kwam een schuldige trek op haar gezicht. Een gezicht dat hem trouwens bekend voorkwam, door iets in de ogen…

‘Ik ben het niet geweest,’ zei Emily.

‘Ik neem geen genoegen met leugens.’

‘Ik lieg niet, papa,’ zei het blonde meisje. ‘Ik zweer het.’

‘Ik heb het bewijs hier in mijn handen, Emily. De telefoon…’

‘Het was Maggie.’

Maggie… o mijn god… Morasco keek naar de grote ogen, de mond met het bezorgde trekje, het springerige bruine haar, en hij herinnerde zich de blauwe plastic haarspeldjes met de Tinker Bell-figuurtjes, de roze schoentjes met de klittenbandsluiting, die dertig centimeter boven de vloer bengelden.

‘Het spijt me zo,’ zei Maggie, en er kwamen tranen in haar ogen. ‘Het spijt me heel, heel erg. Het is mijn schuld.’

Ze zit op de metalen stoel in de verhoorkamer, en door de grootte van de stoel lijkt ze nog kleiner, in haar gele T-shirtje met een witte kat erop. De vingertjes die ze om het plastic bekertje met water heeft gevouwen. Drieënhalf jaar oud. Het hoge stemmetje. De verlegen lach. Niemand is bang voor de Kerstman.

‘Ik was het die mevrouw Wentz heeft gebeld. Maar het was niet mijn idee. Emily had het verzonnen.’

‘Niet waar! Jij was het die over die chatroom begon.’

‘Ik kan mijn oren niet geloven,’ zei Garvey. ‘Ik meen het, meisjes, ik kan niet geloven dat jullie dat hebben gedaan.’

'Ik heb geprobeerd haar tegen te houden.'

'Dat is niet waar, Emily. Hou op.' De tranen rolden over Maggies wangen.

Emily zei: 'Mevrouw Wentz dacht dat Maggie... dat ze iemand anders was.'

'Het spijt me. Het spijt me zo...'

Mevrouw Wentz dacht dat je Iris was. We dachten allemaal dat je Iris was. Hoofdschuddend staarde Morasco het meisje aan, zag de tien jaar tijd verstrijken op haar gezicht, zag haar van drieënhalf veertien jaar oud worden. Hetzelfde meisje, dat zo veel leed had veroorzaakt. 'Maggie...' zei hij uiteindelijk. 'Maggie Schuler?'

Brenna reed. Meade hield het pistool op haar gericht, met de loop tegen de onderkant van haar hals. Hij had de veiligheidspal omgezet, had haar laten zien dat hij dat deed, en hij had de loop als een eindeloze, kille kus net boven haar sleutelbeen tegen haar huid gedrukt. Brenna's geest zou proberen haar het leven te redden, zou haar bijvoorbeeld meenemen naar 18 april 1994, naar het dak van het appartementengebouw in Fourteenth Street, om twaalf uur 's nachts, met R.E.M. op de gettoblaster, Jims vingertoppen die haar wang streelden en zijn lippen die de hare naderden. Maar ze zou die lippen nog niet voelen, niet die ongelooflijke tederheid die haar hart deed gloeien, en Michael Stipes stem die zong over erosie die tergend langzaam een landschap vormde, zou ze nog niet horen. In plaats daarvan voelde ze het kille staal tegen haar hals en ze keek opzij, naar Meade.

'Hier afslaan,' zei Meade. Ze reden op de Deegan Expressway en naderden de afslag van 230th Street. De Bronx. 'Wat wil je van me?' vroeg ze.

Hij gaf geen antwoord.

Meade liet haar een lange, brede laan af rijden en links afslaan, een smalle zijstraat in. Daarna nog een keer links en twee keer rechts, en ze kwamen in een grauw, desolaat deel van de stad waar je, als je opzij en omlaag keek, een donker wateroppervlak zag. Pelham Bay. God, dacht Brenna. Moet dit een of andere bizarre grap voorstellen? Had Meade het echt zo gepland? In de verte kon ze City Island zien.

'Stoppen.'

Ze stopte aan de kant van de weg, zette de motor af en Meade griste de sleutels uit haar hand. 'Uitstappen,' zei hij, en toen ze deed wat hij zei, kwam hij haar achterna en liet zij zich door hem vooruitduwen terwijl ze neerkeek op het water van de baai. Brenna voelde de loop van het pistool tussen haar schouderbladen, ze werd teruggevoerd naar de avond van 7 september 1981 en Meades kalme stem maakte plaats voor de schrille stem van haar moeder.

'Ga mijn huis uit.'

'Clea zei dat ik niks mocht zeggen, mam. Daarom heb ik mijn mond gehouden. Ik moest het haar beloven...'

'Dat was twee weken geleden, Brenna. Je zus kan nu wel dood zijn.'

'Het spijt me.'

'Als ze dood is, is het jouw schuld. Het is jouw schuld dat ze verdwenen is. Ga mijn huis uit.'

Het is 21.45 uur op Brenna's horloge. Het is september en het is buiten nog warm en zwoel, als adem. Ze doet de deur achter zich dicht en loopt naar de straat. Daar slaat ze links af en gaat op weg naar de baai.

'Waar heb je het verstopt?' vroeg Meade.

Brenna passeert de huizen van de familie Linden, de familie Moskovitz, de familie Mangiones, de familie Conrad. Ze opent het hekje van Center Street Beach. Ze trekt haar schoenen uit en voelt het koele zand onder haar voetzolen. Het water van Pelham Bay is een zwarte spiegel die de lichtjes van de stad weerkaatst. Ze loopt het water in, tot aan haar enkels en verder, tot aan haar knieën. Ze is niet van plan te gaan zwemmen. Ze zal zich niet verzetten. Het water is koud, maar ze loopt door...

'Waar is het?' Hij porde haar tussen de ribben met de loop van het pistool.

Brenna hoorde zichzelf zeggen: 'Ik weet niet waar je het over hebt.'

'Ja, dat weet je wel.'

Het water reikt tot aan Brenna's middel. Ze voelt de stroming langs haar benen. Ik zal me niet verzetten, denkt ze. Ik geef me over.

'Ik weet echt niet waar je het over hebt.'

Het water reikt nu tot aan haar kin. Ze zet zich schrap tegen de stroming en voelt zeewier om haar polsen en om haar middel. Ze rilt als ze dat voelt. Voor zich uit ziet ze de lichtjes van de stad in het water. 'Vaarwel,' zegt ze.

Brenna sluit haar ogen. Ze wil zich onder water laten zakken als ze achter zich iets hoort, een plassend, klotsend geluid...

Even verdween de druk van de loop van het pistool in haar rug.

Een plassend geluid in het water, gevolgd door de stem van haar moeder. 'Brenna! Brenna! Niet doen, schat, alsjeblieft! Het spijt me. Kom terug!'

Meade sloeg Brenna in haar maag met de loop van het pistool. Alle lucht werd uit haar lichaam geperst en happend naar adem viel ze op de knieën. Ze was terug in het heden. 'Waar is het?' vroeg hij weer.

Hij wil de foto van Wright. Brenna kreunde. Ze tastte om zich heen, voelde zand, steentjes en glasscherven op het asfalt. Ja... daar. Met een redelijk grote glasscherf losjes in haar handpalm krabbelde ze overeind. Hij greep haar arm vast, zette de loop van het pistool onder haar kin en hield hem daar. 'De vraag blijft dezelfde. Jij had die tekening niet mogen meenemen. Ik weet dat je hem hebt en ik wil hem terug.'

'De tekening?' Het koude staal van de loop werd nog steeds tegen haar strottenhoofd gedrukt. Het was een zwaar kaliber pistool, een .45, en als hij nu de trekker overhaalde, had ze waarschijnlijk geen hoofd meer. Desondanks praatte hij in raadsels. Het was niet de foto van Lydia Neff bij zijn auto die hij wilde, niet de foto van zijn naakte, overspelige baas, en niet de foto die aantoonde dat Lydia en Roger een verhouding hadden gehad. Hij wilde de kindertekening waar de foto's in hadden gezeten. 'Je hebt het toch over de dingen die Carol Wentz uit Lydia's huis heeft meegenomen?'

'Ja.'

Brenna kon het niet opnemen tegen het pistool, maar wel tegen de man die het in zijn hand had. Nadat ze elf jaar geleden een flink pak slaag had gekregen van een overspelige echtgenoot die ze schaduwde, had ze leren vechten, en goed ook. Ze had van Errol geëist dat hij de training voor haar betaalde. Dat was wel het minste wat hij kon doen. Ze durfde het tegen iedere man op te nemen, ook tegen een huurmoordenaar die achter haar stond en die de loop van een pistool op haar keel drukte. Als ze maar wist waar zijn ogen zich precies bevonden.

'Ik heb de foto's gezien. Ik weet alles.' Brenna liet de glasscherf uit haar handpalm zakken, nam hem tussen haar duim, wijs- en middelvinger en hield hem stevig vast. 'Dat weet je,' zei ze. 'Dus waarom vraag je naar die tekening?'

Ze voelde zijn warme adem tegen haar slaap. 'Omdat ik die...' begon hij, maar toen vond Brenna het genoeg. Laat hem de zin niet afmaken. Haar hand schoot omhoog en schuin naar achteren, naar de plek waar ze zijn adem had gevoeld, en een centimeter of tien daarboven. Ze voelde zijn wenkbrauw tegen haar pols... perfect, stak de punt van de scherf in zijn huid en trok...

Niet zijn oog, maar dicht genoeg in de buurt. Hij stootte een kreet uit, hij liet haar arm los en het pistool viel uit zijn hand. Het ging af toen het het asfalt raakte en even hoorden ze allebei niets meer door de knal.

Meade greep naar zijn oog en deinsde achteruit. 'Godverdomme!' brulde hij, en met zijn andere oog zocht hij het wegdek af alsof hij wilde zien waar de kogel was gebleven.

Brenna, nog steeds half doof, schopte het pistool opzij. Meade viel aan. In slow motion zag ze hem op zich af komen, ze maakte zich klein en sloeg hem met gebalde vuist in zijn kruis. Hij schreeuwde het uit en tuimelde voorover. Ze keek om zich heen, zocht de plek waar het pistool terecht was gekomen, toen hij haar hard op haar slaap raakte. Het was alsof ze een dichtslaande deur tegen haar hoofd kreeg, en ze zag sterretjes. Haar gedachten gingen terug naar de overspelige echtgenoot van elf jaar daarvoor, naar zijn vuist die haar gezicht raakte, de shock van de impact, meer de schrik dan de pijn, omdat ze nog nooit met zo veel samengebalde haat in aanraking was geweest. Ze proefde de zoute smaak van bloed in haar mond, net zoals ze die toen had geproefd, waardoor ze zich meer details begon te herinneren: de rioollucht in het steegje, de handen die haar betastten en probeerden haar camera te pakken te krijgen... Hou op. Blijf in het nu. Ze begon het Verdrag van Gettysburg op te zeggen: 'Zevenentachtig jaar geleden brachten onze vaders op dit continent een nieuwe natie voort...'

Meade fronste zijn wenkbrauwen.

Brenna's hand schoot uit en ze haalde de glasscherf over zijn wang.

Hij schreeuwde het uit. Het bloed stroomde over zijn gezicht, maar Brenna bleef aanvallen, bleef naar hem uithalen en hem snijden, zijn voorhoofd, zijn kin, zijn dikke nek; ze liet hem bloeden voor Nelson, voor Carol, voor Klavel, voor... 'Waar is Iris?' hoorde ze zichzelf krijsend vragen toen ze zich weer op hem wierp. 'Waar is ze?' Hij kreeg haar pols te pakken, rukte haar arm opzij en ze viel achterover op het asfalt. Ze zette haar handen op de grond om zich weer af te zetten en voelde koud staal onder haar vingers. Het pistool.

Meade zag het ook en wilde erop duiken, maar Brenna was hem voor. Ze richtte het op hem en hij deinsde achteruit. Ze krabbelde overeind en zette de loop op zijn borstbeen. Ze stak haar andere hand in de zak van zijn jack, vond haar sleutelbos en trok die eruit. Er viel nog iets anders op de grond, haar mobiele telefoon. Ze schopte het toestel opzij en hield het pistool op hem gericht, want ze zag hem loeren, met dat woedende gezicht vol krassen en sneden, het bloed dat langs zijn hals in zijn kleding droop en zijn grommende ademhaling als enige geluid.

Aan haar sleutelbos hing een medaillon met een verkleinde tekening van Maya, die ze in de eerste klas had gemaakt. Een groot, rond hoofd, een lijf dat uit stokjes bestond, lang krullend haar en een brede glimlach. Het was in haar prinsesjesfase geweest, dus had Maya het hoofd versierd met een kroontje, en op de voorkant van dat kroontje stond 'mama'.

Brenna duwde de loop van het pistool onder zijn kin. 'Je werkt nog steeds voor Roger Wright, hè?' vroeg ze, met een van pijn kloppend gezicht en bloedend uit haar mond.

Hij gaf geen antwoord.

'Hoeveel mensen heb je vermoord om zijn verhouding geheim te houden?'

Meade keek omlaag, naar het pistool, en weer op naar Brenna. Zijn ademhaling was weer tot rust gekomen. Hij rook naar bloed en zweet, maar zijn gezichtsuitdrukking was merkwaardig kalm, alsof alle haat er door zijn verwondingen uit was gestroomd. Meade was een standbeeld geworden, met een kille, bijna ongeïnteresseerde blik in zijn ogen. Ik ben nog niet van hem af, besefte Brenna. 'Jij hebt het pistool,' zei hij. 'Waarom gebruik je het niet?'

Meteen daarna voelde Brenna de steek in haar buik en de felle pijn die erop volgde. Meade deed een stap achteruit terwijl haar grip om de kolf van het pistool verslapte en ze een licht gevoel in haar hoofd kreeg. Ze zag het in zijn hand… een knipmes, met bloed op het lemmet. Ze kon niet meer scherp zien. Met krachteloze hand richtte ze het pistool en haalde de trekker over. Het wapen explodeerde in haar hand, ze werd achteruitgeworpen en haar sleutels vielen op het asfalt. Haar oren gonsden na van de knal, maar het enige wat ze hoorde was het gerinkel van de sleutels. Vreemd.

Was Meade dood? Had ze hem geraakt?

Ze voelde het asfalt onder haar rug, proefde de zoute kopersmaak van het bloed in haar mond. Haar gedachten vervaagden en maakten plaats voor herinneringen… *'Het is zover,' zegt dr. Abrams. Brenna is drijfnat van het zweet. Haar plakt op haar voorhoofd, lakens kleven aan haar lichaam en de pijn… een allesoverheersende pijn, die als een bosbrand binnen in haar woedt, en dan… het schrille krijsen van een baby, warme tranen die over haar wangen lopen, Jims handen op haar schouders, zijn lippen op haar wang. Jims stem in haar oor. 'Hoor je haar huilen, schat? O god, o god, wat is ze mooi…'*

De herinnerde pijn maakte plaats voor de echte van nu. Ademhalen ging moeizaam, licht en snel, als een baby. Haar lijf had meer lucht nodig, maar ze was niet in staat het te geven. Brenna bracht haar hand naar de pijn en voelde aan haar shirt, vochtig en plakkend op haar huid. Ze bracht haar hand weer naar haar gezicht en zag dat die donker was van het bloed. Ik ga dood. De mobiele telefoon. Ze tastte om zich heen, vond hem. Bel het alarmnummer. Ze toetste 9-1-1 in, hoorde de zachte stem: '… u helpen?' Maar ze kon niet antwoorden, kon geen woord uitbrengen. Het enige wat ze kon was happen naar adem. Als een goudvis. Alsof ze op haar rug op troebel water dreef, maar één kieuw had, en zich zoekend naar lucht op haar zij draaide. En daarna nog eens, totdat alles donker werd.

29

‘Ze beweegt,’ zei een stem. ‘Ze komt bij.’

Brenna opende haar ogen. Honderden en honderden zwarte puntjes smolten samen en werden witte vierkanten, geluiddempende tegels. Lange tl-buizen aan het plafond. Ze lag in een ziekenhuisbed. Haar blik ging naar het infuus in haar arm. Ze tilde haar andere arm op, bracht haar hand naar haar gezicht en voelde dik verband.

‘Ze is bij kennis,’ zei de stem weer. Iris’ stem zoals die uit de telefoon had geklonken, en toen ze zich iets had opgericht, zag ze Morasco op een stoel bij de muur zitten, naast een jong meisje dat Brenna nooit eerder had gezien.

Brenna’s mond was kurkdroog. Ze begon te hoesten. Morasco pakte een kartonnen bekertje van het nachtkastje, haalde er iets uit en schoof het tussen haar lippen. Een blaadje ijs. Ze zoog en kauwde erop en haalde diep adem. ‘Hoe heb je me gevonden?’ vroeg ze met schorre stem.

‘Politieradio,’ zei hij. ‘Maar probeer niet te veel te praten, oké? Het is negen uur ’s avonds en je bent in het Columbia-Presbyterian. De wond van de messteek is gehecht, je hebt een bloedtransfusie gekregen, maar verder ben je in een verbazingwekkend goede conditie, gezien… Brenna, wat is er gebeurd?’

‘Meade,’ zei ze.

‘O nee.’

‘Hij… was hij niet? Heb ik hem niet geraakt?’

‘Nee. Meade was daar niet.’

Brenna sloot haar ogen. ‘Ik heb op hem geschoten. Met zijn .45.’

'Ik dacht dat ik had gezegd dat je je er niet mee moest bemoeien, maar dan ga je weer praten,' zei Morasco. 'En dat kun je nu beter niet doen, Brenna.'

Brenna's blik ging naar het meisje op de stoel bij de muur. Ze droeg een bril met een vierkant montuur. Ze had een verlegen, hartvormig gezicht en bruin haar met een scheiding in het midden.

'Ik ben Maggie,' zei ze met de stem van Iris.

Brenna keek naar Morasco.

'Maggie Schuler. Iris en zij waren bevriend toen ze kleuters waren. Ze woonde in het huis naast dat van Lydia en Iris. De split level.'

'Het Brady Bunch-huis.'

'Ja. Sstt.'

'Zij zat in het politiedossier,' zei Morasco. 'Zij was M.'

Brenna's ogen werden groot. Ze wilde rechtop gaan zitten, maar de steekwond weerhield haar ervan. Ze legde haar hand op haar verbonden buik.

Het meisje keek naar de handen in haar schoot. 'Het spijt me zo,' zei ze, en Brenna dacht aan het moment dat ze naast Nelson Wentz in de keuken had gestaan. 'Nog wat ijs,' zei Brenna.

Morasco legde een blaadje ijs tussen haar lippen en zei tegen Maggie: 'Begin bij de chatroom.'

Het meisje schraapte haar keel. 'Het was in augustus toen ik mijn broer Eric met zijn vriend Jonathan Klein hoorde praten.'

Brenna zoog op het ijs en hoorde Nelson in gesprek met Trent, kort na Nelsons persverklaring. *... antivirussoftware die spyware moet tegenhouden. Maar die werkt niet echt goed, geloof ik. O, en hij zei dat hij er een paar extra programmaatjes op had gezet... een wordprocessor en dat soort dingen...*

'Jonathan hielp meneer Wentz wel eens met zijn computer,' vertelde Maggie. 'Op een dag zou hij er wat software op zetten, maar meneer Wentz was naar zijn werk, of in elk geval niet thuis, en hij had tegen Jonathan gezegd dat als er niemand thuis was, hij de reservesleutel mocht gebruiken om naar binnen te gaan. Jonathan had dat gedaan, maar toen hij boven de computerkamer binnenging, zat mevrouw Wentz achter de computer, te chatten in de chatroom van de Families van de Vermisten.'

Ze trok aan haar onderlip. 'Mevrouw Wentz schrok zich wezenloos en Jonathan moest haar beloven dat hij er tegen niemand iets over zou zeggen.'

'Ik ken die chatroom,' zei Brenna zacht.

Morasco keek naar het meisje. 'Maggie ging die chatroom bezoeken... anoniem, als gast.'

'Ja,' zei Maggie. 'Ik weet niet precies waarom.'

Morasco zei: 'Je herinnert je niet dat wij elkaar op het bureau hebben gesproken.'

'Nee, niet echt. Maar ik herinner me Iris wel. Ik was nog zo klein en zij leek al zo groot. Ik had geen zusjes, alleen mijn broertje, en omdat ik nog zo jong was, keek ik tegen haar op.'

Brenna knikte.

'Maar goed, mevrouw Wentz was heel vaak in die chatroom en dan deed ze alsof ze Iris' moeder was. Het was duidelijk dat zij het was, want ze was de enige uit Tarry Ridge en ze had het altijd over Iris, dat ze het zoeken naar Iris nooit zou opgeven. Ik weet niet precies waarom, maar het maakte me... boos.'

'Omdat je daardoor Iris weer ging missen,' zei Morasco.

'Ja, ik denk het. En ik vond het ook naar voor Iris' echte moeder. Ik bedoel, stel dat zij in die chatroom kwam en zag dat iemand zich als haar voordeed?' Ze keek Brenna aan. 'Nou, vorige week zondag bleef ik bij mijn vriendin Emily logeren en heb ik het haar verteld.'

'Emily Garvey.'

'Ja. En Emily daagde me uit, ze zei dat ik mevrouw Wentz moest bellen en moest doen alsof ik Iris was.'

Brenna keek haar aan en zei niets.

Maggies ogen glansden vochtig. Ze zette haar bril af en wreef met haar hand in haar ogen. Toen ze doorging met haar verhaal, trilde haar stem. 'Ik heb drie keer gebeld,' zei ze. 'Weet u hoe het gaat als je een leugen vertelt en er dan zelf in gaat geloven? Algauw bedenk je een heel verhaal en ben je jezelf niet meer. Je bent een acteur die een rol speelt. Ik was Iris. Ik zei tegen haar dat ze moest ophouden te doen alsof ze mijn moeder was. En dat ze me met rust moest laten.'

'En hoe reageerde Carol daarop, Maggie?' vroeg Morasco.

Het meisje slikte moeizaam. 'Ze zei: "Laat me je alsjeblieft helpen, Iris."

En daarna zei ze dat het haar speet.' Ze haalde diep adem en blies die weer uit. 'Ze bleef maar zeggen dat het haar speet, elke keer weer.'

Brenna staarde haar aan terwijl de stukjes op hun plaats vielen. Carol had Iris helemaal niet gesproken. Ze had geen vermist meisje teruggevonden. Ze had een neptelefoontje ontvangen en had er nogal overdreven op gereageerd. Alleen God wist waar ze spijt van had, maar maakte dat nu nog iets uit?

Morasco zei: 'Carols eerste telefoontje op maandagochtend was naar hoofdcommissaris Hutchins. Waarschijnlijk heeft ze hem verteld dat ze was gebeld en gezegd dat ze geloofde dat Iris nog in leven was. Misschien dacht ze dat hij haar kon helpen Iris op te sporen.'

'Of Lydia,' zei Brenna.

Hij keek haar aan. 'Ja, of Lydia,' zei hij. 'Hutchins wilde haar niet helpen, dus belde ze Klavel, die Tim O'Malley voor haar vond. Ze heeft Tim een paar keer gesproken en tijdens een van die gesprekken heeft hij haar iets verteld wat haar ertoe heeft aangezet in te breken in Lydia's oude huis en de dingen mee te nemen die achter de tekening waren verstopt.'

Maggie zakte een stukje onderuit op haar stoel. 'Ik ben teruggegaan naar mijn oude buurt,' zei ze. 'Ik ben erdoorheen gereden op mijn fiets, over het pad dat achter de huizen langs loopt. Ik heb naar ons oude huis staan kijken, heb mijn best gedaan me dingen te herinneren, me Iris te herinneren... me meer te herinneren dan me is bijgebleven, maar dat is me niet gelukt.'

'Maggies ouders zijn verhuisd in het jaar nadat Iris was verdwenen. Ze konden een bod doen op een van de koophuizen in het Waterside-complex.' Hij keek Brenna met een veelbetekenende blik aan. 'Ze hebben het voor een prikkie gekregen.'

Brenna schudde haar hoofd. 'Vreemd.'

Maggie zei: 'Er is wel iets anders wat ik me herinner. Niemand weet ervan, alleen ik.'

Brenna keek haar aan.

'Ik was bij Iris op de dag dat ze verdween.'

Morasco zei: 'Dat heb je me nooit verteld.'

'Ik heb het aan niemand verteld.' Haar onderlip trilde. Haar ogen glansden weer. Er kroop een traantje over haar wang en Brenna had haar hand willen uitsteken om het weg te vegen, zo jong was Maggie nog. 'Ik was met mijn ouders op bezoek bij de buren van de Koppelsons... ik weet niet meer hoe ze heetten. Ik was in de tuin en ik zag Iris op straat, en toen ben ik naar haar toe gegaan.' Ze haalde diep adem en keek naar het plafond, liet zich terugvoeren in de tijd. 'Ik herinner me dat Iris tegen me zei dat de Kerstman al in de stad was en dat we bij hem konden langsgaan, zodat we extra vroeg onze cadeautjes konden krijgen. Ik herinner me dat ik naast haar liep en dat ik bang begon te worden, want de zon was al bijna onder en we wisten niet waar we waren. We waren verdwaald. Toen zag ik mevrouw Wentz haar huis uit komen. Ik herinner me dat ik haar zag en naar haar toe ben gerend.' Maggie kneep haar ogen dicht. 'Mevrouw Wentz tilde me op, nam me mee naar binnen en heeft mijn moeder gebeld. Iris bleef buiten. Mevrouw Wentz had haar niet gezien en ik heb niet gezegd dat ze er was.'

'Je vindt dat je Iris aan haar lot hebt overgelaten,' zei Morasco.

'Ik weet dat ik dat heb gedaan. Ik bedoel, ik herinner het me nog goed... dat ik omkeek voordat we mevrouw Wentz' huis binnengingen en dat ik Iris zag wegrennen.'

Brenna's blik bleef gericht op het jonge meisje met het fijne, donkere haar en haar mollige wangen, net zo oud als Maya en maar drie jaar ouder dan Brenna zelf was geweest toen ze haar zus in de blauwe auto had zien stappen.

'En ik zal het nooit vergeten.'

Brenna kreeg een hol gevoel in haar borstkas. De steekwond gloeide.

'Haar ouders zitten in de wachtkamer,' zei Morasco. 'Zullen we gaan, Maggie?'

'Ja,' zei ze zacht, en zonder het te willen moest Brenna denken aan de vele, vele jaren dat Maggie Schuler zou terugkijken in plaats van vooruit, aan alle dingen die Maggie misschien zou opgeven – haar opleiding, haar kans op geluk, zelfs de mensen van wie ze het meest hield – in een poging die ene fout van toen goed te maken, datgene wat niet hersteld kon worden. 'Het is jouw schuld niet, Maggie,' fluisterde Brenna, net zozeer tegen zichzelf als tegen het onbekende meisje naast haar bed. 'Je hebt niks fout gedaan. Je was nog zo jong.'

30

Dr. Glassman was een uitstekend arts. Meade had hem leren kennen toen hij in het VA Hospital werkte. Hij was tóén goed geweest, heel kundig en zorgzaam. Alleen werd hij te veel afgeleid door dagelijkse zaken om een echt groot arts te zijn. Sportwedstrijden van zijn kinderen, verjaardagen, de tennislessen van zijn dochter... Vaak ging hij 's middags vroeg naar huis omdat hij 's avonds naar een voorstelling moest; schooltoneel, terwijl er levens gered moesten worden. Onbegrijpelijk, maar aan de andere kant, dat was menselijk gedrag wel vaker. Meade nam het Glassman niet kwalijk, die menselijke trekjes. Maar hij zag ze wel als een zwakke plek, een imperfectie die de goede man in de weg stond om zo groot te worden als hij was voorbestemd.

Toen, op een dag, toen Glassman in het ziekenhuis aan het werk was, brak er brand uit in zijn huis en kwam zijn hele gezin in de vlammen om. Er volgde een lange rouwperiode, waaruit dr. Glassman als een ander mens tevoorschijn kwam. Hij was nu iemand zonder emoties, iemand die alleen nog leefde om anderen het leven te redden, om zieke en beschadigde lichamen te genezen en op te lappen. Dr. Glassman stelde nooit vragen. Sterker nog, hij zei zelden iets. Hij had zijn praktijk aan huis, in een klein appartement in Morningside Heights, waar hij kogels uit borstkassen haalde, steekwonden hechtte en soms een stilstaand hart reanimeerde. Hij scheen geen enkel plezier te putten uit wat hij deed, geen blijdschap, geen trots, niet het gevoel dat er iets was bereikt. Goedbeschouwd heelde hij mensen omdat het het enige was wat hij kon. Meade was nooit iemand tegengekomen die hem meer aan een machine deed denken dan dr. Glassman. Daarom vertrouwde hij hem.

Dr. Glassman ontfermde zich eerst over de schotwond. De kogel zat in Meades schouder en hij voelde een brandende pijn toen die eruit werd gehaald, maar hij gaf geen krimp, net zoals – wist hij – zijn vader geen krimp zou hebben gegeven. '*Soldaten huilen niet,*' had pa tegen Adam gezegd, de Adam die toen tien jaar oud was, een heel andere Adam die de wereld nu had leren kennen. Pa had het tegen de jonge Adam gezegd toen hij met zonsopgang het huis verliet en voor de allerlaatste keer de voordeur achter zich dichttrok om voor de zesde en laatste keer naar Vietnam te gaan. *'Maak je geen zorgen, knul. Hanoi heeft geen geheimen meer voor me. Hé, wat zie ik daar in je ooghoek? Een traan? Soldaten huilen niet, Adam. Je moet sterk zijn. Jij moet op de vrouwen passen zolang ik er niet ben.'*

'Ja, meneer.'

'Goed zo, knul.'

Terwijl dr. Glassman zijn schouder verbond, de snee in zijn wang hechtte en de andere wonden van de glasscherf ontsmette, zette Meade zijn vader uit zijn hoofd. In plaats daarvan dacht hij aan machines, apparaten en instrumenten, aan hun schoonheid, hun eenvoud en hun doelgerichtheid. De Glock was er ook een goed voorbeeld van, en, op een andere manier, Meades auto. En het zendertje dat hij onder de carrosserie van Brenna Spectors Sienna had geplakt, na Nelson Wentz' persverklaring, toen zij en haar assistent met hem mee naar binnen waren gegaan.

De arts functioneerde nu als een machine, een machine die mensen het leven redde, en ook al interesseerde het hemzelf blijkbaar weinig, het maakte hem heel indrukwekkend. Een tragedie had hem tot een ander mens gemaakt. Net zoals een tragedie de jonge Adam Meade tot een ander mens had gemaakt.

Voordat Meade het appartement verliet, legde hij het geld op de keukentafel. Zoals altijd keek de arts er niet naar. Maar voordat Meade wegging, legde hij zijn hand op de schouder van de arts en keek hem recht in de ogen. 'Sommige branden breken uit met een reden,' zei Meade.

Dr. Glassman zei niets. Zijn ogen waren zo droog als keien.

'Had ik je al verteld dat ik een bloedhekel aan ziekenhuizen heb?' zei Morasco. Hij stond bij Brenna's bed en het was tien uur 's avonds.

'Dan zul je je inmiddels wel ellendig voelen.'

'Nou, het valt mee. Sterker nog, dít ziekenhuis bevalt me wel, aangezien het jou ervan weerhoudt om alleen op pad te gaan en jezelf weer in gevaar te brengen.' Hij glimlachte en Brenna moest denken aan Wright, naakt op de foto, de blik waarmee hij naar Lydia keek...

Het was verbazingwekkend wat verliefdheid met de ogen deed. Ze werden er lichter en sprekender van, net zoals ze dat van pijn en verdriet werden. Maar hoe kon iemand tegelijkertijd tot zo veel liefde en zo veel haat in staat zijn? 'Hoe weten we dat zeker?' vroeg Brenna.

'Wat? Dat je hier, in het Columbia-Presbyterian veilig bent?'

'Nee,' zei Brenna. 'Hoe weten we dat Meade nog steeds voor Wright werkt? Misschien heeft hij zelf redenen om deze mensen iets aan te doen.'

'Meen je dat?'

Ze keek hem aan. 'Ik beweer niet dat Wright de familie Schuler en commissaris Griffin niet heeft omgekocht met huizen in het Waterside-complex. En ik beweer ook niet dat Hutchins dat verhoor uit het politiedossier heeft gehaald. Ik zeg alleen... misschien is hij niet verantwoordelijk voor de moorden. Misschien is Meade gewoon gek. Misschien is hij op de een of andere manier te weten gekomen dat Carol Wentz die foto's had en doet hij dit uit een soort misplaatste loyaliteit jegens Wright.'

Morasco keek haar aan en zei niets.

Brenna zuchtte. 'Ik weet het,' zei ze. 'Ik kan gewoon niet begrijpen hoe een beschaafd mens – ook al is het een schoft als Wright – in staat zou zijn zo veel onschuldige mensen uit de weg te ruimen. Ik bedoel, hoe kun je jezelf in de ogen kijken?'

Morasco wendde zijn blik even af. 'Mensen bedenken allerlei redenen, Brenna,' zei hij. 'Ze maken zichzelf dingen wijs. Dingen die ze net zo lang blijven herhalen tot het geen leugens meer zijn. Zo praten ze het goed voor zichzelf.'

'Toch begrijp ik het niet.'

'Natuurlijk niet,' zei hij. 'Jouw geheugen liegt nooit tegen je.' Morasco raakte haar verbonden wang aan. 'Laat je alsjeblieft niet meer toetakelen door dat soort gajes.'

'Gajes.' Brenna glimlachte. 'Dat klinkt als een woord dat Jack Paar zou kunnen gebruiken.'

'Wijsneus.' Hij bleef haar aankijken en even meende Brenna het in zijn ogen te zien, die vonk, hoewel ze niet met zekerheid kon zeggen of het liefde of verdriet was wat ze zag.

Of misschien was het het beeld van de foto dat zich aan haar opdrong.

Trent kwam om half elf, nadat Brenna hem had gebeld, met een grote tas die hij voor haar had ingepakt: kleding, ondergoed, haar tandenborstel, haar laptop, en de envelop met de tekening en de drie foto's, die hij had gescand, gekopieerd en op diverse plekken had opgeslagen. Hij kwam binnen vrijwel meteen nadat Morasco was vertrokken, dus hij moest hem in de gang zijn tegengekomen, want het eerste wat hij zei toen hij Brenna zag: 'Jij en Morasco, hè? Nou? Nou?', gevolgd door een handgebaar dat ze sinds groep vijf van de basisschool niet meer had gezien.

'Eh... nee.'

Trent keek naar haar verbonden gezicht. 'Godver,' zei hij. 'Ik hoop dat Meade er vijftig keer zo erg aan toe is.'

'Ik heb mijn best gedaan.'

Brenna had inmiddels van de artsen te horen gekregen dat ze de uitslagen van de tests bevredigend vonden en dat ze geen tweede transfusie nodig had, maar dat ze haar wel een nachtje ter observatie wilden houden. Brenna vond het best, nadenken kon je overal, ook in een ziekenhuis, en zoals Morasco had gezegd, de kans op een tweede aanval was hier relatief klein.

Ze pakte de laptop aan van Trent, klapte hem open en ging met behulp van de wifi van het ziekenhuis het net op. Ze downloadde de foto's, zette ze naast elkaar op haar bureaublad en staarde naar Wrights gezicht. Wat zou iemand als hij met zijn grote liefde doen als hij er klaar mee was? Had hij zich op zijn werk gestort? Zich op zijn vrouw en zijn kinderen geconcentreerd? Hoe was het hem gelukt er een punt achter te zetten en een nieuw hoofdstuk te beginnen? Hoe was het hem gelukt om te vergeten wat er was gebeurd?

Hoe lukte het welke man ook om zoiets te vergeten?

Ze keek naar de taakbalk van haar bureaublad. Jim was niet online. Best. Ze zou Faith de volgende ochtend bellen, vragen of zij Maya van school wilde halen en haar uitleggen dat ze een ongelukje had gehad, maar dat er niets ernstigs aan de hand was. Brenna kneep haar ogen dicht alsof ze daarmee de pijn uit haar hoofd kon verdrijven. Alles kon vergeten. 'Bedankt voor de spullen, Trent,' zei ze. 'Ik mag morgen in de loop van de ochtend naar huis, dus je ziet me wel verschijnen.'

'Wacht. Ik moet je nog iets laten zien.'

Ze keek hem argwanend aan.

'Nee, geen nieuwe piercing. Ik zweer het.'

'Goed dan.'

Trent kwam tegen het bed aan staan en wees naar het beeldscherm. 'Als je bij je downloads kijkt, zie je dat ik Nelson Wentz' Mailkeep op je laptop heb gezet.'

'Dat programma dat kopieën van al je e-mails opslaat.'

'Yep.'

Brenna vond het Mailkeep-icoontje en klikte erop. Ze zag een lange lijst e-mails die zo te zien allemaal van Nelsons adres afkomstig waren. 'Heb je ze al bekeken?'

'Nee. Ik heb het snel op je laptop overgezet voordat ik hiernaartoe kwam.'

Ze zag een paar recente e-mails, van nog maar twee dagen geleden: een van Nelson aan iets wat eruitzag als een online cursus autobiografisch schrijven, en een aan zijn baas, Kyle, met de tekst: '*Neem een dag vrij. Zie je maandag.*' Opnieuw viel het haar op dat zijn dood haar zo vreemd voorkwam.

Trents aftershave drong haar neusgaten binnen en toen ze opkeek, hing hij over haar heen, met zijn borstspier tegen haar arm en zijn hoofd bijna op haar schouder. 'Geef me een beetje ruimte, alsjeblieft.'

Trent zette zijn vinger op het beeldscherm. 'Kijk.'

Het was een e-mail, de enige die niet door Nelson was verstuurd of ontvangen. De afzender was OrangePineapple98 en de datum 24 september, om 23.30 uur. Het onderwerp luidde: HOE DURF JE, en de ontvanger was rwright@wrightindustries.com. 'Op de laatste avond dat ze in leven was heeft Carol een e-mail aan Wright gestuurd.'

'O, hemel.'

'Zeg dat wel,' fluisterde Brenna. Ze klikte de e-mail aan. Geen bericht, alleen een bijlage, een jpg-bestand dat Carol 'neff' had genoemd. De foto's, dacht Brenna. Carol had hem de foto's gemaild. Wright had met behulp van het e-mailadres uitgezocht wie Carol was. Dat was niet zo moeilijk voor iemand met zo veel macht als hij. Hij was te weten gekomen wie ze was, had Meade op haar af gestuurd, en daarna op iedereen die ze het verteld kon hebben, alleen om te voorkomen dat zijn geheim bekend werd.

Ze staarde naar de aanhefregel, voelde de woede in zich oplaaien en gloeien onder haar gekwetste huid, totdat ze dacht dat ze zou exploderen. 'Hoe durf je?' Inderdaad, hoe durf je, gestoorde, egoïstische... Toen klikte ze op de bijlage. Haar ogen werden groot.

'Dit begrijp ik niet,' zei Trent.

Brenna begreep het evenmin. Carol had Wright de drie belastende foto's niet gestuurd. De bijlage was een scan van Iris' merkwaardige tekening, het meisjesfiguurtje, dat gevangenzat in een bloem.

Trent vertrok twintig minuten later, toen een verpleegster Brenna's infuus kwam verwijderen. 'Brr, jakkes, naalden, ik moet naar huis,' zei Trent, die nog geen week daarvoor iemand had betaald om tijdens zijn lunchpauze twee zilveren ringetjes door zijn tepels te steken. Trent LaSalle, een vat vol tegenstrijdigheden.

Brenna zei hem gedag toen hij zich de kamer uit haastte, maar haar gedachten waren nog steeds bij Carols e-mail aan Roger Wright. 'Hoe durf je,' had ze geschreven, niet naar aanleiding van zijn verhouding met Lydia, maar over de tekening van een vermist kind. Wat kon dit te betekenen hebben? Ze kopieerde Carols e-mail inclusief de bijlage en mailde die naar Morasco's privéadres met de boodschap: *Van Carol Wentz aan Roger Wright, op de laatste avond van haar leven.*

'Hoe staat het met de pijn?' vroeg de jonge verpleegster, verrassend stoïcijns voor iemand in een roze uniform vol regenboogjes. 'Op een schaal van één tot tien?'

'Twee, hooguit drie, zou ik zeggen.'

'Dan doen we het zonder pijnstillers. Roept u me maar als het te erg wordt, oké?'

Toen de verpleegster het infuus had verwijderd en de kamer had verlaten, staarde Brenna eerst enige tijd naar het gedownloade beeld en daarna naar de originele tekening, terwijl ze wenste dat ze haar studie psychologie aan Columbia University had afgemaakt, al was het alleen maar om de betekenis achter de kleurpotloodlijnen te kunnen zien. Wat had Iris hiermee willen zeggen?

Natuurlijk, ze kende iemand die haar dat wel zou kunnen vertellen…

Brenna had dr. Lieberman in geen jaren gesproken, maar zijn e-mailadres zat veilig opgeslagen in haar geheugen en ondanks het feit dat hij rare dassen droeg, kende ze geen betere kinderpsychiater dan hij. Snel schreef ze Lieberman een e-mail en hield de inleiding zo beknopt mogelijk, aangezien hij de neiging had de meest simpele zinnen te analyseren. *Ik wil graag uw professionele mening over deze tekening gemaakt door een zesjarig meisje dat ooit vermist is geraakt,* schreef ze. *Kunt u de tekening voor me interpreteren en me zo snel mogelijk antwoorden, alstublieft?* Ze voegde de tekening als bijlage toe en verstuurde het geheel.

Brenna had dit net gedaan toen er op haar beeldscherm een Messenger-venster werd geopend.

JRapp68: *Hallo.*

Jim. Brenna ademde diep in, waardoor haar steekwond opspeelde. De huid rondom haar linkeroog begon te gloeien en opeens vond ze het jammer dat ze het aanbod van de pijnstillers had afgeslagen, hoewel ze wist dat die haar nu niet zouden helpen. Ze had een kloppende pijn in haar kaak en in al haar aangezichtsbeenderen, maar het verband voelde ze niet. Daardoor wist ze het: het was geen echte pijn die ze voelde, maar herinnerde pijn. Pijn van elf jaar geleden, haar toegebracht door een overspelige echtgenoot wiens naam ze nooit had geweten, pijn die de avond daarna – op 23 oktober 1998 – tot leven was gekomen toen Brenna's eigen man haar recht in de ogen had gekeken en had gezegd: 'Ik denk niet dat ik je dit ooit zal kunnen vergeven.' Toen Brenna's eigen man haar hart had gebroken. Brenna typte: *Hallo.*

Sorry dat ik gisteravond ineens weg was.

Brenna staarde naar Jims woorden op het scherm. Ze typte: *Het geeft niet*, maar dat wiste ze weer. Het gaf wel. Waarom zou ze zeggen dat het niet gaf? Ze hield haar handen boven het toetsenbord. *Ik bedoelde niet dat ik je kwalijk nam dat je je eigen weg bent gegaan. Ik neem je helemaal niks kwalijk. Ik mag Faith. Ze is goed voor Maya en ik ben blij dat ze jou gelukkig maakt. Ik wilde alleen zeggen dat het niet altijd even gemakkelijk voor me is.*

De herinneringen aan de tijd dat we samen waren zitten nog springlevend in mijn hoofd, en soms doet dat pijn. Dat is jouw schuld niet. Ook niet mijn schuld. Het komt door die stoornis.

Brenna verstuurde het verhaal zonder het eerst na te lezen. Ze kreeg niet meteen antwoord. Messenger zei dat hij niet typte. Maar Brenna had er geen spijt van dat ze het had geschreven. Het was iets wat een keer gezegd moest worden, of hij het wilde horen of niet. Hij kon ermee doen wat hij wilde, vergeten dat ze het ooit had gezegd, maar ze moest het nu tegen hem zeggen. Want ze voelde ze allebei nog steeds, die liefde en die pijn. Ze zou ze altijd blijven voelen, en ze vond dat hij dat moest weten.

Jim typte: *Wat zou mijn excuus dan moeten zijn?*

Brenna staarde enige tijd naar het scherm en typte uiteindelijk een vraagteken.

Hij typte: *Ik heb namelijk ook herinneringen, Brenna. En ik voel die pijn ook.*

Brenna wilde hierop reageren, maar ze wachtte toen ze zag dat Jim nog aan het typen was. Zijn volgende zin verscheen op het scherm. *Ik kan dit niet langer volhouden.*

Wat?

Elke avond chatten. Ik betrap me erop dat ik me erop verheug. Meer dan ik zou moeten, denk ik.

Haar adem stokte in haar keel. *Laat me niet alleen*, wilde ze typen. *Ik heb je nodig.* Even overwoog ze Jim te vertellen waar ze nu was. Tegen hem te zeggen: *Kunnen we daar ten minste mee wachten tot de hechtingen van* DE STEEKWOND IN MIJN BUIK *eruit zijn?* Maar dat deed ze niet. Dat zou niet eerlijk zijn. *Doe wat je vindt dat je moet doen*, typte ze in plaats daarvan.

Jim antwoordde: *Dank je.* Daarna ging hij offline. Brenna las de twee woorden op het scherm, waarschijnlijk de laatste woorden die ze voorlopig van Jim zou lezen, en de tranen schoten haar in de ogen toen ze dat besefte. Ze voelde de aanwezigheid van iemand en toen ze opkeek, zag ze de jonge, stoïcijnse verpleegster naast haar bed staan.

'Hebt u pijn?' vroeg de verpleegster.

'Je hebt geen idee.'

'Sorry?'

Brenna droogde haar ogen. 'Grapje. Het gaat goed.'

De verpleegster keek haar argwanend aan, maar gelukkig, voordat ze het zou moeten uitleggen, ging op dat moment de telefoon op het nachtkastje.

De verpleegster wilde opnemen, maar Brenna was haar voor. 'Hallo?'

'Met mij.' Het was Morasco. 'Hoe voel je je?'

'Hm, het gaat.'

'Hoor eens,' zei hij, 'ik heb je e-mail ontvangen.'

'En? Wat denk je?'

'Ik denk,' zei hij, 'dat wij Roger Wright gaan afleveren waar hij thuishoort. In de bajes.'

Er verscheen een bescheiden glimlachje om Brenna's mond. 'Zoiets dacht ik ook. Grote geesten...'

Het bleef even stil en toen zei Morasco: 'Ik heb een plan.'

'Kom ik erin voor?'

'Als je dat wilt, graag. Het houdt wel in dat je morgenochtend heel vroeg uit het ziekenhuis moet vertrekken.' Toen hij haar had verteld over zijn plan – dat in feite doodsimpel was – maakte haar herinnerde pijn plaats voor een vreemde, maar heel echte opwinding. Het zou kunnen lukken. 'Oké, ik doe mee,' zei ze tegen Morasco. 'Ik zou sowieso hebben meegedaan.'

31

'Je ziet eruit als een filmster die na haar vijfde facelift voor de pers op de loop is.'

Achter haar reusachtige zonnebril, die ze bij een Rite Aid in de buurt van het ziekenhuis had gekocht, hief Brenna haar ogen ten hemel. Eigen schuld, dacht ze, had ze Morasco maar niet moeten vragen hoe ze eruitzag. Om vijf uur die ochtend had de arts het verband van haar gezicht gehaald en hoewel de kneuzingen en blauwe ogen er minder erg uitzagen dan ze zich had voorgesteld, was de zonnebril geen overbodige luxe, helemaal niet wanneer je in aanmerking nam waar Morasco en zij naartoe gingen en wie ze daar te spreken zouden krijgen. Ze had haar haar in een paardenstaart en was verder helemaal in het zwart gekleed: zwarte coltrui, zwarte spijkerbroek, zwarte laarzen. Trent had het voor haar uitgezocht en Trents smaak kennende, had ze enorm veel geluk gehad. Morasco, daarentegen, had een van zijn vele tweedjasjes aan, een met suède schouderstukken zelfs, een ongestreken wit overhemd en een spijkerbroek. De eeuwige student. Brenna vermoedde dat ze een intrigerend ogend paar vormden.

Het was half zeven in de ochtend en ze reden in een neutrale dienstauto, een bruine Impala, omdat die onmiddellijk als politiewagen herkenbaar was, en dat was ook de bedoeling. Als je eropuit was om Roger Wright eens flink te laten zweten, telde de presentatie ook mee.

Ze reden de straat in waar Wright woonde; huizen in tudorstijl, dakkapellen en gemetselde schoorstenen, alles veilig verborgen achter heel veel groen. 'Chique buurt,' zei Brenna.

Morasco knikte. 'Ben je zenuwachtig?'

'Een beetje.'

Hij stopte bij een imposante poort – Wrights poort – en keek haar van opzij aan. 'Ik moet je zeggen dat ik erg onder de indruk was van de manier waarop je Gayle Chandler hebt verhoord.'

'Dat zeg je alleen om me op te fleuren.'

'Nee, niet waar. Je gebruikt je geheugen in je voordeel. Je ondervragingstechniek is geweldig.'

Brenna voelde dat ze begon te blozen, en ze was blij dat ze de grote zonnebril ophad. 'Dank je.'

In de intercom zei hij: 'Inspecteur Nick Morasco. Van de politie van Tarry Ridge.'

Een vrouwenstem met een Spaans accent vroeg: 'Mag ik vragen waar het over gaat?'

'Ik wil meneer Wright graag spreken in verband met een lopend politieonderzoek.'

Het duurde tien hele seconden voordat de vrouw zei: 'Momentje,' en vervolgens nog eens drie hele minuten voordat de poort uiteindelijk werd geopend.

Morasco reed de lange oprit op, met altijdgroene struiken aan weerskanten en gazons die als golfgreens konden dienstdoen. Ze passeerden een koetshuis met een rieten dak en kwamen bij een groot, statig huis in koloniale stijl, van witgeverfde baksteen, met zwarte luiken en Ionische zuilen die Brenna aan de bibliotheek van Tarry Ridge deden denken, inclusief de vijandige bibliothecaresse en de drie luidruchtige vrouwen die voor de deur hun gebak verkochten. Brenna zette de scène uit haar hoofd – ze kon bijna niet geloven dat die pas gisteren had plaatsgevonden – toen Morasco voor de ingang van het huis stopte, een dossiermap uit het handschoenenkastje haalde en ze allebei uit de auto stapten. In de deuropening stond Wright, Roger Wright, in zijn geruite broek en zijn roze polo, al helemaal klaar voor zijn dagelijkse rondje golf, met zijn grijzende gouden haar glanzend in de ochtendzon en een bezorgde blik in zijn blauwe ogen. Die Roger Wright kwam hun tegemoet schrijden, want mannen als hij liepen niet, die schreden. 'Kan ik iets voor jullie doen?' vroeg hij Morasco.

Brenna nam het woord. 'Meneer Wright, we doen onderzoek naar een voormalige werknemer van u, ene Adam Meade.'

Hij keek Brenna aan. Als hij zich haar als Candy Bissel herinnerde van haar actie bij de ingang van de golfbaan, liet hij daar niets van merken. 'Ik... ik geloof niet dat die naam me iets zegt.'

'Hij heeft van 1996 tot 1999 voor Wright Industries gewerkt,' zei Morasco.

Wright bleef Morasco lange tijd aankijken en zei niets. Daarna ging zijn blik van het gezicht van de politie-inspecteur naar dat van Brenna, alsof hij van haar meer hulp verwachtte, of misschien zelfs een andere vraag. Maar ze keek hem recht aan, net als Morasco, en zei niets. Ze wachtten.

'Adam,' zei Wright uiteindelijk. 'Was dat niet die verpleger van het Bronx VA?'

Brenna's ogen werden een fractie groter. 'Ja.'

Wright zuchtte. 'Ik heb Adam ongeveer vijftien jaar geleden leren kennen. De Teasdale Foundation schenkt geld aan dat ziekenhuis en ik was daar met mijn vrouw en mijn schoonmoeder voor een rondleiding. Ik werd door Adam aangesproken. Hij was ongelukkig met zijn baan en op zoek naar iets in de beveiliging, en een paar maanden later heb ik hem aangenomen.'

'Zomaar?' vroeg Morasco. 'Iemand die u amper kent?'

Wright keek hem aan, met een scherpe, beledigde blik in zijn ogen. 'Ik had van zijn vader gehoord. Een echte oorlogsheld. Geboren hier in Tarry Ridge.'

'Waarom hebt u hem later ontslagen?' vroeg Brenna.

'Dat heb ik niet gedaan.'

Ze bleef hem aankijken.

'Het hoofd van de beveiligingsdienst heeft hem ontslagen. Daar zal hij zijn redenen voor hebben gehad, neem ik aan.' Hij wierp haar een vreugdeloze glimlach toe. 'U zult wellicht begrijpen dat ik niet altijd rechtstreeks word betrokken bij alles wat zich binnen mijn bedrijf afspeelt. Als u me nu wilt excuseren...'

Morasco zei: 'Ik wil u graag een paar foto's laten zien, meneer Wright.'

'Sorry, maar daar heb ik nu echt geen tijd voor...'

'U moet golfen, nietwaar? Maak u geen zorgen, het hoeft niet lang te duren.' Morasco deed een stap naar hem toe, sloeg de map met plaats-delictfoto's open en hield die Wright voor. Brenna observeerde hem, zag hoe hij naar de foto's keek, hoe zijn mond openzakte en de kleur wegtrok uit zijn gezicht.

'Goeie god,' zei hij happend naar adem.

'Dit is wat er van Carol Wentz is overgebleven,' zei Morasco.

Hij liet hem een andere foto zien, en daarna nog een. 'En dit is wat er van haar man, Nelson Wentz, is geworden.'

'Alstublieft, ik...'

'Graeme Klavel, privédetective in Mount Temple.'

'Waarom laat u...'

'En dit is Timothy O'Malley. Naar gezicht, vindt u niet? Hij ligt in kritieke toestand in het ziekenhuis. Zijn leven hangt aan een zijden draadje.' Morasco keek op van de foto en keek Wright recht in de ogen. 'De ex-man van Lydia Neff.'

Wrights gezicht werd rood en hij deed een stap achteruit. 'Waarom laten jullie die foto's aan mij zien?'

Brenna zei: 'Omdat wij geloven dat Adam Meade hiervoor verantwoordelijk is... voor al deze misdaden.'

'Nee,' zei Wright. 'Nee, Carol Wentz is door haar man om het leven gebracht. En daarna heeft hij een eind aan zijn eigen leven gemaakt. Ik heb het nieuws gevolgd.'

'U kunt het nieuws volgen zo veel u wilt, meneer Wright,' zei Brenna. 'Maar dat verandert niks aan de waarheid.'

'Kunt u Adam Meade voor ons traceren?' vroeg Morasco. 'Kunt u ons vertellen waar hij nu is?'

'Ik weet niet waar Adam Meade is.'

Brenna keek hem recht aan terwijl haar gezicht verstrakte en haar woede oplaaide. Ze hoorde zichzelf zeggen: 'Op de avond voordat ze werd vermoord heeft Carol Wentz u een e-mail gestuurd.'

'Dat is niet waar.'

'Voordat ze dat heeft gedaan, heeft ze contact gehad met meneer Klavel en meneer O'Malley.' Brenna deed een stap naar Wright toe, die met de minuut kleiner leek te worden. 'Dus als u echt niet weet waar Adam Meade op dit moment is, stel ik voor dat u dat uitzoekt, want hij is bezig in uw naam een enorme hoop schade aan te richten.'

'Ik moet nu echt gaan,' zei Wright zacht. 'Ik heb een afspraak.'

Morasco gaf hem een visitekaartje. 'Als u denkt dat u weet waar meneer Meade is, bel me dan.' Hij glimlachte. 'Sorry dat we u zo vroeg moesten storen. Een prettige dag nog.'

Morasco en Brenna stapten weer in de Impala, terwijl Wright hen nakeek, en reden zonder iets te zeggen de lange oprijlaan af. Pas toen ze weer op straat waren, haalde Brenna de minirecorder uit haar tas en speelde ze het hele gesprek nog eens af, terwijl het vele groen en de mooie, grote huizen aan haar raampje voorbijtrokken...

Na afloop vroeg ze Morasco: 'Wat denk jij?'

'Dat hij in elk geval liegt over de e-mail van Carol.'

'Dat staat vast.'

'Maar, tenzij hij een groot acteur is of zichzelf voor de gek houdt, had ik het gevoel dat hij echt niet weet waar Meade is, of wat hij zoal uitvreet.' Hij draaide Main Street in, sloeg aan het eind links af en ging op weg naar de 287.

'Ik denk het laatste,' zei Brenna. 'Dat hij zichzelf voor de gek houdt.'

'Ja, ik ook.'

Wat de waarheid ook was, als het ging om Wrights relatie met Meade, had Wright gelogen dat hij barstte toen hij beweerde dat hij Carols e-mail niet had ontvangen. Toen Brenna hem ermee confronteerde, had ze zijn onrust zien groeien alsof die vanuit de boord van zijn polo langs zijn hals naar zijn gezicht kroop en zich daar nestelde.

Hetzelfde was gebeurd toen Morasco de naam van Lydia Neff had uitgesproken.

Maar hoe zat het met die tekening?

Toen Morasco haar thuis had afgezet en ze de trap naar haar appartement op liep, werden alle creatieve producten van haar eigen dochter als een diapresentatie afgespeeld in haar hoofd. Twee glimlachende hoofden met lijven van stokjes, het ene hoofd met krullend haar, het andere zonder haar. 'Papa en mama,' had Maya gezegd toen ze Brenna de tekening, gemaakt op de dagopvang, op 2 februari 1999, had gegeven. Het portret van Brenna met het kroontje, dat ze had laten verkleinen voor aan haar sleutelbos, van 12 april 2000. Een collage die Maya had gemaakt op 19 januari 2002, haar Picasso-imitatie van 3 maart 2005, een zelfportret, met een voorhoofd en tanden die buitenproportioneel groot waren, maar waarvan Maya's tekenleraar had gezegd dat ze echt talent had, daterend van 4 november 2008, en zelfs de schetsen van Miles, die ze de afgelopen avond had gemaakt; stuk voor stuk creatieve uitingen die heel erg van elkaar verschilden, maar die één ding gemeen hadden: ze waren allemaal gesigneerd. Net als vrijwel ieder kind had Maya haar naam onder haar kunstwerken gezet, eerst in onvaste blokletters, daarna in zwierig cursief en uiteindelijk in alleen initialen.

Maar onder de tekening van het meisje in de bloem stond geen signatuur, en dat was opvallend. Want onder de tekeningen van Iris, die in een lijstje aan de muur in haar moeders huis hingen, had er wel een gestaan. Ze had haar naam zelfs in het zadel van haar fietsje gekrast. Maar op die ene tekening, die haar moeder tezamen met haar andere geheimen op een veilige plek had verstopt, stond er geen...

Brenna opende de deur van haar appartement. Trent was er nog niet en nu Maya bij Larissa logeerde, leek het huis leger dan ooit... groter en stiller dan normaliter. Ze legde haar tas neer, deed haar computer aan en dacht: wat kan die tekening te betekenen hebben? Er was een goede kans dat dr. Lieberman haar vraag al had beantwoord, want hij was in het verleden altijd snel met zijn antwoorden geweest, en toen ze haar e-mail bekeek, zag ze dat hij dat nog steeds was. Ze had een lang, uitgebreid antwoord verwacht. Lieberman had de neiging alles te willen uitleggen, maar dat vond Brenna niet erg. Hoe gedetailleerder de uitleg, bedacht ze, hoe beter.

Brenna opende de e-mail en begon te lezen. Maar hoewel Liebermans uitleg inderdaad lang en gedetailleerd was, kwam ze niet verder dan de eerste zin. Ze las die een tweede, een derde en zelfs een vierde keer, alsof herhaling de betekenis van de woorden zou veranderen, of die op zijn minst beter te begrijpen zou maken, maar het enige resultaat was dat ze er meer door in de war raakte.

Deze tekening is niet door een kind gemaakt.

Dr. Lieberman was diep ingegaan op de regelmaat van de lijnen, de relatief lichte druk die op de punt van het potlood was uitgeoefend en de manier waarop de meisjesfiguur was getekend, met een lichaam van stokjes, een rokje en een hoofd met haar maar zonder gezicht, meer als een symbool dan dat ze iemand moest voorstellen, wat voor een kind van zes bijzonder, zo niet ongehoord was. Hoewel de zon in de linkerbovenhoek als 'gewoon' kon worden beschouwd voor een kind van groep een of twee, waren de vierkanten rondom de bloem veel te precies getekend voor een kind van die leeftijd. Daar kwam nog bij dat, hoewel de tekening opvallend veel details bevatte, die was uitgevoerd in maar één kleur, wat voor een kind dat zo veel aandacht aan het werk had geschonken, ronduit tegenstrijdig te noemen was. Lieberman sloot zijn relaas af met de opmerking dat hij de leeftijd van de maker van de tekening tussen de vijftien en twintig jaar schatte.

Brenna moest Lydia Neff zien te vinden. Afgezien van Meade en misschien Wright was zij de enige die kon verklaren waarom deze rare tekening, die dus niet door een kind was gemaakt, tot zo veel dood en verderf had geleid.

Maar hoe moest Brenna haar vinden?

Lydia Neff. De onzichtbare vrouw. Geen aankopen met een creditcard, geen auto die op haar naam stond. Zelfs haar beste vriendin Gayle Chandler had haar in geen twee jaar gesproken. Maar zelfs onzichtbare vrouwen hadden interesses.

Ze dacht aan wat Lydia en Griffin hadden gedaan wanneer ze samen waren; ze gingen wel eens ergens iets eten, had Morasco gezegd, of etalages kijken in het winkelcentrum. Maar daar schoot Brenna weinig mee op, aangezien de vrouw de afgelopen twee jaar geen dollarcent had uitgegeven. Nee, Lydia's interesses hadden meer diepgang dan dat...

Brenna hoorde Gayles stem in haar hoofd. *Lydia gaat er elke ochtend naartoe om te mediteren bij de fontein. Ze is een heel spirituele vrouw, wist je dat?* Meditatie... Geen interesse die gemakkelijk op te sporen was. Brenna dacht aan de meditatiekamer in Lydia's huis. De spreuken aan de muur. Ze opende Google en typte: *Bestrijd de boze mens met liefde, de negatieve mens met goedheid, de vrek met vrijgevigheid, de leugenaar met de waarheid.*

Het leverde diverse hits op: websites met beroemde citaten en een paar over het boeddhisme. Ze typte: *Het hoogste wat je kunt bereiken is onbaatzuchtigheid*, wat haar ongeveer dezelfde hits opleverde. Ze klikte de eerste aan en kwam te weten dat de spreuken aan de muur van Lydia's huis boeddhistische citaten waren.

Lydia was boeddhist. Misschien was ze wel naar Tibet gegaan, hoewel dat niet waarschijnlijk was. Trent had geen vliegtickets op haar naam gevonden. Bovendien, de stad uit gaan was één ding, maar ze kon zich bijna niet voorstellen dat een moeder de plek waar haar kind was verdwenen zo ver achter zich zou laten.

Brenna begon te zoeken naar boeddhistische tempels en meditatiecentra in de staat New York, al die tijd denkend dat ze haar tijd zat te verspillen. Boeddhisten maakten ook gebruik van creditcards, net als iedereen. Lydia daarentegen...

En toen, als antwoord op haar vraag, hoorde ze Trents stem in haar hoofd. Trent, die de dag daarvoor naar zijn beeldscherm had zitten staren alsof hij probeerde het ding te hypnotiseren om er antwoorden uit te krijgen, inmiddels zo gefrustreerd dat het zelfs aan zijn coole manier van praten begon te knagen. *Misschien is ze het klooster in gegaan.*

'Trent, je bent een genie,' fluisterde ze.

Ze begon een nieuwe zoekopdracht, naar boeddhistische kloosters in New York en omgeving. Maar algauw sloeg haar hoopvolle gemoedstoestand om in een geïrriteerde, en kort daarna in pure frustratie. Er waren tientallen boeddhistische kloosters in de staat New York, van Northern Westchester County en de Catskills helemaal tot aan de Canadese grens. Geen van de websites bood lijsten van de kloosterlingen, maar op sommige waren foto's te zien. Brenna begon de fotoalbums door te nemen. Maar toen ze al die softfocusfoto's zag, al die mensen in hun oranje pijen, met hun minzame glimlach en een serene blik in de ogen, zonder iemand te zien die in de verste verte op Lydia Neff leek, duurde het niet lang voordat Brenna dacht: ik zit mijn tijd te verdoen. Het was slaapverwekkend. Haar hoofd bonsde, haar steekwond gloeide en haar ogen brandden van het turen naar het beeldscherm. Ze kon beter een uurtje gaan liggen en uitrusten.

Oké, nog een paar dan.

Brenna opende de Orde van de Lotus en de Orde van de Treurende Boom, maar ze vond niets. Maar toen ze de volgende hit aanklikte – de Orde van de Bergtop – bleef haar blik rusten op de afbeelding boven aan het beeldscherm…

Het is 23 oktober 1998. Het geruis van water, de wandeling over het voetpad, de koele buitenlucht op Brenna's wangen, de wind die door de jonge bomen waait. Brenna loopt het pad op, komt bij het plein met de vier banken en de fontein in het midden. De vrouw met het zwarte haar zit op de achterste bank. Brenna ziet haar. Lydia. Brenna loopt naar haar toe. De handen van de vrouw liggen gevouwen in haar schoot en steken bleek af tegen het zwart van haar jas. Op de rug van de rechterhand… een tatoeage. Een libel. Een rood lijf en blauw-met-groene vleugels.

Dezelfde afbeelding die ze nu boven aan haar beeldscherm zag staan, boven de B van Bergtop. Lydia's tatoeage maakte deel uit van het logo van het klooster.

Met bonzend hart ging Brenna naar het colofon, klikte op 'Over ons' en las de beschrijving. Maar een half uur rijden ten noorden van Tarry Ridge, gelegen aan de rivier de Hudson. Zenfonteinen verspreid over het terrein. De nadruk lag op meditatie.

Perfect. Brenna las door.

Wandelpaden… honderd jaar oude bomen… adembenemend uitzicht op de Hudson… een grote, gespecialiseerde bibliotheek…

We moedigen onze leden aan hun aardse bezittingen op te geven… ook woorden. Nadat onze leden zich hebben ontdaan van alle schuldgevoelens en pijn, leggen ze de gelofte van stilte af en leiden ze een puur leven, zonder de afleidingen van de materiële wereld.

De gelofte van stilte.

Brenna concentreerde zich weer op Lydia's tatoeage. Lydia Neff was elf jaar geleden al een volgeling van de Orde van de Bergtop geweest. Ook toen al had ze een noodplan gehad en had ze geweten dat als Iris niet zou worden gevonden, ze afstand zou doen van al haar aardse bezittingen. Ze zou naar Buffalo rijden om haar ex-man op te zoeken en zou zich ontdoen van haar schuldgevoelens. Ze zou afscheid nemen van haar vrienden, en van haar minnaar die haar niet meer wilde spreken. Ze zou afscheid nemen van haar pijn, haar aantrekkelijke uiterlijk en haar afschuwelijke, verstikkende herinneringen. Ze zou afscheid nemen van de leegte die haar dochter had achtergelaten. Ze zou alles de rug toekeren en ervan wegrijden.

Maar toch zou ze in de buurt blijven.

Brenna greep haar tas, liep naar buiten en hield een taxi aan om zich naar haar auto te laten brengen. Een half uur later reed ze op de West Side Highway, terwijl in een gehuurde Ford Focus, die twee straten van haar huis annex kantoor geparkeerd stond, op een navigatieschermpje een lichtpuntje begon te knipperen en Adam Meade door een pieptoon uit zijn slaap werd gewekt.

32

Nadat hij Brenna bij haar kantoor had afgezet, was Morasco meteen doorgereden naar het bureau, met talloze vragen in zijn hoofd. Toen hij aanvankelijk op het idee was gekomen om Wright te confronteren met wat Meade had gedaan, was hij ervan uitgegaan dat Wright geschokt zou zijn, want Wright was niet het type dat zijn handen of geest wenste vuil te maken aan de realiteit. Maar de verbazing op Wrights gezicht, die was van een heel andere orde geweest. Morasco had in de loop der jaren zo veel verdachten verhoord dat hij in staat was oprechte verbazing te herkennen wanneer hij die zag. En tenzij Wright psychisch gestoord was, had hij tot vanochtend – toen hij het zelf had gezien – niet geweten wat Meade uit zijn naam had gedaan.

Wat weer een andere vraag opriep, want Meade had voor zover ze wisten niet in loondienst gewerkt sinds hij tien jaar geleden was ontslagen. Dus wat had hij al die tijd gedaan, afgezien van het vermoorden van mensen die dreigden Wrights grote geheim te onthullen? Voor zover Morasco wist was Carol Wentz de eerste die dat in de afgelopen tien jaar had gedaan. Had deze slimme zakenman – dit commerciële genie dat Tarry Ridge had omgetoverd in een paradijsje dat tegen alle recessies bestand leek – nu echt al die jaren een moordenaar in dienst gehad voor het geval er een situatie zou ontstaan waardoor die in actie zou moeten komen? Dat leek Morasco niet waarschijnlijk, wat hem terugbracht bij de andere vraag: wat had Meade de rest van de tijd gedaan?

Morasco zette zijn auto op zijn parkeerplek en ging het bureau binnen. Het was nog vroeg, net acht uur geweest. De andere rechercheurs kwamen meestal pas om een uur of negen binnen, ook commissaris Hutchins, van wie bekend was dat hij na zijn rondje golf eerst op zijn gemak ging ontbijten.

Golfen met Wright. Hutchins zou het nodige te horen krijgen van Wright, dat was duidelijk. Morasco vond het best.

In de teamkamer was vrijwel niemand, alleen Baus en Fleiss, die naar de sportzaal waren geweest en zich nog moesten omkleden. 'Hé, Nick,' zei Baus. 'Wil je de krant? Ik heb hem uit.'

'Ja, graag.' Morasco pakte de *Tarry Ridge Times* van hem aan en liep ermee naar zijn bureau. Onder aan de voorpagina stond een stuk over Graeme Klavel met als kop: KNIPMESMOORDENAAR SLAAT WEER TOE. Daaronder een foto van Klavel, die met een wat mistroostige blik in de camera keek, met een jasje, een das en een donkere achtergrond, zo te zien een studiofoto, gemaakt voor een of andere officiële gelegenheid, met mondhoeken die omlaag wezen en sluik haar dat over zijn hoge voorhoofd viel. Morasco dacht aan het lijk dat hij had gezien, het wrede geweld waarmee Klavel was omgebracht. En waarvoor?

Morasco las: *Dit geval is identiek aan de andere knipmesmoorden, aldus rechercheur Cavanaugh, die verder geen mededelingen wilde doen aangezien het politieonderzoek nog loopt...* En wat een gruwelijke details waren het geweest: de buik opengesneden, de hals zo ver doorgesneden dat hij bijna was onthoofd.

'Die schoft heeft plezier in zijn werk,' had Cavanaugh gezegd toen hij de verwondingen zag. Morasco had geknikt en had een hol gevoel in zijn maag gekregen. 'Hij hangt de artiest uit.'

Morasco las de rest van het artikel, maar ging niet door naar pagina twee toen hij het uit had, want in zijn hoofd begon zich een gedachte te vormen. Hij las Cavanaughs citaat nog een keer en voelde dat zijn spieren zich spanden. De gedachte won aan kracht.

'Hoeveel van dit soort moorden zijn er nog meer gepleegd?' had hij de afgelopen avond aan Cavanaugh gevraagd.

'In de afgelopen paar jaar? Meer dan genoeg. Alleen al drie in de afgelopen zes maanden. Twee van de slachtoffers woonden samen. Broers. Allebei op exact dezelfde manier afgemaakt. Die schoft moet beresterk zijn, tenminste, als het om één dader gaat.'

De twee broers in Mount Temple. Morasco dacht aan een inval in een drugspand van een paar jaar geleden. Twee Cubaanse immigranten die opereerden vanuit een broodjeszaak in Main Street. De arrestatie had veel aandacht getrokken, want er waren in Tarry Ridge vrijwel geen drugsdealers. Hutchins had er een van zijn betere persconferenties over gegeven, in stemmig proza dat als een vlucht witte duiven uit zijn mond was opgestegen. De twee Cubanen echter – broers, als Morasco zich niet vergiste – waren een paar maanden later vrijgekomen vanwege een procedurefout, en naar een naburig stadje verhuisd. Hutchins had daar flink de smoor over in gehad, op z'n zachtst gezegd.

Morasco ging online. Hij deed een zoekopdracht met de woorden 'broers', 'knipmesmoorden' en 'Mount Temple'. Al in de eerste hit verschenen de namen op het scherm: Miguel en Luis Cabrero. Dezelfde broers. Doodgestoken op exact dezelfde manier als een eerder slachtoffer van een knipmesmoord, hoewel er 'in het belang van het politieonderzoek' geen details werden gegeven over wat die manier was.

'Het moet dezelfde dader geweest zijn,' had Cavanaugh erover gezegd. 'De stijl is identiek aan die van de andere moorden.'

Identiek. Het eerdere slachtoffer van een knipmesmoord, las Morasco in het artikel, was ene Carrie Reynolds geweest. Morasco kende die naam ook: Carrie was een rijke erfgename die in Tarry Ridge had gewoond, en die hartstikke gek was geweest. Ze kreeg er medicijnen voor, maar die weigerde ze in te nemen. Toen Hutchins bij de uniformdienst zat, had hij haar minstens drie keer gearresteerd wegens landloperij en ordeverstoring, maar dan betaalde ze de borgtocht en voordat je er erg in had liep ze weer in Main Street, te schreeuwen dat de CIA haar kruidenthee vergiftigde...

'Een schande voor de stad,' had Hutchins haar genoemd.

Morasco overwoog even door te zoeken op het net, naar alle moorden van de afgelopen tien jaar in deze regio die niet tot een veroordeling hadden geleid, de brute afslachting van drugsdealers, halve gestoorden en schreeuwlelijken; het handjevol moorden die niet waren opgelost omdat iedereen de slachtoffers was vergeten. Maar dat hoefde hij niet op het net te doen. Hij wist dat het dezelfde dader was. Want Meade had al die jaren niet voor Wright gewerkt. Hij had voor Hutchins gewerkt.

Morasco griste zijn mobiele telefoon van zijn bureau en liep de teamkamer uit. Op weg naar buiten zag hij dat Hutchins' deur dicht was. Hij bleef bij de balie staan en vroeg aan Sally: 'Is de baas er al?'

Ze knikte. 'Zijn golfafspraak is afgezegd,' zei ze. 'Hij heeft geen best humeur vanochtend.'

'Wacht maar tot je hem straks ziet,' zei Morasco.

'Huh?'

'Nee, niks.' Morasco liep naar buiten en ging in de schaduw van de bomen bij de fontein staan. Hij keerde zijn rug naar de weg, belde Inlichtingen, liet zich doorverbinden met het Openbaar Ministerie en vroeg: 'Mag ik Interne Zaken, alsjeblieft?' Maar op het moment dat Morasco de dienstdoende rechercheur aan de lijn kreeg, moest hij opeens aan iets denken. Meades laatste klus. Brenna. Die hij niet met succes had afgerond...

Achter zich, op het pad, hoorde hij voetstappen en toen hij zich omdraaide, zag hij een man met een lange jas en een wapperende das, die met grote passen naar de ingang van het bureau beende. Het was Roger Wright. Morasco ging hem achterna, met net zulke grote passen.

Het klooster van de Bergtoporde deed Brenna op bepaalde punten denken aan het Cornell Medical Center. Het was allemaal veel minder luxueus en er was nergens een golfbaan te zien, maar toch ademde het dezelfde sfeer: de lange gravelweg, die zich door glooiend terrein slingerde, de groene gazons met Aziatische esdoorns, pijnbomen en treurwilgen. Ze zag een paar leden van de orde lopen. Ze werden 'leden' genoemd, niet 'monniken': mannen en vrouwen in oranjebruine pijen, die in paren van twee over het pad langs een stroompje liepen. *Hier bestuderen we de achtvoudige weg van het boeddhisme in stilte,* had er op de website gestaan.

Ze reed het parkeerterrein op, stopte en zette de motor uit. Ze haalde haar mobiele telefoon tevoorschijn om Morasco te bellen, maar ze had geen bereik. Natuurlijk was er geen bereik. De leden van de orde mochten niet eens met elkaar praten, dus aan Skype en sms'jes hadden ze ook geen behoefte.

Ik zal het alleen moeten doen, bedacht Brenna.

Ze stapte uit en liep naar het hoofdgebouw, een groot houten bouwwerk met hoge ramen in de moderne stijl van de jaren zeventig. Het leek meer op een skichalet dan op een boeddhistische tempel; er was niets oosters aan te ontdekken.

Binnen kwam ze terecht in een grote, lege ruimte met een zacht ruisende fontein in het midden en een mozaïekvloer met de afbeelding van dezelfde libel die Lydia op de rug van haar hand had laten tatoeëren. Brenna had het gevoel dat ze van de ene wereld was geplukt en in een andere was neergezet, in een omgeving die haar deed denken aan de *adventure games* die Maya wel eens op haar computer speelde en die gingen over werelden uit de oudheid, die tegelijkertijd nieuw en haar totaal onbekend waren.

Afgezien van het geruis van het water hoorde Brenna het zachte zoemen van de pomp die het opstuwde, en werd ze in gedachten weer teruggevoerd naar het Waterside-complex van elf jaar geleden en haar afspraak met Lydia Neff. Ze was vanaf het parkeerterrein het voetpad op gelopen, dat een paar bochten maakte, naar het grote plein met de banken en de fontein waar Lydia Neff elke dag mediteerde. De fontein die in het midden uit de aarde oprees en de vier gebogen banken eromheen, als de blaadjes van een bloem. Vanuit haar ooghoek zag ze andere voetpaden, die schuin wegliepen, naar het clubhuis aan de rand van het terrein en het ronde zwembad achter het hek van draadgaas, waar ze samenkwamen als de stralen van een zon. Brenna haalde de tekening uit haar tas en staarde ernaar, en toen begon alles haar duidelijk te worden, vielen alle hindernissen om, als een muur die instort wanneer je er één steen tussen vandaan trekt, één steentje maar, dat alle andere al die jaren op hun plaats heeft gehouden, waardoor je niet kon zien wat erachter was.

Onwerkelijk, dacht Morasco. Een ander woord kon hij niet bedenken voor waar hij nu was en wat hij zojuist had gedaan, dat hij hier stond in het kantoor van hoofdcommissaris Hutchins en zijn baas had beschuldigd van het inhuren van een moordenaar die al zijn vijanden en die van Wright uit de weg had geruimd, terwijl Wright naast hem stond, bevestigend knikkend, om hem te steunen. Hutchins, achter zijn bureau, keek naar hen op, met die vierkante onderkaak vooruitgestoken, klaar om de strijd aan te gaan, en de haat die uit zijn ogen droop. 'Ik ken geen Adam Meade,' zei hij.

'Dat is niet waar en dat weet je,' zei Wright. 'Ik heb hem zelf aan je voorgesteld.'

Hutchins keek hem aan en bewoog zijn onderkaak. 'Roger,' zei hij zacht, 'als ik toegeef dat ik Adam Meade ken, stel ik me zo voor dat er een heleboel andere dingen zijn die ik zal moeten toegeven.'

Wrights gezicht werd bleek. 'Die doen er nu niet toe.'

'O nee? Doet het Teasdale-fortuin er niet toe? Want dat zul je dan kwijtraken, net als je vrouw, je kinderen, je reputatie... en je vrijheid. Dus ik stel voor dat je een beetje inbindt, gezien alles wat er uit je luxe leventje zou kunnen verdwijnen als ik mijn mond opendoe.'

Morasco vroeg: 'Waarom zou hij zijn vrijheid kwijtraken?'

Hutchins' blik ging naar Morasco. 'Als er iemand is die afrekent met tuig dat sowieso achter de tralies zou moeten zitten, wat is dan het probleem, inspecteur Morasco?'

'Carol Wentz hoorde niet achter de tralies te zitten.'

'Je weet net zo goed als ik dat Carols man haar heeft vermoord,' zei hij. 'Dat heeft hij toegegeven in het briefje dat hij heeft achtergelaten.'

De spieren in Morasco's rug spanden zich aan. 'Wat ik wil weten, commissaris Hutchins,' zei hij, 'is of u Meade heeft teruggeroepen van zijn laatste klus.'

Wright zei: 'OrangePineapple... ik wist niet wie dat was. Ik wist niet dat het Carol Wentz was. Ik dacht dat het om een onbekende ging, een of andere afperser.'

'Pas op je woorden,' zei Hutchins.

'Ik heb je gebeld om je om hulp te vragen, Lane. Om uit te zoeken van wie die e-mail afkomstig was. Niet om die persoon te laten vermoorden. Ik wilde niet... mijn god, Lydia's ex-man... dat heb ik nooit gewild. Ik wilde alleen mijn gezin beschermen.'

Hutchins lachte, hard en vreugdeloos, onecht zoals alles aan hem onecht was. Hij keek op naar Morasco. 'Hij wist het. Hij wilde het alleen niet weten.'

'Waar is Meade?'

'Het meisje dat je destijds hebt gesproken, Nick,' zei hij. 'Dat kleine meisje dat de blauwe auto had gezien. Dat was de beste aanwijzing die we hadden in de Iris Neff-zaak.'

'Alsjeblieft, doe het niet,' zei Wright.

'De beste verdomde aanwijzing die we hadden, maar toen heeft Griffin je teruggefloten. Hij dacht dat hij alleen een buitenechtelijke verhouding in de doofpot stopte, maar wij weten wel beter, hè, Roger?'

'Mijn god, Lane...'

'Ik zou dat graag met je goedmaken, Nick. Je de promotie en de opslag geven die je verdient. Een staffunctie, waar het hele korps profijt van zal hebben, met jouw expertise.' Hij keek even naar Wright. 'En je eerlijkheid.'

Morasco staarde Hutchins aan en voelde zijn spieren verstijven. Toen ging zijn hand onder de revers van zijn jasje. Die zocht zijn .33, alsof de hand op eigen gezag handelde, een instrument was geworden van zijn woede. De hand trok de .33 uit zijn schouderholster. De hand voerde hem om het bureau heen, totdat hij achter Hutchins stond, zijn linkerarm om de nek van zijn baas had geklemd en de loop op Hutchins' slaap had gezet, terwijl Wright met grote ogen vanaf de andere kant van het bureau toekeek en Hutchins begon te jammeren als een klein kind. 'Nee, niet doen...'

'Bel Meade, nu!' zei Morasco. 'Zeg hem dat de opdracht niet doorgaat. Dat hij hiernaartoe komt, naar het bureau.'

'Dat kan ik niet.'

Morasco klemde zijn arm strakker om de nek van zijn baas. 'Bel hem op of ik schiet je kop van je romp, ik zweer het.'

'Alsjeblieft...'

'Bel hem.'

'Dat kan ik niet, omdat...'

'Bel hem nu!'

'Ik kan hem niet bellen! Waar hij is, is geen mobiel telefoonbereik!'

'O lieve hemel,' zei Wright, en de tranen sprongen in zijn ogen, zijn gezicht werd vuurrood en de ader op zijn slaap klopte zichtbaar, alsof al het vocht, het bloed en het zweet dat hij in zich had, alles wat hem menselijk maakte, naar de oppervlakte werd gestuwd om zich te laten zien. 'O mijn god, nee. Niet Lydia, alsjeblieft.'

Brenna bewoog zich door de grote ruimte alsof ze door stroperig water ploegde, en al haar aandacht was gericht op de tekening in haar hand.

Ze kwam bij een kleinere ruimte, met planken vol boeken aan de wanden. Een oudere zwarte man zat te lezen in een stoel en in de stoel naast de zijne zat een zwaargebouwde, blonde vrouw. Ze waren allebei gekleed in een oranjebruine pij. 'Ik moet Lydia Neff spreken,' zei Brenna. Haar stem galmde door de ruimte.

Ze gaapten haar aan en zeiden geen van beiden iets. Die verdomde gelofte van stilte. 'Als een van jullie me bij haar kan brengen,' zei Brenna. 'Alsjeblieft. Het is dringend. Het gaat om haar dochter.'

Uiteindelijk knikte de man. Hij stond op en Brenna liep hem achterna, de bibliotheek uit en langs de fontein, weer naar buiten, waar ze om het gebouw heen liepen en via een voetpad vol bochten terechtkwamen bij een groep huisjes aan de rand van het bos. Hij bracht Brenna naar het achterste huisje, nummer 323, klopte zacht op de deur en liep terug naar het hoofdgebouw.

Eerst kwam er geen reactie. Brenna klopte nog eens op de deur, harder dan de man had gedaan, en toen er nog geen reactie kwam, riep ze Lydia's naam en echode haar stem door de bijna absolute stilte, totdat uiteindelijk de deur openging en Brenna een gezicht zag, het gezicht dat op de website over life coaching te zien was geweest, dat er nu nog slechter uitzag. Grauwer, mistroostiger en veel te oud voor Lydia's leeftijd. Brenna haalde de tekening uit haar tas en haar handen trilden toen ze die openvouwde. Ze liet de tekening aan Lydia zien. Lydia's gezicht werd krijtwit. Dat was de bevestiging die Brenna voor haar vermoedens nodig had.

'Het is een plattegrond,' zei Brenna.

Lydia wilde de deur sluiten, maar Brenna was sterker dan zij. Ze zette haar lichaamsgewicht tegen de deur en toen was ze binnen, in de schemerige, spaarzaam ingerichte ruimte, en ze deed de deur achter zich dicht. 'De meisjesfiguur is Iris. Je dochtertje ligt begraven in het Watersidecomplex, op de plek waar de fontein nu is. Je ging niet naar de fontein om er te mediteren. Je ging naar het graf van je dochtertje.'

De tranen sprongen Lydia in de ogen. Ze schudde haar hoofd en bleef dat doen, alsmaar weer.

'Geef je gelofte van stilte op, Lydia. Erover blijven zwijgen zal je niet helpen. Het verandert niks aan de waarheid.'

Lydia schudde nog steeds haar hoofd. Pas toen ze achteruitdeinsde, zag

Brenna hoe klein het huisje eigenlijk was, en dat Lydia niet alleen was. Nog geen drie meter van haar vandaan, op Lydia's netjes opgemaakte bed, zat Adam Meade met zijn .45 in zijn hand.

Meade had nu de tekening. Hij had hem opgevouwen in zijn zak gestoken nadat hij Lydia met het pistool op haar hoofd had gedwongen Brenna's handen met brede grijze tape achter haar rug te boeien. Vervolgens had hij Lydia's handen achter haar rug geboeid en de twee vrouwen gedwongen naar buiten te gaan, eerst Lydia, en Brenna direct achter haar, met de loop van het pistool tegen Brenna's schedelbasis gedrukt en recht vooruit gericht, zodat hij beide vrouwen onder schot hield.

Brenna keek naar Lydia's achterhoofd, de brede rug met de oranjebruine pij, de schokkende schouders. Ze huilde, wist Brenna, maar zonder geluid te maken, iets wat de moeder van het dode kind in de afgelopen twee jaar, nadat ze haar gelofte van stilte had afgelegd, vaak zou hebben gedaan. Ze liepen tussen de bomen door, waarvan de meeste, ondanks het feit dat het herfst was, hun bladeren nog hadden. 'Roger zal dit niet leuk vinden,' zei Brenna.

'Hou je mond,' zei Meade.

Het was fris en de loop van het pistool voelde hard en koud in haar nek. 'Roger houdt van haar.'

Lydia haalde zwoegend adem en haar hele lichaam bewoog mee.

Brenna zei: 'Hij zal het je nooit vergeven, Adam.'

Ze kwamen aan het eind van het pad. Voor hen, achter de bomen, was de steile, met gras begroeide helling die Brenna van de website herkende. Een val van minstens honderdvijftig meter, in de Hudson in de diepte... Adembenemende uitzichten...

Ze naderden de rand. Alleen nog dor groen tussen de scherpe rotsen, steil aflopend, met niets om je aan vast te grijpen, niets om je val te breken. Brenna's knieën knikten. Ze keek naar het water van de rivier en bedacht dat haar bloed hetzelfde voelde, als koud, stromend water.

'Op je knieën,' zei Meade tegen Lydia. Ze deed wat hij haar opdroeg. Ze had haar ogen gesloten en de tranen rolden over haar wangen. Het leek wel of ze aan het bidden was – aan het mediteren – hoewel haar lippen een dunne rechte lijn vormden en haar gezicht rozerood was. Doodsangst.

De wind blies de pij strak om haar lichaam en Brenna vroeg zich af hoe Lydia het voor elkaar kreeg om op een moment als dit, nu ze zo vreselijk bang was, te blijven zwijgen.

Meade keek naar Lydia en zei tegen Brenna: 'Je bent hiernaartoe gekomen om te weten te komen wat er met haar dochter is gebeurd.'

'Ja.'

'Waarom?'

Brenna voelde een brok in haar keel komen. 'Ik... ik gaf om Iris.'

Meade zei enige tijd niets. Hij leek een afweging te maken. De loop van de .45 zakte van Brenna's nek naar een plek tussen haar schouderbladen. 'Sommige branden breken uit met een reden,' zei hij.

'Wat?'

Met zijn andere hand trok hij de tape van Brenna's polsen. 'Doe hetzelfde bij haar,' zei hij. Brenna deed wat hij haar opdroeg en dacht koortsachtig na terwijl ze de tape van Lydia's polsen trok. Even overwoog ze in de aanval te gaan en hem een elleboogstoot in zijn maag te geven, maar dat had hij voorzien. Hij greep haar in de nek, trok haar naar zich toe en toen voelde ze de loop van het pistool weer achter haar oor. 'Vertel het haar,' zei Meade. Hij had het tegen Lydia.

Lydia keek op naar Brenna en haar donkere ogen fonkelden van de tranen. Ze schudde haar hoofd.

'Vertel haar wat er met je dochter is gebeurd.'

Toen Lydia uiteindelijk iets zei, voor het eerst in twee jaar, klonk haar stem als schor gefluister. 'Ze betrapte ons.'

'Iris.'

'Ja. Iris.' Lydia slikte, met moeite. Meade deed de veiligheidspal van het pistool heen en weer, een waarschuwing. Lydia bleef Brenna aankijken.

'Ga door,' zei Meade.

'Iris zou bij de familie Koppelson zijn, om te spelen en er te logeren, maar ze was naar huis gekomen en ze betrapte Roger en mij in bed. Ze begon te krijsen. Ik ging haar achterna en probeerde het uit te leggen. Ik zei tegen haar dat Roger haar nieuwe papa zou worden. Dat Roger en ik heel veel van elkaar hielden.'

Brenna's mond werd droog.

'Ze bleef krijsen. En toen begon ze over de Kerstman. Dat de Kerstman me pijn deed. Ik... ik heb haar bij haar arm gepakt. Ik wilde alleen dat ze ophield met krijsen.'

'Maar dat deed ze niet,' zei Meade.

'Ik probeerde... ik wilde dat ze ophield...'

'Ga door.'

'Ik had haar arm vast en ze bleef maar krijsen en toen... "Hou op!" riep ik, en toen heb ik haar een duw gegeven. Maar ik duwde te hard en toen is ze van de trap gevallen.' Ze keek Brenna aan en de tranen stroomden over haar wangen. 'Ik wilde alles opbiechten, maar ik durfde het niet. Roger zei dat het hem zou ruïneren, hem en zijn gezin. Hij beloofde me dat hij altijd voor me zou zorgen en dat hij me zou beschermen. Ik was zo bang...'

Brenna staarde haar aan. Het medelijden dat ze had gevoeld maakte plaats voor een hol, leeg gevoel. Ze heeft haar eigen kind gedood en haar mond erover gehouden. Ze hoorde zichzelf zeggen: 'En toen heeft de Kerstman Iris weggebracht in een blauwe auto.'

'Ja.'

'Roger Wright heeft Iris' lijkje naar buiten gebracht en het in zijn bedrijfsauto gelegd, de auto die hij altijd gebruikte als hij naar jou toe ging. Hij heeft het stoffelijk overschot van je kind naar de bouwplaats van het Waterside-complex gebracht en het begraven op de plek waar hij de fontein had gepland.' Dat was wat Maggie Schuler vanuit het raam van haar slaapkamer had gezien. Roger Wright, die het levenloze lichaam van haar vriendinnetje meenam. 'Vervolgens heeft hij die zogenaamde plattegrond voor je getekend.'

Lydia keek op, eerst naar Meade, daarna naar Brenna, met een vragende blik in haar ogen.

'Het is haar verdiende loon dat ze sterft,' zei Meade.

En Brenna dacht: misschien is dat wel zo.

'Geef haar een duw,' zei Meade. 'Nu.'

'Dan vermoord je mij ook,' zei Brenna. 'Je gooit mij achter haar aan zodat het eruitziet als een ongeluk. Ik heb geprobeerd haar tot praten te dwingen, ben haar hiernaartoe gevolgd en we zijn samen over de rand gekukeld.'

'Dat hoeft niet,' zei hij. 'Ik heb nu de tekening. En zij is de ware schuldige... degene die alles in gang heeft gezet.'

Brenna keek neer op de bevende vrouw. 'Carol en Nelson Wentz zijn dood.'

'Nee,' fluisterde Lydia. 'Nee, dat lieg je...'

'Je ex-man, Timothy, ligt in kritieke toestand in het ziekenhuis.'

'Alsjeblieft, dat heb ik niet...'

'Je vriend, commissaris Griffin.'

'Dat was een ongeluk.'

'Nee, dat was het niet,' zei Meade.

Lydia schudde haar hoofd, heen en weer, keer op keer, alsof er een soort mechaniek in zat. 'Nee, nee, nee...'

'Al die mensen zijn dood vanwege jou,' zei Brenna, terwijl haar woede verder oplaaide en ze de druk van de pistoolloop niet meer tussen haar schouderbladen voelde. 'Allemaal dood... alleen omdat jij te bang was om de waarheid te vertellen.'

'Nee, nee, alsjeblieft...'

'Geef haar een duw,' zei Meade.

Lydia sloot haar ogen en keerde haar gezicht in de richting van de rivier.

Brenna deed een stap naar voren, draaide zich om haar as en sloeg Meade zo hard als ze kon op de kwetsbare plek onder zijn borstbeen. Even wankelde hij achteruit. Hij stormde op haar af en ze sloeg hem nog een keer, iets lager nu, in de maagstreek. Hij sloeg dubbel en het pistool ging af. 'Fuck!' riep hij, en Brenna wist waarom: hij had ballistisch bewijs achtergelaten. Hij had dit niet eerder hoeven doen... geen van zijn slachtoffers was door een kogel uit zijn pistool gedood. In een flits dacht Brenna terug aan Meade op de kade van Pelham Bay, toen zijn pistool was afgegaan en hij wild om zich heen had gekeken om te zien waar de kogel was gebleven. Maar hier was dat onbegonnen werk...

Brenna balde haar vuist, hapte naar adem en wilde zich boven op hem werpen. Maar de steekwond in haar zij werkte niet mee. Ze slaakte een kreet van pijn, zakte door haar knieën en viel met haar gezicht in het koele gras. Ze proefde aarde en bloed in haar mond en voelde het natte gras tegen haar voorhoofd. Ze was zich nog maar vaag bewust van Lydia, die iets schreeuwde en opstond, van roepende stemmen in het bos... Brenna probeerde overeind te krabbelen, en wat ze zag werd door haar geest tot slow motion vertraagd: Meade die het pistool omhoogbracht, met beide handen om de kolf geklemd, en het op haar hoofd richtte… de stem in haar hoofd, die ook vertraagd klonk: doe je ogen dicht en zeg maar dag met je handje…

En op dat moment Lydia, die krijsend opveerde en zich op Meade wierp. Meade die achteruitdeinsde. Het pistool dat afging en Lydia die zich in de baan van het schot had geworpen… alles nog steeds in slow motion. Lydia's hoofd dat achteroversloeg, Lydia's bloed op het oranjebruin van haar pij, Lydia die in elkaar zakte en op haar rug op de grond viel, en Meade die even roerloos toekeek, met op zijn gezicht iets wat op schrik leek…

Meteen daarna kreeg alles weer de normale snelheid en kwam Meade op haar af. Brenna probeerde op te staan maar haar lijf wilde niet. Hij was al dicht bij haar. Ze keek in de loop van het pistool, midden in het donkere cirkeltje. Brenna sloot haar ogen. Het schot klonk oorverdovend.

Brenna opende haar ogen en zag Meade over de grond rollen, kreunend en met zijn handen om zijn bovenbeen geklemd. Aan de rand van het bos vijf of zes agenten in uniform, die op Meade af stormden en in het midden van de groep Morasco, met zijn pistool in zijn hand. Onmiddellijk daarna waren ze bij haar, probeerde Brenna zich op te richten en werd Meade door twee van de agenten in de boeien geslagen. Een derde agent vroeg met een mobilofoon om medische assistentie. Morasco vroeg: 'Alles oké met je?'

'Ja,' zei ze hijgend. 'En… blij je te zien.'

Morasco glimlachte even en legde zijn hand op haar schouder. 'Goddank voor mijn geweldige timing.'

Terwijl de agenten Meade zijn rechten voorlazen en de medische assistentie arriveerde, hielp Morasco haar overeind en vertelde hij haar met kalme stem over Hutchins en Meade, over de tien jaar durende samenwerking die er tussen de twee was geweest en over de dood en het verderf die ze in Tarry Ridge hadden gezaaid, voor Wright. 'Hutchins is gearresteerd.'

'Hoe heb je dát voor elkaar gekregen?' vroeg Brenna.

'Ik ben met hem gaan praten, heb hem ermee geconfronteerd, en toen heeft hij min of meer bekend.'

'En Interne Zaken geloofde je?'

'Het scheelde een hoop dat ik mijn mobiele telefoon in mijn zak had en dat IZ de hele tijd heeft meegeluisterd.'

'En Roger Wright?'

'Die is ook gearresteerd,' zei Morasco. 'Hij heeft bekend dat hij Iris Neff heeft vermoord.'

Brenna keek hem aan. 'Wat? Heeft Wright dat bekend?'

Morasco knikte. 'Het schijnt dat Iris hem met Lydia had betrapt. Hij zegt dat hij heeft geprobeerd haar te kalmeren, en dat hij haar toen per ongeluk van de trap heeft geduwd.'

'... hij beloofde dat hij me altijd zou beschermen...' fluisterde Brenna.

'Wat?'

'Nee, niks.'

'Weet je wat het rare is,' zei Morasco. 'Toen Wright eenmaal had bekend, had ik het idee dat er een andere man tegenover me zat. Misschien verbeeld ik het me, maar ik durf te zweren dat er iets in zijn gezicht was veranderd.'

'Hoe zag het eruit?'

Morasco keek haar aan. 'Menselijker,' zei hij.

Brenna knikte. Een tweede groep agenten in uniform kwam naar Lydia's stoffelijk overschot lopen. Brenna wierp een laatste blik op Lydia's gezicht. De ogen waren als vensters van zwart glas, wijd open en sereen.

Epiloog

22 dagen later

Een gezinsuitje voor moeder en dochter naar Niagara Falls, eind oktober, midden in een koudegolf, was niet het beste idee dat Brenna ooit had gehad, verre van dat zelfs. Ze gaf de schuld aan het goede humeur dat ze had gehad toen ze de trip boekte, op een ongebruikelijk warme 16e oktober, precies één uur nadat ze de dolgelukkige Sarah Stoller had verteld dat zij en Trent haar moeder, Elizabeth, hadden gevonden, in leven en welzijn, in het Benedictine Hospital in Kingston, New York. 'Hoe is ze in godsnaam in Kingston terechtgekomen?' had Sarah gevraagd. 'Ach, laat maar. Ik maak een bonus aan je over. Nee, nee, echt. Ik ben zo blij. Ik voel me alsof ik weer tien jaar oud ben.'

Vrijwel meteen daarna was Brenna gebeld door Tim O'Malley, die nog herstellende was in het Sisters of Charity Hospital in Buffalo, die Brenna had gevraagd of het mogelijk was dat ze hem een keer kwam opzoeken, en dat had de doorslag gegeven. Dus toen ze twee uur en vijfenveertig minuten en een paar telefoontjes later Maya van haar koorrepetitie ging ophalen, had Brenna tegen haar gezegd: 'Raad eens? We gaan over twee weken naar Niaraga Falls!' In reactie waarop Maya haar ogen zo ver ten hemel had geheven dat Brenna even bang was geweest dat ze zo zouden blijven staan. 'We vriezen daar dood,' had Maya uitgeroepen.

En nu ze samen dicht tegen elkaar aan in hun regenjacks met capuchon op het dek van de Maid of the Mist stonden, tijdens haar laatste rondvaart van het seizoen – dat eigenlijk een week eerder had moeten eindigen – en de nevel van de waterval op het dek neerregende alsof ze in een scène van *King Lear* zaten, in de bijtend koude wind die hun rode neuzen geselde en hun het gevoel gaf dat hun oren elk moment konden afbreken, moest Brenna het toegeven... misschien had dat kind wel gelijk.

'Die herfstkleuren zijn mooi, vind je niet?' probeerde ze.

'Zal ik je eens wat zeggen?' zei Maya. 'De kleuren van Mars zijn ook mooi. Maar dat betekent nog niet dat ik daar in een plastic regenjack op de bodem gedropt wil worden.'

Brenna schudde haar hoofd. Ze wilde iets zeggen, maar ze werd overstemd door de wind en haar gedachten gingen terug naar de dag daarvoor, toen ze in Tim O'Malleys ziekenhuiskamer zat en de geur van antiseptische middelen haar neusgaten binnendrong toen ze hem bekeek: twee droevige ogen die haar door een spleet in het witte verband aankeken. Hij had net zijn eerste operatie ondergaan, aan de littekens van de brandwonden die hij had opgelopen. Hij was van zijn kruin tot aan zijn tenen in verband gepakt. 'Hoe vind je mijn halloweenkostuum?' had hij grinnikend gevraagd. En toch had hij Brenna willen ontvangen. Hij wilde de vrouw zien die Iris 'een fatsoenlijke begrafenis' had gegeven. Hij wilde haar spreken. Hij had haar een paar dingen te vertellen.

Brenna was met een hele waslijst aan vragen naar het ziekenhuis gekomen. Wat had Meade tegen hem gezegd toen hij op 29 september om drie uur 's nachts Tims kamer was binnengedrongen, hem een pistool op zijn hoofd had gezet en hem had gedwongen de boel in brand te steken? Hoe dacht hij nu over Lydia? Rouwde hij om haar dood? Kon hij het haar vergeven?

Maar algauw was gebleken dat Tim over al die dingen niet wilde praten. 'Ik heb gehoord dat je je zus hebt verloren,' zei hij toen ze naast zijn bed kwam zitten.

'Ik heb nog steeds hoop dat ik haar ooit terugvind.'

'Ja,' had hij geantwoord. 'Dat had ik ook met Iris, tot twee jaar geleden.'

Zijn woorden blijven in de lucht hangen. Ze wil hem vragen: 'Is het gemakkelijker of moeilijker, nu je geen hoop meer hebt?', maar op dat moment ziet ze de envelop bij zijn hand. Hij pakt hem op en geeft hem aan haar. De envelop is dichtgeplakt. Brenna kijkt hem aan. 'Mag ik hem openmaken?'

Hij knikt. Het verband knerpt. 'Het is een brief, van Carol Wentz. Kijk maar naar de afzender.'

Brenna doet wat hij zegt. Het poststempel is van 25 september en daaronder staat: 'Geef deze brief aan Lydia, alsjeblieft.'

'Millie heeft hem al die tijd voor me bewaard, zonder hem open te maken. Millie is een echte vriendin, weet je? Een echte vriendin.'

Brenna vouwt de brief open en leest hem.

Beste Lydia,

Je zult vast niet hebben verwacht dat je iets van mij zou horen, maar ik voel me verplicht je deze brief te schrijven. Jarenlang heb ik me afgevraagd wat er met Iris is gebeurd, en nu weet ik het. Tim heeft het me verteld. Ik heb de foto's en de plattegrond gezien. Wees gerust, niemand zal ze ooit vinden. En ik zal het nooit aan iemand vertellen.

Je zult misschien denken dat ik je schrijf om je verwijten te maken, maar dat is niet zo. Ik schrijf je omdat ik zelf iets moet bekennen.

Ik was boos op je dochter. Ik weet dat het raar klinkt, want ze was nog maar een kind en ik kende haar amper, maar toen, op die barbecue van de Koppelsons, had ik een aanvaring met haar die iets in me losmaakte, iets wat slecht en vals was. Later die dag zag ik haar en de kleine Maggie Schuler aan de overkant van mijn huis op straat lopen. Ze waren alleen op pad en het was duidelijk dat ze waren verdwaald. Ik zag ze allebei, maar ik heb alleen Maggie geholpen. Ik heb haar in mijn armen genomen, ben met haar naar binnen gegaan en heb haar ouders gebeld. Ik heb gedaan alsof ik Iris niet heb gezien, alsof ze onzichtbaar was. Tegen de tijd dat ik mezelf tot de orde had geroepen en weer uit het raam keek, was Iris nergens meer te bekennen.

Sinds die dag heb ik haar gezicht een miljoen keer voor me gezien. Ik zie haar in mijn dromen en dan vraagt ze me waarom ik het heb gedaan. Het is me nooit gelukt haar een behoorlijk antwoord te geven. Eerst dacht ik dat ik het had gedaan om wat er tussen jou en Nelson tijdens die ritjes met de trein had plaatsgevonden. Maar dat is nooit de reden geweest. Ik ben bang dat ik gewoon boos ben geworden door de toon waarop ze me om een pakje vruchtensap vroeg.

Met mijn oprechte verontschuldigingen,

Carol Wentz

Tim vraagt: 'Staat er iets in wat ik zou moeten weten?'

Brenna kijkt op en ziet zijn verbonden gezicht. Ze kijkt in de donkere, bedroefde ogen en ziet de ogen van zijn enige dochter. 'Nee, dat denk ik niet,' zegt ze.

De boot had aangemeerd en iedereen wilde zo snel mogelijk aan wal. Brenna zag hoe de mensen elkaar verdrongen: twee oudere vrouwen met opgetrokken schouders en allebei met een loopneus, die elkaar ondersteunden, een jongetje huilend in de armen van zijn vermoeide moeder; een meisje met doorgelopen mascara, bijtend op haar onderlip, haar vriendje met zijn arm om haar schouders en haar zo stevig tegen zich aan trekkend dat zijn vingertoppen er wit van waren... allemaal mensen met hun eigen geheimen, met hun schaamte en spijt, en met ten minste één fout waarvan ze met hart en ziel wensten dat ze die nooit hadden gemaakt, al was het maar de fout dat ze aan boord van deze boot waren gegaan.

Brenna keek haar dochter aan. 'Je had gelijk,' zei ze.

'Waarover?'

Ze streek een natte lok haar van Maya's voorhoofd boven de grote, blauwe ogen, niet Clea's blauwe ogen maar die van Maya zelf, Maya's natte, blonde haar, en Maya's van verbazing opgetrokken wenkbrauwen. 'Je had gelijk over de Maid of the Mist en over Niagara Falls,' zei ze. 'Je hebt gelijk over een heleboel dingen.'

Er verscheen een glimlach om Maya's mond. 'Het werd een keer tijd dat je dat inziet.'

Brenna glimlachte terug. Ze was in elk geval voor dit moment blij met haar geheugen.

Nawoord van de auteur

Hyperthymesia bestaat echt, hoewel het een zeldzame stoornis is waarvan sinds publicatie erover in de medische tijdschriften in 2006 maar een handvol gevallen bekend is.

De toestand wordt beschreven als een volmaakt autobiografisch geheugen; het vermogen om elke willekeurige dag uit je leven op te roepen en opnieuw te beleven, met alle vijf de zintuigen. Hoewel sommige lijders aan hyperthymesia in staat zijn hun herinneringen nog enigszins in toom te houden, door ze op te bergen in een soort mentale archiefkast, worden andere – zoals Brenna – voortdurend en op willekeurige momenten geplaagd door hun herinneringen. Een van hen beschreef het aan de onderzoekers van de UC Irvine als 'een film zonder eind, die in je hoofd wordt afgespeeld'.

Dit heeft bij mij vele vragen opgeroepen, zoals: als het verleden zo prominent aanwezig is in je geest, kun je het heden dan nog wel echt beleven? En wat moet je doen na een gebeurtenis, of die nu aangenaam, traumatisch of alledaags is, als je niet in staat bent ten minste een deel ervan te vergeten? Hoe kun je dingen in perspectief zien als ze allemaal evenveel ruimte innemen in je geest: je trouwdag, het moment dat je hoorde dat een van je dierbaren is overleden, en de smaak van de cornflakes die je op 12 juni 1995 als ontbijt hebt gegeten? Hoe kun je vergeven en vergeten als je niets kunt vergeten?

Met mijn hoofdpersoon Brenna heb ik geprobeerd die vragen zo goed mogelijk te beantwoorden en tegelijkertijd in gedachten te houden dat ons geheugen ook een zegen is, de enige manier om hen die ons dierbaar zijn bij ons te houden.

Alyson Gaylin
5 februari 2011

Dankwoord

Hierbij bedank ik mijn geweldige agent Deborah Schneider, en alle anderen bij HarperCollins, met name de weergaloze Lyssa Keusch en Wendy Lee.

Voor hun adviezen met betrekking tot politiewerk en -onderzoek, en het eindeloze geduld waarmee ze al mijn domme vragen hebben beantwoord bedank ik Lee Lofland, Gisele Fraseur, City Island-deskundige Marcelle Harrison, Joel Ludlow, Carol Gray en brigadier Josh Moulin, commandant van de Southern Oregon High Tech Crimes Task Force.

Voor hun steun, schrijfadviezen en briljante invallen tijdens alle fases van het schrijven van dit boek bedank ik Abigail Thomas, Karen E. Olson, Jeff Shelby, Lori Armstrong, Megan Abbott, Jason Starr, Paul Leone, Claudette Covey, Bar Scott, Rick Fairlie, Ann Patty, Austin Metz, James Conrad, kunstenaar en mangadeskundige Hali Barthel, plus iedereen die ik ben vergeten. Jullie weten wie je bent. Dit is zo'n moment – het enige moment – dat ik wou dat ik Brenna's geheugen had.

En tot slot bedank ik mijn lieve moeder Beverley Sloan, mijn schoonzussen Sheldon en Marilyn Gaylin en, het meest van iedereen, Marissa en Mike. Ik hou van jullie.